本书的出版得到广东省高水平大学
建设专项经费支持,谨致谢忱!

古典诗学的现代诠释

蒋寅 著

中华书局

图书在版编目(CIP)数据

古典诗学的现代诠释/蒋寅著. —北京:中华书局,2023.10 (2025.1)
ISBN 978-7-101-16306-3

Ⅰ.古… Ⅱ.蒋… Ⅲ.古典诗歌–诗歌研究–中国
Ⅳ.I207.22

中国国家版本馆 CIP 数据核字(2023)第 143898 号

书 名	古典诗学的现代诠释	
著 者	蒋 寅	
责任编辑	李碧玉	
装帧设计	刘 丽	
责任印制	管 斌	
出版发行	中华书局	
	(北京市丰台区太平桥西里 38 号 100073)	
	http://www.zhbc.com.cn	
	E-mail:zhbc@zhbc.com.cn	
印 刷	北京新华印刷有限公司	
版 次	2023 年 10 月第 1 版	
	2025 年 1 月第 2 次印刷	
规 格	开本/920×1250 毫米 1/32	
	印张 14⅛ 插页 2 字数 302 千字	
印 数	2501-3500 册	
国际书号	ISBN 978-7-101-16306-3	
定 价	68.00 元	

目　录

引论　古典诗学的遗产及其价值

　　迄今为止,我出版的著作都没有序。不是没有请过,《大历诗风》出版时曾请赵昌平学长序之,而昌平兄谦辞,遂无序。以后出书也没再请人作序。盖请人作序之难,不在于难其请,而在乎难得其人。正像清代魏禧说的:"其文是而人非者,不足叙;其人是而文非,不足叙也;文与人是矣,非其中心所乐道,不足叙也;中心乐道之,而不能知其甘苦曲折之故,亦不足叙也。"①这四不足,足以令人生畏,于是本书仍只能自作引论,略述存心命意之所在。

一、转换:困境与出路

　　本书是对中国古典诗学若干概念和命题的初步阐释。其中有些概念和命题迄今还很少被批评史和古代文论研究所触及,这正是我构思和从事本书写作的直接动因。我希望用我的工作反

①魏禧《魏叔子文集》卷七《与邱邦士》,道光重刊本《宁都三魏文集》。

映古代文论研究还很薄弱的现状,并表达我对学科发展的基本思路。

正如大家都切身感受到的,我们的文学理论研究正面临前所未有的困境:尽管文学原理、文学概论或研究专著一种一种地接踵问世,层出不穷,但叩其价值,且不说独创性,就是知识水准和理论完成度又怎么样呢? 由于没有解决哲学基础的问题,又脱离中国当下文学经验,一味稗贩西方现代文论,而缺乏对文学的基本理解和言说立场,当代中国文学理论始终没有形成自己的理论体系和知识结构,更不具有对当代文学创作的解释能力。虽然理论界也不断有种种新概念和新命题提出,但这些时髦的衣装终究裹不住萎弱贫血的理论身躯。正如一些学者指出的:"中国现当代文化基本上是借用西方的一整套话语,长期处于文化表达、沟通和解读的'失语'状态。""当我们要用理论来讲话时,想一想罢,举凡能够有真实含义的或者说能够通行使用的概念和范畴,到底有几多不是充分洋化了的(就算不是直接抄过来)。如果用人家的语言来言语,什么东西可以算得上中国自己的呢?"①我曾经不太赞同"失语症"的提法,认为它发自文化上的自卑和理论创造上的浮躁,是个虚假命题,现在我的看法有所深化:这种说法的流行本身就说明了文学理论的学术困境,无论是否合适用"失语"命名。

"失语"的困境让文学理论界想起了古代文论,文学理论和比较诗学学者们忽然都对古代文论感起兴趣来,而且很快一批论著

---

① 参看曹顺庆《重建中国文论话语》,《中外文化与文论》第一辑。

就从他们笔下产生。学者们急切想从古代文论的遗产中发掘理论资源，希望以某种带有本土化和民族化色彩的文论素材来建立自己的理论话语，于是"转换"的口号顺理成章地被提了出来。在古代文论的基础上转换、生成中国当代文学理论体系，似乎成了学术界一致瞩目的充满光明前景的康庄大道。而古代文论界也像一个僻远乡村突然因古迹而成为旅游胜地，全都兴奋起来，热烈欢呼"转换"的口号，希望藉此激活走向僵化和停滞的古代文论研究①。

"转换"，果真能将我们带出文学理论的困境吗？

光明的初曙尚未看到，一种令人担忧的氛围已弥漫开来。急功近利的学术态度并不能带来富有成果的扎实研究，只会助长信口雌黄的轻浮学风。长期以来，文学理论界由于不重视古代文学理论的遗产，不立足于中国文学经验，对中国文学理论一直存在许多偏见。即以古代文论的核心——诗学而言，最习见的偏见，一是说中国诗学"缺少全面的、系统的诗学专著，诗人和诗评家关于诗的发展史及诗的创作与鉴赏等方面的见解与阐述，多属个人经验式和感悟式的，尚未自觉地进行理论建构和实现整体把握"②；一是说中国诗学"缺少真正科学意义上的理论范畴，没有严格的意义上的理论命题，更不能严格地论证自己的结论，它更喜欢以比喻性的策略展示独特的内在感悟。这是一种典型的东

①有关古代文论转换的讨论，可参看程勇《解释型与创造型：中国古文论研究的两种类型》，《文艺理论研究》2001年第1期。
②陈良运《论中国诗学发展规律、体系建构与当代效应》，钱中文、李衍柱主编《文学理论：面向新世纪》，山东人民出版社1997年版，第483页。

方式诗学,不是西方意义上的理论。它展示出来的是东方式智慧而不是西方式的智力"①。这种在文学理论界颇有代表性的结论,明显是由西方中心的视点作出的判断,同时也是缺乏中国诗学知识的偏见。由于对古代诗学文献缺乏认识,八十年代刊行的一些论著曾出现不少轻率的结论,中国古代文学理论、批评的丰富性和复杂性被一笔抹煞,类似上文引述的武断结论直到今天还有很大影响。而另一方面,近二十年间若干新撰文学批评通史或专史的陆续刊行,又让学界产生一种幻觉:"无论是对批评史资料的挖掘整理、对某些文论家个案的研究,还是对'史'的基本描述、对总体规律的解释,这些著作已做了集大成式的研究。"②仿佛现在最缺乏和亟需的就是理论阐释了。"转换"论的兴起,恰好呼应了这种判断,简直像一股春风吹来,古代文论界精神为之一振,众口一词,欢呼"转换",很少有人对其理论前提进行必要的反思。其实只要认真想一想,就不难察觉,所谓"转换"同"失语"说一样,也是未加深思就率尔提出的一个虚假命题。

何以这么说呢? 根据现有的文学史知识,每个时代的各种文学理论都是在特定的文学经验上产生的,是对既有文学经验的解释和抽象概括(鼓吹和呼唤新文学的文本,都是宣言而不是理论)。当新的文学类型和文学经验产生,现有文学理论丧失解释能力时,它的变革时期就到来了。概念、术语、命题的发生、演化、

---

① 季广茂《比喻:理论语体的诗化倾向》,钱中文、李衍柱主编《文学理论:面向新世纪》,第 572 页。

② 参看陈定家《从古代传统到当代资源》,《求索》2001 年第 4 期。

淘汰过程都是顺应着文学创作的。明确了这一点，就不难理解为什么有关"转换"的讨论难以深入了。一种文学经验消亡，它所支持的文学理论便也随之枯萎；一种文学经验旺盛，它所支持的文学理论也相应活跃，或被新的理论所吸收。职是之故，古代文论的概念、命题及其中包含的理论内容，活着的自然活着，像"意象""传神""气势"等，不存在转换的问题；而死了的就死了，诸如"比兴""温柔敦厚"之类，转换也转换不了。"兴"到唐代就死了，因为唐人已不用"兴"的方式写诗，偶一为之不过是模仿古诗。所以从唐初开始，"比兴"就吸纳了《诗经》的美刺精神，被解释或者说改造为一种直面现实政治的写作态度，到宋代"兴"就成了讽刺的别名。以致葛立方不无惋惜地说："自古工诗者，未尝无兴也。观物有感焉，则有兴。今之作诗者，以兴近乎讪也，故不敢作，而诗之一义废矣！"①兴的本义既失，后人常懒得用它，直接就用"美刺"。清初叶矫然也惋惜地说："近人作诗，率多赋体，比者亦少，至兴体则绝不一见。不知兴体之妙，在于触物成声，冲喉成韵，如花未发而香先动，月欲上而影初来，不可以意义求者，国风、古乐府多有之。徐文长谓今之南北东西虽殊方，而妇女、儿童、耕夫、舟子塞曲征吟，市歌巷引，无不皆然，默会自有妙处，知言哉！"②"兴"也许至今还活在陕北"信天游"里，但毕竟远离当代诗歌写作，如何将它转换为当代文学理论呢？如果转换为象征理论，那

①葛立方《韵语阳秋》卷二，何文焕辑《历代诗话》，中华书局1981年版，下册第497页。
②叶矫然《龙性堂诗话》初集，郭绍虞辑《清诗话续编》，上海古籍出版社1983年版，第2册第938页。

何不直接讲象征,而非要用那本身带有的语境含义就复杂得难以解释的古老概念呢?

说实话,我一见到今人用"天人合一""体用不二""三教合流""情景交融"之类的词就头疼。它们附着的语境意义过于复杂,那本身就是有待深入研究的艰难课题。多少具体而有独特内涵的问题,就因随意使用这些大而无当的命题而牺牲了它们的价值。为什么我们不能使用些更具体、更切合实际的词,为什么我们不能使用一些规定性明晰、大家都容易理解和沟通,因而使交流变得更准确而有效的概念呢? 我实在很难理解所谓"转换"的实质意义究竟何在。古代文学理论是古代文学的理论,二十一世纪的文学理论是新世纪文学的理论。没有一种文学理论能概括从古到今的文学,一个民族文学的古今差异远甚于同一时代文学的民族差异,文学理论体系总是反映一种共时性的认知结果(其中当然也包含历时性认知积累的知识)。如果一种文学理论抱有涵概古今文学的野心,那就必然会像抽象地谈论艺术本质一样落入荒谬的逻辑困境:每个时代每种主义的艺术理念都不一样,你取哪种艺术为代表呢? 达芬奇的蒙娜丽莎,还是杜桑添上的胡子?

说到底,"古代文论"这一名称本身就宣示了它是在现代视野下呈现、建构的对象,清晰地烙有现代的铭记。将前人关于文学理论的言说贴上"古代"的标签,表明我们意识到它们与现代文学经验之间的鸿沟,与我们的距离感。这些被我们搁置在历史鸿沟那一边的言说,经过诠释可以被我们理解,可以同当今(包括外国)的文学理论对话,而且对今日文学理论建设肯定有价值,就像

博物馆陈列的一切艺术品对现代生活都有某种价值一样。但只
要我们明白,所谓"古代文论"实在只是自己的现代建构,我们所
做的一切,只不过是在图纸残缺不全的情况下重建圆明园的工
作,则古代文论是否还需要或竟可以"现代转换",不就很容易想
清楚了吗? 希望将古代文论加以转换,在此基础上生成新的中国
文学理论,这种思路无非反映了我们固有的对待文化遗产的一种
价值偏见。

二、立场转换:尊重理论遗产的历史价值

我们知道,"五四"新旧文学之争曾激发盘点家底的意识①,
并提出"研究问题,输入学理,整理国故,再造文明"的口号②。虽
然置身于当时的语境,整理国故的工作自觉不自觉地带着急切的
功利目的,但良好的学术训练和与国际同步的知识水准保证了研
究工作的严肃性和科学性。建国以后,在"古为今用,洋为中用"
的文艺方针主导下,实用性的接受态度日益强化,对古典传统和
外来文明,除了区分香花、毒草,取菁去粕外,关键还要落实到
"用"字上。研究古代文明和传统文化,首先关注的是对今天有什
么用。诸如弘扬民族文化,提高民族自信心,建设社会主义精神

①详蒋寅《20 世纪的中国诗学》,《中国诗学的思路与实践》,广西师范大学
　出版社 2001 年版,第 4—5 页。
②胡适《"新思潮"的意义》,《新青年》第 7 卷第 1 号,1919 年 12 月 1 日出版。

文明之类的宏大理由,看似立足点甚高,实际上与人们质问"你们研究古典文学有什么用"是同一水平的见识。在焦躁的"重建中国文论话语"的心理氛围下,古代文论又一度遭逢"古为今用"的荣遇。

在此起彼伏的"转换"声中,我想提问:在如何转换还不能形成清楚的认识之前,能不能先将古代文论研究的立场和出发点转换一下? 古代文论毕竟是古代文学的理论,首先是属于历史范畴的东西,我们在研究这份文化遗产之前,能不能首先将它作为纯粹的认知对象,而暂不问对现时有什么用?

从事古代文化研究,当然有不同的学术取向,有来自不同方面的要求,问题是我们在要求"古为今用"的同时,是不是还应该尊重一种超实用、超功利的研究态度,坦然承认纯粹认知本身的价值? 我很赞同罗宗强先生提出的"以一颗平常心对待古文论研究,求识历史之真,以祈更好地了解传统,更正确地吸收传统的精华。通过对于古文论的研究,增加我们的知识面,提高我们传统文化的素养;而不汲汲于'用'"①。这么说其实还是有广义的"用"的意识贯注其中的,我更欣赏那种追求"无用之用"的学问态度,那是一种超然的审美的态度,一种为好奇心驱使的求真的态度,发自对研究对象的浓厚兴趣和热爱。不是么? 古代文学理论和所有古代文化遗产一样,是先民文学感性和理性思维的生态,是先贤智慧和理想的结晶。它告诉我们,在不同的历史年代,中国人如何看待文学,提出了什么样的理论问题,见解达到什么

---

① 罗宗强《古文论研究杂识》,《文艺研究》1999 年第 3 期。

深度,在人类对文学的认识史上处于什么水平。这样一种纯粹的认知研究,会产生许多有关古代文学理论的可靠知识。这些知识可以满足我们对历史的好奇心,满足我们自我认识的需要,当然也会间接地有助于新文学理论的建设。

其实从根本上说,在人文—社会科学领域,原无所谓纯粹知识存在。人文—社会科学固有的价值判断色彩,使它的一切知识都基于某种文化立场和现实需求。古代文学理论的知识同样也是在某种认识框架和价值尺度下形成的历史认识,它不仅受当代学术观念支配,也为文学史的研究水平所局限,同时它更与文学史研究相发明,小则可以深化中国文学史研究,大则能充实甚至改造当代文学理论的知识体系。这么说看似与"转换"论殊途同归,但学术立场是完全不一样的。二十世纪以来,随着中国国际地位变得日益重要,中国文化愈益受到各国研究者的关注,中国文学尤其是古典文学吸引了欧美、日韩的众多研究者,无论是传统文学研究还是戏曲、小说及说唱等通俗文学研究都出现不少引人注目的成果。相比之下,古代文学理论的研究却一直比较薄弱,有关专家和研究成果屈指可数。应该说,中国古代文学理论基本上还是个未受到国际汉学重视的研究领域。由于对中国古典文论知识的缺乏,整个当代文学理论的形成和发展始终没有汲取中国古代文论的资源,这对彼此都是一个遗憾。而消除这种遗憾的先决条件,首先是祛除古代文学理论的理解和接受障碍,质言之就是通过诠释,使古老的文学言说能为今人乃至洋人所理解。这无疑是对专业知识和技能要求很高的工作,值得我们认真对待。

三、理论遗产发掘和诠释的历史取向

古代文学理论之被冷落,无疑与进入和理解的困难有关。深奥的古典语言,玄妙的抽象概念,复杂的历史语境,使尚友古贤,走近他们的思想,变得困难重重。要发掘古代文学理论的矿藏,使古典遗产向今天开放,不仅需要做去伪存真的考证工作,做写作过程及动机的实证研究,还需要用现代文学理论知识来阐释其理论内涵。这种阐释,按我的理解首先是一种兑换,就像用公制来说明工部营造尺的长度一样,它决不应该是单纯的理论演绎,而应是还原到历史过程中的梳理。正像不同时代营造尺的单位值有所不同,古代文论概念、命题的内涵在不同时代也是有歧异的。

毫无疑问,历史上的文学理论概念和基本命题,一直都处在不断的解释中,古代文论的承传和接受史也就是它的解释史。每一次解释都是传统话语与当下主体的对话,对话的结果形成概念和命题在不同语境下的历史内涵。就像长江和黄河,每一段河道的水质和水色都是不一样的。就拿起承转合来说吧,在元代它被解释为近体诗的固定结构,对应于律诗的四联或绝句的四句;在明代它被解释为诗歌本文构成的逻辑序列,并被吸纳到八股文的章法结构中去;到清代它又因呆板僵化而遭批评,为诗论家所鄙薄与扬弃,最终泛化为作品的一般结构理论。不同时代的解释赋予它不同的理论内涵,反映出不同的价值观。只有弄清这一演化过程,完整地描述这一命题发生、演变、定型的理论流向,才能把握它在历史语境中的特定含义和古人的价值评估,从而作出包括这一命题所有理论内容的有效诠释。否则就会流于盲人摸象:抓住元代诗论的会说起承转合是律诗章法论,抓住明代诗论的则说是试帖诗和八股文的章法论,而抓住清代诗论的又会说是文章的一般结构论。有人会说起承转合是古代文论的重要命题,也有人会说它在古人眼里毫无价值。如此这般,怎能把握概念和命题的基本内涵?只会以为古人使用概念随意,缺少科学意义上的理论范畴,没有严格意义上的理论命题,最终对古代文论的理论形态和价值取向作出轻率和肤浅的论断。

我们有理由强调,古代文论的阐释基点只能建立在一种历史研究上,在理论的历史展开中把握其发生、发展、转变的逻辑进程。这是一种历史与逻辑相统一的研究,也是我一直倾心并付诸努力的目标。这样一种学术理念,不仅是方法论的终极体认,也是现时学术状况下的策略选择。尽管我也认为古代文论的理论阐释非常重要,需要有一批理论素养好的学者致力于此,也需要比较诗学学者的参与,做理论内容、民族特征和历史发展的对比研究。但作为学科在现有学术积累下的策略选择,我认为首先还是应该加强史的研究,具体说就是加强文献研究,加强文论和文学关系的研究。近年多种批评史著作刊行,让学术界产生一种史的研究已臻饱和,理论阐释则相对滞后的感觉。我的看法恰好相反,我觉得古代文论的历史研究尚处于很浅的层次,很低的水平,古代文论的理论阐释水平所以徘徊不进,也正与此相关。明清以后的文论著作,大部分还没有被阅读,大量的文论资料还沉睡在各种典籍中,文学史的背景知识也不丰富,我们靠什么来进行理论阐释呢? 在古典文论研究的现阶段,首先应该多做些基础性的工作,多做些局部的学术积累。

本着以上的思路,我从历年研究古典诗歌的经验和知识积累出发,选择了十二个基础性的同时也是富有活力、涵盖内容广泛的概念和命题来加以讨论,希望通过这些研究,从不同侧面展示中国古典诗学的丰富内涵和理论价值,同时为建构富有民族思维特色和文化性格的本土文学理论提供一些参考。这些问题纵贯整个古典诗学史,涉及大量的文献资料,以我有限的知识和能力,当然不能指望阐释得很透彻,更不要说将其源流一一梳理清楚。但我相信历史研究是理论阐释的基础,只有历史的方式才能提供全面把握概念和命题的所有语境含义的可能,尽管本书没能完全贯彻这一理念,我还是想略陈管见,并与学界共勉,希望通过我们的努力,使理论问题在历史的展开中得到深入、丰富而有效的诠释。

最后我想对本书的题名作点补充性的说明。我的"诗学"概念是在传统意义上使用的,即有关诗歌的学问。所以作这个交代,是因为我们从大学本科的文学概论课就被告知,"诗学"一词有广义和狭义之分,广义的"诗学"是 Poetics 的译名,意味着文艺学或文学理论;狭义的"诗学"是中国固有名词,即诗歌理论。我不知道这里是不是有个误解。据我所知,希腊语"诗学"Poietike 与中国古代"诗学"意思差不多,都"意味着一种应使不熟练者学会写符合规则的诗歌、长篇叙事诗和戏剧的实用教程"①。由于希腊、罗马文学主要是史诗、剧诗和抒情诗,写作理论便产生了亚里士多德、贺拉斯的《诗学》和《诗艺》。在以后的岁月里,正像伊格尔顿所指出的,"文学理论大多都是在无意之间把某种文学形式'置于突出地位',然后以此为出发点得出普遍的结论"。而诗歌由于"看上去是最与历史无关","'感受力'能以一种最纯净、最不受社会影响的形式发挥作用",因而被普遍认为最集中地代表了文学的本质特征,以致于"诗意"或"诗性"简直就成了"文学性"的同义词②。然而,即便如此,以"诗学"名义出版的著作仍然是以诗歌为研究对象的,仍只是诗学。

文学理论界所以有广义"诗学"＝文学理论的结论,恐怕与认定西方早就形成文学理论 theory of literature 体系的先入之见有关。其实,近代意义的"文学"概念即表达情感的美文,在西方也是晚至十九世纪才形成的。据日本学者考证,西语中的 literature 原先略同于中日两国古代的"文学"一词,兼有学问、写作之义,用作美文始见于 1812 年,直到十九世纪后期仍常用写作学的旧义,日本明治初期的英和辞书则译为"文道""文字",可见 literature 的含义固定于今日所谓文学即抒情美文,是很晚的事。日本在明治八年(1875)文部省报告 21 号"开成学校课程表"(东京大学)中始将"文学"作为 literature 的译语,两年后乃逐渐用作诗歌、戏

---

①埃米尔·施塔格尔《诗学的基本概念》,胡其鼎译,中国社会科学出版社 1992 年版,第 1 页。
②伊格尔顿《文学原理引论》,刘峰译,文化艺术出版社 1987 年版,第 63—64 页。

曲、小说等纯文学样式的总称①。这就是现代"文学"概念的由来。既然文学和文学理论的概念形成得如此之晚,古老的"诗学"概念又怎能和文学理论等同呢? 就像中国文学批评史的创始时期,专门著作只有《毛诗序》,它当然可用来研究彼时的文学观念,但它本身决不是文学理论,只是诗学。后来当文体多到可以用"文"来统括时,我们就有了《文心雕龙》,诗学成为"文"的一支,但它仍然是诗学。在西方,相当于"文"的概念又是什么呢? 是literature 吗?

　　我要研究的是诗学,不同于文学理论的诗学。每个时代的诗学都有自己的问题和答案,每个诗学问题的答案都有不同于文学理论的特殊意味。这正是诗学得以成立的基础,我提请读者也不要忽略它。

---

①详矶田光一《译语"文学"之诞生》,见《鹿鸣馆的系谱》,文艺春秋社 1983
　年版;铃木修次《"文学"译语的诞生与日中文学》,见古田敬一编《中国文学的比较文学研究》,汲古书院 1986 年版。

一　语象·物象·意象·意境

——诗歌本文构成的基本单位

十多年前,我在《说意境的本质及存在方式》一文中曾感慨,虽然已有无数论文发表,但意境仍是个模糊的概念①。现在我又不得不再次感慨,意象虽经许多学者讨论研究,它也还是个意指含糊的概念,其所指在不同学者的笔下有很大出入。最近,有些学者提出以意象为核心建构中国的文艺学理论体系,又有学者以意象、典型与意境共同构成三元的艺术至境论②,都显示出正在走向成熟的理论思考。然而,在意象的基本问题没弄清楚之前,一切理论体系的构想都只能是空中楼阁。鉴于学术界在意象含义理解上的歧异,近年出现了陶文鹏、曹正文、成远镜等先

---

① 蒋寅《说意境的本质及存在方式》,《古代文学理论研究》第十六辑,上海古籍出版社 1992 年版;收入《中国诗学的思路与实践》,广西师范大学出版社 2001 年版。

② 夏之放《以意象为中心话语建构文艺学理论体系》、顾祖钊《艺术至境论:中西文学理论走向融合的通道》,钱中文、李衍柱主编《文学理论:面向新世纪》,山东人民出版社 1997 年版。

生辨析意象、意境概念的论文①，可我觉得问题还是没有解决。因为这个问题的关键不在于意象的含义如何理解，而在于如何规定。

我们知道，从意象的语源及其本义来说，它应该有两个基本含义：(1)以具体名物为主体构成的象征符号系统的总体，源于《周易·系辞》"圣人立象以尽意"；(2)构思阶段的想象经验，源于《文心雕龙·神思》"独照之匠，窥意象而运斤"。但在漫长的文论史和批评史上，古人运用"意象"概念又不这么简单。有时指诗中一个局部情境，如唐庚《唐子西文录》评谢朓"寒城一以眺，平楚正苍然"一联："平楚，犹平野也。吕延济乃用'翘翘错薪，言刈其楚'，谓楚，木丛，便觉意象殊窘。"这里的"意象"指眺望中的"平楚正苍然"之景。杜甫《虎牙行》"壁立石城横塞起，金错旌竿满云直"一联，刘濬《杜诗集评》卷六引吴农祥评："二句画秋风妙，画乱离之秋风尤妙。公诗有'万里飞蓬映天过，孤城树羽扬风直'，意象相同而不如此二句之精炼。"这里的"意象"指"金错旌竿满云直""孤城树羽扬风直"两句旌旗迎风飘扬之景。类似的例子还有邓绎《藻川堂谭艺·比兴篇》所云："李白诗'地绕锦江成渭水，天回玉垒作长安'，自是奇句；然王勃、沈、宋辈并优为之，不若杜甫诗云'锦江春色来天地，玉垒浮云变古今'，意象高远。"②

---

① 陶文鹏《意象与意境关系之我见》，《文学评论》1991 年第 5 期；曹正文《意境与意象的辨析》，《玉林师专学报》1997 年第 1 期；成远镜《从召唤结构看意境与意象的异同》，《韩山师范学院学报》2000 年第 1 期。
② 邓绎《藻川堂谭艺·比兴篇》，光绪四年自刊本《藻川堂集》。

有时又指诗歌的艺术表达整体，如钱谦益《题项君禹雁字诗》云："叔达之诗，不拘拘于模拟，比物连类，纵横络绎，标举于意象之外，而求工者反失焉。(中略)槜李项君禹亦为雁字诗，意象开拓，约略如(唐)叔达。"①但不管怎么说，有一点是可以肯定的，即意象不等于具体的名物。杜甫《奉先刘少府新画山水障歌》"得非玄圃裂，无乃潇湘翻"一联，《杜诗集评》卷五引俞玚评："中间得非、无乃等字意象缥缈，故以风雨鬼神接之。"他谈论的是"意象缥缈"，而所举的诗例却主于虚字，说明他理解的意象是包括虚字在内的一个完整陈述。王庭《王介人传》云："盐官姚叔祥士粦以博学著称，其为诗栉比字句，刻画意象，兼以调笑诙谐，别自成家。"②此言意象而要刻画，可见也不是指单纯的物象，而是主观化的艺术表现。王岩《鸾啸堂诗集序》论李沂诗之近于唐人，称"皆师其意象，略其辞章"③。他将意象与辞章对举，清楚地表明意象侧重于立意取象的层面。唯其如此，意象在一些场合往往与"意境"相通混用，诗论家使用时只取其一。如清代嘉庆年间方元鲲撰《七律指南》，就屡用"意境"，而绝不用"意象"。这种历时性的用法差异，似乎不是有内在理路可寻的有规律的演变，而是诗论家们相当随意的差遣。因此今天当我们整理历史上的诗论资料，排比"意象"的含义时，就只能用罗列的方式，举出它在不同用例中的不同意指。这在古典诗学研究固然无妨，但问题是，

①钱谦益《初学集》卷八十五，上海古籍出版社1985年版，第1795页。
②《四库全书存目丛书》集部第205册，齐鲁书社影印本，第27页。
③王岩《白田文集》卷四，中国社会科学院文学所藏抄本。

"意象"并不只是个历史的概念,它至今活跃在我们的诗歌乃至整个文艺批评中。作为日常批评中的工具概念,我们更需要的不是关于它历史含义的描述和说明,而是一种规定性的界说,使它与意境一样,成为拥有众所承认的稳定含义的通用概念。出于这种考虑,我想根据诗歌文本在组织层次上的实际单位,引入语象和物象两个概念,尝试在与这些相关概念的辨析和比较中重新定义意象概念,使诗歌理论和批评能得到一组方便实用的概念群。

一、意象·意境概念使用的纷乱

在进入问题之前,我想先就今人对意象的理解加以检讨。我们不能不承认,今人在意象与意境概念的理解和使用上分歧是相当大的。首先,对意象概念的界定,敏泽先生说:"诗中的意象应该是借助于具体外物,运用比兴手法所表达的一种作者的情思,而非那类物象本身。"[1]胡雪冈先生则认为:"意象是心意在物象上通过比喻、象征、寄托而获得的一种具象表现。"[2]前者谓托物见情,后者谓以情附物,着眼点有所不同。袁行霈先生说"意象是融入了主观情意的客观物象,或者是借助客观物象表现出来的主

---

[1]敏泽《中国古典意象论》,《文艺研究》1983 年第 3 期。
[2]胡雪冈《试论"意象"》,《古代文学理论研究》丛刊第 7 辑,上海古籍出版
　社 1982 年。

观情意"①,乃是包容前两说的见解。由于对意象的基本理解存在以上歧异,学术界使用意象概念,义界常含糊不清。最典型的是诗篇组织的单位和级次出现混乱,比如曹正文先生说:"意境是诗人内心情感结构的审美化表现,诗人的情感结构由他的人生态度、思想修养、审美意识等因素构成,是一个较为稳衡性的东西。意象是诗人创造意境的手段方法,这样表面相似的意象会因情意不同,在不同的诗篇中体现出的境界也就大大不同了。"这里的"意象"实际是指物象,它因取意不同而形成不同意象,即曹氏所谓境界(此处不能按学术界的习惯理解为意境,否则与作者对意境的定义矛盾)。下一段文字表现得更为明显:"在意象和意境中,由于'意'的不同,即使'象'同,而'意境'各异。也就是说在同类的诗作中,描写的是同一个意象,由于主体感情不同,其产生的意境也不同。……同一个月亮意象,李白笔下多得生动活泼的意境,这与其情感结构豪放不羁有关;杜甫笔下多得沉郁冷峻的境界,因为他的情感结构忠厚执着;苏轼笔下多得空灵蕴藉的境界,因为他脱俗超凡。"很显然,月亮在此是被视为自然物象的,但因占用了意象概念,于是本应以意象指称的对象——作为诗歌局部情境的情景片断就只好称为意境了。这实在是不妥的,由于内涵的不明确,意象、意境概念都被降级使用了。

叶朗先生的看法代表着另一种理解。他认为在中国传统美学中,情景交融所规定的概念,是意象而不是意境。中国传统美

---

① 袁行霈《中国古典诗歌的意象》,《文学遗产》1983 年第 4 期;收入《中国诗歌艺术研究》,北京大学出版社 1987 年版,引文见第 63 页。

学将"意象"视为艺术的本体,而"意象"的基本规定就是情景交融,由此构成一个包含着意蕴于自身的一个完整的感性世界。而"意境"则是"超越具体的有限的物象、事件、场景,进入无限的时间和空间,即所谓'胸罗宇宙,思接千古',从而对整个人生、历史、宇宙获得一种哲理性的感受和领悟","这种带有哲理性的人生感、历史感、宇宙感,就是'意境'的意蕴"。由此而言,意境的内涵要大于意象,意境的外延则小于意象。意境除有意象的一般规定性外,还有上述意蕴的特殊规定性。因此叶先生说,意境是意象最富有形而上意味的一种类型①。应该说,叶先生的意象本体论是触及中国传统美学核心的见解,但对意境和意象关系的阐释却属于一家之言,于史无征。至于说意象能构成一个包含着意蕴于自身的一个完整的感性世界,固然不错,然就诗歌而言这是否就是诗歌本体,它和诗歌本文是什么关系,意象和意境是否属于一个级次的范畴? 这些问题都是有待推敲的。以前人约定俗成的用法来衡量,则他对意象和意境的阐述都有不同程度的升级。

　　在两个概念被赋予明确的规定性以前,人们在使用中出现这样那样的歧异,是难以避免的。归根结底,一切分歧都缘于:我们一方面肯定意象是意中之象,同时却又总是用它来指称作为名词的客观物象本身。较早地全面探讨意象内涵的袁行霈、陈植锷两

---

① 叶朗《说意境》,《文艺研究》1998 年第 1 期。

位先生的著作即如此,迄今学术界也都是这样用的①。其实袁先生也指出,物象是客观存在,只有进入诗人的构思,经过审美经验和人格情趣两方面加工,物象才成为意象;赵昌平先生更清楚地指出:"唐诗中的意象,不是指单个的名词或名词词组,而是指一种整体性的,经过诗人取舍整合的内蕴情志的境象。"②应该说在理论上大家都明白这一点,但一到具体批评中,或许是受西方文论译介及海外华裔学者所使用的"意象"概念的影响③,往往将意象对应于个别的物象和事象,落实到与单个物象相对的词语,于是意象就被视为诗歌作品的基本材料和最小单位。陈植锷正是这么理解的:"所谓意象表现在诗歌中即是一个语词,它是诗歌艺术的基本单位。"④这样,在批评具体作品时,意象就与语词直接对应起来。陆游《临安春雨初霁》"小楼一夜听春雨,深巷明朝卖杏花"一联,袁先生即将它分解为小楼、春雨、深巷、杏花四个意象。按我的理解,这两句分别是一个意象,甚至当后人将它们融

---

① 陈植锷《诗歌意象论:微观诗史初探》,中国社会科学出版社 1990 年版;赵山林《古典诗歌的意象结构》,《古籍研究》1998 年第 1 期;王友胜《中国古代诗歌意象论》,《咸宁师专学报》第 18 卷第 4 期(1998.11)。

② 赵昌平《意兴·意象·意脉》,《唐代文学研究》第 3 辑,广西师范大学出版社 1992 年版。

③ 如梅祖麟和高友工先生《唐诗的魅力》便将唐诗意象分为名词性的简单意象和动词(或副词)性动态意象两大类。有李世耀译本,上海古籍出版社1989 年版。

④ 陈植锷《诗歌意象论:微观诗史初探》,第 39 页。

为一句"小楼听雨杏花开"①时,仍只能说是一个意象。理论和实际批评脱节的这种情形不知不觉会影响到对诗歌的理解和说明,进一步造成理论上的差互。

二、意象与物象·语象的区别

时下诗学论文和鉴赏文字,用"意象"概念来指称自然物象或名词者比比皆是,学者习焉不察,从未觉得有何不妥。但稍加以推敲,马上就产生困惑。直接触发我思考这一问题的机缘,是1997年在京都大学人文科学研究所听程郁缀先生关于"南浦"意象的讲演。程先生列举从《楚辞》、江淹《别赋》直到清代诗词的用例,分析了与送别主题有关的南浦意象在古典诗词中一以贯之的意味。当时金文京先生提出一个问题:难道在漫长的文学史上,"南浦"意象的涵义一直都没发生变化吗? 这个问题,若就诗词用典的常识而言似乎可以给予肯定的回答,但那在学理上明显存在漏洞。因为正如德里达在《论文字学》中所阐明的,符号的复制会因上下文不同而使意义发生变化。在历代众多的文本中,"南浦"怎么可能不发生变化呢? 然而要说有变化,也有问题:南浦作为典故,只具有提示送别主题的意义,从《楚辞》到清代诗词莫不如此。这又如何解释呢? 我认为,问题就出在用意象来指称

---

①元成廷珪《访王伯纯晚归》,《元诗选》二集,中华书局1987年版,上册第706页。

南浦这一点上。南浦虽因有出典而暗示某种惜别的情境,但它本身毕竟只是一个专有名词(地名),其暗示意味只有指涉一定语境才能实现。如果是这样,"南浦"在不同文本中就会因用典方式的差异(正用、反用、直用、虚用)而产生不同的意义,这也才是意象的形态和形成方式。

　　不仅专有名词或典故,就是自然物象之名,用意象来指称也会陷入一种陈述的困境。意象原指意中之象,即唐代诗人戴叔伦所谓"可望而不可置于眉睫之前"的"诗家之景"。若对应于自然物象之名,则同样的名词比如"明月"就只能说是同一意象。杨义先生说"明月是中国古典诗词中用得最多的意象之一"①,就是这么理解的。照这么说,不同人的不同作品中出现的明月也应该说是同一意象。可是杨先生却说"李白以宋玉、曹丕以来的悲秋情调,改造了南朝乐府中倾于甜俗的秋月言情,使其秋月复合意象蕴含着清苦而慷慨的复合感情",这又是将不同人使用的"秋月"当作不同意象来看待了,不免自相矛盾。事实上,意象是由不同的意和象结合而成的,意象形成的关键是意识的作用。裴斐先生说得好:"客观存在的月亮只有一个,诗中出现的月亮千变万化。物象有限,意象无穷。"②也就是说,月亮本身只是物象,只有在各种情境中被观照、被表现的月亮才是意象。以"雁"为例,《全唐诗》卷二八三李益《送客还幽州》:

①杨义《李白的明月意象思维》,《中国社会科学院研究生院学报》1998 年第5 期。
②裴斐《意象思维刍议》,《诗缘情辨》,四川文艺出版社 1986 年版,第 109 页。

惆怅秦城送独归,蓟门云树远依依。秋来莫射南飞雁,
从遣乘春更北飞。

同卷《春夜闻笛》:

寒山吹笛唤春归,迁客相看泪满衣。洞庭一夜无穷雁,
不待天明尽北飞。

《全唐诗》卷二八五李端《送黎兵曹往陕府结婚》:

奠雁逢良日,行媒及仲春。

王国维《人间词甲稿·浣溪沙》:

天末同云黯四垂,失行孤雁逆风飞。江湖寥落尔安归?

例一以对雁的怜惜寄托羁怀,是托物抒情;例二以雁的回归反衬
谪臣的流贬,是意在言外的暗示笔法;例三用《仪礼·士婚礼》之
典,雁只是礼物的古义,并无其实;例四咏物而寄托身世之感,雁
为不幸命运的象征。凡此种种,能说它们是同一意象吗? 只能说
是同一生物及其名称吧,用意象来指称是决不合适的。当然,由
于鸿雁与《礼记·月令》等经典相联系,自然会引起多方面内容的
联想,从典故的角度说也包含着多层意蕴。然而这仍然只是概念
的规定性,而不是意象的规定性。即使典故也只有在不同的语境

中才能衍生不同的意味,形成不同的意象。这就意味着,无论是自然物象还是名词、典故,它们作为意象的功能是进入一个诗歌语境,质言之即置入一种陈述状态中才实现的。

我们可以用一些众所熟知的名作来说明这一问题。杜甫《绝句》:"两个黄鹂鸣翠柳,一行白鹭上青天。窗含西岭千秋雪,门泊东吴万里船。"照流行的用法,将名物指称为意象,前两句就包含了黄鹂、翠柳、白鹭、青天四个意象。可是仔细想想,"两个黄鹂"算什么意象,"翠柳"算什么意象,又融入了什么意? 实际上是"两个黄鹂鸣翠柳"这个完整的画面才是一个意象,而作者的感觉和意趣也融入了其间。同理,"一行白鹭"也只是有数量限定的名词,付之"上青天"的动作,才构成一个意象。因此全诗可以说是由四个意象构成的,分别用静—近、动—远、小—远、大—近四种构图组成全诗的视觉空间,配以千秋、万里、东吴而形成包含时间感的想象空间。当然,遇到名词前有修饰的,如"秦时明月汉时关""一片孤城万仞山""昨夜星辰昨夜风"等,前后两组词虽都是名词,但形容词或名词加名词的修饰本身已构成了陈述关系,所以就形成两个意象的并列。不过要是那种修饰在长期使用中结合得已非常牢固,如"明月""清泉"等词,就不具有意象性质了。因此王维的名句"明月松间照,清泉石上流"(《山居秋暝》)就只能看作是两个意象;马致远那著名的小令《秋思》,"枯藤""老树""昏鸦"虽都有修饰关系,也只能和"小桥流水人家""古道西风瘦马"一样各看作一个意象,而不是像赵山林先生说的三组九个意象。这时意象的构成不是依赖于陈述语,而是依靠几个名词的简洁组合产生的张力。很显然,枯藤、老树等九个词组在分别营造三幅图画,萧飒的风景、闲适的村庄、疲顿的旅途,以鲜明的对比烘托出作者天涯孤旅的情思。最典型的例子是温庭筠的"鸡声茅店月,人迹板桥霜",赵山林先生将它视为最典型的并置式意象组合方式——"不仅句与句之间意象并置,句子当中也是意象并置"。这显然也是将名词理解为意象的误会。其实早在几十年前,热心于学习中国古典诗歌的意象派诗人就阐明了这个问题。庞德认为"一个意象是在瞬息间呈现出的一个理性和感情的复合体"①,像"鸡声茅店月"这样省略修饰、说明词的诗句,他称之为"视觉和弦",即两个或两个以上的视觉性映像"联合起来提示一个与二者都不同的意象"②。这无疑是正确的。"鸡声""茅店""月"都只是名词提示的简单的象,根本没有意,只有三个视觉表象融合而成的复合体才具有了意象的性质。

　　意象之所以被理解为"意中之象",首先意味着处于抒情主体的观照中,亦即在诗意的观照中呈现。它具有克罗齐的"直觉"的特征,克罗齐说:"每一个直觉或表象同时也是表现。没有在表现中对象化了的东西就不是直觉或表象,就还只是感受和自然的事实。心灵只有借造作、赋形、表现才能直觉。"③意象就是对象化了的知觉呈现,这种呈现需要德里达所谓的"生成空间"(becom-ing space),在语言表达上也就是进入一种陈述状态。所以意象的本质可以说是被诗意观照的事物,也就是诗歌语境中处于被陈述

---

①黄晋凯等主编《象征主义·意象派》,中国人民大学出版社 1989 年版,第135 页。
②参看赵毅衡《意象派与中国古典诗歌》,《外国文学研究》1979 年第 4 期。
③克罗齐《美学原理》,作家出版社 1958 年版,第 7 页。

状态的事物,名物因进入诗的语境,被描述而赋予诗性意义,同时其感觉表象也被具体化。诗人艾青在《诗论》中将意象界说为"具体化了的感觉",真正触及了意象的本质。由此说来,意象决不能以名词的形式孤立地存在,它不是由物象呼唤出来的,物象被提示出来的只是类的概念。像"两个黄鹂",虽加上数量限定,仍只是黄鹂的一般状态,它本身是不带有诗性意义的,经过陈述过程,诗性意义逐渐附着上去。在上举杜句中,"鸣"和"上"赋予黄鹂和白鹭以动作,"翠柳""青天"再增添环境和气氛,于是鲜活的意象夺目而出。当然,由于古典诗歌句法结构的复杂性,意象诗性生成的"延异"性结构并非总是如此简单,但必须要有这样一个生成机制则是毫无疑问的。根据意象的这种生成、结构和功能形态,我倾向于将意象视为诗歌本文的基本结构单位,依照意象结构方式的不同,本文可以由一个意象构成,也可以由多个意象构成。

一个好的概念总是概括性和约定俗成的统一。意象既然是个历史名词,它的含义必有一定的历史积淀和约定俗成的惯例。那么古人是怎么用的呢?刘勰《文心雕龙·神思》:"独照之匠,窥意象而运斤。"王昌龄《诗格》:"久用精思,未契意、象。"何景明《与李空同论诗书》:"夫意、象应曰合,意、象乖曰离。"阮葵生《茶余客话》:"作者当时之意象,与千古读者之精神交相融洽。"①这

---

① 阮葵生《茶余客话》卷十一,中华书局上海编辑所 1959 年版,上册第 310 页。

里的意象都指构思中出现在意识中的被感觉陶铸整构的物象①，
正如王昌龄所说的："夫置意作诗，即须凝心，目击其物，便以心击
之，深穿其境。如登高山绝顶，下临万象，如在掌中。以此见象，
心中了见，当此即用。"上引温庭筠的两句诗，李东阳《麓堂诗话》
说："人但知其能道羁愁野况于言意之表，不知二句中不用一二闲
字，止提掇出紧关物色字样，而音韵铿锵，意象具足，始为难得。"
物色即实际的景物，与意象对举，可见意象指诗中的语言表现。
但如此判断立即带来一个问题：温庭筠诗句的六个名词在诗句
中，或者说在读者的阅读反应中，明显是伴有画面感的，正是六者
的并列，构成了早行旅景，这些名词从一般语言学的角度说虽只
是抽象的概念，但"被称为概念的意识事实是跟用来表达它们的
语言符号的表象或音响形象联结在一起的"②；而从语用学的角
度说，这些名词在诗的语境中更是具有提示画面或者说唤起记忆
表象的作用。当我们读起上面的诗句或马致远的小令时，不是分
明感到宛然在目的画面吗？我们怎么来指称这些名词的诗性意
义？在脱离具体语境时，我们举证名物，如关于《诗经》或唐诗统
计时，称它什么？唐人是称之为物象的，如高适《陪窦侍御灵云南
亭宴诗》云："连唱波澜动，冥搜物象开。"孟郊《同年春宴》云："视
听改旧趣，物象含新姿。"《赠郑夫子鲂》云："文章得其微，物象由

①钱锺书先生认为"刘勰用'意象'二字，为行文故，即是'意'的偶词"，见敏
　泽《关于钱锺书先生二三事》(《文化·审美·艺术》，山西人民出版社
　2002年版，第541页)一文。根据《神思》篇所述构思活动的心理过程来
　看，似乎也不能排除包括心理表象的可能。
②索绪尔《普通语言学教程》，高名凯译，商务印书馆1980年版，第32页。

我裁。"贾岛《吊孟协律》云:"集诗应万首,物象遍曾题。"齐己《读李白集》云:"人间物象不供取,饱饮游神向玄圃。"宋代滕元秀《秋晚》云"槭槭霜风劲,骎骎物象凋",仍以物象指自然界的事物。晚唐黄滔《答陈磻隐论诗书》云:"着物象谓之文,动物情谓之声。"①托名白居易的《金针诗格》更明确说:"象,谓物象之象,日月山河虫鱼草木之类是也。"其"诗有物象比"一条还举出若干常见物象所比喻的事物,这说明"物象"在唐宋时期已是一个成熟的稳定的概念。

　　今天看来,具体的自然景物——物色,是完全可以沿用古人的"物象"概念的,问题是那些"物象"概念所不能包容的抽象名词,比如颜色、声响以及动词等,它们不也伴有心理表象么,该如何称呼?像王安石"春风又绿江南岸"的"绿",贾岛"僧敲月下门"的"敲",都不属于"物",无法用"物象"来指称,但它们确实能唤起一种心理表象,这些词我们该如何指称它们呢?高友工和梅祖麟先生称为动词(或副词)性动态意象,比照上文的辨析,这样的个别动词或副词称为意象也明显是不妥的②。在此我想引进一个当代批评家使用的新概念——"语象",用来指称"物象"以外的"象"。当年赵毅衡在《新批评》一书中用"语象"作 icon 的译语③,但 icon 恰恰接近中国自古所用的意象的含义,所以我宁愿采取陈晓明《本文的审美结构》中对语象的规定:(1)"语象"建立

―――――――――

① 黄滔《莆阳黄御史集》下帙,《丛书集成初编》影印《天壤阁丛书》本。
② 高友工、梅祖麟《唐诗的魅力》,李世耀译,上海古籍出版社 1989 年版,第79—83 页。
③ 赵毅衡《新批评》,中国社会科学出版社 1986 年版,第 132—137 页。

在本文的本体构成意义上,也就是语象具有"存在性";(2)语象是本文的自在存在,它是本文的基本"存在视象";(3)语象只是呈示自身,不表明任何与己无关的意义或事物;(4)语象是既定的语言事实,它与作者和读者以及其他本文无关①。而语象的生成机制,就是能指词进入本文的构成活动而发生三维分解:(1)能指词的音响结构作为物质实体保存下来;(2)所指显明的意义转换成存在的世界图像;(3)能指词约定的所指转化为"存在视象"②。陈晓明的界说因为有西方语言哲学的理论背景,所以使用的概念和陈述看上去比较深奥,我理解能指词进入本文的构成活动而发生三维分解,大概可以对应于语词的音、形、义三个层面。语象对于诗既然是存在世界的"基本视象",那么作为本文的结构单位,就可视为本文不可再分的最小元素,物象包含在语象概念中,意象则由若干语象的陈述关系构成。明确了这一点,我们的诗歌本文分析就有了一个合用的工具箱。即使遇到陈子昂《登幽州台歌》这样历来被认为无意境(或不适合用意境概念来分析)的诗作,我们也可以用语象的概念来分析其意境。在这一点上,语象比起意象来就更显出作为术语的优势了。

三、意境的本文属性

　　澄清了意象的问题,意境的问题就容易解决了。目前学术界

---

① 陈晓明《本文的审美结构》,花山文艺出版社 1993 年版,第 92 页。
② 陈晓明《本文的审美结构》,第 87—88 页。

对意境的理解,以袁行霈先生的定义为代表:"意境是指作者的主观情意与客观物境互相交融而形成的艺术境界。"在日常语境中一般简化为"情景交融的艺术境界"。这一定义简明扼要,为学术界所接受。不过仔细琢磨起来,定义的中心词"艺术境界"本身还是个有待阐释的复杂概念,尤其是近代意境说的奠基人王国维就用"境界"一词来指意境,以"艺术境界"作意境的中心词在逻辑上便有同义反复之嫌。至于"艺术境界"究竟是存在于作者构思中,还是存在于作品或读者的阅读经验中,学者有不同看法,在使用意境概念时各持一说。鉴于这种情形,我曾将意境定义为"作者在作品中创造的表现抒情主体的情感、以情景交融的意象结构方式构成的符号系统"①,以说明意境的本质属性及存在方式。迄今我的基本看法虽未改变,但认识问题的角度已有了变化,我想尝试在本文结构的意义上解释意境,使我的定义及其提出的规定性在逻辑上更为完密。

迄今为止,学术界在意境阐释上的分歧,我认为主要是由于将它解释为一种审美经验,而不是一种结构性的存在。这与中国现行文学理论体系没有确立起本文观念有关。我们习惯于用"作品"的概念指称诗人的创造物,而将诗歌表现和接受的交流过程视为作品语言形式的功能,这实在是一种非常模糊的认识。实际上作者创造的只是本文,这是一个不以阅读与接受而改变的自足性存在,韦勒克名之为"本体结构"。文学的表现和接受是以本文

---

①蒋寅《说意境的本质及存在方式》,《古代文学理论研究》第十六辑,上海古籍出版社 1992 年版。

为媒介实现的。按当代文论学者的看法,"本文是一种有序的、综合的、相对封闭的符号形态的序列或曰结构;与这种序列或结构相对应的是一种有序的、综合的、相对封闭的语义结构"①。本文的符号—语义结构在读者的阅读中释放出呼唤性的信息,定向激发读者的想象,并形成完整的美感经验,于是产生了作品。陶渊明诗在被人阅读之前,就只是本文,它们成为作品是在流传诗坛以后,包括钟嵘在内的第一批读者的阅读,成就了"古今隐逸诗人之宗"的作品。这就是接受美学揭示的作品的本质。正是在这个意义上,瑙曼说:"从本文到作品的过程包含着意思的给定,而意思的给定只有允许本文进入这样一种关联才能实现:这种关联不同于保证本文的各种因素在结构上统一的那种关联,它是通过与本文建立评价关系的阅读而形成的那种关联。"②如果我们将文学活动得以实现的过程理解为作者意图→写作→本文→读者阅读→审美经验,或者说"只有被阅读的,也就是被赋予意思并进而被评价的本文才是真正的作品"③,那么意境就正相当本文的位置。

意境的本质就是具有呼唤性的意象结构,情景交融的结构方式形成了中国诗意境的象征性、暗示性、含蓄性等一系列美学特征。论中国诗歌美学的学者往往将这些特征看作是意境范畴本身的审美特征,于是出现了许多阐释意境美学特征的论文。其实

①施伦斯泰特《作品作为接收指令以及对它的把握问题》,《作品、文学史与读者》,文化艺术出版社 1997 年版,第 76 页。
②瑙曼《作品与文学史》,《作品、文学史与读者》,第 190 页。
③瑙曼《作品与文学史》,《作品、文学史与读者》,第 191 页。

意境的基本属性也可以说"是一种有序的、综合的、相对封闭的符号形态的序列或曰结构",与之相对应的也是"一种有序的、综合的、相对封闭的语义结构"。它是诗人艺术思维的形式化成果,也是艺术表达的全部。这一点也许不能得到许多人首肯,因为人们通常认为,诗人要表达的东西很多,诗中写出的只是有限的一部分。在这个问题上,我赞同克罗齐的见解:人们常有一种错觉,以为某些艺术家"只是零星片断地表现出一种形象世界,而这个世界在艺术家的本身的心目中则是完整的";其实,"艺术家心目中所具有的恰恰就是这些片断零星的东西,而且同这些片断零星的东西在一起的,也不是那个人们所设想的世界,充其量也不过是对这个世界的向往和朦胧的追求,也就是说,对一个更加广泛、更加丰富的形象的向往和追求,这个形象也许会显现,也许不会显现"①。我自己的写作经验,能印证他的说法。我们构思和酝酿的过程,就是若干语词的剪辑,若干意象的润饰,清晰可辨。而那些朦胧的、不确定的东西则决非作者所要表达,因为他不知道那是什么。作者想表达的东西,哪怕像李商隐《锦瑟》那种迷离恍惚、缥缈不定的情调,也清楚地表达在诗歌本文中。所以我认为意境就是作者创造的诗歌本文,它是所有诗歌作品存在的基础,只不过在不同语言写作的诗歌中呈现为不同的结构特征。也许其他民族的诗学里暂时找不到与"意境"对译的概念,但决不能说别的民族没有类似于意境的诗学观念。近代自诩探骊得珠的王

---

① 克罗齐《美学或艺术和语言哲学》,黄文捷译,中国社会科学出版社 1992 年版,第 15—16 页。

国维,正是在外国诗学的启示下才拈出"境界"来作为诗歌的核心概念的。如今重新在本文的意义上阐释意境,就使它成为与人类普遍的诗歌经验相沟通的诗学范畴,获得一般性的工具意义。

同时,在本文的意义上使用意境概念,还将意境的存在限定于本文的语义结构内,使之与作者和读者的想象经验区别开来,便于从客体的角度讨论作者的创造性。不难理解,诗人意欲表达的情感和诗意并不是砖头那样的有固定形质的材料,而是只有通过语言陈述才得以体认和交流,随着用以传达的语言变化而变异的混沌经验。诗人的情感体验和想象经验由语言而赋形,而重构,它们决不能外在于语言而独立,不能像过去的文学概论那样用内容、形式的二分法来说明。它们就是诗歌本文,也就是诗人创造的意境本身。事实上,就清代以来诗论家使用的情形看,人们一般都习惯于将意境视为诗人的创造物。如徐嘉炎《丛碧山房诗序》云:"旨趋贵乎高渺,而意境期乎深远。"①方元鲲评陈与义《三月二十日闻德音》曰:"意境深远,百炼得之。"②周炳曾《道援堂诗序》云:"诗之格调有尽,吾人之意境日出而不穷。"③冯培《鹤半巢诗续钞》自序记友人语曰:"子之诗诚善矣,第此十卷中服官京师者居十之八九。凡所游历酬赠,大率不出都门,无山川之助以发摅性灵,故意境或差少变化也。"④既然是诗人的创造物,当然只能是既定的一个——总不能因读者产生不同审美经验,就说

①庞垲《丛碧山房诗集》卷首,康熙刊本。
②方元鲲《七律指南甲编》卷三,嘉庆刊本。
③屈大均《道援堂诗集》卷首,康熙刊本。
④冯培《鹤半巢诗续钞》,嘉庆八年刊本。

诗人创造了不同的意境吧？本文有它的自足性,它构成了赫施说
的"含义"(区别于意味)①,意境也有它的自足性,它构成了人们
通常所说的"诗意"。

　　这一点既明确,意境概念的规定性就更清楚,也更具可操作
性了,诗歌批评中因概念含混而引起的许多不必要的麻烦将可以
免除。

四、语象·物象·意象·意境的重新定义

　　综上所述,我们可以将语象、物象、意象、意境四个概念作以
下定义:

　　　　语象是诗歌本文中提示和唤起具体心理表象的文字符
　　号,是构成本文的基本素材。
　　　　物象是语象的一种,特指由具体名物构成的语象。
　　　　意象是经作者情感和意识加工的由一个或多个语象组
　　成、具有某种诗意自足性的语象结构,是构成诗歌本文的组
　　成部分。
　　　　意境是一个完整自足的呼唤性的本文。

----

①参看赫施《解释的有效性》第二章"含义和意味",王才勇译,生活·读
　书·新知三联书店1991年版。

辨析这四个概念的好处是多方面的。首先，分别语象与意象的好处是符合古人的理解，可以较好地把握和解释历史语境中的用法。比如沈德潜《说诗晬语》卷上称孟郊诗"意象孤峻"，若以意象指自然物象，单纯山水树石如何个孤峻法？必以"日窥万峰首，月见双泉心"（《陪侍御叔游城南山墅》）、"楼根插迥云，殿翼翔危空"（《登华严寺楼望终南山赠林校书兄弟》）、"危峰紫霄外，古木浮云齐"（《鸦路溪行呈陆中丞》）之句为意象，乃有孤峻之说。同理，方东树《昭昧詹言》卷八云："意象大小远近，皆令逼真。"方东树加以解释说："情真景真，能感人动人。"若以意象指名物，客观的自然山水，有什么远近大小，又有什么真假可言？只有被诗人观赏、取舍、构造的山水图景才可以谈论远近真假。杨际昌《国朝诗话》举陈钰《送友人归江州》绝句"浔阳南望天连水，大孤小孤黄叶稀。一片归帆秋正好，满江烟雨鹭鸶飞"，以为"意象甚工远势"①。"工"即善经营之谓，这个"工"字最清楚不过地表明了意象的人工色彩。将意象定义为心灵化的语象结构，和古人的用法是正相一致的。

其次，澄清意象和意境两个范畴的好处是诗歌的材料、结构和功能的关系变得更加清楚。意象与意境的关系，就是局部与整体，材料与结构的关系，若干语象或意象建构起一个呼唤性的本文就是意境。诗人的写作和读者的阅读由此相连接，诗意的交流也由此而实现。这一诗歌审美经验的交流过程清楚地告诉我们：

---

① 杨际昌《国朝诗话》卷二，郭绍虞辑《清诗话续编》，上海古籍出版社1983年版，第3册第1722页。

诗人的审美经验通过艺术思维完成意境营造的过程,实质上就是将诗性经验意象化的过程,所谓"窥意象而运斤"是也;读者的鉴赏则相反,是通过对个别意象的解悟逐步领会意境的完整构成,从而还原诗人的审美经验(当然是有所改造的)。叶燮将这一过程表述为诗人"遇之于默会意象之表",读者也得之"默会意象之表"(《原诗》内篇下)。意象概念的澄清为古典诗论一些命题的当代阐释奠定了基础。

复次,澄清意象和意境两个范畴的另一好处是便于说明意象与意境的特殊结构关系。陶文鹏先生曾以丰富的诗歌知识说明中国古典诗歌中意象与意境的复杂关系。比如张九龄《湖口望庐山瀑布水》一诗,"作为意境的主体或中心并超乎于意境之上的,乃是具有象征涵义的瀑布这一意象","全诗不是意境超乎意象,倒是意象高于意境"。我认为意境作为意象的总和,它的内涵一定是包容所有意象的。只不过意象的结构形态有主次式、辐射式、并列式的不同①,在主次式结构的本文中,诗的意境围绕主意象构成罢了。这首诗正是以瀑布为主意象构成的诗,根据上文对意象和意境的解说,可以很方便地从意象结构的角度说明张诗的构成。

最后,对无意境诗的看法,也可由意象、意境的辨析得到检讨。学术界既将意境理解为"情景交融的艺术境界",遂一向将陈子昂《登幽州台歌》、李清照《读史》之类的作品视为无意境诗。我非常赞同陶文鹏先生认为陈诗没有意象但有意境的看法,而且

---

①参看蒋寅《大历诗风》"意象与结构"一章,上海古籍出版社1992年版。

连他认为既无意象也无意境的《读史》，我也认为有意境，关键在
于我们怎么来定义意境。按意境的语源"境界"的本义来说，是
"心之所游履攀缘者"①，指的是意识的内容，故王国维说"喜怒哀
乐亦人心中之一境界也"（《人间词话》）。以前我倾向于将意境
理解为以情景交融的方式构成的意象结构，考虑再三，觉得还是
定义为呼唤性的本文为宜。这可以解决中国诗歌与西洋诗歌在
艺术本质上的沟通问题。实际上，真正将中西诗歌区别开来的，
不是所谓"情景交融的艺术境界"，而是构成这种诗性经验的本文
形态，也就是上文说的意象结构方式。如果说《登幽州台》《读
史》这样的诗更接近西洋直抒胸臆的传统，那就是没有用意象的
方式，这时我们可用"物象""语象"的概念来讨论它们，"悠悠"不
是一个很值得注意的语象吗？这一点引出了区别"物象""语象"
"意象"的又一大好处——便于阐明中国诗歌与外国诗歌的差异
所在。

　　在文学理论术语的翻译中，image 一直有不同的译法，或译作
形象，或译作印象，现在一般多译作意象。我认为恰当的译法也
许是语象，指名称给人的印象和形体感。若用意象来译 image，说
中国诗是意象诗，不就成了指用意象 image 构成诗吗？那么西洋
诗也用 image，中国诗的特征又何在呢？实际上，作为 image 的名
词在中西诗歌里，同样具有材料的意义，不同的是它们的功能。
西洋诗的 image 指称表达的对象，而中国诗的 image 则经常充当
表达的媒介。以自然物象充当表达的媒介，也就是意象化——借

①丁福保编《佛学大辞典》，文物出版社 1984 年版，第 1247 页。

助于意象的方式来表达。如果将 image 译作意象,那么意象诗就只意味着名词的排列或省略动词,如"鸡声茅店月,人迹板桥霜"之类。这在西洋人看来,固然是很中国式的诗作,庞德也可以摹仿这样的风格,但我们要是也认为这就是中国诗构成的本质,或根本特色,那就将中国诗看得太简单,同时对中国诗的理解也太肤浅了。

二 原始与会通

——"意境"概念的古与今

　　"意境"一直是古代美学和文论关注的焦点,每年都有若干论文发表,虽大多无甚新意,但一个趋势是很明显的,那就是愈益倾向于将意境视为中国古代文论乃至美学的核心范畴,在涵盖中国古代文论和美学一般特征的意义上来阐释它①。这也可以说是二十世纪以来意境研究的基本取向,但这种学术努力总不能得到

①近年的论文有韩强《意境是审美、艺术的基本单元》,《海南师院学报》1998年第1期;火华《我国古意境说与现代西方美学》,《广西教育学院学报》1998年第1期;古风《意境理论的现代化与世界化》,《中国社会科学》1998年第3期;胡稼祥《也谈"意境"》,《赣南师范学院学报》1999年第1期;何辉斌《冲突与意境——论中西文学的不同审美追求》,《文艺理论研究》2000年第3期;成远镜《从三种意境误读看意境范畴的重构》,《娄底师专学报》2001年第1期;林衡勋《意境现代研究方法论》,《文艺理论研究》2001年第2期;童庆炳《"意境"说六种及其申说》,《东疆学刊》2002年第3期;诸葛志《释"意境"》,《浙江师范大学学报》2003年第5期;孔莲莲《意境与境界语符选择的意义倾向》,《曲靖师范学院学报》2006年第1期;张燕玲《中国古代文论中的"意境""境界""意象"辨析》,《北(转下页)

圆满的结果,各家的见解或阐释仍不免歧见纷陈。究其所由,则在于意境是个晚起的名词,一追溯其起源,就涉及与"境""境界""意象""情景"诸概念的关系,很难厘清这个现代美学概念与它的语源之间本义和引申义、比喻义的种种缠夹,而作为涵摄中国古代美学精神的范畴和作为历史名词的概念之间更有着尚未弄清的学术史链接。当我们忘记意境只是个晚起的概念,先验地将它作为中国美学和文论的核心范畴来讨论时,因"完全忽视了范畴的发生和演变的历史背景"①,就不可避免地导致种种方法论的悖谬和阐释的含混。

意境研究的所有问题都在这里:我们说的意境和二十世纪以前古人使用的意境概念没有关系,顶多和王国维的"境界"概念有点联系。当代学者对意境的所有阐释,只是在做这样一件工作:将自己对古典诗歌乃至全部古典艺术的审美特征的抽象认识,纳入一个历史名词——意境中,并将其解释为意境概念固有的内涵。在这方面比较有代表性的,如叶朗说意境是意象最富有形而上意味的一种类型,它"超越具体的有限的物象、事件、场景,进入无限的时间和空间,即所谓'胸罗宇宙,思接千古',从而对整个人

（接上页）京科技大学学报》2006 年第 1 期;陈伯海《释"意境"——中国诗学的生命境界论》,《社会科学战线》2006 年第 3 期;刘成纪《重谈中国美学意境之诞生》,《求是学刊》2006 年第 5 期。有关意境研究在当代的发展,可参看王建珍《论意境研究在现代的发展》,《华北电力大学学报》1999年第 4 期;古风《21 世纪意境研究的基本走向》,《贵州社会科学》2002 年第 5 期。

①萧驰《中唐禅风与皎然诗境观》,《佛法与诗境》,中华书局 2005 年版,第118 页。

生、历史、宇宙获得一种哲理性的感受和领悟","这种带有哲理性的人生感、历史感、宇宙感,就是'意境'的意蕴"①。这种努力,从理论建设的意义上说当然是有价值的,但就概念的确立而言,毕竟缺乏历史依据,经不起历史回溯的考验。

我完全同意叶朗关于中国传统美学将"意象"视为艺术本体的看法,在我看来,今人对意境审美内涵的所有阐释实际上都是应该献给"意象"范畴的。事实上,意象化是中国古典诗歌乃至艺术最基本的审美特征,"意象"概念及其理论才是中国古典美学和诗论的核心范畴,而"意境"在二十世纪之前只是一个相当于当代文学理论"本文"概念的术语。在《中国诗歌研究》第三辑的笔谈中,我本想简要地谈谈这个问题,但越写就越感觉到,这个问题不是三言两语可以谈清楚的,而笔谈的篇幅又有限制,容纳不下诸多引证和论辩,只好重新做一篇文章,在更充实的资料基础上展开论述。

一、古人的"意境"概念

问题还要从意境概念的定义谈起。我在《语象·物象·意象·意境》(《文学评论》2002 年第 3 期)一文中将意象和意境重新作了如下的定义:

---

① 叶朗《说意境》,《文艺研究》1998 年第 1 期。因本文提到前辈学者较多,为行文简明,敬称一概从略。

　　意象是经作者情感和意识加工的由一个或多个语象组成、具有某种诗意自足性的语象结构,是构成诗歌本文的组成部分。

　　意境是一个完整自足的呼唤性的本文。

关于意境的本文属性我在文中已作了阐述,这里再补充一点,意境和本文在自足性一点上也完全相通:本文的自足性构成了赫施说的"含义"(区别于意味),意境的自足性则构成了人们通常说的"诗意"。差别只在于本文(text)是个抽象概念,而意境是个比喻性概念,这正是中西诗学概念系统的差异之一。人类的精神世界是相通的,艺术经验也是相通的,差异往往在于言说方式的不同。西方诗学的概念系统是逻辑的抽象的,东方诗学的概念系统是比喻的直观的,但它们的所指却有着一致性。意境与本文的对应正是一例,揭示其间的一致就使意境概念成为与当代文学理论相沟通的诗学范畴,获得一般性的工具意义。

　　论文发表后,陶文鹏、韩经太两位学者认为我过于注重"规定性界说"而忽视了"历史含义"的理解,即只顾"通用"阐释而忽略了"专用"阐释,因而发表《也论中国诗学的"意象"与"意境"说》(《文学评论》2003年第2期)一文,对我的观点提出商榷。我研究了他们的论文,觉得我们之间的分歧在于讨论问题的立足点不同:我讨论的是作为批评概念的"意境",而他们讨论的是作为审美观念之体现的"意境"范畴。他们认为我忽视意境的历史含义,是没有注意到,我如此阐释"意境",恰恰是出于他们提出的"'通用'性的阐释首先必须满足中国诗歌艺术对相应理论阐释的需

要,首先必须适应中国诗歌艺术的历史经验"的原则,力图实现与
传统用法的沟通。我举的几位清代批评家使用"意境"的例子,已
表明这一点。而他们所阐述的"意境"内涵,与其主张相反,恰好
是反历史经验的,只是今人对古典诗歌审美特征的一般理解,是
今人赋予"意境"一词的含义。事实上他们没有举出一条材料来
证明,古人是像他们说的那样使用意境概念的。

由此我们看到学界在"关键词"研究上的一个薄弱环节,即对
学术史线索的梳理尚有不足。虽然许多论文都专门追溯过意境
说的起源①,但着眼点往往是在意境观念与传统诗学的内在关系
而不是"意境"概念本身的语源和演变,对"意境"概念的正式确
立并没有认真追究,以致所有阐释者在论述意境的种种特征和含
义时,并未顾及"意境"一词的传统用法及如何与之沟通的问题。

意境一词是由意、境二词起初并举,最终密着不分而形成的。
其语源可追溯到唐末孙光宪的《白莲集序》:"议者以唐来诗僧,惟

<hr/>

①比较有代表性的有叶嘉莹《〈人间词话〉境界说与中国传统诗说之关系》,
《迦陵论词丛稿》(上海古籍出版社,1980);王达津《古典诗论中有关诗的
形象思维表现的一些概念》,《古代文学理论研究丛刊》第1辑;吴调公《关
于古代文论中的意境问题》,《社会科学战线》1981年第1期;范宁《关于
境界说》,《文学评论》1982年第1期;蓝华增《古代诗论意境说源流刍
议》,《文艺理论研究》1982年第3期;张国庆《论意境说的源流》,《古代文
学理论研究丛刊》第13辑;潘世秀《意境说的形成与发展》,《兰州大学学
报》1985年第2期;王才勇《试述中国古典美学中意境理论发展的历史轨
迹》,《学术论坛》1986年第2期;冯契《中国近代美学关于意境理论的探
讨》,《文艺理论研究》1987年第1期。

贯休禅师骨气浑成,境意卓异,殆难俦敌。"①这里的骨气和境意显然都是并列关系。元代诗格《诗家一指》云:"观诗,要知身命落处,与夫神情变化,意境周流,亘天地以无穷,妙古今而独往者,则未有不得其所以然。"②这里的"意境"似乎还不能说是结合紧密的一个术语。明代朱承爵《存余堂诗话》的"作诗之妙,全在意境融彻,出音声之外,乃得真味",通常被学界视为"意境"最早的用例③,其实"意境"在这里明显是两个词。这种以意、境对举的说法在明代很通行,如宋征璧《抱真堂诗话》说"何、李论诗以意境合为合,意境离为离"④。直到清代诗论家仍相沿用,如张贞生《贺忠矣诗集序》云:"胸之所寄,无之而非诗意也;境之所触,无之而非诗料也。"⑤洪亮吉《北江诗话》卷三:"作诗造句难,造字更难,若造境造意,则非大家不能。"⑥但在清代诗论家笔下,"意境"已逐渐密合为一个词,惟所指因人而异,无论内涵还是外延都有很大的不同。归纳我所见清代诗论中"意境"的用例,大致可分为七类:

（一）赵庆熺《台城路》词标题"小满后十日同人复游皋亭舟行小港中绿阴夹岸意境幽绝"⑦、黄承吉《梦中忽吟五字云窈窕花

①齐己《白莲集》卷首,文渊阁《四库全书》本。
②张健辑校《元代诗法校考》,北京大学出版社2001年版,第639页。
③如韩林德《境生象外》,生活·读书·新知三联书店1995年版,第65页。
④郭绍虞辑《清诗话续编》,第1册第126页。
⑤张贞生《庸书》卷四,康熙间讲学山房刊本。
⑥洪亮吉《北江诗话》,台湾广文书局1971年影印本,第98页。
⑦赵庆熺《香销酒醒词》,光绪十一年碧声吟馆重刊本。

梦通醒时不知何以说也续成五言》云"窈窕花梦通,何花亦何梦。意境虚无间,启颊忽成诵"①,其中"意境"指客观环境,即托名司空图《二十四诗品》所谓"实境"。孙联奎云:"古人诗,即日(疑为目之讹)即事,皆实境也。"②杨廷芝亦云:"语之取其甚直者,皆出于实,计其意境不为深远,当前即是。"③

(二)毛奇龄《西河诗话》卷六称沈舍人寄己诗末章"直赋当时相别意境"④,佚名评陈维崧《恋绣衾》词"寻寻觅觅,凄凄切切,心情无赖,写春闺意境入细"⑤,龚显曾《蕝斋诗话》卷一言"'美酒饮教微醉后,好花看及半开时',此种意境令人留连眷恋,最有余味"⑥,戴均衡评王尚辰诗"清气一往,爽爽有神,于古人意境、兴象深造有得"⑦,这里"意境"是指某个特定的生活情境。

(三)清初陈炼《学人之行也向予索诗而意境荒率不得一语适长卿成五言三首依韵和之如其数书罢惘然依旧未尝提得其一字也》一诗⑧,法式善《梧门诗话》卷十四称朱鹤年诗"意境幽冷,诗

---

① 黄承吉《梦陔堂诗集》卷二十二,道光十二年刊本。
② 孙联奎《诗品臆说》,《司空图〈诗品〉解说二种》,齐鲁书社1980年版,第37页。
③ 杨廷芝《二十四诗品浅解》,《司空图〈诗品〉解说二种》,第114页。
④ 毛奇龄《西河诗话》,《西河全集》本。
⑤ 南开大学图书馆藏《迦陵词》稿本第4册,转引自白静《手抄稿本〈迦陵词〉研究》,南开大学2007年博士论文,第184页。
⑥ 龚显曾《蕝斋诗话》,光绪间刊《亦园脞牍》本。
⑦ 王尚辰《谦斋初集》卷首评语,光绪二十三年庐州活字印本。
⑧ 庄杜芬、徐梅辑《毗陵六逸诗钞·西林诗钞》卷二,康熙五十六年寿南堂刊本。

中亦有画境"①,李家瑞《停云阁诗话》卷三"况真率二字由意境生,有心如此便是不真,但有率耳"②,这里的"意境"指作者心境。前人亦称"内境",明顾璘序刘天民诗,称其"内境春融,神游太古,无芥蒂于得失"③,即此义。

(四)何绍基《与汪菊士论诗》:"诗贵有奇趣,却不是说怪话,正须得至理,理到至处,发以仄径,乃成奇趣。诗贵有闲情,不是懒散,心会不可言传;又意境到那里,不肯使人不知,又不肯使人遽知,故有此闲情。"④这里的意境指片时的意识活动。

(五)吴之振《瀛奎律髓序》云:"作者代生,各极其才而尽其变,于是诗之意境开展而不竭,诗之理趣发泄而无余。……然聚六七百年之诗于一门一类间,以观其意境之日拓,理趣之日生,所谓出而不匮,变而益新者,昭然于尺幅之间,则是编为独得已。"⑤黄生《诗麈》卷二云"凡诗之称工者,意必精,语必秀,句有句法,字有字法,章有章法,大作似信手信口,直率成篇,而于古人法度之精严、意境之深曲、风骨兴象之生动,未之有得焉",又云"欲追古人,则当熟读古人之诗,先求其矩矱,次求其意境,次求其兴象风骨",这里将"意境"与理趣、兴象风骨对举,应指诗歌中的情感

---

①张寅彭、强迪艺《梧门诗话合校》,凤凰出版社2005年版,第395页。
②李家瑞《停云阁诗话》,咸丰五年刊本。
③永瑢等《四库全书总目》卷一七六《函山集》提要,中华书局1965年影
　印本。
④何绍基《东洲草堂文钞》卷五,《何绍基诗文集》,岳麓书社1992年版,第
　822页。
⑤李庆甲辑《瀛奎律髓汇评》,上海古籍出版社1986年版,下册第1813页。

内容。

（六）贺裳《载酒园诗话·宋》论陆游诗"大抵才具无多，意境不远，惟善写眼前景物，而音节琅然可听"①，冯舒评黄庭坚《次韵雨丝云鹤二首》："意境丑恶，非山谷不至此也。"②魏裔介说"盖浙之诗派，远不具论，近代如陆放翁、杨铁崖、徐文长，皆神明朗照，意境超忽"，陈允衡说谢榛诗，人"止知其声格之高，而不知其意境之细"，汪师韩《诗学纂闻》述茶江彭先生论许浑《中秋诗》："此诗意境似平，格律实细。"③乾隆间乔亿《大历诗略》卷一称刘长卿"文房五言皆意境好，不费气力"④，李宪乔评李秉礼《游补陀山寺会者七人因取范石湖壶天观铭跋语七人姓字在栖霞分韵得人字》诗"此纯用《选》体，而意境空旷，非云间、历下可比"⑤，又评彭元瑞《寄万蘅皋》诗"其体格不能高，意境不能阔"⑥。嘉庆十年（1805）张问陶序陈庭学《塞垣吟草》，云："每念戈壁风沙，渺如天外，居其地者愁吟苦啸，当如何慷慨悒郁以达其悲凉之气？而诵先生所作则和平温厚，意境宽舒，几忘其为羁人迁客也。"⑦于大中《竹坪诗稿》庞长年序称于诗"清思秀发，意境幽闲，直入香山之室"，沈贻谷《竹雪诗话》推崇沈德潜《唐诗别裁集》有古气，谓"更

---

①贺裳《载酒园诗话》，郭绍虞辑《清诗话续编》，第 1 册第 451 页。

②李庆甲辑《瀛奎律髓汇评》卷二十七，中册第 1194 页。

③丁福保辑《清诗话》，上海古籍出版社 1978 年版，上册第 464 页。

④乔亿《大历诗略》，乾隆刊本。

⑤李秉礼《韦庐诗内集》卷一，道光十年刊本。

⑥李怀民《紫荆书屋诗话》，《山东文献集成》第三辑，第 47 册第 132 页。

⑦陈庭学《塞垣吟草》卷首，嘉庆十年刊本。

取后人诗集参阅之,便觉格调、意境全出宋元一团时气",又云"诗无好句法者,终是无好意境;有好意境而无好句法者,终是无好揣摩"①。这些"意境"或与才具、气力、思致,或与格调、格律对举,都应指作家才力情思、作品格调声律以外的立意取境。

(七)沈德潜《说诗晬语》卷上:"中联以虚实对、流水对为上。即征实一联,亦宜各换意境。"乔亿《大历诗略》卷二评卢纶《题兴善寺后池》:"颔联意境好。"卷六评刘方平《秋夜寄皇甫冉郑丰》:"颔联造语特异,便觉意境亦新。"李宪乔评李秉礼《酬任春海刘春浦壶山雨后看桃花作》"三四意境妙绝"②。管世铭说:"太白'山随平野尽,江入大荒流',摩诘'江流天地外,山色有无中',少陵'星垂平野阔,月涌大江流',意境同一高旷而三人气韵各别。"③朱庭珍《筱园诗话》说"律诗炼句,以情景交融为上,情景相对次之,一联皆情、一联皆景又次之。(中略)总写一句自有一句之意境,两句迥然不同,却又呼吸相应,此为至要。"④这都是用"意境"指称作品局部的例子,显然也包含立意取境两方面的意思。

以上这些材料,(一)至(五)是和其他词语相通或者说代替其他词语的偶然用法,与"境"的引申义相关,只有(六)(七)中的"意境"才属于诗学的专门术语。它们表明到清代中期,"意境"概念已逐渐固定于立意取境的意思。立意取境大致意味着作家

①沈贻谷《竹雪诗话》,南京图书馆藏道光间稿本。
②李秉礼《韦庐诗内集》卷三,道光十年刊本。
③管世铭《韫山堂文集》卷八《论文杂言》,光绪二十年吴炳重刊本。
④朱庭珍《筱园诗话》卷四,张国庆辑《云南古代诗文论著辑要》,中华书局2001年版,第316页。

才能的运用,意味着作品除声律以外的艺术表现的总和,因此,虽也有沈德潜、乔亿指称作品局部的用法①,但在更多的场合,"意境"还是代指作品传达的总体印象,作为作品评价中一个较高级的单位概念来使用。如乔亿《大历诗略》卷一评刘长卿《经漂母墓》:"意境超然,此题绝唱。"卷二评卢纶诗:"卢允言诗意境不远,而语辄中情,调亦圆劲,大历妙手。"卷三评郎士元诗:"君胄诸诗,意境闲逸,大历高品。"卷四评李端《过谷口元赞善所居》:"锻琢清新而意境自远。"同卷评耿湋《秋日》:"耿拾遗诗意境稍平,音响渐细,而说情透漏,尚不减卢允言诸子。"乔亿是沈德潜高足弟子,也是很关注作品内部构成的格调派诗学家,他的用法可以代表诗坛对"意境"概念的一般理解。这么看来,我们在章学诚《论文辨伪》中读到这样的文字:"若夫枯木寒鸦,乃景光譬况之语,可以指定篇章,评一文之意境,而不可立为规例,以裁量群文。"就一点也不奇怪了。这虽是论文,但"意境"指作品整体的感觉印象,却与诗评的用法相通。至于像戴熙《习苦斋画絮》用"笔墨简贵,意境雄奇"来评元黄公望《江山胜览图》,张文虎用"意境极空阔"来形容王言画柳鸭②,则属于"意境"由诗文评波及到画论的一个例子③。

---

① 这种用法一直为后人所沿用,如于祉《三百篇诗评》论《绵》谓"末章归重文王而以四臣作结,意境甚远",即其例也。

② 张文虎《舒艺室诗存》卷四《杂咏园中草木》其十七自注,光绪刊本。

③ 范宁在《诗的境界》一文中曾认为"用'境界'二字评画似乎比用在文学批评上要早些"(《范宁古典文学研究文集》,重庆出版社 2006 年版,第 36 页),这还有待于深入探讨。

在"意境"概念的形成和推广过程中,有一个人的作用是不可忽视的,那就是清代文学批评史上举足轻重的人物纪昀。在纪晓岚的诗评中,虽也偶用"境界"①,但"意境"用得更频繁。他评《瀛奎律髓》曾屡用意境一词,如卷一评崔颢《黄鹤楼》:"此诗不可及者,在意境宽然有余。"评黄庭坚《登快阁》:"后六句意境殊阔。"评陈与义《登岳阳楼》:"意境宏深,直逼老杜。"卷四评柳宗元《登柳州城楼寄漳汀封连四州》:"一起意境阔远,倒摄四州。"卷六评韦应物《寄李儋元锡》:"五六亦是淡语,然出香山辈手便俗浅,此于意境辨之。"卷十评苏舜钦《春睡》:"三四极切,亦有意境,而终觉不佳。"卷十二评杜甫《秋夜》:"笔笔清拔,而意境又极阔远。"卷十四评刘禹锡《晨起》:"前四句一气涌出,意境甚高,得力全在起二句。"卷十四评许浑《晓发鄞江北渡寄崔韩二先辈》:"用晦五律胜七律,然终是意境浅狭。"卷十六评朱熹《归报德再用前韵》:"此诗亦流美,然不及前篇意境矣。"卷十七评陈与义《雨中》:"此首近杜,意境深阔。"评晏殊《赋得秋雨》:"结句虽太迫义山'秋霖腹疾俱难遣,万里西风夜正长'意,而意境自佳。"评陈与义《雨中对酒庭下海棠经雨不谢》:"意境深阔。"卷二十二评张籍《西楼望月》:"意境甚别,而未能浑老深厚。"评曾几《癸未八月十四日至十六夜月色皆佳》:"纯以气胜,意境亦阔。"卷二十三评孟浩然《归终南山》:"结句亦前人所称,意境殊为深妙。"评林逋《湖楼写

---

① 学界已注意到纪评苏诗用"境界",其实在纪氏《瀛奎律髓刊误》中也有其例。如卷一评陈子昂《度荆门望楚》:"连用四地名不觉堆垛,得力在以度字、望字分出次第,使境界有虚有实,有远有近,故虽排而不板。"

望》:"前四句极有意境。"卷二十四评张子容《送孟六归襄阳》:
"子容诗略似孟公,然气味较薄,意境较近,故终非孟之比。"卷二
十五评黄庭坚《题落星寺》:"意境奇恣,此种是山谷独辟。"卷二
十九评王安石《葛溪驿》:"老健深稳,意境殊自不凡。"卷三十评
宋祁《尹学士自濠梁移倅秦州》:"风骨既遒,意境亦阔。"卷三十
四评姚合《过天津桥晴望》:"五句是真景,然小样;六句则意境深
微,能写难状之景。"卷四十三评贾岛《寄韩潮州》:"意境宏阔,音
节高朗。"这些"意境"用例全都着眼于立意取境,只不过在指局部
和指整体上略有差异。他在《唐人试律说序》中论试律写作,也说
"当寝食古人,培养其根柢,陶镕其意境"①。值得注意的是,由纪
晓岚负责总纂的《四库全书总目》也常用"意境"论诗,似乎体现
了他的宗旨。如卷一四九《东皋子集》提要称王绩《石竹咏》"意
境高古",卷一五九《竹洲集》提要称吴儆诗文"皆意境劖削",同
卷《东塘集》提要称袁说友"五七言古体,则格调清新,意境开
拓",卷一六一《梅山续稿》提要称姜特立诗"意境特为超旷",卷
一八七《众妙集》提要称"师秀之诗,大抵沿溯武功一派,意境颇
狭",卷一六七《礼部集》提要称吴师道诗"风骨遒上,意境亦深",
卷一六八《北郭集》提要称许恕诗"格力颇遒,往往意境沉郁",卷
一六九《翠屏集》提要称张以宁"五言古体意境清逸",卷一七一
《整庵存稿》提要称罗钦顺"意境稍涉平衍",同卷《华泉集》提要
称边贡诗"意境清远不及徐祯卿、薛蕙,善于用短",卷一八九《文
氏五家诗》提要称"(文)征明诗格不高,而意境自能拔俗",等等。

---

① 纪昀《唐人试律说》卷首,《镜烟堂十种》本。

全书凡用"意境"二十四次,全都在集部,用法与纪批《瀛奎律髓》基本相同,很自然地让人考虑它们与纪晓岚的关系。随着《四库全书总目》作为钦定之书一再翻刻,颁行天下,集部提要频繁出现的"意境"一词必然也广为传播,深入人心。

　　果然,在此后出版的诗文评中,我们就看到了"意境"使用愈益固定化的趋势。洪亮吉《贻砚斋诗稿序》云:"其词致之婉约,意境之深邃,于六朝三唐诸诗人实皆有神会处。"①同人《北江诗话》卷四云:"严侍读长明诗致清远,善能借古人意境转进一层。"②戚学标《三台诗话》评陈季镛《秋日送僧道生归广福寺》:"三四自然入妙,意境何减老杜。"③李其永《漫翁诗话》卷上云:"临文变幻,意境云烟,不在字面痕迹。一时快意,却亦无妨。"④林联桂《见星庐馆阁诗话》(嘉庆二十四年,1819)云:"唐诗各体皆高越前古,惟五言八韵试帖之作,不若我朝为大盛。法律之细,裁对之工,意境日辟而日新,锤炼愈精而愈密,虚神实义,诠发入微,洵古今之极则也。"⑤成书《多岁堂古诗存》卷八评杨素《山斋独坐赠薛内史》云:"意境恬淡,直似深山老宿,不知日处扰扰中,何以得此? 古人真不可料。"⑥吴云序刘大观《留都集》云:"松岚之诗初切劘于李子乔,迨与中朝魁人杰士交,意境益深阔。《留都》一集清雄磅礴,

---

① 孙苏意《贻砚斋诗稿》卷首,作于嘉庆十二年(1807),嘉庆刊本。
② 洪亮吉《北江诗话》,台湾广文书局 1971 年影印本,第 151 页。
③ 陶元藻《全浙诗话》卷二十七引,嘉庆元年怡云阁刊本。
④ 李其永《漫翁诗话》,台湾大学图书馆藏李氏刊本。
⑤ 林联桂《见星庐馆阁诗话》,道光三年刘树芳富文斋刊本。
⑥ 成书《多岁堂古诗存》,道光十一年刊本。

不主故常,得江山之助为多。"①潘德舆《养一斋诗话》云:"《三百篇》之体制音节,不必学,不能学;《三百篇》之神理意境,不可不学也。神理意境者何? 有关系寄托,一也;直抒己见,二也;纯任天机,三也;言有尽而意无穷,四也。"②杨廷芝《廿四诗品浅解·沉著》云:"脱巾独步,其意境非无据也。"③孙联奎《诗品臆说·自然》云:"幽人所在自然,而居于空山,则更自然矣。古诗云:'山中何所有,岭上多白云。只可自怡悦,不堪持赠君。'意境俱自然也。"④于祉《三百篇诗评》云:"诗无寄托则体裁卑而意境不远。"⑤林昌彝《射鹰楼诗话》云:"朱子五言古诗,意境、门户、风骨、气味,纯从汉魏镕化而出,真处妙在能以古朴胜耳。"⑥到清末及民国初年的传统诗论(相对于新诗理论而言)如朱庭珍《筱园诗话》,许印芳、赵熙评《瀛奎律髓》,陈廷焯《白雨斋词话》,金武祥《粟香随笔》,宁调元《太一丛话》,周实《无尽庵诗话》,陈琰《艺苑丛话》,林庚白《孑楼诗话》,赵元礼《藏斋诗话》,黄濬《花随人圣盦摭忆》,徐昂《诗词一得》中,我们看到"意境"已是诗歌批评中习用的术语。当时像周白山评王韬诗"淡冶秀蒨,大有中唐人意境",管嗣复称王韬诗"意境超脱",康有为与丘炜萲论

---

①刘大观《玉磬山房诗集》卷三,清刊本。
②潘德舆《养一斋诗话》卷一,郭绍虞辑《清诗话续编》,第4册第2007页。
③《司空图〈诗品〉解说二种》,第91页。
④《司空图〈诗品〉解说二种》,第25页。
⑤于祉《三百篇诗评》,咸丰三年与《澹园诗话》合刊本。
⑥林昌彝《射鹰楼诗话》卷五,上海古籍出版社1988年版,第101页。

诗说"意境几于无李杜,目中何处着元明"①,类似的例子简直举不胜举。虽含义仍不太统一,但通常指作品的立意取境,进而泛指艺术表现的总体,则是比较清楚的。

在"意境"不太一致的用法中,最引人注目的是仍沿用前人指主观意识和观念的用法。如李家瑞《停云阁诗话》云:"真率二字由意境生,有心如此便是不真,但有率耳。"②李慈铭《越缦堂日记》云:"余谓吾辈眼力意境皆出明以来诗人上,而究之不能大越寻常者,资质有限,读书不多,气太盛,心太狠,出句必求工,取法必争上故也。"③朱庭珍《筱园诗话》云:"我有我之精神结构,我有我之意境寄托,我有我之气体面目,我有我之材力准绳。"④最典型的,也是最有影响力的,当属清末民初文学革命的旗手梁启超。光绪二十五年(1899)他在《汗漫录》(后改名《夏威夷游记》)中鼓吹"诗界革命",要以"新意境""新语句"加上"古人之风格"来改造诗歌。文中反复提到"意境"一词,如"宋明人善以印度之意境、语句入诗","欧洲之意境、语句,甚繁富而玮异",又称黄遵宪《今别离》等诗"纯以欧洲意境行之,然新语句尚少",又评诸家"所谓欧洲意境、语句,多物质上琐碎粗疏者,于精神思想上未有之也"。从这些语句来看,他的"意境"基本上就是观念的换一种说法。他时而又用"境界"一词,说"余虽不

①康有为《与菽园论诗兼寄任公孺博曼宣》三首之三,《南海先生诗集》卷十一,商务印书馆1941年版。
②李家瑞《停云阁诗话》卷三,咸丰五年刊本。
③李慈铭《越缦堂日记》,江苏广陵书社2004年影印本,第153页。
④朱庭珍《筱园诗话》卷一,郭绍虞辑《清诗话续编》,第4册第2343页。

能诗,然尝好论诗,以为诗之境界,被千余年来鹦鹉名士占尽矣","邱星洲有'以太同胞关痛痒,自由万物竞生存'之句,其境界大略与夏、谭相等,而遥优于余"。这里的"境界"与"意境"大致相同,都指诗歌所表达的观念。

从现有资料看,清代诗论中的"意境",是一个指称诗歌表达的总体感觉或印象特征的中性概念,它在清末有单指观念的趋势,主要体现在梁启超的诗论中。在诗论中与"意境"对举的格调、法度、风骨、兴象、矩矱、理趣、格律、神理、门户、气味、寄托等术语也都是中性概念,本身不具有价值色彩,只有"风骨"因很早就与建安诗歌的审美特征相联系而是个例外。如果这些例子能体现"意境"在传统批评语境中的一般用法,那么就可以说,直到清代,意境概念还看不出与其他诸概念的级次和涵摄关系,它本身不带有特定的评价性,也不含有今人所阐发的种种审美内涵。我正是基于这一认识,才提出了意境是与本文对等的概念这一假说,这固然是一种通用阐释,但同时不也是回归"意境"的历史含义吗?澄清这一点,我们就可以进一步思考:"意境"是如何发展为今天这样代表着中国美学精神的核心范畴的呢?

二、王国维对"意境"的曲解

迄今有关"意境"范畴的溯源研究,基本都将王国维视为意境论的奠基人。谈到意境的内涵,人们已习惯于征引《人间词话》中的有关文字,并确认"王国维的'境界'说,主要从艺术和审美的角度确认中国古典诗词所创造的艺术世界的独到美感特征"①。这确实是王国维的理论贡献,但同时也是他随意使用历史名词的误解,在今天我们必须正视这一点。

将王国维的境界说与清代前辈诗论家使用的"意境""境界"概念作个比较,就会发现其间没什么相通之处。2002 年我在韩国任教时,曾有一个以意境论的历史研究为题做学位论文的研究生,向我述说她的困惑,说根据现有材料,梳理有关论述,到王国维这里好像就连不起来了。我告诉她,王国维的诗学基本与传统诗学没什么关系,他是将源于西洋诗学的新观念植入了传统名词中,或者说顺手拿几个耳熟能详的本土名词来表达他受西学启迪形成的艺术观念。"境界"一词应该就是取自梁启超的论著。

王国维对"意境"的完整论述,也是他成熟的想法,见于托名樊志厚的《人间词乙稿序》:"文学之事,其内足以摅己而外足以感人者,意与境二者而已。上焉者意与境浑,其次或以境胜,或以意胜,苟缺其一,不足以言文学。原夫文学之所以有意境者,以其能观也。出于观我者,意余于境;而出于观物者,境多于意。(中略)二者常互相错综,能有所偏重,而不能有所偏废也。文学之工不工,亦视其意境之有无,与其深浅而已。"这段话看似脱胎于前人的情景二元论,其实思想基础完全不同。情景二元论着眼于物我的对立与融合,处理的是吴乔所谓"情为主,景为宾"(《围炉诗

---

① 陶文鹏、韩经太《也论中国诗学的"意象"与"意境"说》,《文学评论》2003年第 2 期。

话》卷一)的关系,后来方士庶《天慵庵随笔》说:"山川草木,造化自然,此实境也。因心造境,以手运心,此虚景也。"①同不脱这种思维模式。而王国维的"观我""观物",却有了超乎物和我之上的观者,也就是西方现代哲学的主体概念。因为有主体,自然就有了意识对象化的意境。情景二元论虽也主张诗中情景的平衡和交融,却没有不可偏废的道理。谢榛固然说过,"作诗本乎情景,孤不自成,两不相背"②,但只是强调情景不背罢了。因为他还说过:"景多则堆垛,情多则暗弱,大家无此失矣。八句皆景者,子美'棘树寒云色'是也;八句皆情者,子美'死去凭谁报'是也。"③可见情、景皆能单独成诗,并非"孤不自成"。而观我、观物则不同,既然不存在没有对象的纯意识,则无论观我或观物都是一种"意"之境,自然不能偏废。这种基于西方哲学思想的文学观,不仅给王国维的文学理论带来主体性的视角,还促使他从本体论的立场来把握意境,赋予它以文学生命的价值,即所谓"文学之工不工,亦视其意境之有无,与其深浅而已"。前人用"意境"论诗,言意境高卑广狭深浅,而不言有无意境。以有无意境论文学,即赋予"意境"以价值,这正是王国维对"意境"概念最大的改造或者说曲解。

　　写作《人间词乙稿序》的 1907 年,王国维 31 岁,正处在由哲

---

①卢辅圣主编《中国书画全书》,上海书画出版社 2000 年版,第 8 册第875 页。

②谢榛《四溟诗话》卷三,《历代诗话续编》,中华书局 1983 年版,下册第1180 页。

③谢榛《四溟诗话》卷一,《历代诗话续编》,下册第 1147 页。

学爱好者转向文学研究者之际,在古典文学方面尚未储备专门的知识,日后藉以成名的国学,还只是一点秀才的根基,略知皮毛;而西学,虽也努力地读了一些,争奈英文不够好,只能通过日本的翻译和介绍间接地了解,再加上国内西学整体上处于初级阶段,因此他对西方美学和文艺思想的了解不过是常识加悟性,谈起文学理论来基本是中西常识的混合,又没能很好地厘清其间的结构层次,以致在一些基本问题上显得不中不西,不伦不类。最典型的莫过于 1906 年发表的《文学小言》,有云:"文学中有二原质焉,曰景曰情。"这就属于很糊涂的说法。分析"文学"的基本要素,是西方文学理论的思考方式,而以情、景为二要素却是中国诗学的老生常谈①,且只适用于古典诗歌,怎么能泛化到整个文学呢?实际上,在当时那个大家都粗知西学,对一些新名词、新观念耳熟能详,却未意识到中西美学存在深刻差异的时代,人们对西方的概念及内涵固不免以"古已有之"的轻率态度郢书燕说,而对中国固有的概念及内涵也不乏旧瓶装新酒,或借题发挥的。王国维对意境概念的曲解便属于这种情况。

　　当时梁启超的文章风靡天下,王国维就是受梁启超《时务报》的影响而放弃举业、趋向新学的。在梁启超写作《汗漫录》的前一年,王国维还一度入《时务报》社做书记员。我推测他是从梁启超那里接受的意境、境界这两个概念,大概不会离事实太远。有关

①如陈允衡《诗慰初集》朱之臣序云:"夫诗者,情与景二者而已。人之情,无时无之。诗之景,亦无时无之。情之动于中,而景之触于外。"康熙刊本。

这两个概念的异同,一直有学人加以辨析①,但据有通家之好的罗氏后人说,"'意境''境界'一字之异,同出于静安先生笔端,而有前后之不同。两者实在没有太大的差别,大概后来静安先生决定用'境界'"②。据现有材料看,他用"境界"比较早,后来逐渐改用"意境"。当他用"意境"时,有时会说"古今词人格调之高,无如白石,惜不于意境上用力",将"意境"与"格调"对举,与前人的用法差不多。但在上文提到的较晚写作的《人间词乙稿序》中,则同他论"境界"一样,赋予了"意境"以价值属性。《人间词话删稿》说"言气质,言神韵,不如言境界。有境界,本也。气质、神韵,末也。有境界而二者随之矣",明显将"境界"作为文学的本体来把握,这就与传统诗学很少相关了。而更关键的一点是,"境界"被与价值判断联系起来:

> 词以境界为最上。有境界则自成高格,自有名句。
> 境非独谓景物也,喜怒哀乐,亦人心中之一境界。故能写真景物、真感情者,谓之有境界,否则谓之无境界。

①如王振铎《一个文艺学说的形成——从"境界"到"意境"》,《河南师大学报》1980 年第 4 期;陈如江《试论〈人间词话〉的境界说与意境说的区别》,《争鸣》1982 年第 1 期;刘雨《王国维"境界"论辨识——兼谈"境界"与"意境"之别》,《东北师大学报》1988 年第 4 期;程相占《王国维的意境论与境界说》,《江苏大学学报》2003 年第 3 期;黄永健《境界、意境辨:王国维"境界"说探微》,《云南艺术学院学报》2005 年第 1 期;杨守森《艺术境界论》,《山东师范大学学报》2006 年第 5 期。

②罗继祖《王国维与樊炳清》,《鲁诗堂谈往录》,上海书店出版社 2001 年版,第 292 页。

后来他在《宋元戏曲史》"元剧之文章"一节里用"意境",同样也有将它价值化的倾向:"元剧最佳之处,不在其思想结构,而在其文章。其文章之妙,亦一言以蔽之曰:'有意境而已矣。'何以谓之有意境?曰:写情则沁人心脾,写景则在人耳目,述事则如其口出。"这样一来,"境界"或"意境"成了衡量作品优劣的价值尺度,有无境界或意境成了评判作品高下的根据。这便是王国维的新解也是曲解之所在。范宁在1947年撰写的《诗的境界》一文中提到:"境或边界一词的含义,涉及'文学之所以成为文学者',这就是说作品中有无境界,可以作为文学与非文学的尺度,王国维先生如此说,而近来有些雇用外来的各种文艺理论去解释它的人也如此看法。"①这出自学生辈的记述间接表明了王国维的"境界"与外来文学观念的内在联系。学界最近的研究也证实,王国维的"境界"说实际上是读文德尔班《哲学史教程》,受席勒自然、道德、审美三境界之说的启发而形成的②,并不是中国文论自身生长出的东西。

王国维这一曲解不要紧,与前人的"意境"概念就搭不上关系了,甚至与前人的"境"和"境界"也不能沟通。范宁《关于境界说》一文中所举的侯方域《陈其年诗序》云:"夫诗之为道,格调欲雄放,意思欲含蓄,神韵欲闲远,骨采欲苍坚,波澜欲顿挫。境界

---

① 原载《新生报·语言与文学》第22期,1947年3月17日,收入《范宁古典文学研究文集》,第34页。"边界"疑应作"境界"。
② 魏鹏举《王国维境界说的知识谱系》,《文艺理论研究》2004年第5期。

欲如深山大泽,章法欲清空一气。"①这里的"境界"明显只是一个中性概念,不含有价值色彩。《瀛奎律髓》卷六王建《县丞厅即事》"古厅眠爱魇,老吏语多虚"、周贺《赠李主簿》"案迟吟坐待,宅近步行归"两联,纪晓岚都评为"境真语鄙",又评卷十四刘澜《夜访侃直翁》前四句"固是真境,然不雅",更可见境与真与雅俗均无必然联系,并不像王国维说的"有境界则自成高格"。其实王国维也说过:"境界有大小,然不以是而分高下。"这才是传统的用法。刘体仁《七颂堂词绎》言"词中境界,有非诗之所能至者",便是在这个意义上用的。王国维沾沾自喜地说"沧浪所谓兴趣,阮亭所谓神韵,犹不过道其面目,不若鄙人拈出境界二字,为探其本也",足见他于传统词学不甚了了,不知早在清初"境界"概念已用于词学。当时吴征铸在《人间词话》书评中指出,"时静安先生方致力于西洋哲学,犹未从事于乙部考订。其立论多从哲学立场,而不从历史立场"②,这是相当有眼光的。王国维一向被视为中国现代美学的奠基人,近年又被提倡"古代文论的现代转换"的学者推崇为"现代转换"的前驱和成功典范,但上面的事实告诉我们,在"意境"或"境界"问题上,王国维只不过是用古代术语命名了一个外来的概念。这不是什么转换,准确地说是不太高明的翻译。

---

① 原载《文学评论》1982 年第 1 期,收入《范宁古典文学研究文集》,第 148 页。
② 吴征铸《评〈人间词话〉》,姚柯夫编《〈人间词话〉及评论汇编》,书目文献出版社 1983 年版,第 99 页。

三、意境与境、境界

也许有人会问,晚出的"意境"概念,王国维或许有郢书燕说之处,那么更早的"境界"或者"境",是否与王国维的境界说相通呢? 我的回答也是否定的。

考"境"字用作诗学术语,始于唐代,一般认为是受佛学启发。其实正像王国维所谓"喜怒哀乐亦人心中之一境界也",用"境"表达感觉经验,由来也是很古的。《庄子·逍遥游》"定乎内外之分,辩乎荣辱之境"①,是古籍中"境"由疆界的本义引申而指抽象事物的最初用例,谓荣辱之分际。成玄英疏云"忘功沮于非誉,混穷通于荣辱,故能返照明乎心智,玄鉴辩于物境",释"境"为境遇,纯属缁流的曲解。后来在日常语境中,"境"一般指外在于人的环境。《史记·乐书》张守节《正义》曰"物,外境也",也可互训作"境,外物也"。成语"身临其境"取的正是这层意思。到佛教传入中国,精通玄学的僧侣们用取自《庄子》的"境"来翻译、指称意识的等级区域,有所谓"倏忽无常境""泥洹之境"之说,后来丁福保《佛学大辞典》即据《俱舍诵疏》将"境界"释为"心之所游履攀缘者"②。随着《楞伽经》的翻译和传播,"境"作为梵文 visaya 和

---

① "境",陆德明《经典释文》作"竟",郭庆藩《集释》谓古竟、境字通,是。
② 丁福保编《佛学大辞典》,第 1247 页。

artha 的译语,被赋予更广泛的与意识相关的含义①。由于佛教认为外物不过是意识的分别,作为意识之域的"境"当然就是一种幻象,这使"境"与单纯的物象有了区别。

物象古称物色,《文心雕龙》专门有《物色》一篇加以阐述。"物色"一词出《礼记·月令》,原指祭牲毛色②,六朝时被用来指景物,有学者认为是借用了佛学概念"色"③,容或有之。在唐代诗论中,"物象"与"物色"并用,专指具体的自然景物;而"境"则受佛教义理的启发,在大历、贞元时期逐渐转向指艺术幻象。昔日我在《大历诗风》中曾涉及这一点④,近年萧驰对《全唐诗》的统计也证实,"境"共在六百二十多首诗中出现,到中唐以后开始与心识相关⑤。王昌龄《诗格》和皎然《诗式》借以指称构思阶段的想象活动即取境,为后人所因袭⑥。作为表示空间和环境的概念,"境"显然比"景"更好,因为"景"的语源是日影,偏重于光影的视觉属性,而"境"融入佛教观念后,成为包含各种感觉的多重经验空间。白居易《见殷尧藩侍御忆江南诗三十首诗中多叙苏杭

①详刘卫林《中唐诗境说研究》,香港大学 1999 年博士论文,第 13—37 页。
②《礼记·月令·仲秋之月》:"是月也,乃命宰祝,循行牺牲,视全具,案刍豢,瞻肥瘠,察物色,必比类,量小大,视长短。"
③张晶《中国古典美学中的"感物"说》,《审美之思》,北京广播学院出版社 2002 年版,第 36 页。
④蒋寅《大历诗风》第六章"感受与表现",第 158—166 页。
⑤萧驰《中唐禅风与皎然诗境观》,《佛法与诗境》,第 121—124 页。
⑥如袁宏道《雪涛阁集序》:"有宋欧苏辈出,大变晚习,于物无所不收,于法无所不有,于情无所不畅,于境无所不取。"黄仁生辑校《江盈科集》,岳麓书社 1997 年版,第 2 页。

胜事余尝典二郡因继和之》云:"境牵吟咏真诗国,兴入笙歌好醉乡。"武元衡《刘商郎中集序》说:"思入窅冥,势含飞动。滋液琼瑰之朗润,浚发绮绣之浓华。触境成文,随文变象。"①清代叶燮《黄叶村庄诗集序》云:"境一而触境之人之心不一。"②邵远平《戒山诗存》自序云:"诗生于境者也。自来诗人篇什,每多出于羁旅征行,山川历览,盖藉境生情,发情成声,所谓时至则鸣,有莫知其所以然者。"③正因为"境"的幻象性质与艺术构思中的心理表象相近,到元人《诗家一指·十科》论"境"即言:

> 耳闻目击,神寓意会,凡接于形似声响,皆为境也。然达其幽深玄虚,发而为佳言;遇其浅深陈腐,积而为俗意。复如心之于境,境之于心。心之于境,如镜之取象;境之于心,如灯之取影。亦各因其虚明净妙,而实悟自然。故于情想经营,如在图画,不著一字,窅乎神生。④

它首先肯定境是各种感官接触到的外部世界所有信息之和,然后说明心与境的关系,最后揭示出"境"经取象过程而被意象化的最终结果,对"境"的理论内涵作了全面的阐发。其中镜象灯影之喻包含着这样的艺术心理学认知:心对于"境"来说是摄取影像的镜

---

①《全唐文》卷五三一,中华书局影印本。
②吴之振《黄叶村庄诗集》卷首,康熙刊本。
③邵远平《戒山诗存》,《四库存目丛书》影印康熙刊本,集部第 240 册第 737 页。
④元佚名《诗家一指》外篇,张健《元代诗法校考》,第 280 页。

子,可以反映"境"的虚象;而"境"对于心来说,是能使心产生幻影的灯,即"境"的刺激能在心中形成心象。文中"情想经营,如在图画"的补充说明,意味着心与境的交互作用是一种伴有形象的思维,可以视为元人对创作构思活动的一种心理学解释。在这心→境(心象)←境的美学关系中,"境"在镜象喻中指外物,同时又在灯影喻中指心象。灯透过物体投射出影子的方式恰好阐明了外境刺激心灵形成艺术意象的过程。皎然《诗议》曾说"夫境象不一,虚实难明","境"属于意识的幻象,所以是虚;"象"乃是文字固定下来的东西,因此是实。正是基于这样的认识和理解,我才断言真正占据中国诗歌本文核心的概念不是"境",而是"象",也就是今天常说的"意象"。唐代诗论因资料太少还显不出这一点,到元代《诗家一指》就完全能说明问题了。

当然,就像"意境"一样,历来诗论家对"境"的用法也不是完全一致的。正如萧驰所说,初盛唐诗中出现的"境"都未脱离疆界、地域这种客观世界中空间场所的意义①。而在诗论中,则"境"常与"景"混用。如权德舆《唐故通议大夫梓州诸军事梓州刺史上柱国权公文集序》云:"缘情遣词,写境物而谐律吕,则《寄蜀中旧游诗》《蜀国吟》《拟古横吹曲》。"②宋释普闻《诗论》云:"天下之诗,莫出于二句。一曰意句,二曰境句。境句则易琢,意句难制。"这里的"境物""境句"就是景物、景句,两者可以调换。职是之故,"境"也像"景"一样,可与"情"对举。如吴乔评杜甫

---

① 萧驰《中唐禅风与皎然诗境观》,《佛法与诗境》,第 122 页。
② 霍旭东校点《权德舆文集》卷二十四,甘肃人民出版社 1999 年版,第 331 页。

《秋兴八首》之二的尾联"请看石上藤萝月,已映洲前芦荻花",说
"只以境结,而情在其中"①。我们知道,这种结法诗论家一般是
称为"以景结情"②的,吴乔将"景"换成了"境",意思一样。但这
类例子的存在决不意味着"境""景"在任何场合都可以互换。比
如"取境"就没看到换用"取景"的,这是因为景实境虚,构思时对
艺术幻象的处理更适合用"取境"来指称。皎然《诗式》说"夫诗
人之思初发,取境偏高,则一首举体便高;取境偏逸,则一首举体
便逸"③,而《诗议》又说"有可睹而不可取,景也"④,或许就是意
识到境、景的差别吧?司空图《与王驾评诗书》称王驾五言诗"思
与境偕",而不说思与景偕,同样也是这个道理。至于唐以后的诗
论,多以情景对举,而不以情境对举,则因为"取境"本身已包含了
情景关系在里面。

就我的阅读所见,"境"作为概念与"景"相区别,起码在清初
已有较明确的意识并形于理论分析。金圣叹批杜甫《游龙门奉先
寺》,对"更宿招提境"后的两句夜景描写("阴壑生灵籁,月林散
清影")这么说:"此即所谓招提境也。写得杳冥澹泊,全不是日间
所见。境字与景字不同,景字闹,境字静;景字近,境字远;景字在
浅人面前,境字在深人眼底。如此十字,正不知是响是寂,是明是

①吴乔《围炉诗话》卷四,郭绍虞辑《清诗话续编》,第 1 册第 585 页。
②沈义府《乐府指迷·结句》云:"结句须要放开,含有余不尽之意,以景结情
　最好。"蔡嵩云《乐府指迷笺释》,人民文学出版社 1963 年版,第 56 页。
③李壮鹰《诗式校注》,齐鲁书社 1986 年版,第 53 页。
④李壮鹰《诗式校注》附录二,第 266 页。

黑,是风是月,是怕是喜,但觉心头眼际有境如此。"①这是我迄今
惟一见到的专门辨析"景""境"之异的论述,主要着眼于两者给
人的不同印象,概括起来就是"景"浅近而"境"深远,"景"直观而
"境"妙悟。这可以帮助我们理解当时人们是如何把握"境"的,
不过就解释概念而言,它还没说到点子上。相比之下,柴绍炳有
一段词论更值得玩味:"语境则咸阳古道、汴水长流;语事则赤壁
周郎、江州司马;语景则岸草平沙、晓风残月;语情则红雨飞愁、黄
花比瘦。"②这么一看就清楚了,"境"指的是那些积淀着人类经验
和历史记忆的特殊场景,因此一般的物色如岸草平沙、晓风残月
之类决不可相提并论。质言之,"境"就是体验,前引白居易、武元
衡、邵远平语中的"境"都可以置换为体验。元代李冶《敬斋古今
黈》记客论诗说"必经此境,则始能道此语"③,更清楚地表明"境"
的体验性质。潘耒《西河慰悼诗序》说"圣人不能无情,情缘境而
生者也"④,等于就是说情感出自体验。张潮《近青堂诗集序》云:
"子舆氏之论诗曰,知其人,论其世。是知诗也者,随时地为转移
者也。不独一人有一人之诗,亦复一时有一时之诗,然必皆有至
性存乎其间,而其诗始可传而不废。"他举《陟岵》《蓼莪》等十篇
为例,以为"之数篇者,虽非出于一人之手,然使以一人而历乎数

①金圣叹《杜诗解》卷一,上海古籍出版社 1984 年版,第 6 页。
②王又华《古今词论·毛稚黄词论》引,唐圭璋辑《词话丛编》本,中华书局
　1986 年版,第 608 页。
③李冶《敬斋古今黈》拾遗卷五,道光间福建布政使署刊本。
④潘耒《遂初堂集外稿》,沈云龙选辑《明清史料汇编》六集第 7 册,台湾文海
　出版社 1969 年影印本,第 289 页。

者之境，当亦大有不可者”①，此处的“境”同样指不同作者的体验。

从体验的角度把握“境”，则“境”是意识的内容，也就是尚未剪裁的意象素材，而取境正是一个寻找和熔裁意象的过程。朱光潜说“意象是观照得来的”，“情趣是基层的生活经验，意象则起于对基层经验的反省”②，正是从这个意义上说的。钱谦益《增城集序》称李继白“五七言今体仗境托物，缘情绮靡”③，叶燮《原诗》外篇上称“舒写胸襟，发挥景物，境皆独得，意自天成”④，梅成栋《吟斋笔存》卷上说“余尝举三远之说以教弟子，曰境远，曰情远，曰神远。望之不尽，味之靡穷，所谓远也”⑤，乔亿《大历诗略》卷三评郎士元《送粲上人兼寄梁镇员外》“逆卷而入，篇法极佳，要归于取境不凡耳”，无不贯穿着通过取境而营造意象之义。道光间黄承吉《同人分咏得诗境》云：

怪底无涯涘，迢迢浅复深。到来成永到，寻去不能寻。拓以千般手，藏之一片心。欲知穷远窔，莫误道途吟。⑥

①焦循《扬州足征录》卷十七，《榕园丛书续刻》本。

②朱光潜《诗论》，《朱光潜美学文学论文选集》，湖南人民出版社 1980 年版，第 191 页。

③钱谦益《牧斋初学集》卷三十三，上海古籍出版社 1985 年版，第 958 页。

④丁福保辑《清诗话》，下册第 591 页。

⑤梅成栋《吟斋笔存》，民国十三年天津金钺刊屏庐丛刻本。

⑥黄承吉《梦陔堂诗集》卷十八，道光十二年刊本。

此诗颇有几点值得注意:首先,"诗境"成为分题赋咏的对象,说明
它作为诗学概念已普遍为诗家所接受;其次,它与金圣叹一样,强
调"诗境"之幽深,又肯定它是心灵(意识)的营造,可见具有虚幻
不确定的性质;最后,它也与皎然一样,强调"诗境"求取之艰难。
很显然,历史上有关"境"的认识都已综合在此,只不过以诗论诗
终究有些不明晰罢了。光绪初钟秀《观我生斋诗话》的论述则清
楚得多,毫不含糊地界定了"境"的体验性质,他说:"境非景物之
谓,随身之所遇皆是焉。"又说:"学者幸勿贪造奇境,只求于寻常
所有之境一一留意,不空放过,自然因物赋形,如十斛水银泻地,
无微不到,无孔不入。"①由此看来,到清末,诗家对"境",对诗歌
创作中"取境"与日常生活体验的关系,已有较明确的认识和清晰
的理解。

　　至于"境界"一词,据范宁考证,始见于西汉刘向《新序·杂
事》:"守封疆,谨境界。"②东汉郑玄笺《诗·商颂·烈祖》云:"天
又重赐之以无竟界之期。"笺《诗·大雅·江汉》云:"正其境界,
修其分理。"都是说疆界。后来佛经翻译者用"境界"对译指称造
诣程度的概念,如《无量寿经》卷上"比丘白佛,斯义弘深,非我境
界"。论艺者又以喻指艺术造诣所达到的程度,如冯班评李郢《暮
春山行田家歇马》"次联只是'四灵'境界,未是唐人佳句"③,
管同评方东树古文"无不尽之意,无不达之辞,国朝名家无此境界"④,

---

① 钟秀《观我生斋诗话》卷一,光绪五年刊本。
② 范宁《关于境界说》,《文学评论》1982 年第 1 期。
③ 李庆甲辑《瀛奎律髓汇评》卷十,上册第 366 页。
④ 方东树《仪卫轩文集》自序引,同治七年刊本。

石涛《画语录·境界章第十》论"分疆三叠"等。在这个意义上，有时也用"境"或"境地"，前者如江顺诒评顾翰词之三层境界云："始境，情胜也；又境，气胜也；终境，格胜也。"①后者如刘宝书《诗家位业图》："藉作指点，以见古今诗家境地之高下，轨途之邪正。"②这都是由境界的本义引申出的比喻义。由于"境界"具有这种等级色彩，用作本文意义的概念时反不如"意境"兼顾意与境两方面③，内涵更为清楚。后人逐渐放弃"境界"而通用"意境"，不是没有道理的。

在古代诗论中，"境界"远不如"境"或"意境"用得普遍。与"境"一样用作体验的例子有况周颐《蕙风词话》："填词要天资，要学力。平日之阅历，目前之境界，亦与有关系。"而用作艺术表达之总体印象，除前辈学者举出的王世贞《艺苑卮言》、陆时雍《诗境》、叶燮《原诗》、冯浩《王谿生诗笺注》、牛运震《诗志》、纪昀评苏东坡诗、陈廷焯《白雨斋词话》、况周颐《蕙风词话》的例子外，这里还可以补充黄宗羲《思旧录》中一个很能说明问题的例子：

　　宿观音阁，夜半鸟声聒耳，朗三推余起听，曰："此非'喧鸟覆春洲'乎？如此诗境，岂忍睡去！"薄暮，出步燕子矶，看

---

① 顾翰《拜石山房词钞》蔡小石序引，道光十四年双桂斋刊本。
② 刘宝书《诗家位业图》例言，光绪十八年张善育刊本。
③ 萧遥天《语文小论》即批评王国维用"境界"是选词不当，未能兼顾情、意，认为"定词必要兼顾两方面，则'意境''意象'都比'境界'完美得多"。见叶嘉莹《对〈人间词话〉中境界一辞之义界的探讨》引。

渔舟集岸,斜阳挂网,别一境界。①

这里一用"诗境",一用"境界",意思完全相同。统观古人的用法,诗境—意境—境界其实就是同一个概念,单用则或言意境,或言境界,二者只取其一,直到民国年间依然如此。论诗本于传统诗学的王礼培,其《小招隐馆谈艺录》屡用"境界",不用"意境",卷二"论宋代诗派"有云:"南渡之范陆,亦是眼前光景,沉吟太多,四灵更无论矣。收功只在句下,才不高,意不远,境界遂不能移人。"②境界不能移人即意境不能感人之谓,这里的"境界"与"意境"一样,是传统用法的中性概念。

由于古人使用概念的不确定,以"境"为中心形成的概念,在意境、境界之外还有一些别的用法。像王士禛《香祖笔记》、纪昀批《瀛奎律髓》用"诗境",况周颐《蕙风词话》用"词境"之类,姑且不论。钱谦益喜欢用"境会",《贺中泠净香稿序》有"中泠之诗文,其境会多余所阅历",《南游草叙》有"渡江南游,境会凑合",又有"岂复有声韵可陈、境会可拟乎",《瑞芝山房初集序》有"及其境会相感,情伪相逼,郁陶骀荡,无意于文,而文生焉"③。考《瑞芝山房初集序》又有"遘会其境之所不能无""遇其情生境合"之语,可见"境会"就是"境"之所会,也即境遇,介乎前文所举"意境"第二、第三种用法之间。乔亿评诗则用"境地",《大历诗略》

---

① 沈善洪、吴光编《黄宗羲全集》,浙江古籍出版社 1985 年版,第 1 册第 360 页。
② 王礼培《小招隐馆谈艺录》,民国二十六年湖南船山学社排印本。
③ 三文均见钱谦益《牧斋初学集》卷三十三,中册第 958、960、959 页。

卷一评刘长卿《秋日登吴公台上寺远眺寺即陈将吴明彻战场》:
"空明萧瑟,长庆诸公无此境地。"卷四评李端《云际中峰居喜见苗
发》:"落句境地清奇。"陈廷焯论词也用"境地",《白雨斋词话》卷
五:"蒿庵《菩萨蛮》诸词,全祖飞卿,而去其秾丽之态,略带本色,
境地甚高。"①这是"意境"概念演生过程中出现的偶然性变异。

通过以上的考察,我得到这样的认识:在近代以前的文学批
评中,如果说"意象"较清晰直观,那么"意境"就较浑融朦胧。
"意境"中的"境"本质上就是体验,也就是意象的原始素材;取境
便是通过回忆和想象调动这些素材,将其熔裁为意象。正因为如
此,境后来同时具有体验之境和意象之境的双重含义。如明末顾
大典《幔亭集序》云:"诗言志也。志者意之所通也。故曰触境而
生者情,托境而生者意。"②前一个"境"是体验之境,后一个"境"
则是意象之境。如果我们同意朱光潜的说法,"每个诗的境界都
必有'情趣'(Feeling)和'意象'(Image)两个要素"③,那么传统
诗学中的"意境"概念正好涵概了这两个方面——提炼情趣(立
意)和熔铸意象(取境)。顺便说明,立意对应提炼情趣,并非随便
比附。《宋书·范晔传》载晔《狱中与诸甥侄书》云:"常谓情志所
托,故当以意为主。"④可见"意"是指称内容的概念。由此衡量,
用立意取境指艺术构思和表达的总和实在是很合适的,它本身并
不带有价值色彩。有的学者认为,"对于意境这个范畴,历史的积

①陈廷焯《白雨斋词话》卷五,人民文学出版社 1959 年版,第 144 页。
②徐𤊹《徐𤊹集》卷首,广陵书社 2005 年版。
③朱光潜《诗论》,《朱光潜美学文学论文选集》,第 189 页。
④沈约《宋书》卷六十九,中华书局 1983 年版,第 6 册第 1830 页。

淀特别丰富,古人几乎已经把范畴的本质特征、艺术特征和美学特征等方面,全部发现了"①,这是不符合"意境"概念的演变史的。准确地说,在王国维之前,现代诗学视野中的"意境"范畴还没形成,当时的"意境"概念与今天使用的"意境"决不是一回事。我之所以主张"意境"可与本文的概念相对应,并试图在本文的意义上定义"意境",正是考究了"意境"概念的历史源流而产生的想法,希望在回归其"历史含义"的同时,实现与当代文学理论概念的沟通。

四、"意境"的现代化过程

　　以上对"意境"概念的考察和认识,是我思考了很久的问题,曾在课堂上给研究生讲过。研究生李思涯从网上读到王一川《通向中国现代性诗学》一文,认为其中的见解和我不谋而合,介绍给我。王文虽不是专门探讨"意境"概念的演变问题,但的确已指出意境"这一术语尽管在王国维之前已频频出现于晚清诗坛,对王国维等后来者自然不无影响,但那时并没有被灌注真正的现代性意义。只是从王国维开始,意境才获得真正的现代性生命:他借助德国古典美学慧眼重新发现意境在中国文化中的积极意义,力图通过这一范畴为中国人在现代安身立命寻求合适的传统美学

---

①顾祖钊《中国文论:直面"浴火重生"》,《社会科学报》2005 年 3 月 31 日第 6 版。

形式"。由此他进一步断言：

> 　　意境与其说是属于中国古典美学的，不如说是专属于中国现代美学的。它在中国古代还不过是一般词汇，只是到了现代才获得了基本概念的意义。所以，意境应当被视为中国现代美学概念。意境是中国现代文学和美学界对自身的古典性传统的一个独特发现、指认或挪用的产物，其目的是解决中国现代人自身的现代性体验问题。它对现代人的重要性远胜于对古代人的重要性。这一认识或许具有某种挑战性意义：澄清现成意境研究中把这术语视为古典美学的当然概念的偏颇，而使它的真正的现代性意义显示出来。把意境看作古典美学概念，是错以现代人视点去衡量古代人，把意境对于现代人的特殊美学价值错误地安置到古代人身上。这种错置已到了澄清的时候了。①

这段议论在我看来是近年谈论意境问题最有价值的见解，虽然王国维的"境界"说是否可与"现代人自身的现代性体验问题"相联系，还容有斟酌，但作者指出意境范畴"满足了现代中国人在全球化时代重新体验古典性文化韵味的特殊需要"，"为现代人体验中国古典文学及领会古代人的生存体验提供了一条合适的美学通道"，是启人深思的，起码在下引宗白华的话中可以看到对此的自觉追求。

　　王国维对"意境"概念的误读和曲解，在近代文艺思想史上绝

---

①王一川《通向中国现代性诗学》，《北京师范大学学报》2001 年第 3 期。

不是仅有的例子。在西方概念的翻译和移用中,背离原有语境或简单照搬的情形,是屡见不鲜的。比如"移情"本是传统诗学中的一个概念,即移人之情,像上引王礼培《小招隐馆谈艺录》的用法一样,意谓感动人。但近代以来被用作德国美学家里普斯*Einfühlung*概念的译语,就变成"把人的生命移注于外物,于是本来只有物理的东西可具人情,本来无生气的东西可有生气"①的意思,类似于王国维"以我观物"之说的发挥。事实上,概念涵义的生成既有其特殊语境,也有约定俗成的过程。就"意境"概念的被采纳及经典化而言,决定性的因素不能不考虑王国维的名望和影响。王国维本人在1910年发表的《清真先生遗事》中,说"境界有二:有诗人之境界,有常人之境界。诗人之境界,惟诗人能感之而能写之",已对"境界"的含义微有修正,在体验的意义上向传统用法回归。但学术界没有注意到这一点。况且概念一旦形成,就像已发表的本文一样,马上脱离作者而随批评史的流波漂去。"境界"既被奉为文学最高的价值概念,当然会吸引、启发人们去挖掘和阐发其价值内涵。

　　显然,"意境"的观念在王国维生前就已被学界接受。1920年宗白华在《新诗略谈》中说:"我想诗的内容可分为两部分,就是'形'同'质'。诗的定义可以说是:'用一种美的文字……音律的绘画的文字……表写人的情绪中的意境。'这能表写的、适当的文字就是诗的'形',那所表写的'意境',就是诗的'质'。"②他吸取

①朱光潜《文艺心理学》,《朱光潜美学文学论文选集》,第77页。
②原载《少年中国》第1卷第8期,收入《美学散步》,上海人民出版社1981年版,第244页。

王国维学说的精神,进一步确立了"意境"于诗歌的本体地位。
1925年王国维去世后,学生赵万里、俞平伯、沈启无等人尽心整
理、出版《人间词话》,在不同程度上推动了"境界"说的传播和普
及。1926年9月,胡适编成《词选》,序言和评语中屡用"意境",
同样显出价值化的倾向,在一定程度上可能是接受了王国维的学
说。以胡适在学术界的声望,他的用法无疑会对学界在"意境"和
"境界"概念的取舍上产生重要影响。到三十年代,黄节在北京大
学、清华大学讲诗学,也用"意境""境界"为论诗之核心概念,见
学生萧涤非所记《读诗三札记》①。而顾随在燕京大学和辅仁大
学讲诗词之学,则发挥王国维的学说,将"境界"视为诗的本体:
"静安先生论词可包括一切文学创作。余谓'境界'二字高于'兴
趣''神韵'二名。……严之兴趣在诗前,王之神韵在诗后,皆非诗
之本体。诗之本体当以静安所说为是。"②而著名作家老舍在济
南齐鲁大学和青岛山东大学讲授文学理论课,所编《文学概论讲
义》则取"意境"概念,并与司空图、严羽、王夫之等人的诗论联系
起来,成为当代诗学追溯"意境"概念源头的先驱。

　　尽管如此,意境概念的传统用法仍在旧体诗词作家间延续。
1924年初,以诗词擅名于时的汪兆铭(精卫)在陈去病《浩歌堂诗
钞》序中说:

　　　　愚平日论诗,以意境为先。难者谓只具意境,则诗之不

----

①黄节讲,萧涤非记《读诗三札记》,作家出版社1957年版。
②顾之京整理《顾随:诗文丛论》,天津人民出版社1997年版,第67—68页。

　　同于文者几何？应之曰："孔子曰'绘事后素'，言绘事后于素
　　而已，非谓既有素在，则绘事可废也。意境者，诗之素也；格
　　律声色者，诗之绘事也。意境善矣，而格律声色有所未至，所
　　谓刻鹄不成尚类鹜者也。意境不善，而徒斤斤于格律声色，
　　则所谓皮之不存，毛将安傅者也。"①

他在此将意境与格律声色对举，正是援据立意取境的传统用法。
再看他论新诗："晚近学者，欲矫其弊，乃创为新诗。夫所谓新者，
新其意境乎？抑新其格律声色乎？果新其意境，则格律声色虽无
变，其旧何害？若徒新其格律声色而已，则所谓逐末者也。故诗
无所谓新旧，惟其善而已。而所善者，先意境而后其他。意境既
善，则进而玩味其格律声色。"②则知他的意境也是不带价值色彩
的中性概念，这正是传统的意境概念的用法。
　　真正将意境作为一个现代诗学的概念来加以理论阐释并产
生影响的，可能是朱光潜在三十年代写的《诗论》。他仍取王国维
的"境界"概念为诗的本体③，但时与"意境"混用。第三章"诗的
境界——情趣与意象"着重阐释了意境的美学属性、构成等问题，
不光认为"诗的境界在刹那中见终古，在微尘中显大千，在有限中

---

①张夷主编《陈去病全集》，上海古籍出版社 2009 年版，第 1 册第 1 页。
②张夷主编《陈去病全集》，第 1 册第 1—2 页。
③朱光潜《诗论》："严沧浪所说的'兴趣'，王渔洋所说的'神韵'，袁简斋所
　说的'性灵'，都只能得其片面。王静安标举'境界'二字，似较赅括，这里
　就采用它。"开明书店 1948 年出版，收入《朱光潜美学文学论文选集》，第
　186 页。

寓无限"①,还分析了"意境"的直观性和读者的参与作用。特别是他强调"诗的境界是情景的契合"和"诗的境界是情趣与意象的融合"②,奠定了现代意境论的基调,后来的学者对意境美学性格的理解大都受到本书的影响。1943 年 3 月,宗白华在《时与潮文艺》创刊号发表《中国艺术意境之诞生》一文,对意境问题作了更全面的论述,被认为"真正赋予了它作为中国美学核心范畴的地位"③。这篇论文后来不断被引用、选编,成为中国美学和中国艺术史研究的经典文献。从今天的角度看,它无疑是现代诗学自觉将古典诗学的诸多意涵纳入"意境"概念中去的重要一步。因为作者认为:

> 现代的中国站在历史的转折点。新的局面必将展开。然而我们对旧文化的检讨,以同情的了解给予新的评价,也更形重要。就中国艺术方面——这中国文化史上最中心最有世界贡献的一方面——研寻其意境的特构,以窥探中国心灵的幽情壮采,是民族文化底自省工作。④

而这种自省所形成的对传统诗学的基本认识,也就自然地被添加到"意境"的概念中,带来"意境"内涵的不断增值。文中对后人

---

① 朱光潜《诗论》,《朱光潜美学文学论文选集》,第 186 页。
② 朱光潜《诗论》,《朱光潜美学文学论文选集》,第 189—191 页。
③ 刘成纪《重谈中国美学意境之诞生》,《求是学刊》2006 年第 5 期。
④ 宗白华《中国艺术意境之诞生》,《美学散步》,第 58 页。

影响最大的是"意境"的定义——"意境是'情'与'景'(意象)的结晶品"①,以及"意境"的宇宙意识、生命情调和虚实相生的美学特征等。前面提到的范宁《诗的境界》一文,也是在这一学术背景下产生的。全文虽只寥寥两千字,却涉及"境界"的语源与外来观念、与意象传统的关系,王国维与常州派词学的渊源,"境界"作为批评概念适用的对象,"境界"标志着词摆脱音乐性而走向意象化以及对新文学道路的反思等诸多问题。范宁是朱自清和闻一多的学生,毕业于清华大学,与王国维也有一些学术渊源。后来他又在 1982 年发表《关于境界说》一文,更充分地陈述了自己的看法。而相对于北方的北大、清华系学者对王国维意境说的继承、发挥,仍恪守传统诗学体系的南方学者对意境说的态度似有所保留。比如唐圭璋《评〈人间词话〉》即认为:"予谓境界固为词中紧要之事,然不可舍情韵而专倡此二字。"②我们考察意境说的现代形成,应注意南北学术传统的不同及由此带来的观念差异。

　　建国以后学界对"意境"问题更加关注,层出不穷的论著也愈益将应属于"意象"范畴的含蓄不尽、意在言外、情景交融、遗貌取神、以少总多、虚实相生等古典诗学乃至古典美学的一般命题充实到"意境"概念中去。1957 年李泽厚发表《意境杂谈》一文,认为"诗、画(特别是抒情诗、风景画)中的'意境',与小说戏剧中的'典型环境典型性格'是美学中平行相等的两个基本范畴"③,将

---

① 宗白华《中国艺术意境之诞生》,《美学散步》,第 60 页。
② 唐圭璋《词学论丛》,上海古籍出版社 1986 年版,第 1029 页。
③ 李泽厚《意境杂谈》,《光明日报》1957 年 6 月 9 日、16 日。

"意境"提升到了美学范畴的高度;同时又说这两个概念是互相渗透、可以交换的,这就推广了"意境"的适用范围;最后更引入当时流行的典型理论,说"意境"是意与境的统一,而意又是情与理的统一,境则是形与神的统一,遂开后来论意境流行的不离对立统一的辩证法模式。袁行霈《论意境》一文肯定"意境是指作者的主观情意与客观物境互相交融而形成的艺术境界",并基于古典诗歌的创作实践概括出情随境生、移情入境、物我情融三种意与境交融的方式①,使前人对"意境"审美特征的概括获得经验的充实。陈望衡《谈意境》一文主张:"在情景交融的基础上,意境还有更为重要的构成因素,这就是:虚与实的统一,显与隐的统一,有限与无限的统一。"②张少康《论意境的美学特征》一文指出,只讲意境是情景交融、主客观统一的艺术形象,还未揭示出意境的本质,因而他从境生象外和意境的空间美、意境的动态美和传神美、意境的高度真实感和自然感、虚实结合的创造方式四方面对意境的特殊本质加以阐述,得出结论:"我国古代艺术意境的基本特征是:以有形表现无形,以有限表现无限,以实境表现虚境,使有形描写和无形描写相结合,使有限的具体形象和想象中无限丰富形象相统一,使再现真实实景与它所暗示、象征的虚境融为一体,从而造成强烈的空间美,动态美,传神美,给人以最大的真实感和自

---

①袁行霈《论意境》,《文学评论》1980 年第 4 期;收入《中国诗歌艺术研究》,
　北京大学出版社 1987 年版。
②陈望衡《谈意境》,《华东师范大学学报》1982 年第 1 期。

然感。"①张永祎的同题论文则将意境的美学特征概括为象外之象、象外之情和象外之旨②。张文勋《论"意境"的美学内涵》更强调意境是立体的结构,是有机的整体,有极丰富的思想容量和生活容量,具有含蓄美与朦胧美、动态美与静态美等审美形态。他还将意境分析为表层意境、深层意境和境外之境三个层次③。这一系列论文以及前引叶朗《说意境》一文乃至后来出版的韩林德《境生象外——华夏审美与艺术特征考察》(生活·读书·新知三联书店,1995)一书,都为丰富意境的内涵作出不同程度的贡献。以至到今天,"意境"概念就像"含蓄"一样,已吸收了诸多传统诗学命题,内涵不断增值,由一个普通的诗学概念上升为涵括中国古代诗学乃至古典艺术理想及其美学意蕴的核心范畴。究其所由,不能不说是与王国维的曲解产生的影响有关。这么说不是要指出一个历史的错误,而只是澄清一个概念生成的历史过程。概念的形成本就是自然的结果,人们愿意将这些美学命题赋予"意境",说明这个概念在语词形式上有它的优越性。但问题是,在王国维的误导下,"意境"鸠占鹊巢,将"意象"的涵义据为己有,就使"意象"概念不适当地被冷落在一边,同时导致与传统概念系统脱节,造成概念史梳理的困难和古今内涵不一致所引发的理论混乱。如果将上述原属于意象的内容还给意象,而还意境本来的规

①张少康《论意境的美学特征》,《北京大学学报》1983年第4期;收入《古典文艺美学论稿》,中国社会科学出版社1988年版。
②张永祎《论意境的美学特征》,《天津社会科学》1986年第1期。
③张文勋《论"意境"的美学内涵》,《社会科学战线》1987年第4期。

定性及其用法,就可以避免不必要的麻烦。

　　对"意境"源流的梳理让我感觉到,我们古代文论领域在"关键词"的研究上还缺乏必要的历史意识。虽然也有不少论文专门考察"意境"概念的由来,但它们梳理的大多是唐宋以前的资料,对清代尤其是清、民之交的诗学文献较少关注,以致概念演变的历史过程并未得到清晰的呈现。这一现象在某种程度上也暴露了当代文化研究和传统研究的一个弊端,就是重唐宋以前和建国以后,忽略明清两代。其实所谓传统,总是离我们最近的东西对我们影响最大。就中国文学理论而言,如今对我们影响最大的不是钟嵘和刘勰,而是宗白华。对宗白华影响最大的是王国维,而对王国维影响最大的又可能是纪晓岚和梁启超。只知道《诗品》《文心雕龙》,不知道纪晓岚和梁启超,就不能懂得王国维;而不知道明代格调派,又不能懂得纪晓岚。由于明清两代文学理论长期被忽视,近代以来的文学理论转型过程也变得模糊不清。因为承担着理论转型的批评家所面对的文学理论早已不是刘勰和钟嵘,甚至也不是王昌龄和苏东坡,而是王士禛、叶燮和纪晓岚们了。不加强明清两代文学理论的研究,小到中国文学理论的现代转型过程,大到整个中国古代文学理论的传统,许多问题都不能得到清楚的说明。

三 清

——古典诗美学的核心范畴

一、"清"在古典诗学中的位置

中国古典诗学的基本概念大体分为两类,一是构成性的概念,如神韵、理气、风骨、格调、体势等;一类是审美性的,如雅俗、浓淡、厚薄、飞沉、新陈等。两类概念应用的领域截然不同,前者是构成本质论、创作论的基础,而后者则是构成风格论、鉴赏论的基础,一般不太交叉。但有一个概念很特殊,那就是"清"。在诗学的历史语境中,它既是构成性概念,又是审美性概念。当人们从本质论的角度来谈论清时,它是诗之所以成立的基本条件。比如宋代林景熙说:"天地间唯正气不挠,故清气不浑。清气与正气

合而为文,可以化今,可以传后。而诗其一也。"①清代熊士鹏说:
"诗,清物也,勿嚣而杂,勿昏而浊,勿粗而肤,勿冗而散。……此
其所以为清物也。"②而当人们从创作论的角度来谈它时,它又是
作者必具之素质,所谓"诗之作,非得夫天地之清气者不能也"③,
或曰"诗,乾坤之清气也,作诗者非钟夫清气弗能为也"④。具体
地说也就是才清,而才之清又体现在格、调、思各个方面,最终构
成诗的正格。胡应麟《诗薮》外编卷四云:

> 　　诗最可贵者清,然有格清,有调清,有思清,有才清。才
> 清者,王孟储韦之类是也。若格不清则凡,调不清则冗,思不
> 清则俗。王杨之流丽,沈宋之丰蔚,高岑之悲壮,李杜之雄
> 大,其才不可概以清言,其格与调与思,则无不清者。⑤

作者的观点是,举凡成为名家大家者,格、调、思必清。清初魏裔
介《清诗洄溯集》卷首所辑诗话节引此文,首句作:"陶谢韦柳为正
声,何也？以其才清也。"明确将"才清"许为"正声"。而在两人
提到的经典作家中,被许为"才清"的只有陶潜、谢灵运、王维、孟

---

① 陈增杰校注《林景熙诗集校注》卷五《王修竹诗集序》,浙江古籍出版社
　1995 年版。
② 熊士鹏《贺昉汀稆藨集序》,《鹄山小隐文集》卷五,稽古阁藏板。
③ 朱彝尊《静志居诗话》卷四述乌斯道语,人民文学出版社 1990 年版,上册
　第 109 页。
④ 赵一清《春凫诗稿序》,《东潜文稿》卷上,乾隆五十九年小山堂刊本。
⑤ 胡应麟《诗薮》,上海古籍出版社 1979 年版,第 185 页。

浩然、储光羲、韦应物、柳宗元七家。这一评价显然与偏于神韵一路的"清淡派"的审美理想有关①,但从"才清"的角度说,这也体现了古典诗学的一种固有观念。清乾隆间诗人陶岷谷曾说:"诗文莫难于清,不清不可言雄,不清不可言古,不清不可言新,不清不可言丽。所诣各殊,清为之本。故长江大河,鱼鼋蛟龙,万怪惶惑,无害为清,不必潦尽潭寒也。崇桃积李,千红万紫,亦无害为清,不必槁枝枯叶也。学力积于人工,清气秉诸天授。"②法式善《涵碧山房诗集序》也说:"诗者心之声也,声者由内而发于外者也,惟清为最难。"③因而嘉、道间学者苏时学说,真正的清才是很难得的:"世之论诗者每曰清才多,奇才少,此不然之论也。夫清岂易言哉? 孟子论圣人,而独以清许伯夷,则自伯夷之外,其真清者有几人耶? 今言诗之清者,必曰王孟韦柳,然自王孟韦柳之外,其真清者有几人耶?"④高延第更从天赋的角度加以发挥道:

> 古今诗之极工者,非清之一字所能尽,要未有气不清而能工者。顾诗之工可以力学造,而气之清非尽力学所能造,是盖有得乎天者焉。⑤

---

①关于清淡派与神韵派的关系,马自力《论韦柳诗风》(《中国社会科学》1989 年第 5 期)一文有详细论述,可参看。
②边连宝《病余长语》卷十二引,齐鲁书社 2013 年版,第 416 页。
③法式善《存素堂文集》卷三,嘉庆十二年刊本。
④苏时学《爻山笔话》卷十二,同治三年广州刊本。
⑤高延第《涌翠山房文集》卷二《诵芬集序》,光绪刊本。

由此可见，"清"被视为一种难以企及的诗美境界，以致论者虽都倡言"诗品贵清""诗以清为主"①，但同时也不得不承认"诗家清境最难"（贺贻孙《诗筏》）。正因为"清"如此地和诗歌的一种审美理想联系在一起，尽管夐绝难至，它在诗学中仍日益成为诗家自觉追求的趣味。清代丝梅生以诗稿请张云璈作序，友人问丝诗何如，张许之为"清才"，友人问："如斯而已乎？"张云璈说："子何视清才之易耶？古今来言诗者曰清奇，曰清雄，曰清警，曰清丽，曰清腴，等而上之曰清厚，等而下之曰清浅，厚固清之极致，而浅亦清之见端也，要不离清以为功。非是虽才气纵横，令人不复寻其端绪，则亦如刘舍人所云采滥辞诡，心理愈翳者矣。大都造诣所极，平奇浓淡，人心不同如其面，有未可执一例以相推，而先以清立其基，虽李杜复起，吾言当不易也。"②他在将"清"作为极高品格来推崇的同时，也将它确定为风格的基础，以之为学诗的初阶。后来李联琇更具体地申说了这层意思：

　　诗之境象无穷，而其功候有八，不容躐等以进。八者：由清而赡而沈而亮而超而肆而敛而淡也。至于淡，则土反其宅，水归其壑，仍似初境之清，而精深华妙，有指与物化、不以心稽之乐，非初境所能仿佛。东坡《和陶》其庶几乎？顾学诗唯清最难，有集高盈尺而诗尚未清者。未清而遽求赡，则杂

①张谦宜《絸斋诗谈》卷一，《清诗话续编》本；宋咸熙《耐冷谈》卷三，道光九年武林亦西斋刊本。
②张云璈《简松草堂文集》卷五《丝梅生诗序》，燕京大学图书馆1941年影印本。

鞣而已矣。甫清而即造淡,则枯寂而已矣。①

在他划分的八等诗美境界中,"清"是初入之境,由此循序渐进才
能达成更高的境界,但最高的境界"淡"则经过升华,在更高的层
次上又复归于"清"。王寿昌《小清华园诗谈》总论第三则就是
"诗有四清",道是"心境欲清,神骨欲清,气味欲清,意致音韵欲
清"②。这表明,"清"自始至终都是与古典诗歌的终极审美理想
相联系的一种趣味,这决定了它在古典诗学中的重要地位。近
来,已有些论著阐述"清"的一般审美属性③,但由于缺乏相应的
艺术经验支持,讨论所涉及的深度和广度都还有限,"清"作为诗
美概念的内涵更未见有专文讨论。笔者前几年在研究大历才子
钱起、李端时曾触及"清"的概念及其审美内涵④,从而引发进一
步的思考,在经过一段时间的搜集材料和研究之后形成本章的内
容。需要说明的是,在有限的篇幅内当然不可能对概念的历史形
成作细致的描述,而这也是需要作大量的文献调查工作的,本文
在有限的阅读下,只能侧重于阐释"清"的诗学内涵,顺便对它在
诗学中的定着和展开略作勾勒。

----

① 李联琇《好云楼初集》卷二十八《杂识》,咸丰十一年刊本。
② 王寿昌《小清华园诗谈》卷上,《清诗话续编》,第 3 册第 1855 页。
③ 如邹显树《清——一个重要的美学概念》,《绵阳师范高等专科学校学
　报》,1994 年第 1 期;邓牛顿《说清篇》,收在《中华美学感悟录》(社会科学
　文献出版社,1996);樊美筠《中国传统美学中的尚清意识》,收在《中国传
　统美学的当代阐释》(中国社会科学出版社,1997)。
④ 参看笔者《大历诗人研究》上册第二章第二节"'大历十才子'之冠——钱
　起"、第三节"才子中的才子——李端"。

二、作为传统审美趣味的"清"

经验告诉我们,传统文学的审美趣味总与历史上人们的生活趣味相关,而古典诗论中的美学范畴也总与文人的生活态度及由此决定的审美趣味联系在一起。尽管孔子曾以清称许陈文子"辟恶逆,去无道"(《论语·公冶长》)的操守,但审美意义上的"清",尤其是作为诗美概念的"清",首先是与一种人生的终极理想和生活趣味相伴而生的,其源头可以追溯到道家的清静理想。老庄清静无为的人生态度、虚心应物(涤除玄览)的认知方式、超脱尘俗的生活情调,甚至道教神话中的天界模式(三清),无不围绕着"清"展开。可以想见,道家思想作为传统观念的主要源头之一,在深刻影响古代生活的同时,也将"清"的意识深深烙印在文人的生活观念和趣味中。

"清"字的本义为水清,与"澂(澄)"互训。《说文》:"清,朖也。澂水之皃。"又曰:"澂,清也。"竹田晃先生《魏晋六朝文学论中的"清"的概念》一文曾列举《论语》、《老子》、《诗经》、《楚辞》、王充《论衡》、班固《两都赋》、张衡《西京赋》《东京赋》《南都赋》中"清"字的用例,追溯它的语源①。《诗经》的用例,除水清的本义外,主要是用引申义形容人娴淑的品貌(《郑风·野有蔓草》:有

---

① 竹田晃《魏晋六朝文学理论中的"清"的概念》,《中哲文学会报》第八号,1983 年 6 月版。承蒙东京大学户仓英美教授介绍这篇重要论文,谨此致谢。

美一人,清扬婉兮)和宗庙气氛的肃穆(《周颂·清庙》),《论语》
和《楚辞》则用于形容人的峻洁品德(《离骚》:伏清白以死直兮)。
这些义项当然一直在后世的著作中沿用,但真正在美学上对后世
产生影响的还是《老子》的说法:

> 昔之得一者,天得一以清,地得一以宁,神得一以灵。
> (第三十九章)
> 大成若缺,其用不敝。大盈若冲,其用不穷。大直若屈,
> 大巧若拙,大辩若讷。躁胜寒,静胜热,清静为天下正。(第
> 四十五章)

王弼注:"静则全物之真,躁则犯物之性。故惟清静,乃得如上诸
大也。"以上诸大本是人们生活中的终极期待,清静既被论定为实
现诸大的前提,就被赋予了一种形而上的本原性意义,清连带也
在玄学话语中活跃起来。阮籍《清思赋》(《阮籍集》卷上)言美则
"窈窕而淑清",言心境则"清虚寥廓",言时日则"清朝而夕晏",
言舆饰则"华茵肃清",言身体则"清洁而靡讥",言语言则"清言
窃其如兰",显出清正与一种超越世俗的气质联系在一起。而与
此同时,道教的遁世修行,与《周易》"不事王侯,高尚其事"的观
念相呼应,也造成"以清节自守,不降志辱身为贤"(《论衡·定
贤》)的隐士形象,更以"绝谷不食,与人异食,欲为清洁"(《论
衡·祭意》)的生活方式给人以超世脱俗的印象。

　　在世俗社会中,"清"则继承了《楚辞》的用法,指操行的清
洁,常与"浊"对举,如《论衡》中就有"道有精粗,志有清浊也"

（《逢遇》)、"操行清浊,性也"（《骨相》)、"凡人禀性也,清浊贪廉,各有操行"（《非韩》)的说法。在东汉的人物品评风气中,读书人以"清流"自任,又使"清"成为人物品评中的一个重要概念,王充即称自己"为人清重"（《论衡·自纪》)。进入玄学盛行的晋代,"清"在人物品评中被用得格外频繁。竹田晃先生已举出,见于《世说新语》中《赏誉》《品藻》两篇的"清"即有31例,构成的词有"清通""清直""清伦""清选""清才""清远""清流""清峙""清士""清令""清贵""清鉴""清畅""清婉""清疏""清辞""清蔚""清贞""清易""清便"等。《赏誉》篇刘孝标注引《文士传》也称陆机"清厉有风格",可见这些概念标示的是与内在禀赋相联系的属于仪表、风度的内容。其中不少词承袭了传统的道德意味,但如"清通""清远""清畅""清疏"等则诚如竹田晃先生指出的,具有趣味的内涵。这种"清"的意味不仅指性格和行为方式,也用于论学风的场合,如《文学》篇"南人学问清通简要",而更值得注意的是用于形容文辞——"清辞"。尽管这"清辞"指的是人的言语,但言语具有的"清"味,不是一端联系清雅脱俗的胸襟,一端联系清华明丽的风物么？二者交织了清新隽永的言辞。正是由此肇端,"清"逐渐与文学批评联系起来,成为文学中反映魏晋审美精神的概念①。

在这里我们必须提到陆机。正像他在许多方面都很值得注意一样,陆机对"清"的偏爱也很引人注目。陆机诗中爱用"清"

①关于"清"与魏晋审美精神的关系,可参看靳青万、赵国乾《"清"与魏晋审美精神》,《海南大学学报》1997年第1期。

字,《日出东南隅行》一篇有"瀿房出清颜""惠心清且闲""方驾扬清尘""清川含藻影""悲歌吐清响""浮景映清淽"六句,连用"清"字形容人的容貌心性、水流、路尘、歌声,十分罕见,让人联想到钱起《美杨侍御清文见示》(7.2620①)一诗接连用"清流""清文""清爽"的例子。而钱起也正是最嗜爱"清"的诗人,他现存435首诗中"清"字竟出现91次,向我们强调一种执着的趣味:

能使幽兴苦,坐忘清景曛。(《闲居酬张起居见赠》8.2659)

白露蚕已丝,空林日凄清。(《卧疾答刘道士》7.2607)

洗钵泉初暖,焚香晓更清。(《送原公南游》7.2640)

出关尘渐远,过郢兴弥清。(《送郭秀才制举下第南游》7.2636)

得意今如此,清光不可攀。(《送陈供奉恩敕放归觐省》7.2635)

胜景不易遇,入门神顿清。(《题精舍寺》7.2626)

河阳传丽藻,清韵入歌谣。(《和蜀县段明府秋城望归期》7.2629)

美景惜文会,清吟迟羽觞。(《太子李舍人城东别业与二三文友逃暑》8.2664)

以上诸句,一是风景之清,二是气氛之清,三是境界之清,四是情

---

①本文引用《全唐诗》,均据中华书局版二十五册校点本,只注册、页数。

兴之清,五是气度之清,六是心境之清,七是声律之清,八是诗风之清。不难看出,"清"作为一种趣味、一种品格几乎弥漫、渗透在诗人全部的感受和表现中。推广到整个大历诗,我们都可以读到这时代的趣味,它全方位地表现在诗人的作品中。从陆机到钱起的六百多年间,"清"这种非常文人化的趣味已逐渐定型,并且由才质、事义、辞采、声律四个方面向文论专著《文心雕龙》渗透,显示出强烈的时代特征①。《文心雕龙》清字出现47次,组成的复合词有"清丽""清要""清省""清英""清新""清切""清越""清和""清铄"等,这也成为漫长而难知起讫的概念化过程的一个标志。而其间刻意追求和努力表现这种美感的,则是一批著名诗人,包括马自力《清淡的歌吟》所列举的陶渊明、张九龄、常建、储光曦、王维、孟浩然、韦应物,再加上何逊、阴铿和庾信。庾信曾得到杜甫"清新"的评价,而何逊诗当时颜之推就有"清巧"(《颜氏家训·文章篇》之目,杜甫也说"阴何尚清省"(《秋日夔州咏怀寄郑监审李宾客之芳一百韵》),今人更将他视作唐人清新自然的审美趣味的先声②。这样一个包括众多重要诗人的序列,显然是不容轻忽的。张为《诗人主客图》封李益为"清奇雅正主",我认为"清奇雅正"四字正是唐诗基本的美学品格,这种品格在中国古代诗歌史的后期曾被奉为中国诗歌美学传统的正宗。

　　"清"作为士大夫美学的高级趣味,一旦在文化中定型,就日

---

①王金凌《论文心雕龙中的清》(《古典文学》第二集,学生书局1980年版,第
　83—95页。
②参看刘畅《论何逊诗的清美及其在文学史上的地位》,《南开学报》1989年
　第3期。

渐为文人自觉意识和存心体会,不仅形成"词要清空"(张炎《词源》)那样的艺术主张,也日益深入到人生的各种情境中。金陵秦淮自明代以来艳称繁华,而清初丁雄飞在其间体会到的却是一种清境,其《邀六羽叔泛秦淮》写道:

> 野蔬村酿,不足道也。第微雨飘舟,小杯细语,觉秦淮艳地,自有一种清境,留与我辈。牙板金樽,徒增俗气耳。①

而幽雅的深闺景致,叶鑨喜爱的也是清。他在《散花庵丛语》中曾说:

> 闺中风景,晓得其嫩,昼得其淡,夜得其浓,然清更妙。②

一年四季中,"清"原是与"秋"相连的——"清秋"岂非熟词?但潘际云《和查梅史明府揆销寒四咏》第一题却咏"清"。且看他如何道来:

> 妙香闻得万缘空,饮露餐霞一钓翁。鹤俸每分修竹外,梅魂时访乱山中。怜他照影西湖水,爱此披襟江上风。自问冰心长不改,鬓丝禅榻几人同?③

---

① 周亮工辑《赖古堂名贤尺牍新钞》卷八,民国间国学扶轮社石印本。
② 叶鑨《散花庵丛语》,《甲戌丛编》本。
③ 潘际云《清芬堂续集》卷五,道光六年载石山房刊本。

最奇莫过于连"贫"也与"清"连,称为"清贫",以见穷得脱俗,穷得高洁。姚合《和厉玄侍御无可上人会宿见寄》(15.5696)云:"朝客清贫老,林僧默悟禅。"这不是自伤,倒是"君子固穷"的自傲。

正因为"清"是超脱世间庸俗氛围的胸襟和趣味,所以对具体情境的"清"的感受很大程度上就成了一种心境的玩味和投射。环境的清也就是心境的清。这种泯灭了世俗欲念、超脱于利害之心的心境正是审美观照的前提,也是诗意的开始。仇福昌《静修斋诗话》春卷云:

> 人之心不可不清。不清则利欲熏心,了无佳趣;清则风云月露,皆可作诗词歌赋观,所谓无声之诗也。[1]

然则心境之清尤其是与诗意相连的一种心理状态,而气质禀赋之清更如前文所举,乃是诗歌创作的首要条件。难怪唐代诗僧贯休说"乾坤有清气,散入诗人脾"(《古意九首》之四,23.9307),又说"此道真清气"(《贻王秀才》,23.9501)。这里的清气已不是像曹丕那样作为决定风格倾向的生理学概念(详下文),而是作为写作的心理条件来强调了。这个意思后来常被人发挥,如清代陈继云"诗者非得乎天地之清气,则无以极其妙"[2],令人想到荷尔德林的话:"作诗乃是最清白无邪的事情。"[3]所谓清也就是心地澄明,

----

① 此书仅见稿本,中国科学院图书馆藏。
② 史承谦《青梅轩诗话》卷二引,北京图书馆藏稿本。
③ 海德格尔《荷尔德林和诗的本质》,《海德格尔选集》,上海三联书店 1996年版,上册第 309 页。

不杂浊思。如陈璜《旅书》所谓:"谢灵运自谓慧业文人,远公鄙其心杂,不与入社。杂之一言,切中文人之弊。盖理义纷华,交战于心,知戒而不能定,则物遂夺之矣。"①职是之故,论者通常都将诗的清气与世俗荣华对立起来。如程梦湘《退谷诗钞序》云:"官职者人世之福具,诗名者天地之清气也。二者每相背而不相附,若风马牛,若泾渭水,顺逆清浊判然别矣。"②

三、"清"在诗学中的确立

"清"作为文学批评的概念用于诗歌评论,清代批评家多认为可以追溯到最古老的文学总集《诗经》。《大雅·烝民》云"吉甫作颂,穆如清风",厉鹗说:"晋人论诗,辄标举此语,以为微眇。唐僧齐己则曰'乾坤有清气,散入诗人脾',盖自庙廊风谕以及山泽之臞所吟谣,未有不至于清而可以言诗者。"③吴文溥说:"元遗山《论诗绝句》云'乾坤清气得来难',清字乃真诗品,真骨髓也;不清则俗,俗则不可医,故曰穆如清风。诗家妙谛尽于此矣。"④李兆元《十二笔舫杂录》也推为"论诗鼻祖"。宋咸熙《耐冷谭》卷三则云:"'吉甫作颂,穆如清风。'《三百篇》言诗之旨,亦如是而已。

---

① 陈璜《旅书》,赖古堂藏书本。
② 张九镒《退谷诗钞》卷首,乾隆三十八年刊本。
③ 厉鹗《双清阁诗集序》,《樊榭山房文集》卷三,上海古籍出版社 1992 年版,中册第 737 页。
④ 吴文溥《南野堂笔记》卷一,嘉庆刊本。

清非一无采色之谓也,昔人评《离骚》者曰清绝滔滔,读陶诗者曰香艳入骨,会得此旨,可以追踪风雅矣。"①但这种看法显然是不太妥当的。这里的"清"与其说是形容诗,还不如说是"穆"的具象化表达。用作评价概念的词是"穆","清风"只是形容穆的庄重静穆气氛的比喻,这从上引"于穆清庙"及《周颂·维清》"维清缉熙,文王之典"也可得到印证。要追溯作为审美概念的"清"的来源,我认为应注意到音乐鉴赏方面的材料。早在先秦时代,关于感官的作用,人们就已知道"耳辨音声清浊"(《荀子·荣辱》),"声音清浊、调竽奇声以耳异"(《荀子·正名》)。《韩非子·十过》载师旷鼓琴的故事,对"清商""清徵""清角"不同乐曲更有具体描写。到汉代张衡《西京赋》"女娥坐而长歌,声清畅而蟉蛇",就将"清"字与音乐给人的听觉印象联系起来,而"清"字同时也就成了形容音乐美的概念,为后代所沿用。

至于文学,"清"的概念首先是在生理学的意义上与之发生关系的,其契机就是曹丕《典论·论文》的文气论。曹丕说:"文以气为主。气之清浊有体,不可力强而致。"我们知道,在中国古人的观念中,天地万物是阴阳化合的,"阳化气,阴成形","故清阳为天,浊阴为地"②,而人当然也是秉气而生,由于各人所得气之清浊不同,从而形成气质倾向的差异③。在才性论盛行的晋代,这

①宋咸熙《耐冷谭》,武林亦西斋刊本。
②参看《黄帝内经素问》卷二阴阳应象大论篇第五、卷三宝命全形论篇第二十五。
③如刘沅《拾余四种》卷上"恒言":"至清者天也,而地承之。地之质,其形之累乎?累于形而气有清浊,人之智愚所以判。"道光二十五年刊本。

种自然禀赋的清浊甚至被赋予了价值色彩,如袁准说:"凡万物生于天地之间,有美有恶。物何故美,清气之所生也;物何故恶,浊气之所施也。"①然则曹丕说的"清"是指创作主体的生理禀赋,与文学的关系还隔得很远。真正将"清"作为文学理论概念来用的是陆机《文赋》,共七次出现"清"字,六次作为文章的审美概念来使用。论文体则曰"箴顿挫而清壮",论辞意之美则曰"藻思绮合,清丽千眠","或沿浊而更清",论文词之简洁则曰"或清虚以婉约";而"含清唱而靡应""同朱弦之清泛",则用音乐来比喻文章。到《文心雕龙》,"清"作为文学批评的审美概念异常地醒目起来,非但各篇讨论具体问题时用"清"字作为称许文辞的褒词,刘勰所标举的文章美的核心概念——"风骨",基本含义就是"风清骨峻",由此形成一群以"清"为骨干的派生概念,如"清典""清铄""清采""清允""轻清""清省""清要""清新""清切""清英""清和""清气""清辩""清绮""清越""清靡""清畅""清通"等,预示了"清"作为文学批评的审美概念愈益活跃的前景。尤其值得注意的是,刘勰常用"清"来评诗,如《才略》称曹丕"乐府清越",《时序》称"简文勃兴,渊乎清峻",《声律》称"诗人综韵,率多清切"。除《才略》篇外,"清"字用得最多的是《明诗》:论作家则"嵇志清峻,阮旨遥深","平子得其雅,叔夜含其润,茂先凝其清,景阳振其丽";论作品则"张衡《怨篇》,清典可味";至论诗体,首倡"四言正体,则雅润为本,五言流调,则清丽居宗",确立了五言诗的风格理

---

① 袁准《才性论》,严可均辑《全上古三代秦汉三国六朝文·全晋文》卷五十四,中华书局 1958 年版。

想。曹丕论诗赋的审美特征曾独标"丽"字,陆机附以"清"而成
"清丽",以为文章美的共同标准,刘勰这里又将它从"文章"中剥
离出来,独归于诗,遂使"清"在诗中的地位得以确立。稍后钟嵘
在《诗品》中十七次用"清"字,构成的词有"清刚""清远""清捷"
"清拔""清靡""清浅""清雅""清便""清怨""清上""清润",与
刘勰相映成趣,共同表征了南朝诗学以"清"为主导的审美倾向。
后来陈祚明《采菽堂古诗选》评六朝诗,使用得最多的就是由
"清"构成的复合概念,达 31 个。

　　据竹田晃先生对《典论·论文》《文赋》《文心雕龙》《诗品》
《文选序》的研究,"清"字溢出传统藩篱的新义有四点:一是纯而
不杂,引申为典雅正统,其用例除单用的"清"字外,有"清雅""清
典"等;二是文辞简要,这是第一义在文章中的具体化,即简化字
句,使表现简洁,如"清捷""清浅""清省""清通"等;三是超俗高
蹈,如《诗品》评嵇康"托喻清远"、戴逵"有清上之句"之类;四是
经久磨炼而成的技巧,相对"不可力强而致"的"气"而言,如《文
心雕龙·杂文》言"傅毅《七激》,会清要之工",其他如"清铄""清
英""清丽""清绮"也都与一种经修习而获得的洗练精致的美感
相连。竹田先生的这一分析、概括无疑是富有启发意义的,但具
体结论似乎还有可商榷之处。在我看来,四种含义中只有第二义
是溢出于传统内涵的,其他三义都不是:第一义是承《诗经》的清
典之义来;第三义是承《老子》的清静之义来;第四义与"气之清浊
有体"的"清"是两个范畴,不具有可比性,要比也只能用"清才"
相比较。至于将"清浊"与"高下""优劣"一同视为论定诗文价值
的尺度,也值得推敲。所举"轻欲辨彰清浊,掎摭利病"(《诗品》

中序)一句,我认为"清浊"指字音而言,与"但令清浊通流,口吻调利"(下序)同义。这样,"清"的新出含义就集中到文辞简约一点上来,而这正是六朝文学理论在"清"中注入的美学精神。

众所周知,晋代士风"嗤笑徇务之志,崇盛忘机之谈"(《文心雕龙·明诗》),而侈谈名理之际,旨归玄远,辞尚简要。其日常生活更以通侻简约为尚。这种生活方式和生活态度反映于文学中,就相应地形成崇尚简约的风气和"雅好清省"(《文心雕龙·镕裁》)的审美趣味。陆云正是其理论代表①,他的《与兄平原书》(《全晋文》卷一百二)云:

> 云今意视文,乃好清省,欲无以尚,意之至此,乃出自然。

此所谓"清省",应该是意味着清新简洁的风格。因为他曾批评乃兄的文章,说《文赋》"文适多,体便欲不清",又说《丞相赞》"辞中原不清利",《丞相箴》"不如《女史》清约",他对陆机文章的总体感觉是:

> 兄文章之高远绝异,不可复称言,然犹皆欲微多,但清新相接,不以此为病耳。

①萧华荣《陆云"清省"的美学观》(《文史哲》1982年第1期,又见《中国诗学思想史》第三章)、傅刚《"文贵清省"说的时代意义——略谈陆云〈与兄平原书〉》(《文艺理论研究》1984年第2期)二文对此有专门探讨,可参看。

在他看来,陆机文章不免有伤繁富,但因能济之以清新,终不至于构成缺点。"清省"在此被置换为"清新",强调了芟汰陈腐的必要。事实上,遣词造语若能新颖不俗,则文章必清畅爽洁,即使意兴繁富也不致病于芜累。所以"清省"的核心不在于"省"即单纯的简约,而在于"清"。明乎此,我们就容易理解为什么陆云与陆机论文总不离一个"清"字。如称赞《楚辞》"实自清绝",《述思赋》"流深情至言,实为清妙",《吊蔡君》"清妙不可言",《茂曹碑》"言亦自清美",《祖德颂》"靡靡清工"。这里的"清",正如萧华荣先生所说的,是指一种有色彩、有光泽、鲜明秀丽的艺术境界。它与"清新""清妙""清工"共同构成了预言性的象征标志,预示了新艺术潮流的到来。值五言诗日趋成熟定型之际,"清"适时被提出作为诗美的理想,即刘勰所谓"清丽居宗",确立了它在诗学中的位置。与此同时,在"俪采百字之偶,争价一句之奇"(《文心雕龙·明诗》),举世贵形似之言的风气下,遣词造句的新异奇巧也成为诗歌写作竞相追求的目标。于是清新又与巧丽相联系起来,以致《颜氏家训·文章篇》对时人自矜"一事惬当,一句清巧"感慨弥深,同时又对何逊"实为清巧,多形似之言"、何子朗"信饶清巧"不无赞赏,显出爱恨交杂的矛盾心情。应该说,"巧"本是与"清"相隔较远的概念,在"清"传统的含义中是找不到与"巧"沟通的可能性的。"清"这种包容性的空前扩大就暗示了"清"作为诗美的核心概念的确立。据我初步统计,在六朝时期,以"清"为核心派生出的审美概念已逾三十个,它们共同汇聚成中古文学趣味的总体感觉印象,并对唐诗审美趣味的形成给予重大影响。

唐代是诗的时代,但不是诗歌美学的时代。唐代的诗学集中于以诗格为代表的修辞学,诗歌美学没有形成系统的论著,但作为诗美概念的"清"在唐代诗学中却非常活跃。很显然,唐人对诗的趣味在相当大的程度上继承了六朝人对"清"的爱好,殷璠《河岳英灵集》和高仲武《中兴间气集》二选倾向和趣味截然不同,却都爱用"清"字评诗,前者称李颀诗"发调既清",崔国辅诗"婉娈清楚",崔署诗"清意悲凉"①,后者更以"体状风雅,理致清新"标宗,称钱起"体格新奇,理致清赡",于良史"诗体清雅",李希仲诗"务为清逸",朱湾"诗体清(一作幽)远",张继"诗体清迥",皇甫曾"体制清紧"。如此频繁的用例,足以说明"清"的概念在当时的普及和日常化程度。就连并不以清见长的杜甫,也每每以"清"来评论同辈诗人,可见它作为超级诗美概念在唐代诗歌语境中所占有的重要位置:

> 诗清立意新(《奉和严中丞西城晚眺十韵》)
> 清新庾开府,俊逸鲍参军(《春日忆李白》)
> 不薄今人爱古人,清词丽句必为邻(《戏为六绝句》其五)
> 清诗近道要(《贻阮隐居》)
> 不意清诗久零落(《追酬故高蜀州人日见寄》)
> 复忆襄阳孟浩然,清诗句句尽堪传(《解闷十二首》其五)

杜甫不仅喜用"清"字来评论别人,他自己的诗歌中也显出重视"清"的倾向。黄生曾指出:"杜诗善用清字,如'当暑著来清',则

---

① 殷璠《丹阳集》亦称丁仙芝诗"婉丽清新",蔡希寂"词句清迥"。

以清为凉；'关河霜雪清'，则以清为寒；'天清木叶闻'，则以清为静；'沙乱雪山清'，则以清为明；'天清皇子陂'，则以清为霁；'侍立小童清'，则以清为秀；'衣干枕席清'，则以清为爽；'投壶散帙有余清'，则以清为闲是也。"①尽管如此，今传唐代诗学著作中未见有对"清"的专门论述，皎然《诗式》"论诗有一十九字"也未举"清"之一字。《吟窗杂录》卷十八上白居易《金针诗格》论"诗有四得"倒有"字欲得清"的说法，不过此书陈振孙《直斋书录解题》已断言"大抵皆假托也"，还不能据以讨论唐代诗论。与六朝相比，唐代诗论中更多的是单用"清"字，而较少使用"清"的复合概念，似乎显示出"清"的概念被一般化的倾向。相反，"清"的复合概念一旦被使用，就显出意指的精确性，不再像六朝那样泛指，而具有对象或范围的具体指定。这在《中兴间气集》中表现得尤其明显，如评钱起诗"理致清赡"，"清赡"这复合概念在此就形容理致，他例亦然。从艺术史看，一种审美理想的确立，总是艺术家自觉追求的结果，而那自觉追求的过程，同时也塑造了艺术家自身。"清"的趣味在为诗人所自觉追求的同时，也在引导着诗歌创作。"清"作为一种成熟的风格，到唐代可以说已充分完成，我们在大历诗中能看到它的成型。大历诗人以谢朓为艺术楷模，在总结前人艺术经验的基础上，完成了诗歌中"清"美的创造，剩下的问题就是对"清"本身的理论阐释和说明了。

对"清"的阐释肇始于宋代。杨万里子长孺曾说："诗人只是要清。人皆（言）和风丽日，诗人则多言风雨雪霜。人皆言桃李牡

———————

①仇兆鳌《杜诗详注》，中华书局 1979 年版，第 1902 页。

丹,诗人则多言松竹与梅。人皆言高居华屋,诗人则言竹篱茅舍。人皆言歌童舞女,诗人则言渔翁樵父。人皆言珍珠玉食,诗人则多(言)藜藿饥肠。"①这里的"清"不是指诗歌描绘的景象,而是指诗人的胸襟和韵度,能超脱于世俗的趣味。但在宋代,"清"受到了"韵"的有力挑战。经过宋诗对诗歌美学理想的改造,"韵"的范畴登上了古典诗歌理想的最高位置,而"清"由此后退一步,作为一种风格类型而存在。范温《诗眼》论文章之能事,"有巧丽,有雄伟,有奇,有巧,有典,有富,有深,有稳,有清,有古",而以韵为极致。王偁说"潇洒之谓韵",范温不同意,以为:"夫潇洒者,清也。清乃一长,安得为尽美之韵乎?"②在他看来,"韵"是尽美,也就是终极的美,而"清"则只是美的一个特殊类型。这种看法虽未必是宋代诗学的主导观念(宋人诗论中有关"韵"的议论很少,而范温这段话历来也没引起人们的注意,是钱锺书先生把它从《永乐大典》中发掘出来的),但日后中国诗学的发展却证明,"韵"确实被公认为中国艺术自觉追求的终极理想,而"清"则成为与风格和修辞相联系的基层概念。也正因为如此,"清"比"韵"拥有更具体实在的内涵和更强大的演绎、派生功能。

　　到明清两代,中国古典诗学进入成熟和总结的时期,许多基本范畴、概念和命题都得到深入的阐释,"清"也不例外,胡应麟《诗薮》外编卷四的阐释就是我们熟知的。他说:"清者,超凡绝俗之谓。"又具体描述为:"绝涧孤峰,长松怪石,竹篱茅舍,老鹤疏

────────

① 郑必俊校注《怀古录校注》卷中,中华书局 1993 年版,第 57 页。
② 郭绍虞辑《宋诗话辑佚》,中华书局 1980 年版,上册第 372 页。

梅,一种清气,固自迥绝尘嚣。至于龙宫海藏,万宝具陈,钧天帝廷,百乐偕奏,金关玉楼,群真毕集,入其中使人神骨泠然,脏腑变易,不谓之清可乎!"①他将"清"定义为一种超凡绝俗、远离尘世的气质,可谓探骊得珠,深得"清"之三昧,所以也颇受后人重视。张谦宜《絸斋诗谈》开宗明义,首标"诗品贵清"之旨,说:"诗品贵清,运众妙而行于虚者也。譬如观人,天日之表,龙凤之姿,虽被服衮玉,其丰神英爽,必不溷于市儿;若乃拜马足,乞残鲭,即荷衣蕙带,宁得谓之仙人耶? 由斯以谈,清在神不在相,清在骨不在肤,非流俗所知也。"②但他们对清的审美内涵,还只触及很小的一部分。在我经眼的文献中,清代焦袁熹(1660—1725)的《答钧滩书》,才称得上是真正对"清"加以深入探讨的力作。这封书信收在中国社会科学院文学所藏《此木轩文集》稿本中,尚未见人提及,值得详细介绍一下。焦袁熹首先指出"清"是中晚唐诗的美学精神所在:

> 愚尝得观唐人之作,盛唐以上,意象玄浑,难以迹求;至中晚而其迹大显矣。一言以蔽之,其惟清乎。

接着阐明"清"的境界及对于诗的重要意义:

> 清者,研炼之极,虽古人亦不能逡巡而□也。故有句云

---

① 胡应麟《诗薮》,第 185 页。
② 张谦宜《絸斋诗谈》卷一,郭绍虞辑《清诗话续编》,第 2 册第 791 页。

新诗应渐清,言工深乃至也。是故不经研炼,略成句子,信手填入者,唐人必不为也。岂故好为其难,盖以谓不若是则不成章尔。不然则何以此人然,彼人亦然,乃至篇篇然,句句皆然耶?夫雄豪藻丽,诗品杂陈,而清之一言必不可失。譬若吏治之廉,女德之贞也,失之余无足观矣。

再分析"清"在诗中的具体表现及在声律方面的人工营造性质:

且清非可以口授而指画得之者,必其迥然特出乎埃壒之表,知者辨之,不知者不辨也。曰事清,曰境清,曰声清,曰色清,而声清为要矣。字者公家之物,无清无不清者,连属成句,而境象声色具焉。其清者必其人苦心选择以致然,非偶然而合也。字音阴为清,阳为浊,阴阳又各二。然善连属者非醇用阴也,反是者非必太半用阳也,而清浊分焉者,由所以选择而使之有精与粗故也。一妇独处,寂然而已;及二人三人共语窗牖间,或喃喃如燕,或呖呖若莺,或诟谇勃豀,不可暂听。夫属辞之善不善,何以异是乎?

又解释才气对声律清浊的决定关系:

声之清浊,气之类也,声气在人,似有天分。得之清者,所谓天才也,事半而功倍矣。以近世验之,夏考功不逮,陈黄门、王玠石又远不逮焉。非关学问,由降才异也。然使其人能深辨乎此,加意研炼,未必不可变浊而为清也。惟其天分有限于此,无所用其力,故其所成就仅若是而已尔。

最后提出声律运用视内容而定,并不以清为唯一的追求,同时清也不限于凄寒肃杀之声,那种超绝尘俗之声方是清之极至:

> 且声之善,非独声而已矣,心之哀乐以是传焉,所谓言之不尽,声能尽也。必待言语文义而后达其意者,非能诗者也;必观言语文义以识彼之情者,非知诗者也。读杜子美忆弟妹诗,不问何语,听其声自然与寻常交友不同;卫武将军挽歌三篇,不问何语,听其声岂可施之它处乎?此子美所以为诗之圣。盖非有意为之,犹所谓盛德之至,动容周旋自中乎礼尔。凡此用声之效,各惟其宜,似若不专于清之一言者,则所以谓清者,非必若洞谷桧柏凄寒肃杀之声而乃得题之曰清也。凤凰鸣矣,于彼高冈,清之极也,何有于凄寒肃杀哉?

焦袁熹对"清"的论述,在融合前人见解的基础上,又有新的开拓。与胡应麟着眼于境界的旨趣不同,他对"清"的把握尤其落实在语音声律的层面上,从另一个角度切入了"清"的内核。他指出"清"是中晚唐诗刻意追求的美学趣味,也触及了唐诗史的深层,显出相当深刻的诗史眼光,也显出相当自觉的理论意识。这样的论文沉睡在文献中的一定还很多,有待于批评史研究者去发现。

顺便提到,考察"清"的审美观念在清代的发展,不能不注意方苞编的《钦定四书文》,其序言中以"清真雅正"为八股文审美标准,对"清"的价值提升无疑有很大影响。姚鼐《敬敷书院课读四书文序目》曾说"文贵清正雅正,著在功令,然作文者或不尽解",为此他将四字一一作了疏解,关于"清"字是这么说的:"夫所谓清者有三。有气清:气为文家最要事,必其极清,然后能雄、能大。不清,则虽庞然而实痿矣。又有思清:测之窈然而深者,思清也。凡猥浅近者,思不清也。又有辞清:辞欲其典,典则清矣。如汤临川文,可谓极华,然清之至也。"①此解较胡应麟之说更清晰明白,乘《钦定四书文》飞腾之势,"清"的趣味及类似的理解将日益深入士人的诗文研习中,这是可以预料的。

四、"清"的美学内涵

　　行文至此,还没触及问题的核心——"清"的美学内涵。虽说上文征引的古人议论,也未尝不从各种角度触及到"清"的意蕴,但毕竟还是随机的、兴之所至的,全面地探讨"清"的诗美内涵和审美价值,还是个有待深入研究的课题。在此我想就自己的认识和体会提出些粗浅的看法。

　　首先我想指出,"清"虽是集中体现中国古代文人生活情趣和审美倾向,并在某种程度上与古典艺术的审美理想联系在一起的诗美概念,但它在诗学中尚不处于最高位置,这由前文所举范温《诗眼》的说法已的然可见。对"清"的比较恰如其分的定位,也许是古典诗歌美学的核心概念,它具有由长期的历史积淀而形成

①姚鼐辑《敬敷书院课读四书文》卷首,道光刊本。

的基本内涵。在《大历诗人研究》中,我曾初步表达自己对"清"的体会,认为"清"是与"浑厚"相对的一种审美趣味,它明快而澹净,有一种透明感,像雨后的桦林、带露的碧荷、水中的梅影、秋日的晴空;也像深涧山泉、密林幽潭,有时会有寒冽逼人的感觉,如柳宗元《小石潭记》所写的让人不可久居。总之,作为风格范畴的"清",我觉得可以表述为形象鲜明、气质超脱而内涵相对单薄这么一种感觉印象①。如钱起的诗句"潭静宜孤鹤,山深绝远钟"(《药堂秋暮》)、"竹怜新雨后,山爱夕阳时"(《谷口书斋寄杨补阙》)、"幽溪鹿过苔还静,深树云来鸟不知"(《山中酬杨补阙见过》),无论所描写的景物、所传达的感觉还是所表现的趣味,都有着清绝的韵致,当得起"超凡绝俗"四字。当然,这只是"清"的主导特征,或者说是给人印象最突出的方面,如果要仔细分析"清"的全部内涵,则需分几个方面来谈。

首先应该肯定,"清"的基本内涵是明晰省净。这是由"清"字的本义"水清"引申来的,主要针对诗歌语言而言。萧华荣先生曾引《山海经·西山经》"丹木五岁,五色乃清"注"言光鲜也",又引《文心雕龙·体性》评陆云"布采鲜净,敏于短篇",二语正简炼而确切地概括了"清"的这层意思。"鲜净"意味着明晰简洁,也就是《诗品》评陶诗的"文体省净,殆无长语"。杜甫《八哀诗》评张九龄诗则是反过来说的:"诗罢地有余,篇终语清省。"这都是指文辞简洁,不繁复铺叙。在这个意义上,南朝人用"清"还有特定内涵,即

———————————

①参看笔者《大历诗人研究》上册第二章第二节"'大历十才子'之冠——钱起"、第三节"才子中的才子——李端"。

少用事。萧子显《南齐书·文学传论》论当时文章之三体,次为"缉事比类,非对不发,博物可嘉,职成拘制。或全借古语,用申今情,崎岖牵引,直为偶说,唯睹事例,顿失清采"。后来孔尚任称赞刘廷玑诗之清,喜其"无一饾饤字"①,正是基于同样的观念。从修辞效果看,偶俪流于铺排,用事导致饾饤,无不与清采相妨,所以一向遭人菲薄。诗史上对偶俪、用事持否定态度的人不在少数。虽然不一定都着眼于清的理想,但以散淡明晰见长的王、孟、韦、柳被目为正声,无疑体现了古典诗歌艺术理想的主导倾向。

　　其次应该说是超脱尘俗而不委琐。《庄子·刻意》有云:"水之性,不杂则清。""清"由水的明晰纯净自然引申为诗的纯粹不杂,纯则清,清则脱俗。《吟窗杂录》卷十八上梅尧臣《续金针诗格》论"诗格有五忌","二曰字俗则诗不清",可见俗正是与清相抵触的。清代马桐芳《憨斋诗话》卷四说:"诗家体格词意最要大方,而以清气行之,古之名公无不如此。"②所谓大方即脱离委琐和低级趣味,这是就气质而言,应该说更接近"清"的本质。孙光宪《白莲集序》云:"应是逢新雪,高吟得好诗。格清无俗字,思苦有苍髭。"③这还是在文字层面上理解格清与除俗的关系。袁中道《南北游诗序》称陶孝若"文章清绮无尘坋气","而尤有一种清胜之趣,若水光山色,可见而不可即者"④,便特指一种脱俗的气

①孔尚任《长留集序》,孔尚任、刘廷玑《长留集》卷首,中国书店1991年影印本。
②马桐芳《憨斋诗话》,道光刊本。
③孙光宪《白莲集序》,《全唐文》卷九百,中华书局影印本。
④袁中道《珂雪斋集》卷十,上海古籍出版社1989年版。

质。清代女诗人汪端称赞顾剑峰诗如"晚花寒竹韵孤清"①,凡孤高独绝的风格都有一种清的气质,如闲云野鹤、孤竹幽泉,最予人出尘之想。王寿昌《小清华园诗谈》卷上举为"清"的例作,如谢庄《北宅秘园》、沈佺期《夜宿七盘岭》、任翻《春晴》、张说《灉湖山寺》、杨巨源《题贾巡官林亭》可以说都具有这样一种气质。闻一多格外欣赏大历诗人造语的雅洁,也在于它们有一种超脱尘俗的气质。比如李端诗,乔亿《大历诗略》许为"思致弥清"。《山下泉》(9.3243)一首云:"碧水映丹霞,溅溅度浅沙。暗通山下草,流出洞中花。净色和云落,喧声绕石斜。明朝更寻去,应到阮郎家。"乔亿评为"清越可人"。又如《云际中峰居喜见苗发》(9.3268)一首云:"自得中峰住,深林亦闭关。经秋无客到,入夜有僧还。暗涧泉声小,荒村树影闲。高窗不可望,星月满空山。"乔亿评曰:"落句境地清奇。"这样的诗我认为典型地体现了"清"的那种脱俗的气质,是更为本真的"清","清越""清奇"之评犹不免王国维所谓"隔"。

　　与超脱尘凡的境界相联系的是那种清绝的凄冽感。金堡《沈客子诗序》有云:"'微云澹河汉,疏雨滴梧桐',举坐阁笔,嗟其清绝。然清或近于寒。"②"清"正因这种寒意而与凄冽联系在一起。张衡《东京赋》已云:"阴池幽流,玄泉洌清。"而当人们说清秋时也即是说秋天的凄清萧瑟之气,它常给人"心懔懔以怀霜"(陆机《文赋》)的感觉,因此柳永有"更那堪、冷落清秋节"(《雨霖铃》)

---

① 汪端《自然好学斋诗钞》卷八《书顾剑峰寸心楼诗集后》,道光刊本。
② 金堡《遍行堂集》卷三,国学扶轮社宣统三年排印本。

的伤叹。焦袁熹虽不同意说"清"就是涧谷桧柏凄寒肃杀之声,但他的辨正适足反证了二者在人们一般审美经验中的重叠。温习一下柳宗元的《小石潭记》,我们能身临其境地感受到那寒冽逼人的清冷。汪端说"清者诗之神也,王孟韦柳如幽泉曲涧,飞瀑寒潭,其神清矣"①,正是指这种感觉印象。不过这毕竟不是清在日常语境中洋溢的情调,所以通常我们在诗歌欣赏和诗歌批评中很少能觉察到这种语感。

新颖是"清"的另一层重要内涵,由"清"构成的复合概念最常见的就是"清新",这主要是就立意与艺术表现而言。不难理解,"清"意味着超脱凡俗,而俗的病根即在陈熟平凡,所以"清"从立意修辞上说首先必须戒绝陈熟,力求新异。方回《冯伯思诗集序》说:"天无云谓之清,水无泥谓之清,风凉谓之清,月皎谓之清。一日之气夜清,四时之气秋清。……而诗人之诗亦有所谓清焉。清矣,又有所谓新焉。"②他已看到清与新的联系,但尚未意识到新对清的决定意义。清代申颋《耐俗轩课儿文训》对此乃有透彻的阐述:"清新二字标自杜子美。其赠太白曰'清新庾开府',人皆能诵此语;然子美又有'诗清立意新'之句,得此五字而其旨始畅。其言立意新者,发古人所未发也。立意既新,而气象自然清明者,以陈词不能发挥新意,即意遣辞,而浮躁累气自斥也。"③

精纯似乎也是题中应有之义,修辞的简洁凝练本身就是文体

---

① 汪端《明三十家诗选·凡例》,道光二年自然好学斋刊本。
② 方回《桐江集》卷一,宛委别藏本。
③ 申颋《耐俗轩课儿文训》,清刊本。

洁净的前提。刘勰《文心雕龙·风骨》所谓"结言端直,则文骨成焉;意气骏爽,则文风清焉",可以从这个意义上去理解。清人毛际可《鸥亭漫稿序》载:"君家钝翁先生尝语余曰,诗文之佳,如所谓清奇清古清丽者,皆足以擅长,而要非出之以清不可。余甚是之,然清之一境,殊不易言。如酿秫为酒,必剂量于分数之间,而后挹其精英,汰其糟粕。故昔人至以清者比圣,若徒益之以水,以求其清,是亦水而已矣。"①

　　古雅是不太容易在人们对"清"的感觉或联想中出现的要素,通常人们对"清"的感觉印象最容易倾向于鲜洁明丽,很少会意识到古雅的趣味。可是只要我们想一下"清"最初与道家遁世精神的关系,就不难觉察其中所包孕的古雅的基因了。赵与时《宾退录》卷二引米芾《续古今书评》说"柳公权如深山道人,修养已成,神气清健,无一点尘俗",正是一个绝好的例子。陈锡路说:"《贵耳录》云诗有梅花字便清绝,李君实又谓黄叶、落叶入诗最饶意象。路则以为诗中有僧字,其风致殆不减黄叶梅花,由郑谷诗坛而外,但是逢僧处,都足使人意消。至读潘逍遥'夜凉疑有雨,院静似无僧'之句,则尤为清中之清矣。"②也是在这个意义上说的。托名司空图《二十四诗品》"清奇"一品云:"娟娟群松,下有漪流。晴雪满竹,隔溪渔舟。可人如玉,步屧寻幽。载瞻载止,空碧悠悠。神出古异,淡不可收。如月之曙,如气之秋。"品味一下"神出古异",我们很容易想到,那深山古刹的钟声,那骨董店的陈设,那

①毛际可《会侯先生文钞》卷七,康熙刊本。
②陈锡路《黄妳余话》卷五,芸香窝藏板本。

仙风道骨的世外高人,不正是"清"的化身么?李因笃《曹季子苏亭集序》有段好议论:"少陵云'更得清新否',又'清新庾开府''清词丽句必为邻',是清尤称要。然未有不古而清者,欲诗之古,舍汉魏盛唐何遵焉?古则清,清则雅矣。"①"清"的超凡绝俗本身就意味着一种与现世、与日常生活的距离,这也正是古意和雅趣生成的前提,明乎此,"清"中包含古雅的意味实在是再自然也不过了。

以上是"清"的审美内涵的正价部分,它还有负价的一面。归根结底,正如前文所指出的,"清"不是终极性的审美概念,而只是与中国诗歌的正统趣味——这种趣味本身就带有某种缺陷——相表里的概念,所以它就不可避免地具有某种弱点。

"清"直接给人的感觉就是弱。吴乔《逃禅诗话》曾指出:"不清新即非诗,而清新亦有病。清之病,钱、刘开宝人已中之;新之病,大行于元和。"②我在《大历诗人研究》中曾说李端诗给人的感觉就像是一个颀长的白皙少年,面庞清秀,气质脱俗,但身子骨却不免单薄,这就是清的弱病。这一点古人似乎早已察觉。隋代刘善经《论体》有云:"清典之失也轻。"③这里的"轻"大约是单薄的意思。落实到具体作家,钟嵘《诗品》卷中评谢瞻等人诗风有云:"才力苦弱,故务其清浅,殊得风流媚趣。"朱熹曾说王维"辞虽清

①李因笃《续刻受祺堂文集》卷一,道光十年刊本。
②吴乔《逃禅诗话》,台湾广文书局影印本。
③引自空海《文镜秘府论·南卷》,中国社会科学出版社1983年版王利器校
　注本,第333页。

雅,亦萎弱少气骨"①。翁方纲《石洲诗话》卷二又说:"姚武功诗
恬淡近人,而太清弱,抑又太尽,此后所以渐靡靡不振也。"②钱谦
益论王惟俭诗,谓"损仲诗清婉,而近于弱"③。朱彝尊说"元诗华
者易流于秽,贯酸斋辈是也;清者每失之弱,萨天锡等是也。明初
若刘子高、苏平仲、杨克明,其源皆出于天锡,质羸之恨,诸公不
免"④。王夫之论曹学佺诗,提到"闽人诗多清弱"⑤。王崇简论
近代诗人,也指出"尚声调则祢琅琊、历下,尚澹远则宗公安、竟
陵,澹远近于清,清之失或弱"⑥。要避免这种缺陷,只有济以气
力。杜甫《因许八奉寄江宁旻上人》一首,纪昀评"一气单行,清而
不弱";《送郑十八虔贬台州司户伤其临老陷贼之故阙为面别情见
于诗》一首,纪晓岚评:"一气盘旋,清而不弱,非具大神力不
能。"⑦正是这个道理。从根本上说,弱是因为单薄,不厚实,正如
张云璈所谓"等而上之曰清厚,等而下之曰清浅,厚固清之极致,
而浅亦清之见端也",清一向就是与浅、浮、薄的感觉联系在一起
的,所以袁枚论"作诗不可不辨者",其中之一就是清与薄的区
别⑧。乔亿《剑溪说诗》卷一指出:"宋诗已有排句,然骨重体拙,
古意尚存;齐诗骨秀神清,而力不厚。"李白许朓谢"清发""清

①魏庆之《诗人玉屑》卷十五引,上海古籍出版社1978年版,下册第315页。
②郭绍虞辑《清诗话续编》,第3册第1393页。
③钱谦益《列朝诗集小传》,上海古籍出版社1983年版,下册第640页。
④朱彝尊《静志居诗话》卷二,上册第38页。
⑤王夫之《明诗评选》卷五,文化艺术出版社1997年版,第250页。
⑥王崇简《青箱堂文集》卷四《法黄石诗序》,康熙刊本。
⑦纪昀《瀛奎律髓刊误》卷四十七、四十三,黄山书社1994年版。
⑧袁枚《随园诗话》卷二,人民文学出版社1982年版,上册第49页。

音",深为后人首肯①,而谢诗恰恰就给人单薄的感觉。牟愿相评钱起诗说:"钱起诗尽有裴、王意,其失也浅。储、王作清诗,定有厚气裹其笔端。"②沈德潜所见略同:"仲文五古仿佛右丞,而清秀弥甚。然右丞所以高出者,能冲和,能浑厚也。"(《唐诗别裁集》卷三)前举李端《山下泉》,乔亿许其清越,而纪晓岚则以为"殊浅薄"③。清秀而不免浅薄,正是大历十才子的通病,所谓"开宝浑厚之气渐远渐漓"④是也。故胡应麟有"才大者格未尝不清,才清者格未必能大"之说。反过来,苏东坡论王维画则云:"摩诘本诗老,佩芷袭芳荪。今观此壁画,亦若其诗清敦。"⑤这里的"清敦"一词,纪晓岚和钱锺书都认为属拘牵凑韵,于义不通⑥。其实正如钱先生所说,敦即厚义,即张彦远所谓"重深"⑦,意在强调诗的清而能厚。这正是苏东坡的有见识处,他称赞晁君成诗"清厚深静,如其为人"⑧,正可与此相印证。后来刘熙载论词,针对张炎提出的"清空"之说,强调"清空中有沈厚,才见本领"(《艺概·词

---

① 周文禾《驾云螭室诗录》卷一《论诗二十五首示某生》其十一称谢朓"诗品一日清",光绪刊本。
② 牟愿相《小瀓草堂杂论诗》,《清诗话续编》,第 2 册第 920 页。
③ 纪昀《瀛奎律髓刊误》卷三十四。
④ 永瑢等《四库全书总目》卷一五〇《钱仲文集》提要。
⑤《苏轼诗集》卷一《凤翔八观·王维吴道子画》,中华书局 1982 年版。
⑥ 参看钱锺书《中国诗与中国画》,《旧文四篇》,上海古籍出版社 1979 年版,第 15 页。
⑦ 张彦远《历代名画记》卷一《论画山水树石》。
⑧ 黄庭坚《晁君成墓志铭》引,郑永晓编《黄庭坚全集》,江西人民出版社 2011 年修订版,上册第 388 页。

概》),也是弥补了张炎的理论缺陷。田雯以"绮而有质,艳而有骨,清而不薄,新而不尖"称赞庾信诗之"老成"①,王岱称"夫唐之音,清而厚,俊而浑"②,纪昀评孟浩然《永嘉浦逢张子容》、杜甫《曲江陪郑八丈南史饮》都许其"清而不薄"③,金之俊序宋琬诗,称"其气清以厚"④,阮元序潘曾绶诗,称其"清而不失之薄,华而不失之靡,巧而不失之纤"⑤,张云璈《孙烛溪舍人碧山栖诗稿序》称"其清非浮薄之谓,正如寒潭照影,鉴及毛发"⑥,郭麟《灵芬馆诗话》续三称吴承恩诗笔"清而不薄",也都从反面说明清是容易流于单薄的,如果清而能避免单薄的毛病,则是超常的品质。

那么清为何易导致单薄的毛病,甚至像张谦宜所说,"作诗太清必薄弱"⑦呢?前人有从生理学来加以解释的。如桐城派作家鲁九皋就认为万物之生"有气而后有质","偏得天之气者为禽鸟,其性清明","偏得地之气者虫鱼走兽,其性重浊"。人本是得天地粹美冲和之气而生的,"固皆受天地之中矣,然或稍过乎中而得天之气居多,则其气常清,而质亦秀,第不免或失于薄,故凤慧之子尝多夭焉"⑧。这种说法未必有多少道理,但可以让我们了解古人在这个问题上的看法。其实我也想不出什么更好的解释,清澈

---

①田雯《古欢堂集·杂著》卷二,郭绍虞辑《清诗话续编》,第 2 册第 698 页。
②王岱《张螺浮晨光诗序》,《了庵文集》卷一,康熙刊本。
③纪昀《瀛奎律髓刊误》卷二十四、卷十。
④见宋琬《安雅堂文集》卷首,康熙刊本。
⑤见潘曾绶《陔兰书屋诗集》卷首,清刊本。
⑥张云璈《简松草堂文集》卷五,1941 年燕京大学图书馆影印本。
⑦张谦宜《絸斋诗谈》卷七,郭绍虞辑《清诗话续编》,第 2 册第 896 页。
⑧鲁九皋《山木居士文集》卷一《气质》,道光十四年桐花书屋重刊本。

而有透明度的东西，当然单薄、脆弱，就像玻璃，日常生活的经验就是这样，也没什么可以发抉的微言大义。

五、"清"作为诗美的核心概念

应该说明的是，上述几个方面只是"清"的基本内涵，也是"清"作为诗美概念的核心意义。而诗学史上的"清"，则是个相当开放的审美概念，有很强的包容性。它的基本含义就像色彩中的原色，向不同方向发展即得到新的色彩。比如脱俗的倾向会发展为奇峭，晚唐姚合、马戴一路的诗风正是由此而来。《全唐诗》卷四九七姚合《寄马戴》云："新诗此处得，清峭比应稀。"又卷五〇一《答韩湘》云："诗人多峭冷，如水在胸臆。"可以看作是夫子自道。"清"又可以向不同风格类型延伸，与别的诗美概念相融合，形成新的复合概念，就像原色与其他色彩融合形成间色一样。比如"清"向雕琢炼饰方向发展，就形成南宋"永嘉四灵"辈的"清苦之风"（《沧浪诗话·诗辨》）；而向刚健延伸就产生清刚、清壮，向空灵延伸就产生清虚、清空，向圆熟延伸就产生清厚、清老，向典雅延伸就产生清典、清雅，以至形成"靖节清而远，康乐清而丽，曲江清而澹，浩然清而旷，常建清而僻，王维清而秀，储光羲清而适，韦应物清而润，柳子厚清而峭，徐昌谷清而朗，高子业清而婉"（《诗薮》外编卷四）的"清"流一族。诗史上的清淡派诗人，正是

"根据各自的性情趣尚,从各自的角度去实现'清'中之变"①,形成以"清"为核心的丰富多彩的风格群落的。而在词中,"清"也成为形成宋代词家某种风格统一性的核心要素:"秦(观)之长,清以和;周(邦彦)之长,清以折,而同趋于丽。苏、辛之长,清以雄;姜、张之长,清以逸。"②在清的风格家族中,不仅相近的诗美概念,甚至原本相反相对、决不相容的概念,如浅—邃、紧—疏、新—古、省—靡、圆—峭、和—怨、典—奇、淡—腴等,也可以分别和清结合,结成一组组色彩变化细微的概念群。很显然,"清"的包容性使对立的双方能在某一点上与之沟通。钟嵘对陶潜诗的总体评价是"文体省净,殆无长语",而对"欢言酌春酒""日暮天无云"两句却许为"风华清靡"。"靡"应是绮靡之义,与"省净"岂非矛盾? 实则"靡"与"清"相结合有清腴之义,即苏东坡所谓"癯而实腴"(《苕溪渔隐丛话》前集卷四),正是借助于"清"这一桥梁,"靡"得与"省净"达成内在的沟通。

　　由于"清"具有广泛的包容和沟通能力,因而它的派生能力极强。除前文所举《文心雕龙》《诗品》等书出现的复合概念外,常见的还有清淡、清秀、清润、清寂、清峭、清疏、清趣、清高、清脆、清澈、清空、清深、清真、清幽、清妙、清洌、清奇、清旷、清隽、清腴等,不常见的则有清超、清圆、清宕、清俊、清拔、清古、清历、清劲、清淑、清怨、清简、清寒、清凄、清老、清华、清异、清快、清适、清脱、清

---

① 马自力《清淡的歌吟》,苏州大学出版社 1995 年版,第 93 页。
② 董士锡《齐物论斋文集》卷二《餐花吟馆词序》,民国二年排印《问影楼丛刻初编》本。

亮、清泠、清平、清沇、清利、清苍、清灵、清矫、清挺、清稳、清整、清艳、清遒、清刻、清细、清淳、清炼、清俭、清紧、清永、清微、清妍、清邃、清朗、清健、清驶、清轶、清妥、清安、清转、清辨、清洒、清折、清温、清亘、清顺、清密、清韵、清况、清媚、清穆、清颖、清柔、清夷、清映、清瘦、清惋、清冽、清皎、清出、清率、清遥、清萧、清英、清漓等,至于像轻清、冷清、凄清、孤清、高清之类的组合也不待枚举。在古代文论中似乎还没有哪个概念有如此活跃的衍生能力,仅此也显示出"清"作为审美概念在诗学中的重要意义,进一步整理和研究这一概念的衍变和内涵应是今后古典诗学研究的一个课题。

四　以禅喻诗

——以禅喻诗的学理依据

诗与禅的关系是中国诗学中一个引人注目的话题,自杜松柏《禅学与唐宋诗学》以降,已有若干种研究专著问世。关于禅在诗歌创作中的意义,饶宗颐先生曾精当地概括为:"以妙悟孕育其诗心,以活句培养其诗法,以最上乘致其诗品之高,以透澈玲珑构其诗境之琼。"①而从诗学的角度说,则禅与诗的关系主要集中在以禅喻诗的批评传统上。有的学者已将这一传统的起源追溯到孟浩然《本阇黎新亭作》(5.1664)②,但"弃象玄应悟,忘言理必该。静中何所得,吟咏也徒哉"只是一般佛教话头而已,实在还不能说是以禅喻诗,明确的表述似应是齐己《寄郑谷郎中》(24.9478):"诗心何以传?所证自同禅。"从齐己指出诗与禅相通以后,以禅喻诗在晚唐至宋代诗论中成为热门话语。徐寅曾说"诗者,儒中

① 饶宗颐《中国古代文学之比较研究》,京都大学中国文学研究室《中国文学报》第 32 辑,1980 年版。
② 船津富彦《沧浪诗话源流考》,原载《东洋文学研究》7 号,收入《唐宋文学论》,汲古书院 1986 年 3 月版,第 277 页。

之禅也"①，严羽继江西派诸公后，倡言"大抵禅道唯在妙悟，诗道亦在妙悟"(《沧浪诗话·诗辨》)，深为后人认同。清代徐增说"诗家妙悟本通禅"②，任昌运说"诗与禅通。禅从悟入，拈花微笑，当下即证胜果。诗亦从悟入"③，全本沧浪之说。方恒泰更推源溯流，将诗、禅二者细致地加以历时性的比较，阐明其相通之处："禅家诗家各诩三昧真传，谈禅者每目诗为绮语，工诗者又以禅为哑羊。其实就诗谈禅禅入妙，即禅论诗诗可通也。四始六义，其如来禅乎？汉魏六朝，其祖师禅乎？初盛中晚代变新声，其诸方禅乎？临济广博，工部似之；云门高远，谪仙似之；曹洞缜密，右丞似之。他如法眼、沩仰分流别派，亦尤苏、陆诸家鼎峙门庭，各建宗旨耳。"④显然，人们很早就在诗与禅之间看到一种同一性，尽管对这种基于诗禅一致性的论诗方式历来评价不一，但它一直是古典诗学本体论中最富有活力的表述方式却是毋庸置疑的。

　　就古人对诗禅关系的认识来说，主张诗禅一致论者只有一个笼统的判断，"作诗参禅等无差别"；而反对者的批评，若出于对儒学正统的维护，所谓"诗教自尼父论定，何缘堕入佛事"⑤，固不足一驳，但如果出于对禅与诗特性的认真思索，就不能不令人深省了。陈宏绪《与雪崖》云：

①《吟窗杂录》卷十六徐寅《雅道机要》叙引，中华书局1997年影印本。
②徐增《赠伊湄》其二，《九诰堂全集》诗十九，《清代诗文集汇编》，上海古籍出版社2010年影印本，第41册第267页。
③任昌运《静读斋诗话》，道光刊本《香杜草》附。
④方恒泰《橡坪诗话》卷七，道光刊本。
⑤李重华《贞一斋诗说》，丁福保辑《清诗话》，下册第937页。

　　诗与禅相类,而亦有合有离。禅以妙悟为主,须从最上乘具正法眼悟第一义,而无取于辟支声闻小果,诗亦如之,此其相类而合者也。然诗以道性情,而禅则期于见性而忘情。说诗者曰情动于中而形于言,言之不足,故嗟叹而咏歌之,申之曰发乎情,民之性也。是则诗之所谓性者,不可得而指示而悉征之于情,而禅岂有是哉? 一切感触等之空华阳焰,漠然不以置怀,动于中辄深以为戒,而况形之于言乎? 是故诗之攻禅,禅病也。既已出尘垢而学禅,其又安以诗为? 世之离禅与诗为二者,其论往往如是。弟窃以为不然,今诸经所载,如来慈悲普被,虽其跂行蠕息,蠕飞蝡动,无所不用其哀悯,况于君臣父子兄弟朋友之际乎? 语情宜莫如禅,而特不以之汩没其自有之灵光耳。然则诗之与禅,其所谓合者固有针芥之投;而其所谓离者,亦实非有淄渑之别也,要在人之妙悟而已。①

古人对诗与禅,或见其合而不见其离,或见其离而不见其合,陈宏绪从言情的角度揭示了离的表面性,遂在更深的层次上肯定了合。到当代,学者们曾从语言运用的角度指出诗与禅的差异,如黄永武先生说:"诗与禅的凭藉工具有别,禅家不立文字,直指人心,诗则必须以文字为表现的工具。"②袁行霈先生也说,"以禅喻

————————
①周亮工《赖古堂尺牍新钞二选藏弆集》卷十二,宣统三年国学扶轮社石印本。
②黄永武《中国诗学·思想篇》,巨流图书公司1979年版,第235页。

诗仿佛是自然而然的事，其实不然。诗与禅之间本来有一道鸿沟，那就是语言"，并引刘克庄语为证："诗家以少陵为祖，其说曰'语不惊人死不休'；禅家以达磨为祖，其说曰'不立文字'。诗之不可为禅，犹禅之不可为诗也。"①这从原理上说无疑是精当的，但需要补充的一点是，禅宗虽主不立文字，实际却也不离文字。正如明释达观序《石门文字禅》所说：

> 禅如春也，文字则花也。春在于花，全花是春；花在于春，全春是花。而曰禅与文字有二乎哉？故德山、临济棒喝交驰，未尝非文字也；清凉、天台疏经造论，未尝非禅也。而曰禅与文字有二乎哉？②

这段话将禅与文字的关系阐述得最为透彻，既符合传统哲学体用不二的原理，也合乎禅宗言说的实际。但就我们讨论的问题而言，它对我们没什么帮助，因为我们要追究的不只是以禅喻诗的可能性，更重要的是其必要性。肯定诗与禅相融通，只表明禅可喻诗，并不能说明诗论家为何非要以禅喻诗，而且以为"莫此亲切"。这涉及以禅喻诗的内在机制和学理依据问题，不加深究，就无法理解唐宋时

---

①袁行霈《诗与禅》，收入《中国诗歌艺术研究》，北京大学出版社1987年版。
②释惠洪《石门文字禅》卷首，影印文渊阁《四库全书》本。

期以禅喻诗的盛行,只能得出一些表面化的结论①。

　　严羽说"以禅喻诗,莫此亲切",无疑意味着禅对于诗拥有一种非此莫属的独占性的解喻力。但其中的奥秘似乎并没有引起学者们的热心探讨,从程兆熊《中国诗学》、孙昌武《佛教与中国文学》中的"以禅喻诗"专节到谢思炜《禅与中国文学》等专门研究禅与诗一般关系的论著,在论述以禅喻诗的需要和意义时,都未触及这一问题。有些论著,如杜松柏《禅学与唐宋诗学》从广被性、圆融性、明暗交参、正偏五位四方面来讨论"诗与禅有相同之属性,有同一极致之境界",李春生《诗的传统与现代》从本体论的意义上讨论诗与禅在澄明性、超越性、神秘性三点上的相似与相通②,虽然都提出了有意义的观点,却没解决我们的问题。黄永武《诗与禅》将诗禅相同之处归纳为九点:(1)都崇尚直观与"别趣",或者是从违反常理之中去求理趣,或者是从矛盾的歧异之中去求统一;(2)都常用象征性的"活句",富有"言此意彼"的妙处;(3)都常用双关语,喜欢将"超"与"凡"两种境界同时表现在一句话里;(4)都常用比拟法,使抽象的哲理形象化;(5)都喜欢站在一个新的立场去观照人生,必须有超脱现实的心理距离;(6)常以不

①如船津富彦《沧浪诗话源流考》论及严羽的以禅喻诗,认为是"当时诗的内容中似乎有与禅的精神相似的东西,更受到当时禅学流行的强烈刺激。特别是不加批判地全盘沿袭某种想法的方式,亦即无批判性的思想方式,产生了严羽这种诗即禅的思想"。原载《东洋文学研究》7 号,收入《唐宋文学论》,汲古书院 1986 年 3 月版,第 278 页。
②杜松柏《禅学与唐宋诗学》,黎明文化事业公司 1976 年版;李春生《诗的传统与现代》"诗底本体"一章,灘美出版社 1985 年版。

说为说,使言外有无穷意味;(7)常以妙悟见机,时有互通之处,诗可以有禅趣,禅可以有诗趣;(8)都重视寻常自然,时常生活即是禅,寻常口语即是诗;(9)均反对任何定法,不得"缚律迷真"①。如此分析禅与诗的相通,不可谓不细,但仍停留在思维方式及语言表达的表面,没深入到诗与禅内在机制上的相通。真正触及这一问题的是周裕锴《中国禅宗与诗歌》一书,第九章"诗禅相通的内在机制"将答案概括为四个方面:价值取向的非功利性,思维方式的非分析性,语言表达的非逻辑性,肯定和表现主观心性②。这四方面应该说很全面地揭示了禅与诗本质上的相通,很给人启发。不过,它们仍只是一种可能性,要使这可能性得以实现,还必须有一种内在的驱动力,那才是我理解的"内在机制"的全部内涵。我的答案是,诗与禅在经验的不可传达性、传达的迫切要求以及传达的方式上有着惊人的相似,或者说有一种异质同构的相似关系,正是这点决定了以禅喻诗的可行和必要。

一、不可言说的言说:禅与诗的表达欲求

从动机来看,禅与诗都源于一种体验,这种体验是自足的,它的实现与表达无关,可是它却有着强烈的表达欲望与要求,而这种要求又与其作为体验的不可传达性产生冲突。

---

① 黄永武《中国诗学·思想篇》,第 235 页。
② 周裕锴《中国禅宗与诗歌》第九章,上海人民出版社 1992 年版。

　　寒山子诗云："吾心似秋月,碧潭清皎洁。无物堪比伦,教我如何说。"(23.9069)从根本上说,佛教的修行体验的确是不能用语言文字来表达的。《说无垢称经》声闻第三有云："法无文字,语言断故。法无譬说,远离一切波浪思故。"①《佛说除盖障菩萨所问经》卷十亦云："此法唯内所证,非文字语言而能表示。何以故?此法出过诸文字故,离诸言说故。超越一切语言境界,出于言道,离诸戏说,离作非作,无动无静,离诸寻伺,是不思议境界。"②此所谓内证,就是自家体验的功夫,是不可言说的直觉,罗兰·巴特在《符号帝国》中称之为"非语言"(a-langage)。禅悟的刹那所经验或超越经验的东西,用语言来表达是更为困难的。平素感觉到的有与无、个体与整体的差别和对立,在刹那间都融通了,泯灭了,刹那间我们体认万物就是佛性,佛性就是万物,我们苦苦寻觅的佛性原来就在眼前,仿佛六识之外又生一识(天眼开),洞鉴久为业障所迷的本性,那窅然自在的"法界身"。这种复杂微妙的心理经验及其完整描述,我们不能指望到古代禅僧那儿去寻找,只能借助于今人的记录间接地去体会。我曾经读过一位作家自述的禅悟体验:

　　　　四月九日,真是难忘的日子。我心惨然,想到参禅是绝望了,苦日还长,还要重整一下生活步调才对,做一做健身的

①玄奘译《说无垢称经》声闻第三,《新修大正藏》第十四卷,第561页。
②惟净译《佛说除盖障菩萨所问经》卷十,《新修大正藏》第十四卷,第
　　730页。

静坐也好,竟然又在晚上参起禅,但很意外,却发现我意识下的景物变得透明玲珑起来,好象一座金色的晶体,洁净发光,但因实在太累了,也衰弱,倒头在席上去睡,但公案却活跃异常,忽然钻进很深很深的"意识"里去,"我"跟着也深入一个不可测的世界,那时隔壁搬桌椅的声咔咔地响,竟有一个声音进入那个意识里,一刹那,我知道了怎么回事。(中略)可怪,我并不像一般人所说的那样,忽然发狂或哭笑,只是有一个问号在盘旋,说:真的吗?就这么容易吗?

他接着说:"我不打算用任何的形容词来描写刹那的那种体验,因为那一点无可言传,纵使伟大的日本诗人芭蕉也只能用'青蛙古池塘:跳入水中央,扑通一声响'来略为摸象,而香岩和尚也只能就击竹声的那瞬间说:'一击忘所知,声色外威仪。'但只要尝到这一滴水的人,他就会了解公案禅为什么要求他的门徒要'百尺竿头''撒手悬崖''绝后复苏',就我而言,只能说:'本来就应该这样。'"[1]虽然作者宣称他不想说,不可说,但他还是说了一大通,或许比历史上任何一位僧徒的开悟说得还要多。潘耒《子山禅师语录序》曾说:

> 惟达摩一宗不立文字,从上尊宿接一机如掣电轰雷,不留朕迹;垂一语如银山铁壁,无可攀援。后来宗师渐渐求工于文字,标新于语言,而祖道衰矣。近乃有雕章琢句,攒花簇

---

[1] 宋泽莱《禅与文学体验》,前卫出版社 1987 年版,第 12—13 页。

锦,耽思宿构,如学士之词头。①

应该说,早期的禅学侧重于发明禅理,而后来禅学的重心就转向禅的证悟。这不奇怪,开悟确是要证的。不靠一偈,慧能和神秀怎显出悟的透彻高下呢?香岩智闲是一天除草时,偶抛瓦砾,击竹作声,忽然开悟,有颂云:"一击忘所知,更不假修持。动容扬古路,不堕悄然机。处处无踪迹,声色外威仪。诸方达道者,咸言上上机。"沩山灵祐听到,对弟子仰山慧寂说:"此子彻也。"但慧寂还不信,说:"此是心机意识,著述得成。"他再加勘问,智闲复答以二颂,慧寂乃告诉灵祐:"且喜闲师弟会祖师禅也。"②若没有这三首颂,凭什么知道他开悟及参透了祖师禅呢?罗大经《鹤林玉露》丙编卷六载某尼作悟道诗云:"尽日寻春不见春,芒鞋踏遍陇头云。归来笑拈梅花嗅,春在枝头已十分。"意谓佛不远人,佛在迩而人每求诸远,由此道出了对"自心是佛"的体悟。这就是"证悟",用诗的语言来证明她已悟彻佛法的真谛。

这里有个问题:禅作为一种体验既是自足的,为什么还强调"证悟"呢?这看来不是个宗教学的问题,而是社会学的问题,我的答案也是非常世俗的。质言之,修行者除非是个真正的遁世者,根本不关心禅悟资格的确认和获取,否则"开悟"的确认就是个极为世俗、极为社会化的过程。在古代,佛徒要想成为举世公认的高僧,由此获得显赫的社会地位和可观的经济利益,就必须

---

①潘耒《遂初堂集》别集卷三,康熙刊本。
②普济《五灯会元》,中华书局 1984 年版,下册第 1278 页。

以某种方式向别人证明自己的"见性"或"开悟",并保证得到别人的认可。好像如今日本所行的"印可"禅,使"证悟"的方式变成一种可操作的程序,拿到及格证书的西洋信徒可以把证书装在镜框里,挂在墙上,向人炫耀。饶宗颐先生说:"惟自六祖开宗以后,诗偈流行。诸大师于示法、开悟、颂古,动喜吟哦,为付法之用。禅宗本破除文字,至是乃反立文字,诗遂为禅客添花锦之翰藻矣。"①明乎此,我们就不难理解临济看话禅和曹洞默照禅的冲突以及临济大慧宗杲何以要批评曹洞"不求妙悟,以悟为落在第二头,以悟为诳唬人,以悟为建立,自既不曾悟,亦不信有悟底"了②,也就不难明白,为什么在禅诗的三种类型中,早期的禅诗都属于"开悟诗"。开悟表明见识的境界,达到一定的境界,僧人的真正地位就奠定了。但这只是初阶,要想成为大德高僧,还需要更深一步的证悟,这往往借示法偈来表达。如沩仰宗有所谓三照之说,谓本来照、寂照、常照,香岩智闲撰有《三照颂》,显示他对此的解悟。其颂"寂照"的境界云:"不动如山万事休,澄潭澈底未曾流。个中正念常相续,月皎天心云雾收。"形容已破初关证入空寂的心境。这种更深一层的示法诗使作者在禅林超出众人,赢得普遍的尊敬。至于颂古,那是显示更高修养的方式,它好似禅学的学案与学术史,需要阐释禅学历史上有名的公案,揭示机锋中蕴含的深义。这不仅要求僧人对禅本身有深刻的悟入,还需要了解

---

① 饶宗颐《中国古代文学之比较研究》,《中国文学报》第 32 辑,京都大学中国文学研究室 1980 年版。
② 宗杲《答张舍人状元》,《大慧普觉禅师语录》卷三十,《禅宗语录辑要》,上海古籍出版社 1992 年版,第 447 页。

禅学史,不仅能理解公案背后的禅味,还要善于将它揭示出来。正像学术史的作者一定是精通本学科知识的人,颂古的作者也一定是修为很深的高僧。凭藉那些高深莫测的玄妙文字,许多释子成了大德禅师,而禅悟最终成了一种不可言说的言说。周肇《山晓禅师语录序》云:"禅之有语,语之有录,盖皆不得已之思,欲读者于象外求之者耳。"①应该说,这种不得已不是发自内心的不可遏制的欲求,而是主动迎合外在的要求,顺应社会期望的努力。在这一点上,诗与禅确有本质上的一致性。

我们知道,诗的体验同样是不可传达的,高友工教授曾用精致的学术语言阐明体验的本质及其不可表达性,说:"一些体验看来对那些经历过的人而言是有意义的,但是在语言中又无法完整地传达(或者说有效地传播)它在最初的场合所具有的原义。语言不能充分地把握和转换这些意思,其整体性是如此难以捉摸以至于无法将之拆解和重构。"②诗人们的结论则更斩钉截铁,梅特林克说"口开则灵魂之门闭,口闭则灵魂之门开",席勒也说"脱灵魂而有言说,言说者已非灵魂"③。里尔克这位被公认是近代对拓展语言表现力作出最大贡献的诗人,也支持那声称从未被写下的、被说出的诗行是最美的诗行的观点。他自己的诗篇多以省略号结束,像一个无可奈何的手势——想说的却是不可言传的。叶燮也曾说过:"作诗者实写理事情,可以言,言可以解,解即为俗儒

①周肇《东冈文稿》,中国社会科学院文学所藏稿本。
②高友工《中国抒情美学》,《北美中国古典文学研究名家十年文选》,江苏人民出版社1996年版,第10页。
③钱锺书《管锥编》,中华书局1979年版,第2册第454页。

之作,惟不可名言之理,不可施见之事,不可径达之情,则幽渺以为理,想象以为事,惝恍以为情,方为理至事至情至之语,此岂俗儒耳目心思界分中所有哉?"(《原诗》内篇下)这都不能说是故作神秘、故弄玄虚,感觉其实是不可传达的。举个最简单的例子:病人告诉医生腹痛,医生是决不会满足的,因为腹痛是个很抽象的概念,医生不知道怎么痛法。病人只好继续描述是绞痛、酸痛、胀痛或是隐痛,此刻医生所获得的信息缩小为类型的概念,他可以根据自己的经验去体会那种痛感,但病人实际的感觉他仍然无从确知。这个例子曾被维特根斯坦使用过,他思索语词如何表达指涉只有讲话人能够知道的东西,指涉他的直接的、私有的感觉的问题——只有我知道我是否真的疼,别人只能推测①。严格说来,感觉、体验甚至情感都是不可传达的,可传达的只是对感觉或情感类型的说明,比如高兴、愤怒、忧愁等等。所以画家高更说:"任何观念都可以详尽地阐述,但心中的感受却不能。"②而诗恰恰不满足于说明类型化的观念,它要表现感觉、体验本身,也就是它的状态。所以诗同样也是一种不可言说的言说,而且像禅一样,不可言说却必须要说。

感觉或情感每个人都有,只是强弱、状态和清晰程度不同而已。大多数人只能说出感觉的类型,而不能说出感觉的状态本身,只有作家才有这种能力。因此诗的表达就成了诗人资格所要

---

①维特根斯坦《哲学研究》,陈嘉映译,上海人民出版社 2001 年版,第 135—139 页。
②高更《野蛮之书》,白韦译,湖南文艺出版社 2006 年版,第 128 页。

求的证明方式。宋代诗人韩驹说："作诗文当得文人印可,乃自不疑,所以前辈汲汲于求知也。"①这不是和禅的证悟一样的欲求吗?"印可"一词正出自佛经②,在宋代诗人间是通用的说法。方回曾说："(吕)居仁先有诗名,(曾)茶山倡和求印可,而居仁教以诗法。"③禅和诗的相通和可比性,归根结底就落实在这"印可"的要求上。前人有种说法,真正的诗人不必写作,他在任何时候都能发现诗,体会诗。王鸣盛序人诗,断言"所谓诗人者,非必其能吟诗也。果能胸境超脱,相对温雅,虽一字不识,真诗人矣。如其胸境龌龊,相对尘俗,虽终日咬文嚼字,连篇累牍,乃非诗人矣"。这大体是性灵派的观点,所以袁枚、王赠芳、李少白见之,都深为叹赏而发挥之④。刘熙载也曾引亡友宗悹泉语"人若真是诗人,便可不作诗",又举《毛诗序》"在心为志,发言为诗"之说,认为"在心矣,不发于言,亦可也"⑤。李树滋更曾以具体经验加以论证:

　　穷形作画,不必入画;极意作诗,不必得诗。深于诗画者,正于不著笔处遇之。予尝登楼远眺,见树顶藏鸦,山岚滴翠,便如身在画图中。又尝扃户静思,见竹影摇窗,茶烟袅

①蔡正孙《诗林广记》后集卷八,中华书局1982年版。
②鸠摩罗什译《维摩经·弟子品》："若能如是坐者,佛所印可。"
③李庆甲辑《瀛奎律髓汇评》卷二十吕居仁《江梅》评,中册第824页。
④袁枚《随园诗话》卷九、王赠芳《慎其余斋文集》卷三《周榜登灌圃诗序》、李少白《竹溪诗话》卷一均引述其说。
⑤刘熙载《昨非集》卷三《诗自序》,《刘熙载集》,华东师大出版社1993年版。

目,辄觉诗情落纸上,乃悟坐即有诗,行即有诗。①

西方在文艺复兴时期,也有锡德尼"一个人可以是诗人而没有写
过诗行"的说法②,可见这种观念并非中国人独有。尽管如此,我
们还是要说,这种说法看似通达,实则大谬不然,就像钱锺书所说
的,"苟不应手,亦未见心之信有得"。西方人每将宣称"吾具拉斐
尔之心,只须有其手尔"的人作为嘲笑的角色,便是这个意思③。
这是将感受与表现,诗情与诗篇不加分别,混为一谈了。众所周
知,没有诗情,徒然咬文嚼字,固然不是诗人;但光有诗情,不能诉
诸韵文,同样也不能算是诗人。《毛诗序》明明已将"在心"与"形
于言"分开,前者只是诗情,后者才是诗。清代郑梁更说:"诗之为
道所以言志,人有志则必有言,有言则必有声,此天籁所发,不可
矫强者也。否则人有志而不能有言,吾不知其所志何志,直谓之
无志可也。人有言而不能有声,吾不知其所言何言,直谓之不能
言可也。"④如果不想作诗人,自可将诗情留在心中玩味,但若想
作诗人,就必须付诸诗的表达。诗情或诗的感兴,本是常人均有
的,但绝大部分人不能称为诗人,因为他们不能将这种诗情表达
于文字;而诗人之所以被承认,也就在于他们具有将感受充分表
达出来的能力。

---

① 李树滋《石樵诗话》卷八,道光五年李氏湖湘采珍山馆刊巾箱本。
② 锡德尼《为诗辩护》,钱学熙译,人民文学出版社 1964 年版,第 42 页。
③ 钱锺书《管锥编》,第 3 册第 1179 页。
④ 郑梁《张兰佩诗稿序》,《郑寒村全集·半生亭文集》,康熙刊本。

　　在这点上,诗和学问很不一样。一个人读许多书,即便不作任何文章,仍可以说他很有学问,因为学问是一种蕴含。而诗指称的是创造的结果,谁也不能凭着多感或一肚子诗情成为诗人。借施塔格尔的话说,"这个问题乃是艺术家和业余爱好者,词语大师和感受满腹却无能言传者的分野","艺术家讲的是抒情式的诗,可是业余爱好者讲的是抒情式这种现象","艺术家的立场是:一切诗作皆为语言艺术作品。未被言传者,根本不是诗"①。阿恩海姆也说:"艺术家与普通人相比,其真正的优越性就在于:他不仅能够得到丰富的经验,而且有能力通过某种特定的媒介去捕捉和体现这些经验的本质和意义,从而把它们变成一种可触知的东西……一个人真正成为艺术家的那个时刻,也就是他能够为他亲身体验到的无形体的结构找到形状的时候。"②诗不仅必须言说,而且要善于言说,让人感到"它吐露了一个 individuum ineffabile(不可言说的个体),吐露了崭新的、从未存在过的情调"③。不可言说的言说正是沟通禅的宗教经验和诗的艺术经验的那种最基本的一致性,以禅喻诗的内在机制及实现方式都是在这一基础上形成的。我们首先应该明确这一点。

①埃米尔·施塔格尔《诗学的基本概念》,胡其鼎译,中国社会科学出版社 1992 年版,第 64 页。
②阿恩海姆《艺术与视知觉》,中国社会科学出版社 1984 年版,第 225 页。
③埃米尔·施塔格尔《诗学的基本概念》,胡其鼎译,第 42 页。

二、不说破和悟入：诗学中的以禅喻诗

既然禅和诗同样都是迫切需要表达的体验，那么两者的表达就存在一个传达方式的问题。在这方面，禅拥有远比诗更为丰富的表现手段和媒介，从如来和迦叶的拈花微笑，慧能、神秀的诵偈到宣鉴、义玄的棒喝，都是禅的表现和传达，而诗却只有文字一种形式。不过若从传达方式来看的话，则两者都具有非逻辑的象喻特征。这决定了两者沟通和互喻的可能性。巴壶天先生说："人类的知识有三种，感性知识、理性知识和自性知识。禅宗公案所表现的绝对体的自性，是言语道断，心行处灭的，因而不得不藉重比兴体诗用感觉的具体事物，象征那不可感觉的与不可思议的自性。"①不可表达的东西必须表达，当然只能借助象征的方式。这从禅文学前期发展的历史也可以看出：

　　禅祖师至达摩，传法之际，即用诗偈，其初乃押韵之文，及神秀、慧能二大师之后，文采已彰，得比兴之风旨，合近体之格调，已使诗禅相合，禅师开悟之后，接引之时，恐背触俱非，流于知解，乃以诗表达悟境，开示机缘，其诗均能不脱不黏，既有义蕴，复具声韵之美，有非诗人之作所可及者；禅祖师之开示既多，一语一事，一机一境，乃为修禅者之参悟法

———————

① 转引自杜松柏《禅学与唐宋诗学》，第 200 页。

门,每有证得,各自着语,乃成公案,禅师复拈出为题,以诗咏
颂,乃成颂古诗,既合诗之格律,又有文外之义味,非徒禅门
之瑰宝,亦诗中之圭璋也。①

后来禅僧多借诗来说禅,诗僧皎然集中就有禅理诗多首,后代作
品日多,积为卷帙。到明清之际,"乃无僧无诗,无僧无集,无诗不
可为僧,不可称善知识"。以至萧伯玉主祠祭,与释徒约法三章,
第一条就是妄谈诗禅者服上刑②。文士也不甘落后,每以诗来表
达自己对禅的体验和理解。如丁耀亢《丁野鹤遗稿》卷二有《诗
禅》十首,以诗说禅,近乎偈语。不过这不是本文要讨论的,我们
的问题是以禅喻诗,这是个诗学的问题。

　　诗学中的以禅喻诗主要表现在两个方面:说明诗的本体和传
授鉴赏、写作经验。其实说明诗的本体也就是表达对诗的理解,
仍是一种传授。如果说诗的表达可与禅的证悟相对应的话,那么
以禅喻诗就可与禅学的接引相对应。禅不仅在证悟上要求表现,
在接引上也要求表达,有所谓"心传"与"耳传"。当年如来在灵
鹫山中,大梵天王以金色波罗花献,如来拈花示众,人天百万悉皆
罔然,独迦叶会心微笑。由此可见,不仅心印为难,就是形体语言
的领悟也至为艰难,所以佛法只能以耳传为主,即使号称不立文
字的禅家也少不了言说,著名的禅宗语录就多达几十种。这使禅
宗陷于一个可笑的悖论——不立文字而又离不开文字。大慧宗

①杜松柏《禅学与唐宋诗学》,第 197—198 页。
②张习孔《与吴介兹》,周亮工辑《结邻集》卷十,宣统三年国学扶轮社石印本。

杲曾举篦问僧曰："唤作竹篦则触,不唤作竹篦则背。不得下语,
不得无语。速道,速道。"①这个难题真可视为禅宗言说的一个绝
妙比况。其实不只禅宗,大凡宗教都免不了类似的窘境。正如美
国宗教学者斯特伦所指出的,"从个人的角度体验到'神圣'的人
面临一个现实的困境:他怎样论述这种体验? 当人们个别的体验
到神圣存在之际,他们往往在自己面临奇异的、有时是超人的品
性之际诚惶诚恐。然而,当人们彼此交流(或谈论)这种体验的时
候,又只能借助人类的象征、行为和观念。当宗教徒力图表达那
具体可见的象征所不能表达的东西时,必然会陷于不可解决的张
力之中"②。禅宗消解这种张力的策略,首先是为使用语言媒介
的必要性辩护,所谓"以离文字为入道之路,以显文字为宏道之
宗"③;其次是在使用语言媒介的同时又对言语的效用加以限定,
要求人在使用语言符号时要超越符号,去捕捉禅那"言语道断"的
意味,即所谓"得鱼忘筌""舍筏登岸""见月忘指"。诗家由此受
到启发,就有了"舍筏登岸,禅家以为悟境,诗家以为化境,诗禅一
致,等无差别"④的心得。

　从诗学的角度研究以禅喻诗的内在机制,我们可以发现诗与
禅更多的一致性。首先,诗作为一种体验不光难以言传,而且从
经验过程上说也与禅一样,需要有亲历的经验才能体会,也就是

①普济《五灯会元》,中册第537页。
②斯特伦《人与神——宗教生活的理解》,金泽、何其敏译,上海人民出版社
　1991年版,第63页。
③吴颖芳《南礀吟草序》,《临江乡人集拾遗》,《西泠五布衣遗著》本。
④王士禛《香祖笔记》卷八,上海古籍出版社1982年版,第146页。

说审美活动、审美愉悦是不可替代的。吴可《藏海诗话》云：

> 凡作诗如参禅，须有悟门。少从荣天和学，尝不解其诗云："多谢喧喧雀，时来破寂寥。"一日于竹亭中坐，忽有群雀飞鸣而下，顿悟前语。自尔看诗，无不通者。①

范温《潜溪诗眼》也说："识文章者，当如禅家有悟门。"②至于将学诗比作参禅更是宋代诗论的老生常谈，直到明清之际的著名诗僧苍雪还说"禅机诗学，总一参悟"③。曾季貍《艇斋诗话》总结宋代诗说，"后山论诗说换骨，东湖论诗说中的，东莱论诗说活法，子苍论诗说饱参，入处虽不同，然其实皆一关捩，要知非悟入不可"④。这里的悟应该理解为基于经验的体悟。苏东坡在《书摩诘蓝田烟雨图》中曾举王维"蓝田白石出，玉山红叶稀；山路原无雨，空翠湿人衣"一诗，以为诗中有画。后一联所包含的微妙的因果关系，常被解释为山岚翠微的温润，仿佛要沾湿人的衣服。而据我终南山行的实地经验，所谓"空翠"就是山中的岚气：只觉其湿润而不见水珠，故谓空；映衬山色似透着碧绿，故曰翠。它真的就在不知不觉中打湿了我的衣服！那种奇妙的感觉不亲身经历是无法体验的。

----

① 丁福保辑《历代诗话续编》，上册第 340 页。
② 郭绍虞辑《宋诗话辑佚》，上册第 328 页。
③ 吴伟业《梅村诗话》引。又见姚光石《南来堂诗集序》，民国二十九年上海铅印本。
④ 曾季貍《艇斋诗话》，丁福保辑《历代诗话续编》，上册第 296 页。

清代诗话中涉及这个问题的例子很多,如张谦宜论王偁诗写景之确当,说:

> 《自大珠山至大盘村宿》中云:"山色亦渡港,青苍满柴门。"乙酉亲到大盘村,始知其妙。盖村东为支海,海东乃大珠山,可见古人妙处,非亲历者不知。庚辰北上,小雪霏霏,悟唐人"前日风雪中,故人从此去"之妙。丙子宿良台,往高密,悟"鸡声茅店月,人迹板桥霜"之妙。人生几何,能尽历诗中之妙哉!①

姚培谦《松桂读书堂诗话》曾以自己的亲身经历说明"古人诗中妙句,必亲历方知"的道理:

> "细动迎风燕,轻随逐浪鸥",杜句也。余尝以荒秋八月中泊舟浦上,忽风起雨来,此境现前,方知细字、动字、轻字、随字,不但为鸥燕传神,而四方上下迷离萧瑟之况俱现,岂非神手?②

邹弢《三借庐赘谭》卷一"诗境"条也记载了自己类似的经验:

---

①张谦宜《絸斋诗谈》卷六,郭绍虞辑《清诗话续编》,第 2 册第 872 页。按:"前日风雪中,故人从此去"乃汉无名氏之作,张氏误记。
②姚培谦《松桂读书堂集·杂著》,乾隆八年刊本。

　　僧觉阿山中诗云："竹户无人风自开,茶烟满榻梦初回。老猿饮涧垂藤下,落叶打窗疑雨来。"余始但爱此诗之佳,而不知其所以佳。及住山中久,次第领略,闲闻叶落,宛类雨声,可见天下事非深历其境者,必无真见。①

洪亮吉《北江诗话》卷五则以自己的经历说明:"大抵读古人之诗,又必身亲其地,身历其险,而后知心惊魄动者,实由于耳闻目见得之,非妄语也。"他举岑参诗为例:

　　诗之奇而入理者,其惟岑嘉州乎! 如《游终南山》诗:"雷声傍太白,雨在八九峰。东望紫阁云,西入白阁松。"余尝以乙巳春夏之际,独游南山紫、白二阁,遇急雨,回憩草堂寺,时原空如沸,山势欲颓,急雨劈门,怒雷奔谷,而后知岑之诗奇矣。又尝以己未冬杪,谪戍出关,祁连雪山,日在马首,又昼夜行戈壁中,沙石吓人,没及髁膝,而后知岑诗"一川碎石大如斗,随风满地石乱走"之奇而实确也。②

事情就是这样,在审美经验的传达中,读评论不能代替读诗,读诗又不能代替亲身经历。所谓亲身经历并不特指亲历那些物理空间,情感经验也是一种亲历,这就是王国维说的"境非独谓景物也,喜怒哀乐,亦人心中之一境界"(《人间词话》)。人的情感经

---

①邹弢《三借庐赘谭》卷一"诗境"条,民国间申报馆铅印袖珍本。
②洪亮吉《北江诗话》卷五,人民文学出版社1983年版,第86页。

验往往也需要亲历才能真正体会。方观承曾举自己的切身体
会说：

> 少陵《梦李白》诗，童而习之矣。及自作梦友诗，始益恍
> 然于少陵语语是梦，非忆非怀。乃知读古人诗文以为能解，
> 尚有欠体认者在。①

方氏在此将"解"与"体认"区分为两个层次，前者是知识意义上
的理解，后者则是体验，一种审美经验作为知识的理解是肤浅的，
只有经过体验才能真正领会。以禅喻诗的强调参悟，从根本上说
就是强调体验的重要。

　　其次，以禅喻诗还与艺术知觉的不可传达性密切相关。诗除
了实现和传达的过程与禅同构外，诗人对诗歌本质的认识和掌握
的深度也和参禅一样，有不同的境界，即严羽说的"禅家者流，乘
有大小，宗有南北，道有邪正。学者须从最上乘，具正法眼，悟第
一义。若小乘禅，声闻辟支果，皆非正也。论诗如论禅，汉魏晋与
盛唐之诗，则第一义也。大历以还之诗，则小乘禅也，已落第二义
矣。晚唐之诗，则声闻辟支果也"。以具体作家而言，"孟襄阳学
力下韩退之远甚，而其诗独出退之之上者，一味妙悟而已"（《沧浪
诗话·诗辨》）。妙悟就是对诗歌本质的认识和把握，这种艺术知
觉因人而异，可以说是"虽在父兄不能以移子弟"。王士禛《居易

---

① 方世举《兰丛诗话》述其侄宜田语，《清诗话续编》，第 2 册第 777—778 页。
　按：宜田，方观承字。

录》卷二十六载,一日名画家王原祁携画见过,与论画理,谓始贵深入,既贵透出,又须沉著痛快。又谓画家之有董、巨,犹禅家之有南宗。董、巨后嫡派,元唯黄子久、倪元镇,明唯董思白耳。王渔洋问倪、董以闲远为工,与沉著痛快有什么关系,王原祁只说"闲远中沉著痛快,唯解人知之",就不肯再说。因为这是只有自己去观赏才能理解的,说也没用。《香祖笔记》卷十二又云:"朱少章《诗话》云,'黄鲁直独用昆体工夫而造老杜浑成之地,禅家所谓更高一著也'。此语入微,可与知者道,难为俗人言。"朱弁对黄庭坚得力于杜甫、李商隐处独有会心,用禅宗话头来表达他的见地,王渔洋深会其意,然而也觉得其语微至,难以言传,只好空言赞叹,不加阐发。这不是英雄欺人,实属无奈而已。正如当代批评家所坦言的,任何旨在"解释"诗歌美的理论分析在某种程度上都是在试图解释着无法解释的东西①。

　　最后,以禅喻诗还抓住了艺术创作经验的不可传达性,这与中国古代诗人对技巧的终极观念——"至法无法"相联系。庄子说"大道不称"(《庄子·齐物论》),所以"可以言论者,物之粗也;可以意致者,物之精也"(《庄子·秋水》)。这种观念在诗学中得到普遍的共鸣,诗话的作者在示人诗学有关知识的同时总不忘告诫读者,可以说明的只是粗浅的经验,真正精妙的心得是不可言说的。姚鼐《与石甫侄孙》说:"诗文事与禅家相似,须由悟入,非语言所能传。然既悟后,则反观昔人所论文章之事,极是明了也。

---

① 布尔顿《诗歌解剖》,傅浩译,生活·读书·新知三联书店 1992 年版,第 2 页。

欲悟亦无他法,熟读精思而已。"①此言不仅从经验的不可传达性这一点上指出了学诗与习禅的本质相通,更直接表明,古人对经验之不可传达性的认识本身就受到禅学的启发和影响。姚鼐在《答徐季雅》中又说:"夫文章之事,有可言喻者,有不可言喻者。不可言喻者,要必自可言喻者而入之。"②后来马星翼《东泉诗话》甚至说:"作诗一道,人各自写其性情,原无须多谈,学者自喻之耳。所能谈者声律、对偶、字句之工拙,体裁之异同,皆诗之绪余,古人之糟粕也。"③于是在实际的讨论中,论者往往指点门径,让学者自己去体会。先师程千帆先生常举俗话"师傅领进门,修行在各人",正是这个意思。王渔洋门人郎廷槐问乐府五七言与古诗五七言有何区别,渔洋答:"古乐府五言如'孔雀东南飞''皑如山上雪'之属,七言如《大风》《垓下》《饮马长城窟》《河中之水歌》之属,自与五七言古音情迥别,于此悟入,思过半矣。"④也许他觉得很难抽象地概括出原则性的区别点吧,所以建议由具体的作品去体会。答刘大勤问古诗音节,又道:"此须神会,难以粗迹求之。如一连二句皆用韵,则文势排宕,即此可以类推。熟子美、子瞻二家,自了然矣。"⑤后来清末学者赵曾望也说:"大抵协韵之法宜学韩与苏,琢句之法宜学杜与陆,至神而明之,存乎其人,此不可以

---

①姚鼐《惜抱轩尺牍》,道光三年刊本。
②姚鼐《惜抱轩尺牍》,道光三年刊本。
③马星翼《东泉诗话》卷一,道光刊本。
④郎廷槐《师友诗传录》,丁福保辑《清诗话》,上册第 132 页。
⑤刘大勤《师友诗传续录》,丁福保辑《清诗话》,上册第 149 页。

言语传者。”①严羽将“入神”视为诗的极致(《沧浪诗话·诗辨》),陶明濬解释说:“入神二字之义,心通其道,口不能言。己所专有,他人不得袭取。所谓能与人规矩,不能与人巧。”②这可以说是历来诗论家的共识,因此有“学诗浑是学参禅,妙处难于口舌传”③的说法。朝鲜诗人有《学诗》诗,也表达了同样的观念:“客言诗可学,余对不能传。但看其妙处,莫问有声联。”④艺术经验的不可传达还有另一层涵义,即成功经验的不可重复。真正的诗歌都是独创性的,而创新必须靠自己去悟,从别人那儿学来的东西终是陈熟的。徐增《而庵诗话》云:

> 夫诗一字不可乱下。禅家着一拟议不得,诗亦着一拟议不得。禅须作家,诗亦须作家。学人能以一棒打尽从来佛祖,方是个宗门大汉子;诗人能以一笔扫尽从来窠臼,方是个诗家大作者。可见作诗除却参禅,更无别法也。⑤

他说的参禅就是严羽“悟入”的意思,所以任昌运直接说:“诗亦从悟入,无论唐宋元明,皆可炼作金丹。若本无所悟,纵高谈格调,

①赵曾望《蓄郗樂论文》上卷,民国八年刊本。
②陶明濬《诗说杂记》卷七,转引自郭绍虞《沧浪诗话校释》,人民文学出版社1961年版,第9页。
③游潜《梦蕉诗话》卷上,吴文治主编《明诗话全编》,江苏古籍出版社1997年版,第2册第1518页。
④李家源《玉溜山庄诗话》卷下,《李家源全集》第五卷,正音社1986年版。
⑤丁福保辑《清诗话》,上册第432页。

仿佛唐音,徒笑衣冠优孟耳。"①而悟入的对象乃是艺术经验和写作技巧,在他看来,若不由此下功夫,徒学唐人格调与风格,就只得明人学唐式的空架子。这是清人一致的看法。

中国诗学关于诗的本质、诗的表达和艺术经验的一般观念决定了它对待诗歌经验和技巧的根本态度,并由此形成中国古代诗学在表达方式上的两个特点——意象性和"不说破",总之是言不尽意,诉诸意象,让学者自己参悟。意象性发展成古代论诗的意象批评法,论者已多;不说破,笔者将在下一章专门讨论,兹不赘及。

---

① 任昌运《静读斋诗话》,道光刊本《香杜草》附。

五　不说破

——"含蓄"概念之形成及其内涵增值过程

一、"含蓄"概念溯源

　　古典诗学中的"含蓄",作为自觉的修辞要求起源甚早,但被理论化、形成概念却晚至宋代,而被视为中国古典诗歌的主要审美特征则更晚至二十世纪初。在当时那个中西文学经验交流的特定语境中,中国文学固有的审美特征在他者的观照中被揭示出来。Lytton Stachey、Desmond MacCarthy、R. C. Trevelyan、钱锺书、朱光潜等中外批评家先后指出中国诗歌在表达上富于暗示性,空灵轻淡、意在言外的特征①,几十年来为学术界所接受。事实上,

----

① 钱锺书《中国诗和中国画》,《旧文四篇》,上海古籍出版社 1979 年版,第 12—14 页。

不仅是诗歌,整个中国古代的言说方式都被认为婉曲而富于暗示性,具有迂回曲折和意在言外的特征,这已为法国学者弗兰索瓦·于连(Francois Jullien)周密的研究所证实①。作为现象,迂回暗示的表达方式的确出现得很早,起码在于连深入研究的《左传》中已很成熟。但对此的理论反思却滞后了很久。学术界历来据《二十四诗品》"含蓄""形容""超诣"等品,认定含蓄的观念在唐代已形成理论。然而随着司空图对《二十四诗品》的著作权被质疑②,这个问题有了重新思考的必要。

　　追溯中国传统的言说方式,会让我们注意到中国诗学在表达上与传统言说方式的关系。中国哲学自产生之初即显示出一种类似宗教的思想方式——认为世界永恒的本体、最深刻的本质不可言说,只能体悟。人们通常将这种本体观追溯到老庄学说,其实儒家同样也有"无言"的传统。《论语·阳货》载:"子曰:'予欲无言。'子贡曰:'子如不言,则小子何述焉?'子曰:'天何言哉!四时行焉,百物生焉,天何言哉!'"这实际上是与《老子》"生而不有,为而不恃,长而不宰"相通的思想,在儒家不过是对本体论追问的悬置,而在刻意追究世界本质的道家哲学,就成为一个有关

---

① *Éloge de la fadeur*(Paris,Editions Philippe Picquier,1991),有兴膳宏、小关武史日译本《无味礼赞》(东京,平凡社,1997); *Le Détour et l'accès: Stratégie du sens en Chine,en Grèce*(Grasset,1996),有杜小真中译本《迂回与进入》(北京,生活·读书·新知三联书店,1998)。
② 据陈尚君、汪涌豪《〈二十四诗品〉辨伪》(《中国古籍研究》第1辑)一文考证,《二十四诗品》不见宋元人征引,直到明末才因苏东坡的一段话而与司空图的名字联系起来。

世界本质的超越性和语言传达之可能限度的问题。这个问题被从两面加以阐述,老子说:"道可道,非常道。"(《老子》)庄子说"大道不称"(《庄子·齐物论》),又说"可以言论者,物之粗也;可以意致者,物之精也"(《庄子·秋水》)。在这种思想方式主导下,中国古典艺术论在表达、技巧等问题上形成一个基本看法,即可传达的都是表面的、肤浅的、有限的,而最深刻、最本质的东西则不可传达。在语言艺术中,诗歌的表达因其表达欲求与言不尽意之间的张力而被视为一种不可言说的言说,在内在机制上与宗教的言说方式达成了一致①。

不可言说的言说在诗学中意味着表达上双重的无奈,一是在感觉经验的表达上,一是在艺术经验的表达上。后者受《庄子》轮扁斫轮、佝偻承蜩之类故事的启发,在文学理论中一直有清楚的意识。如陆机《文赋》在阐说作文的关键和文病之后,说:

> 若夫丰约之裁,俯仰之形,因宜适变,曲有微情。或言拙而喻巧,或理朴而辞轻,或袭故而弥新,或沿浊而更清,或览之而必察,或研之而后精。譬犹舞者赴节以投袂,歌者应弦而遣声。是盖轮扁所不得言,故亦非华说之所能精。

但前者无形中被"情动于中而形于言"(《毛诗序》)的抒情观念所遮蔽,同时又被"意以象尽,象以言著"(《周易略例·明象》)的玄学观念所鼓舞,遂为诗家所忽略。他们开始从效果呈现而不是从

---

① 蒋寅《以禅喻诗的学理依据》,《学术月刊》1999 年第 9 期。

表达意图的角度来理解言意关系。刘勰《文心雕龙·隐秀》篇在"义生文外"和"余味曲包"的意义上使用"隐"的概念,正是从效果来说明文学表达的暗示性的。虽然文本残缺,我们已无法知道他的具体见解如何,但从钟嵘《诗品序》对兴的重新诠释——"文已尽而意有余",可以看出当时人对诗意的超文本属性已有清楚的认识。从唐代起,诗学开始关注诗的表达方式、构成和媒介问题,晚唐司空图的"味在酸咸之外",从诗歌效果的呈现方式揭示了诗意的超本文性质,使古典诗歌婉曲含蓄、富于暗示性的美学特征日渐明朗化。到宋代诗话中,这种美学特征就被诗论家们在本文和意义的关系上作了不同角度的阐发。如梅尧臣说:

> 状难写之景,如在目前;含不尽之意,见于言外,然后为至矣。①

司马光说:

> 古人为诗,贵于意在言外。②

吕本中说:

---

①欧阳修《六一诗话》引,何文焕辑《历代诗话》,上册第 267 页。
②司马光《温公续诗话》,何文焕辑《历代诗话》,上册第 277 页。

思深远而有余意,言有尽而意无穷。①

姜夔说:

> 东坡云:"言有尽而意无穷者,天下之至言也。"山谷尤谨
> 于此。清庙之瑟,一唱三叹,远矣哉。后之学诗者,可不务
> 乎?若句中无余字,篇中无长语,非善之善者也;句中有余
> 味,篇中有余意,善之善者也。②

诸家对言外之意的强调,都着眼于本文构成与传达效果的关系,突
出了本文的暗示功能。这意味着诗学对古典诗歌"意在言外"的审
美特征已有相当的自觉,正是在这样的诗学语境下,作为概括上述
美学要求的诗美概念——"含蓄"得以确立并完成其理论化过程。
　　"含蓄"一词的语源已不清楚,《辞源》《中华大词典》所举出
典均为韩愈《题炭谷湫祠堂》诗:"森沉固含蓄,本以储阴奸。"③而
据我所知,杜甫《课伐木》诗"舍西崖峤壮,雷雨蔚含蓄"是更早的
用例④。它们都用作蕴含之义,并非文学术语,但其语义通于刘
勰所谓"深文隐蔚"(《文心雕龙·隐秀》),为进入文学批评提供

---

①吕本中《吕氏童蒙训》,胡仔《苕溪渔隐丛话》前集卷一引,人民文学出版
　社1962年版,上册第3页。
②姜夔《白石道人诗说》,何文焕辑《历代诗话》,下册第681页。
③钱仲联《韩昌黎诗系年集释》,上海古籍出版社1984年版,上册第177页。
　钱氏未注出典。
④仇兆鳌《杜诗详注》,第4册第1642页。仇氏未注出典。

了可能。皎然《诗式》卷一"辨体有一十九字"有云："气多含蓄曰思。"①卷二又云："又宫阙之句,或壮观可嘉,虽有功而情少,谓无含蓄之情也。"②这里的"含蓄"就是蕴含之义。后来王玄《诗中旨格》"拟皎然十九字体"直接就说"含蓄曰思",举《夏日曲江有作》"远寺连沙静,闲舟入浦迟"为例③。我知道的最早用于评论文辞的例子是与韩愈同时的刘肃《大唐新语》称韩琬题壁语"末有含蓄意"④。稍后约撰于唐宣宗、僖宗时代的王叡《炙毂子诗格》列有"模写景象含蓄体",举"一点孤灯人梦觉,万重寒叶雨声多"一联为例,以为"此二句模写灯雨之景象,含蓄凄惨之情"⑤。这都与五代时后蜀何光远论方干《镜湖西岛闲居》等诗"虽绮靡香艳,而含蓄情思皆不及施肩吾《夜宴曲》"的用法大致相同⑥,"含蓄"的

①张伯伟《全唐五代诗格汇考》,江苏古籍出版社 2002 年版,第 470 页。
②张伯伟《全唐五代诗格汇考》,第 281 页。
③张伯伟《全唐五代诗格汇考》,第 470 页。
④刘肃《大唐新语》卷六"举贤第十三":韩琬少负才华,长安中为高邮主簿,使于都场。以州县徒劳,率然题壁曰:"筋力尽于高邮,容色衰于主簿,岂言行之缺,而友朋之过欤?"景龙中,自亳州司户应制,集于京。吏部员外薛钦绪考琬,策入高等,谓琬曰:"今日非'朋友之过欤'?昔尝与魏知古、崔璩、卢藏用听《涅槃经》于大云寺。会食之旧舍,偶见题壁,诸公曰:'此高邮主簿叹后时耶?'顾问主人,方知足下,即末有含蓄意,祈以相汲,今日方申。"琬谢之曰:"士感知己,岂期十年之外,见君子之深心乎?"《丛书集成初编》本。
⑤张伯伟《全唐五代诗格汇考》,第 390 页。论文在 2001 年查尔斯大学中国诗学研讨会上口头发表时,承 Charles Hartman 教授提醒我注意《吟窗杂录》所收本书及王梦简《进士王氏诗格要律》中的"含蓄"用例,谨致谢忱。
⑥何光远《鉴诫录》卷八,《丛书集成初编》本。

语义还停留在蕴含的原初义项上。在晚唐五代的诗格中,这种情况仍未改变。王梦简《诗格要律》分诗体为二十六门,第八为"含蓄门",所举诗句为贾岛"鸟宿池中树,僧敲月下门",方干"轩车在何处,雨雪满前山",佚名"正思浮世事,又到古城边",周贺"相逢嵩岳客,共听楚城砧",周朴"月离山一丈,风吹花数苞",齐己"相思坐溪石,微雨下山岚"。除方干一联被认为合赋,其他都被视为合雅①。由于是摘句,看不出王氏标举诸句为含蓄的宗旨何在。要之,在唐五代诗论中,"含蓄"一词尚未被用来指称一种艺术表现倾向或修辞特征。

到宋代以后,"含蓄"一词的含义虽仍沿用其蕴含的本义,如杨湜《古今词话》称秦观《画堂春》词"香篆暗销鸾凤,画屏萦绕潇湘"两句"含蓄无限思量意思"②。但从北宋开始,已渐由蕴含丰富向含而不露的方向发展。这一微妙的变化,从当时几种诗话中隐约可见其踪迹。刘攽《中山诗话》云:

> 梅圣俞爱严维诗曰:"柳塘春水漫,花坞夕阳迟。"固善矣,细较之,夕阳迟则系花,春水漫何须柳也? 工部诗云:"深山催短景,乔木易高风。"此可无瑕颣。又曰:"萧条九州内,人少豺虎多。少人慎莫投,多虎信所过。饥有易子食,兽犹畏虞罗。"若此等句,其含蓄深远,殆不可模效。③

---

①王梦简《进士王氏诗格要律》,《全唐五代诗格汇考》,第 478 页。
②唐圭璋辑《词话丛编》,中华书局 1986 年版,第 1 册第 33 页。
③刘攽《中山诗话》,何文焕辑《历代诗话》,上册第 285 页。

"含蓄深远"是动补结构，"含蓄"尚未脱五代诗格中的动词属性，到张戒《岁寒堂诗话》就不一样了：

> 元、白、张籍诗，皆自陶、阮中出，专以道得人心中事为工，本不应格卑，但其词伤于太烦，其意伤于太尽，遂成冗长卑陋尔。比之吴融、韩偓俳优之词，号为格卑，则有间矣。若收敛其词，而少加含蓄，其意味岂复可及也？

这里的"含蓄"尽管还未全脱动词属性，但已有形容词的意味，带有某种价值色彩，这只要参照作者另一处谈到同样话题时的说法，就很容易理解：

> 杜牧之云："多情却是总无情，惟觉尊前笑不成。"意非不佳，然而词意浅露，略无余蕴。元、白、张籍其病正在此，只知道得人心中事，而不知道尽则又浅露也。后来诗人能道得人心中事者少尔，尚何无余蕴之责哉？①

两相比照，前文的"含蓄"正是此处"无余蕴"的反义词，然则"含蓄"的意味固已形容词化，成为表示一种审美要求的概念。在动词"含蓄"转化、定型为审美概念的这一过程中，僧惠洪似乎是个起了重要作用的人物。他在《天厨禁脔》中将柳宗元《登岷山》、贾岛《渡桑干》《山驿有作》的表现手法命名为"含蓄法"，更在《冷

---

①张戒《岁寒堂诗话》卷上，丁福保辑《历代诗话续编》，上册第459、454页。

斋夜话》中分析了句含蓄、意含蓄和句意都含蓄三种方式。经由这番概括和分析,"含蓄"终于成为代表当代审美理想的诗美概念,在诗论中突现出来。张表臣《珊瑚钩诗话》说"篇章以含蓄天成为上",蒲大受《漫斋语录》说"诗文要含蓄不露,便是好处,古人说雄深雅健,此便是含蓄不露也"①,姜夔《白石道人诗说》说"语贵含蓄",这些议论形成宋代诗学一个热门话题,促使魏庆之采辑有关资料,在《诗人玉屑》专立"含蓄"一门。经过整理,这些零散的材料显出一种有机性,共同构成了含蓄作为诗美理想的基本内涵,宣告了"含蓄"概念的正式确立。此后它就日益频繁地出现于诗歌评论中,如洪迈《容斋续笔》卷十五谓白居易《续古》一篇语意皆出于左思《咏史》,"然其含蓄顿挫,则不逮也",《朱子语类》卷八十称赞《诗·小雅·鹤鸣》"更含蓄意思,全然不露",曾季狸《艇斋诗话》称杜牧《秋夜》宫词"含蓄有思致",刘克庄《诗话前集》称江端友《咏象》"含蓄而不刻露"等等。而"含蓄"的理论品位也逐渐上升为诗歌创作论和诗美学的核心概念,成为后世诗论家之常谈②。细致考察"含蓄"概念的形成过程,《二十四诗品》列有"含蓄"一品,非但不能证明"含蓄"概念形成于唐末,适足为

---

① 魏庆之《诗人玉屑》卷十引,上海古籍出版社1978年版。《漫斋语录》向来不知作者,据今人李剑国先生考证,此书作者为生活在宋徽宗、高宗之际的蒲瀛,成书不迟于绍兴末年。

② 如吴乔《围炉诗话》卷一:"诗贵有含蓄不尽之意。"毛先舒《诗辩坻》自叙云:"论诗者多尚含蓄,(中略)含蓄者诗之正也。"叶燮《原诗》内篇下托他人之口云:"诗之至处,妙在含蓄无垠。"孙燮《愈愚集》卷六《锓云阁文集序》云:"诗之道,贵含蓄。"

其书出于宋元之际补充了一个有力的证据①。这乃是题外话。

　　含蓄作为诗歌表达的基本原则,与直露、一览无余相对立,意味着一种富于暗示性的、有节制的表达。"含蓄者,意不浅露,语不穷尽,句中有余味,篇中有余意,其妙不外寄言而已。"②这种修辞特征发轫于《诗经》,到唐诗臻于炉火纯青的境地。北宋僧景淳《诗评》云:"夫缘情蓄意,诗之要旨也。一曰高不言高,意中含其高;二曰远不言远,意中含其远;三曰闲不言闲,意中含其闲;四曰静不言静,意中含其静。"③这正是对唐诗写作经验的概括和总结,但还未达到诗歌审美理想的高度。事实上,作为古典诗歌审美理想的"含蓄"概念是有着丰富的理论内涵的,是在吸收唐、宋两代诗歌创作的丰硕经验,融汇诸多诗学命题的丰富内涵的基础上形成的。自觉的理论总结总是孕育于繁荣的文学创作和杰出的艺术成就之中,这已是文学史证明的常识。问题是,在含蓄概念形成的晚唐到南宋这三百多年间,由什么因素决定了是这种经验而非其他受到了特别的重视和推崇,并在唐末宋初迅速地理论化? 或者说,在意在言外到含蓄概念形成的理论化过程中什么样的概念背景在起作用呢? 这无疑是批评史的一个重

①详蒋寅《关于〈诗家一指〉与〈二十四诗品〉》,《中国诗学》第 5 辑。经张健《〈诗家一指〉的产生时代与作者——兼论〈二十四诗品〉作者问题》(《北京大学学报》1995 年第 5 期)考证,《二十四诗品》最早见于明初赵㧑谦《学范》曾引用的无名氏编《诗家一指》和史潜刊《新编名家诗法》中《虞侍书诗法》。
②沈祥龙《论词随笔》"词须含蓄"条,唐圭璋辑《词话丛编》,第 5 册第4055 页。
③张伯伟《全唐五代诗格汇考》,第 500 页。

要问题,但迄今尚未见深入探讨。周裕锴认为,宋人尚含蓄的诗观大致基于政治上的需求、道德上的制约和心理上的自律①。这从中国文化、文学传统说是非常周到的,就宋代诗学的文化语境而言也相当妥帖。但落实到话语层面,我认为佛教言说方式的影响有必要考虑,而含蓄观念理论化的诗学背景也需要做更具体的研究。我的看法是,从意在言外的表达方式到含蓄概念的形成,禅僧说禅"不说破"和"绕路说禅"的言说方式在其中起了不可忽视的作用。

我们知道,佛教传入中国,不只带来一种世界观,同时也带来一整套表达和接受的形式及符号系统。中国既有观念往往借助于佛教的概念而获致更清晰的表达与说明,唐代王昌龄、皎然诗学中的"境",清代王夫之诗学中的"现量",都是借佛喻诗的成功范例。在此我还要说明,含蓄的概念也是受禅宗言说方式的启发,由禅宗的话头获得一种通俗而明白的说明方式的。1988年我在撰写博士论文《大历诗风》时,曾提出:"到宋代以后,司空图追求'象外之象'的诗歌美学与僧克勤的'绕路说禅'的风气相融合,最终就形成了中国诗含蓄暗示、'不说破'的美学趣向。"②现在看来,这一假说并不准确,需要加以修正:是禅宗的"不说破"对诗学产生了直接的影响,使诗学传统中有关暗示和体悟的意识更加自觉并得到理论上的强化;在体物和咏物理论中,"不说破"的原则更是得到前所未有的强调,最终吸纳、融合具体的修辞策略,

①周裕锴《宋代诗学通论》,巴蜀书社1997年版,第427—432页。
②蒋寅《大历诗风》第六章"感受与表现",第177页。

为含蓄概念注入丰富的内涵,将它推到代表古典诗学审美传统的主导地位上。至于"绕路说禅",则应说是一个隐性的背景性的存在,并未进入诗学话语内部。下文我将围绕诗学对"不说破"的借鉴,对宋代诗学中含蓄概念的增值过程略作分析。

二、"不说破"与"绕路说禅"

从本质上说,宗教所有关于本体论和信仰经验的表述都是不可言说的言说,对经典的崇拜和传播永远无法摆脱言意关系的悖论。中国化的佛教——禅宗由于主张"不立文字""教外别传",就在逻辑上消解了言意的悖论,而将言说的客观效果与主观意愿统一于"不说破"的原则上来。

"不说破"是个否定式的表达,谈到"不说破",首先要弄清什么是"说破"。这是佛教的一个固定概念,佛经中有两种用法:在佛教原典中谓以言说破除迷执,如《金刚顶经》曼殊室利菩萨告学人曰:"此心法门一切如来秘密之要,慎勿轻尔为他人说破汝三昧耶。"[①]天台智者大师说:"《大论》云,无明品类,其数甚多,是故处处说破无明三昧。"[②]此外,"《因明论》中说破他义有三种路:一犹预破,二说过破,三除遣破;《佛契经》中明破他说亦有三路:一胜

---

①金刚智译《金刚顶经》曼殊室利菩萨五字心陀罗尼品,《大正新修大藏经》,第 20 卷第 710 页。
②智顗说《妙法莲华经玄义》卷五上,《大正新修大藏经》,第 33 卷第 735 页。

彼破,二等彼破,三违宗破"①。后来在禅宗灯录中就指将禅机揭开。《潭州沩山灵祐禅师语录》载:

> 师一日问香严:"我闻汝在百丈先师处,问一答十,问十答百,此是汝聪明灵利,意解识想。生死根本,父母未生时,试道一句看。"香严被问,直得茫然,归寮将平日看过底文字,从头要寻一句酬对,竟不能得。乃自叹云:"画饼不可充饥。"屡乞师说破,师云:"我若说似汝,汝已后骂我去。我说底是我底,终不干汝事。"香严遂将平昔所看文字烧却,云:"此生不学佛法也,且作个长行粥饭僧,免役心神。"乃辞师,直过南阳,睹忠国师遗迹,遂憩止焉。一日芟除草木,偶抛瓦砾,击竹作声,忽然省悟。遽归,沐浴焚香,遥礼师。云:"和尚大慈,恩逾父母。当时若为我说破,何有今日之事?"②

这个故事除表明禅的不可说明外,还说明禅作为一种体验是不可替代的,必须自己去经验。所以归根结底,禅非但不可以名言传达,即使说破也没有意义。正因为如此,灵祐(771—853)不为香严说破,香严一旦悟彻,更感激老师用心之厚。洞山良价(807—869)也曾说:"我不重先师道德佛法,只重他不为我说破。"③表达

---

① 玄奘译《阿毘达磨大毘婆沙论》卷二十七杂蕴第一中补特伽罗纳息第三之五,《大正新修大藏经》,第27卷第139页。
② 圆信、郭凝之编《潭州沩山灵祐禅师语录》,《禅宗语录辑要》,上海古籍出版社1992年版,第86页。
③ 圆信、郭凝之编《瑞州洞山良价禅师语录》,《禅宗语录辑要》,第26页。

了同样的意思。相对于道德佛法,香严和良价都表示了对老师不将禅机揭破的接引方式的肯定。灵祐身历代宗到武宗七朝,是中唐著名的禅僧,香严的故事在禅门更是非常地著名,为灯录和禅史一再传述,以后禅宗"不说破"原则的确立看来与这则故事及洞山良价语大有关系。宋代大慧宗杲禅师(1089—1163)曾举圆通秀和尚示众云:"少林九年冷坐,刚被神光觑破。如今玉石难分,只得麻缠纸裹。这一个,那一个,更一个,若是明眼人,何须重说破。"①守俨禅师答僧问"达磨、大士相逢如何话会",曰:"春云春雨,万物敷荣。暖日和风,岩花竞秀。青山叠叠,涧水澄澄。达磨迷逢,切忌说破。"②这都是禅门对"不说破"的正面强调。

　　从根本上说,"不说破"只是一个消极的否定性的言说原则,只要有"说",宗教言说的悖论就依然存在。职是之故,恪守"不说破"原则最终就落实到如何避免说破的问题上。我们知道,佛教阐释教义有两种方式,即表诠与遮诠。表诠是从正面作肯定的解释,遮诠则是从反面作否定的解释。宗密禅师曾举例说:"如说盐,云不淡是遮,云咸是表;说水,云不干是遮,云湿是表。诸教每云绝百非者,皆是遮词;直显一真,方为表语。"③宋初延寿禅师又解释道:"遮谓遣其所非,表谓显其所是;又遮者拣却诸余,表者直示当体。"禅宗既以不说破为尚,故专主遮诠。惠洪《石门文字禅》

①慧日编《大慧普觉禅师语录》,《禅宗语录辑要》,第342页。
②释惟白《建中靖国续灯录》卷十四,商务印书馆影印《续藏经》本。
③宗密《禅源诸诠集都序》卷下之一,《大正新修大藏经》,第48卷第406页。

卷十八《六世祖师画像赞》赞始祖达摩：

> 护持佛乘，指示心体；但遮其非，不言其是。①

这种不作直接肯定的遮诠可以说就是一种不说破，它将禅宗的言说方式导向隐喻、暗示的方向，即所谓文字禅，而不说破的原则也正是在宋代发展为"绕路说禅"的家数。僧克勤（1069—1135）取雪窦重显的颂古百首，在颂前添加"垂示"（总纲），在颂中添加"着语"（夹注）和发挥文意的评唱，编成《碧岩录》十卷，风靡禅林。克勤开卷就提出：

> 大凡颂古，只是绕路说禅，拈古大纲，据款结案而已。②

意谓颂古的形式都是借禅史上的公案，解析其机锋所在，揭示其中晓喻的禅理，乃是绕个弯子说禅，所以叫绕路说禅。绕路说禅的兴起，首先与宋元之际禅学中盛行的讲论风气有关。明本和尚曾批评当时禅林的风尚："今之禅流，将欲据大床，挥麈尾，首取诸家语要，拣择记诗，及渔猎百氏之杂说以资谈柄者，是说禅之师也，不惟不能与人解黏去缚，而亦自失本真，丧坏道眼。如此妄习，互相趋尚，既失祖庭之重望，又安有所谓起丛林、兴法社之理

---

① 参看周裕锴《绕路说禅：从禅的诠释到诗的表达》，《文艺研究》2000 年第 3 期。
② 克勤《碧岩录》卷一，《禅宗语录辑要》，第 711 页。

哉?"①讲论的盛行固然是对过于玄虚的心印方式的补救,但它同时也更凸显禅的言说悖论,在这种语境下,绕路说禅作为使不说破原则得以贯彻的积极策略,为禅宗超越宗教话语的悖论找到一个理想的言说方式。正因为如此,《碧岩录》的问世在僧俗间产生极大的影响,文字禅一时成为禅学的主流。以至克勤弟子大慧宗杲担忧禅学落入理窟言筌,危及根本,竟断然销毁《碧岩录》的木版。然而,《碧岩录》的影响还是不可阻遏地日益扩大,"绕路说禅"的宗旨也日益深入人心。毕竟它和不说破的原则是相通的,是不说破的发展。大慧曾有前引"这一个,那一个,更一个,若是明眼人,何须重说破"的说法,他之封杀《碧岩录》,是不是认为回到不说破的理论起点去更好呢?

事实上,"不说破"简明扼要的表达显然更容易被接受和传播。理学中人受香严故事启发,论学也每有不说破的意识。朱子认为《春秋》之旨"都不说破","盖有言外之意"②存焉。邵雍从李挺之学,请曰:"愿先生微开其端,毋竟其说。"这也是不说破之意。虽然我们一时还举不出诗家明言取法于禅的材料,但宋代诗话中的一些议论,明显可以看出"不说破"的影响。如张南轩云:

　　作诗不可直说破,须如诗人婉而成章。楚词最得诗人之意,如言"沅有芷兮澧有兰,思公子兮未敢言",思是人也而不

----

① 明本《山房夜话》,《天目中峰和尚广录》卷十一上,姑苏刻经处刊本。
② 黎靖德编《朱子语类》卷八十三"春秋纲领",中华书局 1986 年版,第2149 页。

言,则思之之意深而不可以言语形容也。若说破如何思如何
思则意味浅矣。①

张杖不仅借禅宗"不说破"的话头强调诗歌不可直说破,还从话语
联想值的角度解释了不说之说的含蓄效果。不说破能营造一个
无限丰富的想象空间,说破则一切都明晰化具体化,限制了想象
的展开。张南轩弟子曾季狸也记载:

> 东湖又见东莱"满堂举酒话畴昔,疑是中原无是时",云:
> "不合道破'话畴昔',若改此三字,方觉下句好。"②

这就是不说破的暗示作用与含蓄的关系,从某种意义上说它是诗
歌独有的魅力。散文略有不同,朱熹在评论北宋诸大家文章时
说:"东坡文说得透,南丰亦说得透,如人会相论底,一齐指摘说尽
了。欧公不尽说,含蓄无尽,意又好。"③文章本以明晰畅达为尚,
若不说破就显得吞吞吐吐,所以同样是崇尚含蓄的理想,文的修
辞原则却是"不尽说"即不说尽,而不是不说破。

从宋代开始,"不说破"就成为一个特定的诗学命题,与含蓄
的概念联系在一起,后代诗论家无论着眼于呈示方式或艺术效
果,都从含蓄的角度予以阐发。如竟陵派作家谭元春曾说:"琴酒

---

① 胡广等编《性理大学书》卷五十六,台北商务印书馆影印文渊阁《四库全
书》,第711册第234页。此条材料出处承祝尚书教授指示,谨致谢意。
② 曾季狸《艇斋诗话》,丁福保辑《历代诗话续编》,上册第284页。
③ 黎靖德编《朱子语类》卷一三九,中华书局1986年版,第8册第3310页。

之趣，但以含蓄不做破、不说破为妙。"①胡应麟《诗薮》比较许浑、
罗隐二诗云："如许浑'海燕西飞白日斜，天门遥望五侯家。楼台
深锁无人到，落尽春风第一花'，若但咏园亭之类，未见其工。今
题云《客有卜居不遂薄游汧陇者因赠》，夫以逆旅无家之客，望五
侯第宅深锁落花之内，一段寂寥情况，更不忍言。罗隐《下第》诗
'帘卷残阳明鸟鹊，花飞何处好楼台'，意正此同。而许作全不道
破，尤为超妙。"②这里的"不道破"即不说破之义。王夫之也曾指
出："《小雅·鹤鸣》之诗，全用比体，不道破一句，三百篇中创调
也。"③宋实颖评陆次云《题画马》："不说破画马，善于题画。"④纪
昀评杜甫《山馆》："三句醒山字，四句醒馆字，五、六句写景阴惨，
合七、八句观之，正言一夜无眠耳，却不说破，绝有含蓄。"又评陈
子昂《送崔著作东征》："末二句用田畴事，无理。况三、四已含此
意，必说破，亦嫌太尽。"⑤又评李商隐《宿骆氏亭寄怀崔雍崔衮》：
"分明自己无聊，却就枯荷雨声渲出，极有余味；若说破雨夜不眠，
转尽于言下矣。"⑥许印芳评杜甫《江上值水如海势聊短述》："起
二句立志甚高，然必说破，便嫌浅露。"⑦从正反两方面强调了不
说破对于含蓄的意义。反面的例子，则有袁枚《随园诗话》卷一：

①宋长白《柳亭诗话》卷二十八引，康熙四十六年天茁园刊本。
②胡应麟《诗薮》内编卷六，第123页。
③王夫之《夕堂永日绪论》内编，戴鸿森《姜斋诗话笺注》卷二，人民文学出
　版社1981年版，第127页。
④陆次云《澄江集》，康熙刊本。
⑤李庆甲辑《瀛奎律髓汇评》卷二十九、卷二十四，中册第1262、1019页。
⑥刘学锴《汇评本李商隐诗》，上海社会科学院出版社2002年版，第35页。
⑦李庆甲辑《瀛奎律髓汇评》卷二十六，中册第1137页。

"有妓与人赠别云：'临歧几点相思泪，滴向秋阶发海棠。'情语也。而庄苏服太史《赠妓》云：'凭君莫拭相思泪，留着明朝更送人。'说破，转觉嚼蜡。"①甚至在词学中，"不说破"也渗透到抒情理论中去。陈廷焯《白雨斋词话》卷一阐释词中"沉郁"的品格，有云："所谓沉郁者，意在笔先，神余言外。写怨夫思妇之怀，寓孽子孤臣之感。凡交情之冷淡，身世之飘零，皆可于一草一木发之。而发之又必若隐若见，欲露不露，反复缠绵，终不许一语道破。匪独体格之高，亦见性情之厚。"②由于抒情的含蓄观念，早已由"温柔敦厚"的诗教和"文已尽而意有余"（钟嵘《诗品序》）的修辞要求所规范，"不说破"所指涉的对象遂集中于具体的物象，在体物—咏物的方面丰富起来。当然，"不说破"在诗学中的影响，实际包括作诗和说诗两个方面。前者如上所述，主要与诗歌表达的含蓄观念有关；后者则如清代杨戬夏讲诗所示，与以禅喻诗的传统密切相关③。这一点我在《以禅喻诗的学理依据》一文中已作分析，本文我将着重讨论"不说破"对体物—咏物理论的渗透，以揭示含蓄概念的内涵增值过程。

①袁枚《随园诗话》卷一，上册第 23 页。
②陈廷焯《白雨斋词话》，人民文学出版社 1959 年版，第 5 页。
③张谦宜《絸斋诗谈》卷二述其师杨戬夏语云："'孔雀东南飞'极长，'龙洲无木奴'极短，须看成一副机轴，方可谈诗。此话至今不向人说，若要知，只去熟读了再想；——说破，便厌钝了人。"《清诗话续编》，第 1 册第 803 页。按：杨戬夏名师亮，山东招远人。

三、代语·不犯题字·不著题

据我的研究,中国古典诗歌是在中唐时代才真正形成寓情于景、情景交融的抒情特征,以自觉的"取境"方式构成"意境"的本文形态的①。从此,对物象的描绘和刻划成为诗歌写作的中心任务,也成为诗学关注的核心问题。无论是抒情诗中的写景还是咏物诗中的"体物",都是宋以后诗学中技巧研究的重心所在,而不说破的影响也呈现为较情感表达更为具体的修辞规则和要求,最引人注目的就是代语、不犯题字和不著题。正是在对这些修辞规则及其具体手法的研讨中,含蓄概念的内涵愈益丰富,外延愈益明晰,终于完成其理论化过程,确立起作为体现古典诗学审美理想的核心概念的地位。

"不说破"之于物象,意味着不可直言所咏对象,首先不可直言对象之名。而避免直接称说对象,最简单的方法是用代语置换其本名,或以典故,或以歇后,或以借代,可以运用各种修辞手段。先师程千帆先生《诗辞代语缘起说》首揭其旨,云:"盖代语云者,简而言之,即行文之时,以此名此义当彼名彼义之用,而得具同一效果之谓。然彼此之间,名或初非从同,义或初不相类,徒以所关

---

①蒋寅《走向情景交融的诗史进程》,《文学评论》1991 年第 1 期;《大历诗风》第五章"感受与表现"。

密迹,涉想易臻耳。"①后钱锺书先生《谈艺录》更博举了中西诗学
中丰富的例证②。考代语虽早见于《诗经》,但正如王夫之所指出
的,"汉人及李杜高岑犹不屑也"③,乐于使用并津津乐道始于宋
人。《吕氏童蒙训》有云:

> "雕虫蒙记忆,烹鲤问沉绵",不说作赋,而说雕虫;不说
> 寄书,而说烹鲤;不说疾病,而云沉绵。"颂椒添讽味,禁火卜
> 欢娱",不说岁节,但云颂椒;不说寒食,但云禁火:亦文章之
> 妙也。④

以这样一种修辞为妙,乃是宋代兴起的时尚,我们从唐初徐彦伯、
宋初宋祁的"涩体",江西诗派的换字,陶秀实编《清异录》及宋人
笔记、诗话中对代语的关注都可以看出这种趣味在诗学中的流
行。这种代语最终形成诗语中一类特殊的词藻,流风所被,以至
元代严毅编类书《增修诗学集成押韵渊海》,在每字下增列"体
字"一类⑤。陆游将这一现象归结于北宋初年《文选》的流行,说:

---

① 程千帆《古诗考索》,上海古籍出版社 1984 年版,第 231 页。
② 钱锺书《谈艺录》,中华书局 1984 年补订本,第 247—250 页、第 563—
　568 页。
③ 戴鸿森《姜斋诗话笺注》,人民文学出版社 1981 年版,第 215 页。
④ 胡仔《苕溪渔隐丛话》前集卷十二引,上册第 80 页。
⑤ 永瑢等《四库全书总目》卷一三七类书类存目《增修诗学集成押韵渊海》
　提要云:"其书体例与《韵府群玉》相近,而更为简略。每字之下首列活套,
　次为体字。体字者,如东字下列青位震方四字,童字列儿曹二字,即宋人
　所谓换字也。"

"国初尚《文选》,当时文人专意此书,故草必称王孙,梅必称驿使,月必称望舒,山水必称清晖,至庆历后恶其陈腐,诸作者始一洗之。"①这是当朝人的见解,无疑值得重视。但我觉得周裕锴指出"宋诗中借代隐语的'踵事加厉',是与同时代禅门隐语玄言的流行分不开的"②,也很有见地。赵令畤诗用"青州从事"(佳酿)对"白水真人"(泉货),东坡许其"二物皆不道破为妙"③。代语的使用及流行,看来确与"不说破"有直接关系。

代语只是个别词语的置换,与诗所咏对象或主题无关。而体物的不说破,是要求不直言所咏对象或主题,即不犯题字。这种意识的明确表达起码可以追溯到晚唐。范摅《云溪友议》卷下云:

> 《杨柳枝》词作者虽多,鲜睹其妙。杜牧舍人云:"巫娥庙里低含雨,宋玉堂前斜带风。"滕(迈)郎中又云:"陶令门前胃接篱,亚夫营里拂朱旗。"但不言杨柳二字,最为妙也。是以姚合郎中苦吟《道旁亭子》,诗云:"南陌游人回首去,东林道者杖藜归。"不谓亭,称奇矣。④

在范摅所引的诗句中,杨柳和亭子不是作为抒情媒介的物象,而是诗所咏的对象和主题,诗人用敷演典故或描摹状态的方式整体地表现对象或主题,同时规避指称它们的概念,如托名白居易撰

①陆游《老学庵笔记》卷八,《津逮秘书》本。
②周裕锴《绕路说禅:从禅的诠释到诗的表达》,《文艺研究》2000 年第 3 期。
③赵令畤《侯鲭录》卷一,《四库全书》本。
④范摅《云溪友议》,古典文学出版社 1957 年版,第 66 页。

的《金针诗格》所谓"说见不得言见,说闻不得言闻"①,这就实现
了不犯题字的要求。相比代语,不犯题字是以更接近禅家"不说
破"本旨的方式获致含蓄效果的思路。这由沈义父论咏物对两者
的区别也可以看得很清楚,论"语句须用代字"说:"炼句下语,最
是紧要。如说桃,不可直说破桃,须用红雨、刘郎等字。说柳,不
可直说破柳,须用章台、灞岸等字。又用事,如银钩空满,便是书
字了,不必更说书字;玉箸双垂,便是泪了,不必更说泪。如绿云
缭绕,隐然鬓发;困便湘竹,分明是簟。正不必分晓,如教初学小
儿,说破这是甚物事,方见妙处。"②而论"咏物忌犯题字"则说:
"咏物词,最忌说出题字。如清真《梨花》及《柳》,何曾说出一个
梨、柳字? 梅川不免犯此戒,如《月上海棠》咏月出,两个月字,便
觉浅露。"③很显然,在沈义父看来,不犯题字是避免浅露也就是
达成含蓄的必要前提。

　　不过说到底,忌犯题字只是一个抽象的原则,就像托名白居
易《金针诗格》"诗有义例七"条:"一曰说见不得言见,二曰说闻
不得言闻,三曰说远不得言远,四曰说静不得言静,五曰说苦不得
言苦,六曰说乐不得言乐,七曰说恨不得言恨。"④又僧淳《诗评》
云:"夫缘情蓄意,诗之要旨也。一曰高不言高,意中含其高;二曰
远不言远,意中含其远;三曰闲不言闲,意中含其闲;四曰静不言

①张伯伟《全唐五代诗格汇考》,第358页。
②蔡嵩云《乐府指迷笺释》,人民文学出版社1963年版,第61页。
③蔡嵩云《乐府指迷笺释》,第88页。
④张伯伟《全唐五代诗格汇考》,第358页。

静,意中含其静。"①陈永康《吟窗杂序》广之为"十不可"②,无不推阐这一原则,但如何实现却需要更具体的手段。宋人提出的基本策略是以用显体,即"言用勿言体"。《诗人玉屑》卷十有"体用"一门,引陈本明语云:

> 前辈谓作诗当言用,勿言体,则意深矣。若言冷则云"可咽不可漱",言静则云"不闻人声闻履声"之类。③

这里的体用关系,依钱锺书先生的理解:"'言体'者,泛道情状;'言用'者,举事体示,化空洞为坐实,使廓落为著落。"④说得更明白一点,言体就是直说本体,也即直称题字,直称概念;言用则陈述其功能,描摹其性状,避名就实而已。惠洪《冷斋夜话》阐明此义云:

> 用事琢句,妙在言其用不言其名耳。此法唯荆公、东坡、山谷三老知之。荆公曰:"含风鸭绿鳞鳞起,弄日鹅黄袅袅垂。"此言水、柳之用,而不言水、柳之名也。东坡别子由诗:"犹胜相逢不相识,形容变尽语音存。"此用事而不言其名也。山谷曰:"管城子无食肉相,孔方兄有绝交书。"又曰:"语言少

---

① 张伯伟《全唐五代诗格汇考》,第 500 页。
② 魏庆之《诗人玉屑》卷十引,上海古籍出版社 1978 年版。
③ 按:陈本明语出《漫叟诗话》,已见《苕溪渔隐丛话》前集卷三十七引。
④ 钱锺书《谈艺录》,第 563 页。

味无阿堵,冰雪相看有此君。"又曰:"眼见人情如格五,心知世事等朝三。"①

所举诸诗,第一例是言其状态不犯本名,第二例是用《后汉书·党锢传》夏馥故事而不出其名,第三、四例是用代语不出原名,第五例是用代语对歇后,这些手法虽不都是体物或咏物,但概括了言用不言体的各种形态。惠洪还讨论了一种"象外句",魏庆之认为也属于言用不言体的一种形式:

> 唐僧多佳句,其琢句法比物以意,而不指言一物,谓之象外句。如无可上人诗曰:"听雨寒更尽,开门落叶深。"是落叶比雨声也。又曰:"微阳下乔木,远烧入秋山。"是微阳比远烧也。②

这里所举两联究竟是比喻是写实还很难说,即使是比喻,两句一直赋一暗喻,已犯题字,算不得言用不言体。但喻句毕竟形容了所赋对象的性状,故也不无以用言体的意味。最重要的是,我们由此可以体会到宋人对暗示或间接表达手法的自觉意识及揣摩之细。理解这一点,宋代何以产生"禁体"就不足为奇了。

禁体即"禁体物诗"的简称,是相对体物诗而言的,意谓体

①惠洪《冷斋夜话》卷四,《津逮秘书》本。又见《诗人玉屑》卷十引。
②惠洪《冷斋夜话》卷六,《津逮秘书》本。《诗人玉屑》卷三引,后多"用事琢句,妙在言其用不言其名耳"一句,当为魏庆之取《夜话》卷四之语附之。见上海古籍出版社1978年版,上册第44页。

物—咏物避免用直接描写、比喻的手法形容事物的外观特征。照
浦起龙的看法,禁体始于杜甫五古《火》①,经韩愈《咏雪赠张籍》
《喜雪献裴尚书》《春雪》诸诗发挥,更兼有许洞分题禁字赋诗的
故事,到宋代引起欧阳修、苏东坡等的兴趣,摹仿而作《雪》《江上
值雪》,遂形成古典诗歌体裁中的禁体一格及其规则。元祐六年
(1091)苏东坡在颍州忆欧公旧事,作《聚星堂雪》禁体,末有"当
时号令君听取,白战不许持寸铁"之句,后人因称"白战体"。考诸
诗所禁之字,约有数端:一是直接形容所咏对象外部特征之词,二
是比喻对象外部特征之词,三是比喻对象特征及动作之词,四是
直陈对象动作之词②。有了这些限制,体物—咏物别说不犯题
字,就是"言用"的空间也大为缩小,结果就将体物—咏物诗的不
说破推向极致,所谓"万状驱从物外来,终篇不涉题中意"③。宋
代诗家对此殊有会心,咏物诗论中出现一种贯注着禁体意识的评
论。如《诗人玉屑》卷三"影略句法"引惠洪语云:"郑谷咏落叶,
未尝及凋零飘坠之意,人一见之,自然知为落叶。诗曰:'返蚁难
寻穴,归禽易见窠。满廊僧不厌,一个俗嫌多。'"④此所谓影略句
法,正是体现禁体意识的一种表现手法。又如吕本中云:"义山
《雨》诗:'摵摵度瓜园,依依傍水轩。'此不待说雨,自然知是雨

①浦起龙《读杜心解》卷一论五古《火》云:"韩孟联句、欧苏禁体诸诗,皆源
　于此。"中华书局1961年版,第129页。
②详先师程千帆先生等《被开拓的诗世界》中《火与雪:从体物到禁体物》一
　文,上海古籍出版社1990年版。
③朱弁《风月堂诗话》卷上引杜衍赠欧阳修诗句,《宝颜堂秘笈》本。
④魏庆之《诗人玉屑》,上册第45页。

也。后来鲁直、无己诸人,多用此体作咏物诗,不待分明说尽,只仿佛形容,便见妙处。如鲁直《酴醾》诗云:'露湿何郎试汤饼,日烘荀令炷炉香。'"①此所谓仿佛形容,从某种意义上说也体现了禁体物的原则。当然,类似的表现手法就艺术性而言是不算高明的,苏东坡有一段议论很值得我们玩味:

> 诗人有写物之功。"桑之未落,其叶沃若",他木殆不可以当此。林逋《梅花》诗云"疏影横斜水清浅,暗香浮动月黄昏",决非桃李诗;皮日休《白莲》诗云"无情有恨何人见,月晓风清欲堕时",决非红莲诗。此乃写物之功。若石曼卿《红梅》诗云"认桃无绿叶,辨杏有青枝",此至陋语,盖村学中体也。②

林逋、陆龟蒙(原误作皮日休)两联都通过特定的环境气氛来摄取、传达梅花和白莲的神韵,可以说是典型的遗貌取神的笔法,相比石曼卿句直说"绿叶""青枝"来,显然更接近于禁体物。由此看来,苏东坡于咏物诗的艺术特征是主张捕捉对象的风神,而不拘拘于形貌的,所谓"写物之功"即指咏物不著题而能传神的表现能力,这种艺术倾向正与他论诗书画的一贯主张相通。费衮《梁溪漫志》卷七引苏轼"论画以形似,见与儿童邻;作诗必此诗,定知非诗人"四句,认为"此言可为论画作诗之法也",又批评"世之浅

---

①胡仔《苕溪渔隐丛话》前集卷四十七引《吕氏童蒙训》,上册第325页。
②苏轼《苏轼文集》卷六十八《评诗人写物》,中华书局1986年版。

近者不知此理,做月诗便说明,做雪诗便说白,间有不用此等语,便笑其不著题",分别从正反两方面阐明了咏物诗不著题、不切事的禁体物特征,于此可见苏轼诗论在这个问题上产生的影响。

由于"禁体物语,于艰难中特出奇丽"(苏轼《聚星堂雪》序)的影响,体物—咏物的修辞要求从"言用不言名"明显向离形得似、遗貌取神的方向倾斜,而不犯题字的原则也在不著题、不切事的意义上得到深化。《瀛奎律髓》卷二十一陈师道《雪中寄魏衍》云:"薄薄初经眼,辉辉已映空。融泥还结冻,落木复沾丛。意在千年表,情生一念中。遥知吟榻上,不道絮因风。"纪昀评:"前四句纯用禁体,妙于写照;五、六全不著题,而确是雪天独坐神理。此可意会,而不可言传。"①这种不著题的意识,最后在严羽《沧浪诗话·诗法》中形成"不必太著题"的明确主张,丰富和发展了不说破的宗旨。撇开元代托名杨载《诗法家数》中的冬烘议论不谈②,当咏物诗的修辞原则在明代王骥德《曲律》中再次出现时,就包融禁体的艺术特征,近乎成为体现古典诗歌审美理想的含蓄风格论了:

　　咏物毋得骂题,却要开口便见是何物。不贵说体,只贵说用。佛家所谓不即不离,是相非相,只于牝牡骊黄之外,约略写其风韵,令人仿佛中如灯镜传影,了然目中,却摸捉不

---

①李庆甲辑《瀛奎律髓汇评》卷二十一,中册第 865 页。

②元代此类诗格多出于书坊伪托,先师程千帆先生《杜诗伪书考》(收入《古诗考索》,上海古籍出版社,1984)、同学张伯伟《元代诗学伪书考》(《文学遗产》1997 年第 3 期)均有考证,可参看。

得,方是妙手。①

后清初李柏《题邓尉看梅诗后》称六章字字得梅之骨,得品,得韵,
得神,叹"三百三十六字何曾一字是梅",又叹"何曾一字非梅",
"以为是梅,却明明非言梅,以为非梅,却明明是言梅"②。这种审
美效果的呈现方式,不正体现了作为古典诗歌审美理想的含蓄的
魅力吗?高启咏梅名作,历来都举《梅花九首》的第一首"雪满山
中高士卧,月明林下美人来"一联为后人激赏,而王夫之独赏其第
七首:"独开无那只依依,肯为愁多减玉辉。帘外钟来初月上,灯
前角断忽霜飞。行人水驿春前早,啼鸟山墙晚半稀。愧我素衣今
已化,相逢远自洛阳归。"王夫之称其"白描生色,唤作古今梅花绝
唱,亦无不可"③。严格地说,诗中并没有白描,完全是王骥德所
谓不即不离,约略写其风韵的笔法,是否高于第一首,论者可能见
仁见智,但较第一首更近于禁体,更接近咏物诗已定型的审美原
则,则是无可怀疑的。

　　从不说破到不犯题字再到不著题,古典诗学的艺术表现论以
体物为支点,完成了一个由粗到精、由表及里、由现象到本质的理
论深化过程,诗学传统中的含蓄观念吸收"不说破"命题所包涵的

---

①王骥德《曲律》"论咏物第二十六",《中国古典戏曲论著集成》,中国戏剧
　出版社 1959 年版,第 4 册第 134 页。
②李柏《槲叶集》卷二,宣统三年重刊本。
③王夫之《明诗评选》卷六,文化艺术出版社 1997 年版,第 276 页。雍正六
　年文瑞楼刊本《高青丘诗集注》"行人水驿春前早,啼鸟山墙晚半稀"一
　联,"春前"作"春全","山墙"作"山塘"。

艺术经验和理论细节,内涵日益丰富,最终确立起它的概念形态。这一理论过程的展开,涉及"不犯正位""遗貌取神""不即不离""意在言外"等一系列有关艺术表现的命题,而"不说破"乃是其中占主导地位的命题。尽管如此,本文从不说破入手讨论含蓄概念的形成,毕竟只触及问题有限的一个侧面,更深入的研究还有待于学界共同努力。

六　起承转合

——诗学中机械结构论的消长

　　随着文学史视野的拓展与文化研究的深入,被冷落多年的八股文近来重又受到关注,海内外都有一些论著发表。但八股文与诗学的关系还未见有人探讨。清代雍正年间的学者鲍銶曾说:"自有明以八股制科取士,迄今四百年来,诗文胥纳于八股之范围。"①如果从诗文写作的结构或法则受八股文影响这方面说,他的论断当然是有道理的。但问题还有另一个方面,由于科举将八股文定于一尊,许多诗古文辞固有的理论或法则也被学究先生将去,赋予程文式的解释,遂致其出处本源变得模糊不清,甚而本末颠倒。最典型的例子,也是本文所要谈的话题,就是八股文中最为常识的起承转合问题。就现有资料来看,起承转合作为结构论命题最早见于诗学中,而明清以来人们却只知道它是八股文的基本理论。至于它在诗学中的理论意义,直到今天也没引起人们的注意。我认为,起承转合是中国传统诗学中关于本文叙述结构的

———————

① 鲍銶《柈勺》,雍正刊本。

一个基本理论,从元代以来一直在蒙学诗法中主宰着人们对作品结构的理解。弄清它的源流衍变及人们对它的态度,将有助于我们理解古人的结构观念,进而把握与此相关的诗学原理。

一、诗学中起承转合之说的由来

提到起承转合,人们马上就会想到八股文。起承转合确实是八股文的基本理论之一。据刘熙载《艺概·经义概》解释:"起承转合四字,起者起下也,连合亦起在内;合者合上也,连起亦合在内;中间用承用转,皆兼顾起合也。"①很显然,它是关于章法结构的理论,它说明的是八股文各部分内容之间的钩琐开合关系。虽然八股文的格式有独特规定,起承转合对于它也有特殊的含义,但这并不妨碍它作为一般结构理论而为诗法文法所吸收。清初叶燮已说:"律诗必首句如何起,三四如何承,五六如何接,末句如何结……此三家村词伯相传久矣。"②那么,起承转合之说究竟是在什么时候产生的,它与八股文又有什么样的关系呢? 这是我们首先要弄清的问题。

从现存文献看,作为诗学问题的起承转合之说,最早见于元人诗法,具体说就是杨载《诗法家数》与傅若金《诗法正论》。杨载《诗法家数》于"律诗要法"一段首列起承转合四字,并以"破

①王气中《艺概笺注》,贵州人民出版社 1986 年版,第 451 页。
②叶燮《原诗》内篇上,丁福保辑《清诗话》,下册第 575 页。

题""颔联""颈联""结句"与之对应,各加阐述曰:

> 破题——或对景兴起,或比起,或引事起,或就题起。要
> 突兀高远,如狂风卷浪,势欲滔天。
> 颔联——或写意,或写景,或书事、用事引证。此联要接
> 破题,要如骊龙之珠,抱而不脱。
> 颈联——或写意、写景、书事、用事引证,与前联之意相
> 应相避。要变化,如疾雷破山,观者惊愕。
> 结句——或就题结,或开一步,或缴前联之意,或用事,
> 必放一句作散场,如剡溪之棹,自去自回,言有尽而意无穷。①

傅与砺《诗法正论》讲起承转合,是述范德机之言,内容较杨载之
说为复杂。范德机说,作诗成法有起承转合四字:以绝句言之,首
句为起,次句为承,三句为转,结句为合;以律诗言之,首联为起,
颔联为承,颈联为转,尾联为合。如果一题作两首,则两首通为起
承转合。如杜甫《八月十五夜月二首》,第一首前四句说客中对月
是起;后四句形容月明是承;第二首前四句言月出没晦明之地,已
含结句之意,是转;后四句言兵乱对月之感,是合。范氏宣称,以
这一原则来衡量古今诗歌,莫不皆然。比如三百篇中,《关雎》第
一章为起承,第二章为转,第三章为合;《葛覃》第一章为起,第二
章为承,第三章为转合;《卷耳》是第一章起,第二、三章承,第四章
转合。而《樛木》《螽斯》《桃夭》《兔罝》《芣苢》《汉广》等篇是每

①杨载《诗法家数》,何文焕辑《历代诗话》,下册第 729 页。

章四句、八句自为起承转合。《汝坟》是第一章为起,第二章为承,第三章为转合;《麟之趾》则每章一句为起,二句为承,三句为转合。范德机说:"古之作者其用意虽未必尽尔,然文者理势之自然,正不能不尔也。"这还只是单纯就叙述结构而言,若再联系到表现方式来看,"三百篇多以比兴重复置之首章,唐律多以比兴作景联,古诗则比兴或在起处,或在转处,或在合处。长篇长律则转处或有再转、三转方合者"①。这样,叙述结构与表现方式一交叉,就使起承转合的结构变得十分复杂,无所不包。

比较两家说法的繁简,再联系范德机《木天禁语》曾引述杨载之说来看,范德机的论述似乎是从杨载的见解上发展起来的。当然,也不排除另外一种可能,就是起承转合之说在当时属于老生常谈,杨、范两家都是在敷衍陈说。尤其是照《四库提要》说,《诗法家数》《木天禁语》之类诗法皆出于坊贾伪托②,这种可能性就更需要考虑了。无论哪种情况,都牵涉到一个问题:起承转合之说究竟起源于诗学内部,还是取自八股文?这在古人似乎不成问题,所以罕见讨论,而一旦提出来讨论就应看作是对定论的挑战。如乾隆初年袁若愚说:"时文讲法,始能学步;诗不讲法,即又安能学步乎?且起承转合四字,原是诗家章法,时文反为借用。"③这一见解后在李树滋《石樵诗话》中得到进一步发挥:"今俚儒教人

① 傅与砺《诗法正论》,明万历三十一年胡文焕刊《格致丛书》本。
② 永瑢等《四库全书总目》卷一九七。参看先师程千帆《杜诗伪书考》,收入《古诗考索》,上海古籍出版社 1984 年版;张伯伟《元代诗学伪书考》,载《文学遗产》1997 年第 3 期。
③ 袁若愚《学诗初例》卷首,湖北省图书馆藏乾隆二年刊本。

作文,必曰起承转合。不知四字乃言诗,非言文也。范德机《诗法》:作诗有四法,起要平直,承要舂容,转要变化,合要渊永。其移以入时文,应自明人始。"①这种看法颇有见地,起码就现存文献看,也比流俗相传起承转合源于时文更为严谨。但这种意见在当时是很难令人赞同的。如果不是乾隆二十二年(1757)诏令科举加试试帖,从而引起对试律的重新研究,它也许就会被视为信口开河而为后人哂笑。清初毛奇龄曾有"试帖之法同于八比"之说②,稍后鲍鉁更进而肯定"唐人试帖诗体肇开八股法门"③。到乾隆间,纪晓岚撰《我法集》就直接将唐人试帖视同于今日八股文了。道光间周以清也指出:"今之制义排比声调,裁对整齐,即唐人所试之律诗律赋,貌虽殊而体则一也。"④照这样理解,起承转合的因素早已包含在唐人试帖内,那么说它"原是诗家章法,时文反为借用"就顺理成章了。但这也带来一个问题:既然唐人试帖诗已具有时文性质,为何起承转合之说未产生于唐代,而直到元代才出现? 正因为有这样一个问题,乾隆时就有人针锋相对地指出:"诗有起承转合,有破题承题,唐宋以前未闻此说,盖列朝诸子溺于时文,故为此臆说耳。"⑤按这种意见,则起承转合纯粹是在八股文的写作中酝酿出来的,与诗学的传统无关。看来,要澄清这个问题,首先必须考察一下起承转合与八股文的关系。

---

① 李树滋《石樵诗话》卷七,道光二十九年湖湘采珍山馆刊本。
② 纪晓岚在《我法集》序引,乾隆六十年家刊本。
③ 鲍鉁《神勺》,雍正刊本。
④ 周以清《四书文源流考》,《学海堂集》初集卷八,光绪七年刊本。
⑤ 见李畯《诗法醒言》卷一"统论",乾隆元年刊本。

二、起承转合与八股文之关系

　　根据史书记载及前人考证，八股文源于宋人所作经义，具体说就是王安石于熙宁四年（1071）倡行的以经义试士。据纪晓岚说，宋人经义传于乾隆时的仅《刘左史集》载十七篇，《宋文鉴》载一篇，《制义模范》载十六篇而已。坊间所刻王安石、苏辙等经义似乎还有真伪问题①。元仁宗皇庆二年（1313）复行科举，用经义取士，其体式与宋小异。至于八股之法，《明史·选举志》以为是太祖与刘基所定。然考吴伯宗《荣进集》载其明代首科洪武四年（1371）会试中式之文，尚无八股之法②。顾炎武说天顺以前经义之文不过敷衍传注，或对或散，初无定式，成化以后始为八股，基本可为定论③。就体式而言，王安石创立的经义与“论”相仿，不过以经言命题而已。到了南宋，代言口气、八股对仗之法“杨诚斋、汪六安（立信）诸人已为之椎轮，至文文山则居然具体。而文山之文存于世者或疑膺作，盖不可得而辨也”④。据元代倪士毅《作义要诀》说，到宋末，经义的篇幅都较长而且有固定格律：

　　　　首有破题，破题之下有接题，有小讲，有缴结。以上谓之

---

① 参看纪昀《嘉庆丙辰会试策问》，《纪文达公遗集》卷十二，乾隆刊本。
② 参看梁章钜《制义丛话》卷一，道光刊本。
③ 顾炎武《日知录》卷十六，康熙刊本。
④ 梁杰《四书文源流考》，《学海堂集》初集卷八，光绪七年刊本。

冒子。然后入官题,官题之下有原题,有大讲,有余意,有原经,有结尾。①

这繁复的格式已具八股雏形,元人厌其冗长,遂变更其体为不拘格律、不拘篇幅的经疑、经义形式。元代的一些经解著作,如王充耘《读书管见》《四书疑经贯通》,"犹可以见宋元以来明经取士之旧制也"②。元代经义虽不拘格律,却也有大体的结构,那就是倪士毅《作义要诀》所述的"冒题""原题""讲题""结题"。其具体含义是:

> 冒题——破题为一篇之纲领,至不可苟,句法以体面为贵,包括欲其尽题。(中略)接题所以承接破题之意,一篇主意要尽见于二三句中。
>
> 原题——原题之体,其文当图(圆),其体当似论。(中略)中间最不要露圭角,又不要成段对文,只要参差呼唤,圆转可观。大抵是唤起之后,便应一应,结一结,然后正一段,反一段,又总缴结。
>
> 讲题——旧义必有余意及考经(亦曰原经),今日固不拘此。然遇可用处亦宜用之。(中略)余意乃是本题主意外尚有未尽之意,则于此发之。(中略)原经者须是说这个题目其来历次第如何,或是谁人做底事,他这事是如何;或是谁人说

---

① 倪士毅《作义要诀》,《十万卷楼丛书》本
② 参看永瑢等《四库全书总目》卷一九七。

底话,他这话是如何,要推寻来因究竟。

　　结题——若本题系有大节目事体,则宜就此究竟到实结裹处结之。此为议论到底,是一格也。本题用经句,主张有来历者,宜于结尾唤起出处,状得分晓。此有根据、有首尾文字,是一格也。

与宋代经义相比,元代经义不只合并了若干细节,更主要的是省略了讲题(大讲、余意、原经)的部分,使文章结构变成破题—接题—原题—结题。后来明代八股的结构正是在这一框架内形成的。顾炎武对八股章法的经典解说可以为证:"发端二句,或三四句,谓之破题,大抵对句为多。此宋人相传之格。下申其意作四五句,谓之承题。然后提出夫子为何而发此言,谓之原起。至万历中破止二句,承止三句,不用原起。篇末敷演圣人言毕,自摅所见,或数十字,或百余字,谓之大结。"①当然,在这一结构中还不包括起承转合之"转"。但我们只要研究一下"原题"(原起)的修辞要求,就会发现,它在文中的作用乃是层层展开论述,使主旨的表达充实而又富于变化。因此它的效果要求不露圭角、圆转可观。此虽未言转,而转的意味自然可见。不仅如此,倪士毅《作义要诀·总论》更在章法之上提出一项"法度",即"一篇之中凡有改段接头处,当教他转得全不费力"。他举出陈懋钦省试"会其有极"一篇,称赞它"自接题、小讲及原题讲段、原经、结尾,一切转头处并不用寻常套子,如尝谓、今夫之类。盖只教他人不见痕迹,而

①顾炎武《日知录》卷十六,康熙刊本。

又自转换最妙者"。由此可见,经义的几个段落之间自然有"转"
在其中。将杨载论颈联之转所谓"与前联之意相应相避,要变
化",与"原题"之旨相对照,不难看出其间的相通之处。再参照陈
绎曾《古文谱》,其论"体段"六字曰:起、承、铺、叙、过、结。其中
"叙"的定义是"贵转折,如人之有腹脏",而"铺"是"贵详悉,如人
之有心胸","过"是"贵重实,如人之有腰肾"①。除了"铺""过"
两个充实内容的部分,其整体结构仍可以起承转合四字尽之。这
就意味着,在起承转合与经义乃至古文之间确实存在着一种结构
的相似关系。不同的只是,古文中间几节"可随宜增减",而经义
则固不可移。陈绎曾所谓"若强摆布,即入时文境界矣",正是这
个意思。

　　虽然目前我尚未在宋元有关经义的文献中发现起承转合的
直接表述,但元人的文章理论中已有起承转合的观念是毋庸置疑
的。如果再将《作义要诀》所引曹泾语与杨载、范德机诗论比较一
下,会促使我们在更大的范围内考虑元代诗学与经义作法之间的
关系。曹泾说:

　　　　作文各自有体,或简或详,或雄健,或稳妥,不可以一律
　　论。盖文气随人资禀,清浊厚薄,所赋不同,则文辞随之。然
　　未有无法度而可以言文者。法度者何? 有开必有合,有唤必
　　有应,首尾当照应,抑扬当相发,血脉宜串,精神宜壮。如人
　　一身自首至足,缺一不可。则是一篇之中,逐段逐节,逐句逐

---

①陈绎曾《古文谱》卷四,日本元禄元年伊藤长胤翻刻嘉靖刊本。

字,皆不可以不密也。

杨载《诗法家数》论诗之作法云"首尾相应""血脉欲其贯串",
论律诗作法云"须要血脉贯通",论七古作法云"要有开合",范
德机《木天禁语》论句法云"上应下呼、上呼下应",论气象云"各
随人之资禀高下而发",都与曹说相似。除此之外,他们所使用
的术语像"法度""破题""血脉""缴""开合"等也差不多。这些
术语虽不能说为元人所创,但大抵是文章论而非诗论所通用。
如"血脉宜串"之说,见于姜夔《白石道人诗说》,可宋人《纬文琐
语》也有"作文须要血脉贯穿"之语①,未详孰先孰后。"破题"一
词唐代即已出现,也一直专用于科举程文②。透过这些并非偶然
的相似之处,我们不是可以看到元代诗格著作与经义作法思路的
相通吗? 由此我们可以得出一个基本结论:起承转合之说,即使
不是从经义作法中直接移植过来,也是在其理论框架中产生的。
正因为它与经义有着天然的血缘关系,所以到后世,当经义发展
为八股文的时候,它就自然地被吸纳到八股文的理论系统中。但
这已不是我要讨论的问题,我更关心的是它在诗学内部的发展和
衍变。

---

①吴讷《文章辨体序说》,人民文学出版社 1962 年版,第 15 页。
②赵翼《陔余丛考》谓"破题"最早见于李肇《国史补》所载李程试《日五色
赋》,既出闱,杨於陵见其破题云"德动天鉴,祥开日华",许以必擢状元。
今按《国史补》无此文,当为《唐摭言》之误。

三、起承转合之说在诗学中的展开

正如一切无限细致的分类最终会使分类因缺乏概括性而失去意义一样,范德机对起承转合所作的分析也因过于复杂繁琐而失去本身的意义。为什么这么说呢? 打个比方,转折是七绝结构上的要点,如果指出转折一般在第三句,这是个有意义的规则。若说转折可以在第一句,也可以在第二句,也可以在第三、四句,那就毫无意义了。当被区分的各种成分间可能性相等时,区分本身自然就失去意义。范氏繁细的分析正是这样,它最终只会以笼统的结论否定分析本身。所以,尽管范德机将杨载的理论作了进一步的发展,但人们从《诗法正论》洋洋数千言中筛滤下的一点结论,仅仅是诗的结构必具起承转合四个部分,而这四部分适可与律、绝的四联、四句相对应起来。后来明代万历二十七年(1599)王樵编《诗法指南》,开卷"诗学正义"即说:"夫作诗有四字,曰起承转合是也。以绝句言之,第一句是起,第二句是承,三句是转,四句是合。(中略)以律诗言之,律有破题,即所谓起也;(中略)有额联,即所谓承也;(中略)有颈联,即所谓转也;有结句,即所谓合也。"这实际上又回到了杨载的阶段,即只将起承转合限定在律诗结构论。它似乎预示了后来人们对其理论价值有限的认可。

杨载、范德机最初用起承转合四字说明诗的篇章结构,不过是受经义章法的启发,从人们熟知的经义作法中提取一种关于结构的原则。后人不加深究,就因它与经义的关系,习惯将它视为

八股文理论,顺从八股的思维定势来理解诗的章法,于是八股的
章法结构日益深入到诗中。清代康乃心示弟子曰:"唐诗与今制
义酷同,不外起承转合之法,五六顿宕作转者殊多,发句结句,至
不可苟。"①黄中坚记其师虞道岩语曰:"作诗犹作文也。首句如
起讲,须笼罩有势,次句如入题,须轻逸有情;项联作承,须确切;
腹联作转,须推开,末二句作收,须挽足;通篇且有余味,其间虚实
相生,情景相关,在作者神而明之耳。"②叶弘勋《诗法初津》"章法
说"云:"作诗先知章法。一章章法,起承转合是矣;数章章法,有
由浅入深者、由反及正者,有每章各咏一事,合数章成篇不能增损
者。"③到晚清,邹弢一言以蔽之曰:"作诗不论五七古五七律绝,
总不外作文之法起承转合四字。"④这是统论诸体的,还有专论排
律的,如张谦宜论排律之法"不离乎起承转合"⑤;有专论五律的,
如黄生说:"诗之五言八句,犹文之四股八比,不过以起承转合为
篇法而已。"⑥有专论七律的,如吴乔说:"七律颇似八比,首联如
起讲、起头,次联如中比,三联如后比,末联如束题。但八比前中
后一定,诗可以错综出之,为不同耳。"⑦这是较通达的说法,后来
为申颋《耐俗轩课儿文训》所发挥。纳兰性德也曾说:"律诗,近体

---

①康乃心《莘野文集》卷四《与门人》,中国社会科学院文学所藏稿抄本。
②黄中坚《诗学问津自序》,《蓄斋集》卷七,康熙刊本。
③叶弘勋《诗法初津》原本未见,此据南通古琅金石社重刊改订本。
④邹弢《三借庐赘谭》卷八,民国铅印袖珍本。
⑤张谦宜《絸斋诗谈》卷二,郭绍虞辑《清诗话续编》,第 2 册第 806 页。
⑥黄生《诗麈》卷一,黄山书社 1995 年版,第 1 页。
⑦吴乔《答万季野诗问》,丁福保辑《清诗话》,上册第 30 页。

也。其开承转合与时文相似,唯无破承起讲耳。古诗则欧苏之
文,千变万化者也。"①至于王夫之所说"起承转收以论诗,用教幕
客作应酬或可。其或可者,八句自为一首尾也。塾师乃以此作经
义法,一篇之中四起四收,非蠹虫相衔成青竹蛇而何?"②就是十
分极端的例子了。然而这正是时尚。王夫之虽批评塾师从八股
的角度理解起承转合,可他自己不也用八股文的股法来阐释古诗
的换韵吗③? 张潮甚至还写作八股诗,时人称其"诗之章法、篇
法、股法、句法、字法、结构、段落回环照应,无一不备,且极笔歌墨
舞之乐"④。王渔洋《池北偶谈·谈艺三》又云:"予尝见一布衣有
诗名者,其诗多有格格不达。以问汪钝翁编修,云:'此君坐未尝
解为时文故耳。时文虽无与诗古文,然不解八股,即理路终不分
明。'近见王恽《玉堂嘉话》一条,鹿庵先生曰:'作文字当从科举
中来。不然,而汗漫披猖,是出入不由户也。'亦与此意同。"⑤梁
章钜《制义丛话》卷二引此文,以为:"此论实确不可易。且今之作
八韵试律者,必以八股之法行之。且今之工于作奏疏及长于作官
牍文书者,亦未有不从八股格法来而能文从字顺,各识职者也。"
这种种说法,并不都是八股时代的神话。实际上,这种观念在清
初谭宗《近体秋阳》凡例中也可看到,到乾隆二十二年(1757)诏科
举复试排律后,起承转合之说就更与试帖诗的章法对应起来,被

①纳兰性德《渌水亭杂识》卷四,上海古籍出版社 1979 年影印《通志堂集》本。
②戴鸿森《姜斋诗话笺注》,人民文学出版社 1981 年版,第 81 页。
③戴鸿森《姜斋诗话笺注》,第 61 页。
④唐时渊致张潮偅道铉书,张潮辑《友声集》乙集附,康熙刊本。
⑤王士禛《池北偶谈》,中华书局 1982 年版,下册第 301 页。

愈加彻底地八股化。乾隆二十二年刊《唐诗清丽集》所引汪东浦的说法是一个例证,而乾隆五十四年(1789)叶葆编《应试诗法浅说详解》则是纯粹以八股之法说诗的典型。其"篇法浅说"云:

> 初学习文,其于破题、承题、前比、中比、后比、结题等法,讲之久矣。今仍以文解诗,理自易明。(中略)六韵诗,首二句是破题,须将题字醒出,方见眉目,切忌蒙混浮泛。第二韵是承题,接上韵说清,只取明白晓畅,且勿着力。第三韵是前比,须虚虚引入,宁浅勿深。第四韵是中比,须要靠题诠发,着力炼句,不可单薄宽泛。第五韵是后比,找足余意。末二句是结穴,收住全题。盖出浅入深,由虚入实,原系一定层次,一样布置。若不知篇法,未有不失之凌乱倒置者。①

作者坦白说明,他所以要用八股文法来讲解诗的篇章结构,是因为在那个时代,人们自幼学习时文,对破题、承题之类谙熟于心,触类旁通,一点即透。如此说来,当起承转合成为诗学和时文学共享的命题后,由于八股文法之深入人心,诗学反要借八股文法来阐释自己的结构观念,即金甡所谓"夫诗道之甚易明者,亦惟即时文之法求之而已"②。这也可以为王夫之提到的塾师以起承转合为作经义法作一注脚。

---

①叶葆《应试诗法浅说》卷一,道光十二年晋祁书业堂重刊本。
②金甡《今雨堂诗墨自序》,梁章钜《试律丛话》卷二,上海书店出版社2001年版,第546页。

随着八股文法被引入试帖,其章法结构的基本要求——起承转合就作为一个固定的法则统摄着人们对作品结构的认识,它对诗的意脉的制约甚至比在经义中更为严厉。针对人们普遍感到试帖难于八比,纪晓岚说:"夫起承转合、虚实浅深,为八比者类知之;审题命意,因题布局,为八比者亦类知之。独至试帖,则往往求之题面,不求之题义;求之实字,不求之虚字;求之句法,不求之篇法。"而不讲篇法的结果,"句句可以互换,联联可以倒置,无怪其纷纭也"①。这话说得并不错,但是在实际的创作中,当起承转合、由浅入深等法则被固定化,变成一种机械的结构论主导着作者的构思时,就不可避免地导致模式化的弊端。这是不难理解的,按照起承转合的固定模式安排内容的表达,势必像大历十才子作送行诗那样,按预成模式组合内容要素,最终使诗的表述结构流于单调雷同②。而将这种机械结构论运用于批评,则更不免捉襟见肘,贻人笑柄。叶弘勋《诗法初津》"章法说"曾举荆何《易水歌》为例,说"风萧萧兮"是起,"易水寒"是承,"壮士一去兮"是转,"不复还"是合。这恐怕是很难让人首肯的。又解王翰《凉州词》二首之二云:"前(首)言征战不回,已见凉州不堪矣,次言平日塞外风沙春犹凛冽,忽听笳声闻折柳,猛忆长安花鸟应阑,杨柳堪折,而春光不度玉门关,徒闻此曲。然则凉州果须征战乎? 此浅深之序。"今按:王翰这两首诗,一写临战时豪迈而悲壮的情绪,

---

① 纪昀辑《我法集》陈若畴跋,嘉庆刊本。
② 参看蒋寅《大历诗风》,第 203—204 页;《祖饯诗会上的明星——郎士元》,《暨南学报》1995 年第 1 期。

一写成守时因节候之感而引起的思亲之情,完全是边塞生活的两个片断,无论在内容上在结构上都没有必然的联系。叶氏串说两章以牵合所谓由浅入深的章法,未免过于穿凿。这正是机械结构论本身无法避免的致命弱点。英国艺术评论家里德（Herbert Read）曾说:"每件艺术品都遵循一定的形式法则或整体结构法则。但我不想过多强调这一因素,因为愈研究那些具有直接性和本能性魅力的艺术品结构,愈难以将其分解为简明易懂的结构程式。"①可以说,在无限丰富的文学现象面前,任何建立普适性规范的尝试都会被证明是徒劳的,又何独起承转合为然呢?

四、诗学对起承转合之说的清算

由于起承转合之说在试帖诗作法中的八股化和在诗歌实际批评中的失败,它的价值愈益受到怀疑,它与诗学的关系也因而遭到质疑。当然,人们对这一问题的态度是不同的,所以谈问题的出发点与策略也不一样。有的希望通过对它与八股文关系的重新解释,将它从八股文中剥离出来;有的想将它在诗学中的意义重新加以界定。而最激烈的态度则是完全否定它在诗学中的价值和意义。

八股作为一种文体,相对其他文体来说,肌理是比较复杂的。但同时,在纷繁的细节背后,又有着结构的僵化和单调。所以还

----

① H·里德《艺术的真谛》,王柯平译,辽宁人民出版社1987年版,第6页。

在雏形——经义时期,它就已遭人鄙弃①。随着经义发展为明代八股文,格式限制越来越严,体裁也越来越僵化。到清初,人们已普遍认为八股是"误国之物,无用之具"②,说"磨难天下才人无如八股一道"③,并断言"今之必不能传于后者,八股也!"④可是,作为仕途的敲门砖,明清两代士人又不得不把它作为入世的第一种文体来学。正统文人更是多方论证它的合理性,梁章钜《制义丛话》辑有很多这方面的言论。我这里再举佚名编《诗文秘要》一书中阐明"八股何为而作"的一段文字以见:

> (八股)因天地人之理而生焉者也。仰以观于天文,而天示我以法象矣;俯以察于地理,而地示我以脉络矣;统以观于人文,而人示我以形骸矣。故日星者天之大文也,山川者地之大文也,形体者人之大文也。子不知文,独不知天乎? 破承小讲,浑然一太极也。出对分比,则两仪分焉。由两仪而生四象,故因有四股。由四象而生八卦,因因有八股。⑤

---

① 清初陈玉璂《重订制义自序》即云:"自宋王荆公以经义易词赋,一时有秀才变为学究之叹,元诸君子深诋其非,竭力以反其制。然亦止兼词赋而复之,经义卒不能罢。然宋儒知经之重,其杰然以明经为任者亦止在笺注诸书。若于制举义,在当时已厌弃而非笑之。朱晦庵尝有经贼文妖之叹,非诬也。"文见《学文堂文集》序四,康熙刊本。
② 李雯《冒辟疆文序》,《同人集》卷一,道光重刊本。
③ 伍涵芬《读书乐趣》卷六,康熙刊本。
④ 张潮《幽梦影》卷上庞天池评语,雍正刊本。
⑤ 佚名《诗文秘要》,道光二十二年韩城强望泰刊本。

这种说法虽明知它穿凿可笑,却无法从理论上证伪,就像《易传》伏羲制八卦的传说、《文心雕龙》"人文之元,肇自太极"的论断一样。中国人生就这么一种泛宇宙论的结构观念,认定世界上万事万物本质上都有着与宇宙、与自然之道相一致的结构。所以,将八股与八卦联系、对应起来,实在不能说是《诗文秘要》作者的想象力过于丰富,他只不过道出了中国人对这一问题的固有看法而已。

既然八股被认为与宇宙之理有同构关系,与之相联系的起承转合当然也就无法否定其存在的合理性。但就在人们热衷于将诗比附于八股文,将起承转合纳入八股文理论体系之际,一些有见识的诗论家(如袁若愚)或许是出于维护诗歌尊严的动机,也在作一种逆向的思考——从发生论的角度重新解释起承转合与八股文的关系,将起承转合从八股文中剥离出来,还原为一个诗学命题。无论这种解释在学理上是否站得住脚,它都给起承转合的天赋价值以釜底抽薪式的动摇,促使人们在诗学内部来重新反思它作为一种结构理论的意义与价值。

实际上,自起承转合之说从杨载、范德机的诗话中出现,人们就一直在对它的适用性进行质疑。明代李东阳说:"律诗起承转合,不为无法,但不可泥。泥于法而为之,则撑拄对待,四方八角,无圆活生动之意。"他的态度比较折衷,认为起承转合之说不可泥,但亦不可废,"必待法度既定,从容闲习之余,或溢而为波,或变而为奇,乃有自然之妙"①。然而明人编诗法,专以起承转合教

————————

① 李东阳《麓堂诗话》,丁福保辑《历代诗话续编》,下册第 1376 页。

人,恰恰是拘泥之甚。到明季其流弊已十分明显,以至许学夷直斥其"谬戾甚矣"(《诗源辩体》卷三十五)。清初的诗论家对起承转合也普遍持批判态度。当时影响很大的虞山二冯,诗学同中有异,冯舒颇守起承转合之法,被后人目为小家数①;而冯班则扬弃之,他在批《才调集》时说:"起承转合,律诗之定法也。然只是初学简板上事,以此法看《才调集》,如以尺量天也。"②吴乔学出二冯,虽颇以起承转合之法说诗,但也承认"起承转合,唐诗之大凡耳,不可固也"③,他甚至将固守起承转合之法者比作"妇女之纤月弓弯,受几束缚不自在"。而王夫之的态度是最为激烈的,他鄙斥起承转合是只可"用教幕客作应酬"文字的"陋人之法"。又说:"一篇止以事之先后为初终,何尝有所谓起承开阖者? 俗子画地成牢,誓不入焉可也!"④在他看来,起承转收不过是叙述结构的一种,古人从不株守,他举唐诗为证,辩之曰:

　　且道"卢家少妇"一诗作何解? 是何章法? 又如"火树银花合",浑然一气;"亦知戍不返",曲折无端。其他或平铺六句,以二语括之;或六、七句意已无余,末句用飞白法飏开,义趣超远。起不必起,收不必收,乃使生气灵通,成章而达。至若"故国平居有所思","有所"二字虚笼喝起,以下曲江、蓬莱、昆明、紫阁皆所思者。此自《大雅》来,谢客五言长篇用为

①见崔旭《念堂诗话》卷一,光绪二十二年崔氏铅印本。
②《二冯批才调集》冯班跋,康熙四十三年汪瑶刊本。
③吴乔《逃禅诗话》,台湾广文书局1973年版《古今诗话续编》本,第675页。
④戴鸿森《姜斋诗话笺注》,第80页。

> 章法;杜更藏锋不露,抟合无垠,何起何收,何承何转? 陋人
> 之法,乌足展骐骥之足哉!①

通过对几首唐诗名篇的精湛分析,王夫之雄辩地揭示了起承转合
之说在解释作品结构上的机械性,使其理论上的僵化和缺陷暴露
无遗。后来阮葵生《茶余客话》的议论几乎就是他的翻版:"俗士
论诗,全不知法。而讲法者,又往往画地为牢,自投死网。如起承
转合四字,贻误后学不小。起承转合四字,只有一处用之:今之幕
下宾代人捉刀,赠贺寿挽之章,援笔立就。于七律尤便,此四字一
生吃着不尽。"②

　　这还只是问题的一个方面,是基于承认起承转合在诗中的现
实存在这一前提来谈论它的。其实作为结构的起承转合本只是
理论上的叙述过程,即王渔洋所谓"章法皆是如此","勿论古文今
文、古今体诗,皆离此四字不可"③,它完全建立在对完整构思及
理性操作(意在笔先)的先验设定之上。而我们知道,诗人的书写
不仅经常没有这样一个完整的构思过程,而且也经常没有这样一
个完整的叙述框架——我们不能不承认诗的突发性、偶然性因
素,不能不承认诗中意象跳越、意识破碎的合理性。杜甫平生第
一首快诗《闻官军收河南河北》,吴乔就认为"全非起承转合之体,
论者往往失之"④。事实上,很多作品包括一些名作,都不是由一

①戴鸿森《姜斋诗话笺注》,第 78 页。
②阮葵生《茶余客话》卷十一,上册第 303 页。
③刘大勤辑《师友诗传续录》,丁福保辑《清诗话》,上册第 150 页。
④吴乔《答万季野诗问》,丁福保辑《清诗话》,上册第 28 页。

个完整的构思形成的。最经典的例证是贾岛的《江上忆吴处士》，据说他漫步于渭水边，偶然而得"落叶满长安"一句，苦思不得其续①。还有"独行潭底影"一句，三年才对出下句"数息树边身"。更有李贺，总是让个小奚奴背着锦囊随他出游，得句如采撷花瓣似的投入锦囊，回家再编缀成花团锦簇般的诗章。尽管大凡有名望的诗人都不愿承认他们也像这样或曾经这样作诗，但这种情形无疑是普遍存在的。明代谢榛毫不讳言这点，他基于自己的经验，教人"作诗先以一联为主，更思一联配之，俾其相称，纵不佳，姑存以为筌句"②；甚至宣称："诗有不立意造句，以兴为主，漫然成篇，此诗之入化也。"③因此他极力反对宋代刘攽《中山诗话》及张表臣《珊瑚钩诗话》中作诗贵先立意的主张，说："宋人谓作诗贵先立意，李白斗酒百篇，岂先立许多意思而后措词哉？盖意随笔生，不假布置。"④此说颇与传统的"诗言志"与"意在笔先"的诗学观相悖，故招致《四库提要》（卷一九七）"其语似高实谬，尤足误人"的批评。但因这种说法坦白平易，符合许多人的创作实际，后人颇有赞同者。清末张世尧编《四溟诗话别裁》，便说："其实作诗之旨以兴为主，不以意为主，更不以调为主。"⑤以兴为主，只会导致唐代祖咏应试四句而尽的结果，与起承转合是绝对无缘的。显然，对起承转合的否定必然会使结构问题超越自身，而向诗的本

①姜汉椿《唐摭言校注》卷十一，上海社会科学院出版社 2003 年版，第 223 页。
②谢榛《四溟诗话》卷四，丁福保辑《历代诗话续编》，下册第 1211 页。
③谢榛《四溟诗话》卷一，丁福保辑《历代诗话续编》，下册第 1152 页。
④谢榛《四溟诗话》卷一，丁福保辑《历代诗话续编》，下册第 1149 页。
⑤张世尧《诗话别裁三种》，国家图书馆藏民国初年稿本。

源回归。

确实,王夫之在破除起承转合的机械性的同时,就从诗的本质出发,针锋相对地提出了一种有机的结构观。他认为诗须"以情事为起合,诗有真脉理、真局法,则此是也"①。所谓真脉理、真局法,也就是上文所说的"成章而达",是以内容表达为核心形成的有机结构,"生气灵动""挽合无垠"是对其基本特征的形象描述。这种"文成法立"的思想,是他破除起承转合之论的立足点,也是中国古代文论、诗论关于结构的根本观念。清初诗学有名的集成性著作、游艺编《诗法入门》卷首有云:"今人论诗,谓从首至尾,字字有脉络承接,方为浑成。是犹书法行间,妙在断续中负盼,岂钩踢牵丝,一行缠绕到底,乃为结构乎?"这也是在表达一种有机的结构观。根据这种看法,作品的结构作为一个有机整体,是以意群为单位营构起来的,意脉的流动变化由意群而不是由联来承担;意群的秩序不是来自外来的规定,而是服从于作品表达的内在要求。故而王夫之断言:"所谓章法者,一章有一章之法也。千章一法,则不必名章法矣!"②所谓"成章而达",所谓"浑成",无非是说每篇作品结构都是生成的,而不是预成的:为了表达的需要,可以不先破题而凌空插入,如杜甫《捣衣》起句"亦知戍不返";也可以不缴结题面,留下一个开放的结尾,如杜甫《秋兴》第四首结句"故国平居有所思"。这种有机结构理论构成了王夫

①戴鸿森《姜斋诗话笺注》第80页。
②戴鸿森《姜斋诗话笺注》第80页。

之美学有机整体观的重要内容①,它从根本上否定了起承转合的理论基础,使之在精英诗学(相对蒙学诗法而言)中难以立足,最终被超越和扬弃。

通常,一种理论的产生,总与某种文学或社会背景有关,一旦这种背景消失,理论便会丧失活力而枯萎下去。然而只要理论本身没有根本性的谬误,它就不会死亡,像严冬的衰草,逢春又会蓬勃起来。这从"性灵""格调"说在清代的复活已得到证明。而起承转合却不然,它不仅有根本性的谬误,而且这谬误还违背了传统诗学的基本观念。应该说,消解、超越起承转合之说的动力,除了源于创作本身的复杂情形直接与起承转合的单一模式相抵触外,根本上来自"至法无法"的传统艺术观念的拒斥。因为起承转合的机械结构论不仅在一般意义上与诗的独创性要求相对立,也与传统技巧观念的基本原则——"至法无法"相对立,从而与古典诗歌"自然高妙"(《白石道人诗说》)的艺术理想相悖离。不难想见,在一个追求圆融浑成的表达方式,以"知其妙而不知其所以妙"为表达效果之极致,讲究"活法"的诗歌艺术系统中,当然是不能容纳起承转合这样一种机械结构论的。难怪当有人问鲍鈵"羚羊挂角,无迹可求"之义时,他回答:"不践起承转合之迹,则近是矣。"②沈德潜《说诗晬语》在讨论"法"的概念时说:"所谓法者,

---

① 关于王夫之美学的有机整体观,参看《东方丛刊》(广西师范大学出版社)1995年第二辑范军《王夫之文艺美学思想中的有机整体观》。遗憾的是,它竟忽略了王夫之在结构方面的重要观点。
② 鲍鈵《祢勺》,雍正刊本。

行所不得不行,止所不得不止,而起伏照应,承接转换,自神明变化于其中。若泥定此处应如何,彼处应如何,不以意运法,转以意从法,则死法矣。"①这种看法不仅代表了中国古典文论对"法"的基本观念,也标志着人们对作品结构之有机性质的成熟看法②。从此,不仅五、七律结构理论超越了明显有机械论色彩的起承转合之说,就是与试帖关系最密切的排律,通常也被认为:"长律须气局严整,属对工切,段落分明。而其要在开合相生,不露铺叙、转折、过接之迹,使语排而忘其为排,斯为能事矣。"③至此起承转合终于在诗论中结束了它的使命。

由于机械结构论与传统艺术思维方式的相悖及与创作实践的牴牾,它最终的命运是不难逆料的。不仅起承转合,同样具有机械结构论性质的一些理论也都逃脱不了消沉的命运。元代周弼提出的律诗颔联情而虚、颈联景而实的原则,虽被一些蒙学诗法所传述,但有见识的诗论家都不取④。金圣叹将起承转合视为文学作品的一般章法,主张"诗与文虽是两样体,却是一样法。一样法者,起承转合也。除起承转合,更无文法。除起承转合,亦更

---

① 沈德潜《说诗晬语》卷上,丁福保辑《清诗话》,下册第 524 页。
② 李树滋《石樵诗话》卷四云:"天地间水流云在,月到风来,何处着一点滞相? 诗家能觑破此旨,则下笔如神,自是一片化机。若泥定此处应如何,彼处应如何,则刻舟求剑,纵有精思,必无生趣。"此即同于沈德潜之论。
③ 李树滋《石樵诗话》卷二,道光五年李氏湖湘采珍山馆刊巾箱本。
④ 态度较温和的,如李少白《竹溪诗话》(光绪三年家刊巾箱本)卷一称"此论甚允,然兴之所之,亦不必拘也",也有所保留。

无诗法也"①,虽略嫌绝对,倒也不至大错。可他批唐七律,强以前四句为一解,后四句为一解,便未免高叟之固,人称腰断唐诗。后来金圣叹被腰斩,世或谓食其报应②。凡此种种,均显示出中国传统诗论在艺术精神上的有机取向。考察起承转合之说的消长,也许可以让我们更清楚地认识中国古典诗学的传统。

---

① 《贯华堂选批唐才子诗序》,《金圣叹全集》,江苏古籍出版社 1985 年版,第 4 卷第 46 页。
② 海纳川《冷禅室诗话》,民国间石印本。

七　以高行卑

——中国古代文体互参中的体位定势

　　刘勰《文心雕龙·论说》云："详观论体,条流多品。陈政则与议、说合契,释经则与传、注参体,辨史则与赞、评齐行,诠文则与序、引共纪。……八名区分,一揆宗论。"①刘勰注意到,"论"这种文体支派极多,在处理不同内容时很容易与议、说等八种文体相出入。钱锺书先生认为,据项安世指出的"贾谊之《过秦》、陆机之《辨亡》,皆赋体也",还可以加上"敷陈则与词、赋通家"。他将刘勰的"参体"与书法中的"破体"概念联系起来,以为"按名归类,而核实变常","名家名篇,往往破体,而文体亦因以恢弘焉"②,指出了文体因突破自身的规定性而使表现力得到扩张的结果。这一论断涉及文学创作中不同文体相互参涉、相互渗透的现象,是

---

① 王利器《文心雕龙校证》,上海古籍出版社 1980 年版,第 126 页。"区"原作型,今据王惟俭本。

② 钱锺书《管锥编》,第 3 册第 888—891 页。

古代文体学的重要问题，一直以"本色""破体"概念为核心吸引着人们的目光。传统观念首先立足于"本色"即捍卫文体的独立性和纯洁性，但也不拒绝"破体"，这已为当代学者的研究所阐明①。"破体"原是书法理论的重要概念，后移用于文学，成为古代文论中关于文体互参的核心概念，而刘勰的"参体"或胡应麟所谓"旁参"却几乎被忘却②。迄今为止的文体学研究，对古人关于"破体"的态度即是否承认其合理性及实践结果已有很好的阐说，吴承学对诗词文之间的"破体"所蕴含的审美价值取向也提出了很好的看法③，陶东风也就文体的交叉和渗透问题加以概括的论述④，但有关文体互参的一般原则及其背后的美学依据尚有待进一步探讨。前几年我在谈到明清作家寻求八股文和古文的内在沟通问题时曾涉及这一点⑤，现在我想专门就这一问题再作论述。

---

① 有关"本色"之考论，详龚鹏程《论本色》，原载《古典文学》第八集，收入《诗史本色与妙悟》（学生书局，1992）。
② 胡应麟《诗薮》内编卷一："乐府大篇必仿汉魏，小言间取六朝，近体旁参唐律。"上海古籍出版社1979年版，第16页。
③ 参看周振甫《文章例话》写作编"破体"，江苏教育出版社2006年版，第180—182页；吴承学《中国古典文学风格学》第七章"辨体与破体"、第八章"从破体为文看古人审美的价值取向"，花城出版社1993年版，第99—127页。
④ 陶东风《文体演变及其文化意味》第二章第四节"文类的交叉和渗透"，云南人民出版社1994年版，第68—81页。
⑤ 蒋寅《科举阴影中的明清文学生态》，《文学遗产》2004年第1期。

一、历代文学中的文体互参现象

　　文体互参并不是文学与生俱来的古老问题，它是文体孳乳日繁后才产生的现象，所以我们现在看到的古人的议论都出在文体略备的魏晋以后。钱锺书先生《管锥编》举出的最早材料是刘孝绰《昭明太子集序》批评"孟坚之颂，尚有似赞之讥；士衡之碑，犹闻类赋之贬"。然后就是陈师道《后山诗话》、项安世《项氏家说》、朱弁《曲洧旧闻》、王若虚《文辨》等宋元人著作论及古代文体互参的资料。其实这个问题在现有文献中还可以追溯得更早一些。比如晋代挚虞《文章流别论》说："昔班固为《安丰戴侯颂》，史岑为《出师颂》《和熹邓后颂》，与《鲁颂》体意相类。扬雄《赵充国颂》，颂而似雅。傅毅《显宗颂》，文与《周颂》相似，而杂以风雅之意。若马融《广成》《上林》之属，纯为今赋之体，而谓之颂，失之远矣。"①这里评论汉代以来的颂体之作，指出它们与《诗经》风、雅及辞赋之体相出入，等于是从辨体的角度揭示了历来颂体写作中与其他文体的互参现象。后来王士禛《池北偶谈》卷十九也有"诏语似诗"条，指出东汉文章语句与诗相出入。正如钱锺书先生所引述的材料所示，历代对各种文体互参现象的议论多不胜举，这里再补充几条清代诗话中的议论。方世举《丛兰诗话》曾就唐人长诗中的文体互参现象，指出：

────────

①《太平御览》卷五八八引，中华书局影印本。

　　韩昌黎受刘贡父以文为诗之谤,所见亦是。但长篇大作,不知不觉,自入文体。汉之《庐江小吏》已传体矣,杜之《北征》序体,《八哀》状体,白之《游悟真寺》记体,张籍《祭退之》竟祭文体,而韩之《南山》又赋体,《与崔立之》又书体。他家尚多,不及遍举,安得同短篇结构乎?①

又说:

　　李贺、孟郊五言,造语有似子书者,有似《汉书·律历志》者,皆安石碎金。②

潘德舆《养一斋诗话》又指出历代诗歌其实都存在文体互参现象:

　　汉魏诗似赋,晋诗似《道德论》,宋、齐以下似四六骈体,唐诗则词赋骈体兼之,宋诗似策论,南宋人诗似语录,元诗似词,明诗似八股时文。③

贺贻孙《诗筏》考察了古代诗歌中文体互参现象肇始的具体时代:

　　徐凝"一条界破青山色",子瞻以为恶诗,然入填词中,尚

---

① 方世举《兰丛诗话》,郭绍虞辑《清诗话续编》,第 2 册第 774 页。按:以文为诗之说出陈师道《后山诗话》,此言刘贡父,应属误记。
② 郭绍虞辑《清诗话续编》,第 2 册第 781 页。
③ 潘德舆《养一斋诗话》卷二,郭绍虞辑《清诗话续编》,第 4 册第 2023 页。

是本色语。若梁昭明《拟古》诗云"窥红对镜敛双眉，含愁拭泪坐相思，念人一去几多时"三句，竟是一半《浣溪沙》矣。至"眼语笑靥近来情，心怀心想甚分明。忆人不忍语，含恨独吞声"，又是《临江仙》换头也。然则齐梁以后，不独浸淫近体，亦已滥觞填词矣。或谓唐人近体盛而古诗元气遂薄，不知唐人一副元气，流浃在近体中，能使三百余年不落宋、元词曲一派者，非古诗存之，而近体存之也。①

其实明代杨慎《升庵诗话》卷一"子书传记语似诗者"条已举先秦两汉古籍中类似五言诗的语句五十余条，清代陶元藻《凫亭诗话》更全面地列举了古代各种文体与诗互参的现象，以见历代文学中文体互参的普遍性：

　　赋为古诗之流亚，其类诗宜矣。词为诗余，则语句如诗，亦无足怪。乃古人之论有似诗者，如沈休文《宋书·谢灵运传论》云"英词润金石，高义薄云天"是也。书有似诗者，如应休琏《与王满公琰书》云"高树翳朝云，文禽蔽绿水"是也。记有似诗者，如《三秦记》"陇坂萦九曲，不知高几里"是也。颂有似诗者，如王褒《圣主得贤臣颂》云"恩从祥风翔，德与和气游"是也。诏令有似诗者，如汉光武云"仕宦当作执金吾，娶妻当得阴丽华"是也。杂文有似诗者，如《战国策》"片玉可以琦，奚必待盈尺"，又"骏马养外厩，美人充下陈"是也。

①贺贻孙《诗筏》，郭绍虞辑《清诗话续编》，第1册第163页。

史传有似诗者,如《汉书·龚胜传》"薰以香自烧,膏以明自煎"是也。佛经有似诗者,如"新霁青旸升,天光入隙中",又"乐行不如苦住,富客不如贫主"是也。子书有似诗者,如《列子》"生无一日欢,死有万世名";如《淮南子》"南游冏窭野,北息沈墨乡";又"孔子辞廪邱,终不盗带钩,许由让天下,终不利封侯",又"日回而月周,终不与时游";如《抱朴子》"举秀才,不知书,举孝廉,父别居。寒素清白浊如泥,高第良将怯如鸡"是也。"鸡"字《晋书》所改,原本"黾"字,乃"龟"字之讹。泥、龟本同韵。传奇院本有似诗者,如王实甫《西厢》云"雪浪拍长空,天际秋云卷",二句虽使盛唐人咏潮,不过如此。至"夕阳古道无人语,禾黍秋风尚马嘶",原从耿湋"古道无人行,秋风动禾黍"来,然添却夕阳马嘶,倍觉凄惨。其他书论记颂等,单辞只句可以入诗者,不胜枚举。①

可见文体互参不仅是古代文学中普遍存在的现象,也是人们熟知的事实,即所谓"破体为文"。我们从清人鲍桂星论格可以理解这一现象产生的原因②,从贺贻孙《诗筏》提到昭明太子诗似词的鄙

①陶元藻《凫亭诗话》卷上,嘉庆元年家刊本。
②张调元《京澳纂闻》卷十之上述其师鲍桂星论诗云:"诗之有格,犹射之有鹄,工之有规矩也。入乎格则为诗,不入格则不可以为诗。不入乎格者之于诗,其工者骈俪文耳,其奥者古赋耳,其妍者词耳,其快者曲耳,其朴直者语录耳,其新颖者小说耳,其纡曲委备者,公牍与秘书耳。"见《张调元文集》,中州古籍出版社2004年版,上册第293页。

夷语气及对唐诗"三百余年不落宋、元词曲一派"的赞赏，更能明显感觉到，在文体互涉中，不同文体之间的渗透并不是任意的和对等的，而是有着一定的规则。吴承学根据中国传统文化积淀的审美理想，即推崇正宗的、古典的、高雅的、朴素的、自然的艺术形式，相对轻视时俗的、流变的、繁复的、华丽的、拘忌过多的艺术形式，而举出清代潘德舆等人的议论，以见古人写作中"破体"的通例："在创作近体时可参借古体，而古体却不宜借用近体；比较华丽的文体可借用古朴文体，古朴文体不宜融入华丽文体；骈体可兼散体，散体不可带骈气。更为具体地说，以文为诗胜于以诗为文，以诗为词胜于以词为诗，以古入律胜于以律为古，以古文为时文，胜于以时文为古文。"①这无疑是符合古代文学创作实际的，现在我们需要进一步思考的是，这种文体互参的方向性或者说规则，它所依据的艺术原理是什么？不错，审美理想是决定了文体的高卑地位，但文体互参的直接目的并不是着眼于文体的提升和改造，乃是着眼于表现力的拓展，其间的核心问题是控制艺术效果的机制，不究明这一点，我们关于"破体"的认识就会始终停留在较表面的层次。

　　讨论文体互参首先不能不触及文体的高卑问题，质言之即古人对文体的价值观念，吴承学称为文体品位观。古人论诗则是用"体位"一词，作为指涉文体高卑问题的概念。叶矫然《龙性堂诗话初集》云：

―――――――

①吴承学《中国古代文体形态》，第362—363页。

簡文与湘东王论文云："吟咏性情，反拟《内则》之篇；操笔写志，更摹《酒诰》之作；'迟迟春日'，翻学《归藏》；'湛湛江水'，遂同《大传》。"要知此语不徒见临文体位不同，亦见《骚》《雅》风流，不是边幅道学者得而诡托。①

这里所引梁简文帝语出《与湘东王书》，载《梁书·庾肩吾传》中。原文是批评当时一些作家的头巾气，作抒情诗不取材于《诗》《骚》，却模仿经传中的上古散文语言，以致一派陈腐气。叶矫然用这个例子来说明文章各有其体，文体各有其位，也就是说文体有等级高下之分。在他看来，抒情言志的诗文显然级次更高，经传文字则处于下位，处于下位的经传文体不能僭跻于上位的诗文中，否则就是"诡托"，即下位妄僭上位，像伪书假托名人一样。如此看来，"体位"就是指称文体等级位次的概念，它意味着不同文体在人们的观念中处于不等价的位置，虽然我们很少看到古人对此的直接说明，但它常透过"格以代降"的悲观判断在文学史论中折射出来。如元代胡祗遹《郁文堂记》所云：

波流风靡，诗降而为律，字画流而为行草，散文变而为四六，歌咏转为市声里曲。②

这种退化论的历史评价中所呈现的文体等级观，是古诗高于律

①郭绍虞辑《清诗话续编》，第 2 册第 937 页。
②胡祗遹《紫山大全集》卷十一，文渊阁《四库全书》本。

诗,篆隶楷书高于行草,散文高于骈文,乐府高于俗曲。叶矫然的议论显然意味着下位文体不可跻身于上位文体,那么上位文体是否可以俯就下位文体呢？据我对中国古典诗学乃至艺术论的初步考察,这不仅是容许的,而且基本上是文体互参之际一贯的美学原则。前辈工于创作的学者都深谙这一点,比如吴瞿庵先生论诗词曲语言风格的异同,曾说:

> 曲欲其俗,诗欲其雅,词则介乎二者之间;诗语可以入词,词语可以入曲,而词语不可入诗,曲语不可入词。①

在这里,诗、词、曲三种文体的体位无疑是诗雅而高,词居中,曲俗而低。诗可入词,词可入曲,反之则不成立,这说明文体互参有一定的方向性,高可入卑,而卑不得入高。吴承学称为“破体通例”。参考古人的说法,我觉得可以称作以高行卑的体位定势。以高行卑的“行”,本自唐代职官用语。《旧唐书·职官志》:“凡九品已上职事,皆带散位,谓之本品。……《贞观令》:以职事高者为守,职事卑者为行。”②以高品散官就任低品职事官叫行,正适合用来指称以高就卑的体位关系。“定势”则取自空海《文镜秘府论》北卷“论对属”:“文无定势,体有变通。”③据我有限的认识,以高行卑作为文体互参的体位定势,不仅贯穿在中国古代文学的创作实

---

①周本淳《诗词蒙语》引,上海文艺出版社 2001 年版,第 32 页。
②刘昫《旧唐书》,中华书局标点本,第 6 册第 1785 页。
③王利器《文镜秘府论校注》,中国社会科学出版社 1983 年版,第 489 页。

践中,也体现于其他艺术创作中,是关乎"破体"的艺术实践中带有普遍性的观念。它偶尔也会作为经验之谈被明确提出,但更多的时候则是作为人所共知的常识发挥着潜规则的作用,制导着人们的创作。这一问题除了吴承学的初步论述,尚未见有深入探讨,下文我希望从美学的高度对其中包含的理论问题略加阐述,以引起学界的关注和进一步研究。

二、文体互参中以高行卑的体位原则

正像叶矫然、陶元藻等已注意到的,文体互参的现象由来甚古,但古人对此的意识却相当晚。要追溯体位意识的明确表达肇自何人,还有待深考。大诗人李白留下的唯一一段诗论,就是有关诗歌体位观的见解:"梁陈以来,艳薄斯极,沈休文又尚以声律,将复古道,非我而谁与?""兴寄深微,五言不如四言,七言又其靡也,况使束于声调俳优哉?"①他的看法显然是古体高于近体,四言高于五言,五言又高于七言,这是一种厚古薄今的体位观。元代刘祁《归潜志》曾论及多种文体间的互参问题,但更多的是出于捍卫文体纯洁性的立场,除四六主张宜用前人成语外,再无任何互参的方向性原则,只有一系列禁忌:

文章各有体,本不可相犯欺。故古文不宜蹈袭前人成

---

① 孟棨《本事诗》,丁福保辑《历代诗话续编》,上册第 14 页。

语,当以奇异自强。四六宜用前人成语,复不宜生涩求异。如散文不宜用诗家语,诗句不宜用散文言;律赋不宜犯散文言,散文不宜犯律赋语,皆判然各异。如杂用之,非惟失体,且梗目难通。然学者闇于识,多混乱交出,且互相诋诮,不自觉知。此弊虽一二名公不免也。①

明确从体位意识出发讨论文体互参问题的论述,见于明代许学夷《诗源辩体》一书:

> 古之于律,犹篆之于楷也。古有篆无楷,故其法自古。后人既习于楷,而转为篆,故其法始敝。汉魏有古无律,故其格自高。后人既习于律,而转为古,故其格遂降。②

许学夷以书法作比,说近体诗形成后,人们做惯近体,写古体也常染近体习气,这就像写篆书杂有楷书笔意一样,结果不免产生负面效应。"其法始敝""其格遂降"的判词表明其体位观是篆书、古体因体式之古而高于楷书和近体,而文体互参的原则是卑不能入高,故篆书中不能入楷书笔意,古体诗不能带有近体习气。毛先舒评李渔《窥词管见》更鲜明地打出了以体位高卑论诗词互参的旗帜:"诗词曲之界甚严,微笠翁不能深辨。然余谓诗语可入词,词语不可入诗;词语可入曲,曲语不可入词:总以从高而降为

---

① 刘祁《归潜志》卷十二,文渊阁《四库全书》本。
② 许学夷《诗源辩体》卷三,人民文学出版社 1987 年版,第 50—51 页。

善耳。"①但其《题如水堂诗词》的看法则略有不同,更强调诗高词卑的不可通涉:

> 诗卑之不可入词,词高之不可入诗。此中界画非神明于斯道者不能辨也。毗陵吴枚吉骚绪赋心,托情芳旨,引酒抚剑,皆成绝妙好文。诗之高者,固邈然少陵体气,而下之则摩《花》《草》之垒,而未尝阑入一语。词高者踵诗人之余风,而又不见少许狼犹态,岂贾坚射牛,以附肤落毛为奇,枚吉故欲见巧手耶?②

诗高词卑固然是古代批评家的常谈,但二者却绝非不可互参,下文的具体讨论将涉及这一点。要之,古人对文体互参的一般论述,虽明显出于体位意识,能从不同文体的体位高卑来论述互参的可能性,但就互参的方向性而言,基本只限于从禁忌的角度立论,说明卑不可入高的理由,而很少阐发高可入卑的道理,这就需要我们到具体批评语境中去发现和体会其背后的美学依据。

这并不是什么困难的事。关于诗词的互参,现成就有北宋晏氏父子的两个经典例证可供参考。一是五代翁宏"落花人独立,微雨燕双飞"两句,在原诗《春残》中不太出名,被晏几道移植于《临江仙》词中,却成了脍炙人口的名句;一是晏殊"无可奈何花落

---

① 李渔《窥词管见》第三则评语,《笠翁一家言·耐歌词》卷首,康熙十七年翼圣堂刊本。
② 毛先舒《潠书》卷二,《四库全书存目丛书》集部第210册,第637—638页。

去,似曾相识燕归来"一联,原为《假中示判官张寺丞王校勘》诗的颈联,也不见怎么出色,结果植入《浣溪沙》词中,而变成千古名句。这两个例子应该说都是高体位向卑体位渗透的成功典范,但它们给人的感觉,与其说是以高行卑的成功,倒不如说两句原本就更像诗余①,移于词中适得其所(详后)。所以这两个例子似乎更像是在说明卑不可入高的道理。事实上,在大部分有关诗与其他文体互参的议论中,都尟见直接阐明以高行卑之理的说法,而主要说的是以卑入高的负面结果及由此引申出的禁忌。我们可以按体式来分别加以考察。

三、诗与其他文体互参的体位原则

在古代所有文体中,诗的体位无疑是最高的。张岱曾说:"诗自《毛诗》为经,古风为典,四字即是碑铭,长短无非训誓。摩诘佞佛,世谓诗禅;工部避兵,人传诗史。由是言之,诗在唐朝,用以取士,唐诗之妙,已登峰造极。而若论其旁引曲出,则唐虞之典谟,三王之诰训,汉魏之乐府,晋之清谈,宋之理学,元之词曲,明之八股,与夫战国之纵横,六朝之华赡,《史》《汉》之博洽,诸子之荒唐,无不包于诗之下已,则诗也而千古之文章备于是矣。"②这段

---

① 贺裳《载酒园诗话·唐宋诗话》黄生评:"'无可奈何'一联,生成填词妙语,若作诗看,即极纤弱矣。"郭绍虞辑《清诗话续编》,第1册第407页。
② 张岱《琅嬛文集》卷一《一卷冰雪文后序》,岳麓书社1985年版,第53—54页。

话清楚地表明,古人认为诗包括了所有文体的共同特征,用今天的话来说就是最集中地体现了文学性,以致"诗性"至今仍是文学性的代名词。诗在众文体中毫无争议地居于首位,它可以向其他文体渗透,而其他文体则不得反其道而行之。阮葵生《茶余客话》说:"诗以理胜,不可有语录气;诗以情胜,不可有尺牍气;诗以识胜,不可有策论气;诗以韵胜,不可有《世说》气;诗以新胜,不可有词曲气。兼五者之长,而无其流弊,则诗人之诗矣。"①这实际上已堵塞了语录、尺牍、策论、小说、词曲等向诗渗透的缝隙,同样的观念在古代文论中通常表现为有关避忌的言说。

　　首先是诗不得入文章,也就是须避文章习气。在这个问题上,韩愈曾因"以文为诗"而成为话题人物。黄庭坚说"诗文各有体。韩以文为诗,杜以诗为文,故不工尔"②,这还有点站在捍卫文体独立性的立场上排斥文体互参的味道;至于沈括说"韩退之诗,乃押韵之文耳,虽健美富赡,而终不近古"③,则明显是指诗因杂文体而降格,因为"古"向来就是很高的价值标准,不近古等于就是说降格或失败。许学夷《诗源辩体》曾将白居易诗的叙事与杜甫加以比较,指出两者有诗与文的差别:

　　或问:"子言乐天五言古叙事详明,以文为诗。今观杜子

①阮葵生《茶余客话》卷十一,上册第 300 页。
②陈师道《后山诗话》引,何文焕辑《历代诗话》,上册第 303 页。
③魏泰《东轩笔录》卷十二,中华书局 1983 年版,第 141 页。胡仔《苕溪渔隐丛话》前集十八引《隐居诗话》,"终不近古"作"格不近诗",魏庆之《诗人玉屑》卷十五同。

美《新婚别》《垂老别》《无家别》等,亦皆叙事,何独谓乐天以文为诗乎?"曰:子美叙事,迂回转折,有余不尽,正未易及。若乐天,寸步不遗,犹恐失之,乃文章传记之体。试以二诗并观,迥然自别矣。①

同样是叙事,因含蓄与否而显出诗和文的差别,可见诗、文是根据艺术表现的曲直来判定其体位及互参的方向性的。他说白居易五古似传记之体,不及杜甫曲折有味,自然是站在反对以文入诗的立场,但这是否就出于以高行卑的意识呢? 似乎还难说。清代古文名家储方庆《钱澹仙诗经文稿序》曾说:

> 诗与文无二道也。今之工于诗者曰,学诗不可参以文也,文之调卑而诗之气古。参文于诗,则非诗矣。于是世之自号为能诗者,群起而哗,曰:诗固有所以为诗者在也,彼拘拘于八股者无与焉。今之工于文者,亦曰:学文不可参以诗也。诗之语杂而文之体纯,参诗于文,则非文矣。②

这看起来是诗家和文人各自为捍卫文体的纯洁性所作的对抗,但其间的力量抗衡是绝不均等的。诗排斥的是当时数量庞大的经

---

① 许学夷《诗源辩体》卷二十八,第 271 页。以上关于韩愈、白居易以文为诗的评论,参考川合康三《终南山的变容》第二章"中国的诗与文",上海古籍出版社 2007 年版,第 64—66 页。
② 储方庆《遁庵文集》卷二,《四库未收书辑刊》,北京出版社影印本,第 7 辑 26 册 45 页。

生群体,而文排斥的仅为有限的诗人,从下文所引的诗排斥各种文体的倾向就可以看出,这不过是古文家尊体意识的一种曲折表达,与文体互参之际的体位原则关系不大。一般看来,诗和文分属韵、散文两大类,体位高卑似不易言,吴承学也说"诗与文两者并无明显正变高下之分"①。但若从历史上的文、笔之辨及"心之精微,发而为文,文之神妙,咏而为诗"②的传统观念来看,诗与文的体位高卑是很清楚且无可争议的。只不过因为跨文类涉及文体的功能问题,以诗参文未必可行罢了,杜甫是一个不成功的典型,吴承学已有细致分析。

其次是诗中不得入词曲,即诗中要避词曲气。方回《瀛奎律髓》卷十六评张耒《次韵王仲至西池会饮》提到:"秦少游有云'帘幕千家锦绣垂',王仲至嘲谓'又待入小石调',以秦诗近词故也。"冯班批曰:"近词则格下,不可不知。"③正如前面提到的,诗似词的句子入词可为名句,反之似词的句子入诗则不可。这是批评家一致的看法。清人贺贻孙《诗筏》曾指出:

诗语可入填词,如诗中"枫落吴江冷""思发在花前""天若有情天亦老"等句,填词屡用之,愈觉其新。独填词语无一字可入诗料,虽用意稍同,而造语迥异。如梁邵陵王纶《见姬人》诗"却扇承枝影,舒衫受落花",与秦少游词"照水有情聊

①吴承学《中国古典文学风格学》,第127页。
②陶敏、陶红雨《刘禹锡全集校注》卷二十《唐故尚书主客员外郎卢公集纪》,岳麓书社2003年版,下册第1244页。
③李庆甲辑《瀛奎律髓汇评》卷十六,中册第629页。

整鬟,倚栏无绪更兜鞋"同一意致。然邵陵语可入填词,少游语决不可入诗,赏鉴家自知之。①

这里只就现象作出结论,甚至都懒得说明理由,似乎属于诗家常识,无须多言。《儒林外史》第二十九回杜慎卿评萧金铉"桃花何苦红如此,杨柳忽然青可怜"一联,说上句"只要添一个字,'问桃花何苦红如此',便是《贺新凉》中间一句好词,如今先生把他做了诗",也只是绕着弯子讥哂他诗写得像词。方世举《兰丛诗话》尝言宋祁"红杏枝头春意闹","闹字亦佳,但词则可用,字太尖。若诗,如老杜'九重春色醉仙桃',略迹而会神,又追琢,又混成"②。这是说词中的好字,入诗却嫌太尖新。同样的道理,钱谦益《山庄八景诗·锦峰晴晓》"宠柳娇花新节序"③句,"宠柳娇花"四字本自李清照《念奴娇》词"宠柳娇花寒食近",在词中不失为娇媚,入诗便觉轻弱。既然词不可入诗,那么诗写得像词也就不得体了。王世贞尝评杨基诗"有一起一联,甚足情致",而终不能达上乘境界者,盖因柔弱似词,比如"判醉望愁醒,愁因醉转增",是词中《菩萨蛮》调语;"尚短柳如新折后,已残花似未开时",是《浣溪沙》调语④。朱彝尊很赞同他的看法,又续举二十例证成其说⑤。王夫之说赵嘏《长安晚秋》"长笛一声人倚楼"

①郭绍虞辑《清诗话续编》,第1册第163页。
②郭绍虞辑《清诗话续编》,第2册第782页。
③钱谦益《牧斋初学集》卷十二,上海古籍出版社1985年版。
④王世贞《艺苑卮言》卷五,丁福保辑《历代诗话续编》,中册第1031页。
⑤朱彝尊《静志居诗话》卷三,上册第66页。

句"要为《南乡子》落句耳"①,评石宝乐府《长相思》"海棠庭院
燕双语,恼乱无人知妾心"句以为"海棠句失之佻,不入乐
府"②,纪昀评张先《西溪无相院》颔联"浮萍破处见山影,小艇
归时闻棹声",说"三四有致,宜为东坡所称,然气象未大,颇近
诗余"③,都是指它们不合诗的格调而似词曲,其中所含的否定
意味不难体会。

　　按传统观念,诗词之间无疑是诗高词卑,苏东坡就是这么看
的,言下总是轩诗而轻词。如《题张子野诗集后》云:"张子野诗笔
老妙,歌词乃其余技耳。《湖州西溪》云:'浮萍破处见山影,小艇
归时闻草声。'与余和诗云:'愁似鳏鱼知夜永,懒同胡蝶为春忙。'
若此之类,皆可以追配古人。而世俗但称其歌词。昔周昉画人
物,皆入神品,而世俗但知有周昉士女,皆所谓未见好德如好色者
欤?"④《祭张子野文》也说:"清诗绝俗,甚典而丽。搜研物情,刮
发幽翳。微词宛转,盖诗之裔。"⑤晚清胡元仪注陆辅之《词旨》
云:"词格卑于诗,以其不远俗也。"⑥由于诗词体位有高卑之分,
论诗者对诗流于词就很警惕。如清初孙鋐《皇清诗选·刻略》关
于宫闺艳体的选录宗旨,说:"宫闺艳体,诗家之常,然惟乐而不

①王夫之《唐诗评选》卷四《九日陪越州元相宴龟山寺》,文化艺术出版社
　1997年版,第214页。
②王夫之《明诗评选》卷一,第20页。
③李庆甲辑《瀛奎律髓汇评》卷四十三,下册第1750页。
④孔凡礼点校《苏轼文集》卷六十八,中华书局1986年版,第5册第2146页。
⑤孔凡礼点校《苏轼文集》卷六十三,第5册第1943页。
⑥陆辅之《词旨》上,唐圭璋辑《词话丛编》,第1册第301页。

淫,乃为中节。今所录者,期于情不溢乎浮靡,体不流于词曲。"①
这里的"体",有些词论家也称"体制",主要指风格和情调。如谢
章铤《赌棋山庄词话》云:"夫词之于诗,不过体制稍殊,宗旨亦复
何异?"②那么诗词体制之殊,又表现在什么方面呢? 郑板桥说:
"词与诗不同,以婉丽为正格,以豪宕为变格。"③众所周知,宋词
中豪宕的变格是苏东坡"以诗为词"所造就的,尽管陈师道说"子
瞻以诗为词,如教坊雷大使之舞,虽极天下之工,要非本色"④,李
清照《词论》也讥为"句读不葺之诗",但以诗入词符合以高行卑
的原则,故一开始虽不免遭人非议,后来就逐渐获得肯定性评价
了⑤。在这一点上,他和秦观的遭遇适成有趣的对比。"东坡尝
以所作小词示无咎、文潜,曰:'何如少游?'二人皆对云:'少游诗
似小词,先生小词似诗。'"⑥东坡小词似诗,被晁补之归结于"横
放杰出,自是曲子中缚不住者"⑦,而秦观"诗似小词"却难逃元好
问的"女郎诗"之讥⑧。这则逸话表面上显示为苏、秦二人性情的

①孙鋐《皇清诗选》卷首,康熙间凤啸轩刊本。
②谢章铤《赌棋山庄词话》卷十二,唐圭璋辑《词话丛编》,第4册第3476页。
③郑燮《郑板桥集》补遗《与江宾谷江禹九书》,上海古籍出版社1979年版,
　第192页。
④陈师道《后山诗话》,何文焕辑《历代诗话》,上册第309页。
⑤当代学者对此尤其多方给予积极评价,近期的论文有孙虹《苏轼词的诗化
　对词统的颠覆与重构》,《中国韵文学刊》2005年第1期;宋先梅《苏轼"以
　诗为词"的文体价值与文本意义》,《天府新论》2005年第3期。
⑥胡仔《苕溪渔隐丛话》前集卷四十二,上册第284页。
⑦吴曾《能改斋漫录》卷十六,上海古籍出版社1979年版,下册第469页。
⑧元好问《论诗三十首》其二十四:"有情芍药含春泪,无力蔷薇卧晚枝。拈
　出退之山石句,始知渠是女郎诗。"

比照，背后却贯穿着文体互参中以高行卑的潜规则。

　　王士禛《花草蒙拾》云："或问诗词、词曲分界，予曰：'无可奈何花落去，似曾相识燕归来'定非《香奁》诗；'良辰美景奈何天，赏心乐事谁家院'定非《草堂》词也。"①这段话的主旨是辨别诗、词、曲体性的差异，韩偓《香奁集》原本似词②，这里却强调晏殊句不像《香奁集》中语，可见是认为其情调比韩诗更轻婉；同理，汤显祖句无疑也比《草堂诗余》中的词更俗白，然则三者体位虽未明言而高卑已自见。词曲夙为正统观念所鄙，《四库提要》集部词曲类序云："词曲二体，在文章、技艺之间。厥品颇卑，作者弗贵。特才华之士，以绮语相高耳。"③王国维《宋元戏曲考》自序也说："凡一代有一代之文学，楚之骚，汉之赋，六代之骈语，唐之诗，宋之词，元之曲，皆所谓一代之文学，而后世莫能继焉者也。独元人之曲，为时既近，托体稍卑……"④王之春举刘省三诗"高官足荣贵，身后何所有。李广若封侯，至今犹在否？"以为与《石头记》中《好了歌》"古来将相在何方，荒冢一堆草没了"一句"措词异而用意同"⑤。然而两者毕竟诗是诗，曲是曲，意同而语别，看不出文体

①唐圭璋辑《词话丛编》，第 1 册第 686 页。
②张侃《张氏拙轩集》卷五《跋拣词》："《香奁集》，唐韩偓用此名所编诗，南唐冯延巳亦用此名所制词，又名《阳春》。偓之诗淫靡类词家语，前辈或取其句，或剪其字，杂于词中。欧阳文忠尝转其语而用之，意尤新。"文渊阁《四库全书》本。
③永瑢等《四库全书总目》卷一九八。
④姚淦铭、王燕编《王国维文集》，中国文史出版社 1997 年版，第 1 卷第 307 页。
⑤王之春《椒生随笔》卷八，岳麓书社 1983 年版，第 106 页。

的互参。真正的互参是戏曲中大量化用古人诗句的例子，甚至拗涩如黄庭坚诗，竟也融入江西清音班唱的曲子中①。这因为是以高行卑，所以无妨，颠倒过来就不行了。清初诗论家周容曾指出唐万楚《五日观妓》诗颔联"眉黛夺将萱草色，红裙妒杀石榴花"两句"开后人多少俗调"，结尾"谁道五丝能续命，却教今日死君家"一联"竟似弋阳场上曲矣"②。同时的朱绍本说："诗余入诗，终带俳优气；曲剧入诗，则诗之罪人也。"③晚清陈廷焯也说："诗中不可作词语，词中不妨有诗语，而断不可作一曲语。温、韦、姜、史复起，不能易吾言也。"④王应奎打了个比方："王实甫《西厢记》、汤若士《还魂记》，词曲之最工者也，而作诗者入一言半句于篇中，即为不雅，犹时文之不可入古文也。冯定远尝言之，最为有见，此亦不可不知。"⑤有个著名的例子恰好可以证成他的说法。汤显祖《牡丹亭·惊梦》"雨丝风片，烟波画船"一句，王渔洋《秦淮杂诗》袭其语作"十日雨丝风片里，浓春烟景似残秋"，卓人月《秦淮竹枝》也袭之作"雨丝风片有时有，云黛烟鬟无日无"。《竹枝词》之为体原在词曲之间，以曲参之倒也无大碍，而王渔洋以曲语入诗，就难免要遭人诟病了。金武祥《粟香三笔》云："余《杂忆乡居》诗云：'姹紫嫣红开遍了，幽香才放木兰花。'周畇叔都转评云：'姹紫嫣红一联，佳句自不可没。然渔洋诗中偶用雨丝风片四

---

① 黄濬《花随人圣盦摭忆》，上海书店出版社 1998 年版，第 19—20 页。
② 周容《春酒堂诗话》，郭绍虞辑《清诗话续编》，第 1 册第 109 页。
③ 朱绍本《定风轩活句参》卷一，国家图书馆藏清钞本。
④ 陈廷焯《白雨斋词话》卷五，人民文学出版社 1959 年版，第 144 页。
⑤ 王应奎《柳南随笔》卷三，中华书局 1983 年版，第 60 页。

字,论者病南北曲语,究不宜入诗。'"①这种毛病在兼擅多种文体的作家笔下很常见,像潘焕龙《卧园诗话》指出的:"讲考据者,其诗多涉于腐;习词曲者,其诗多失于纤。"②娴于词曲的李笠翁,时人虽许其诗"婉切多姿,自是元白古风"③,其实笔下时带词曲气,只不过不是流于纤,而是流于油滑罢了。如《行路难》之类,造语格调竟似曲子。

四、诗体内部互参的体位问题

诗是中国古代文学中作品量最庞大的一个门类,体式也最丰富,所以诗不仅在与其他文体互参时有体位高卑问题,其内部各体式间的互参也有体位定势。因为诗体也是以出现时代先后而有高卑之分的,与传统的诗史正变观相联系,大抵愈古愈高,愈近愈卑。许学夷曾将诗体比拟于书法,说:

> 诗体之变,与书体大略相类。《三百篇》,古篆也;汉魏古诗,大篆也;元嘉颜、谢之诗,隶书也;沈、宋律诗,楷书也;初唐歌行,章草也;李、杜歌行,大草也;盛唐诸公近体不拘律法

①金武祥《粟香随笔》卷二,光绪刊本。
②潘焕龙《卧园诗话》卷一,道光刊本。
③柯耸《答李笠翁》,黄容、王维翰辑《尺牍兰言》卷一,《四库禁毁书丛刊》集部影印本。

者,行书也;元和诸公之诗,则苏、黄、米、蔡之流也。①

诗与书法一样既然都以时代远近为高下,按以高行卑的定律,古者可以入近,而近不可入古,所以他说"今人知学《选》而不知辩(其不同体制),故其体不纯耳。譬之学古帖者,于钟、王、欧、虞、褚、薛诸子,亦须各辩其体,学钟不宜杂王,学王不宜杂欧、虞、褚、薛也"②。这里所举的诗体只限于家数,实际上还应该包括体裁,这两方面都有约定俗成的体位高卑之差。

从家数方面说,时代先后决定体位高卑,卑者不可入高,高者不可杂卑。所以王世懋《艺圃撷余》云:"作古诗先须辨体,无论两汉难至,苦心模仿,时隔一尘。即为建安,不可堕落六朝一语;为三谢,纵极排丽,不可杂入唐音。小诗欲作王、韦,长篇欲作老杜,便应全用其体。第不可羊质虎皮,虎头蛇尾。词曲家非当家本色,虽丽语博学无用,况此道乎?"③这是要求人们在辨家数时注意语言风格,学高体位的家数不可杂以低体位的语言。但末尾的比喻和举例又显示出他部分地保留着单纯的辨体意识。朱绍本论拟乐府,态度要更坚决一些,说"拟乐府当先辨其世代,核其体裁,郊祀不可为铙歌,铙歌不可为相和,相和不可为清商;拟汉不可涉魏,拟魏不可涉六朝,拟六朝不可涉唐"④,这也是同样的理

---

① 许学夷《诗源辩体》卷三十四,第 328 页。
② 许学夷《诗源辩体》卷三十六,第 353 页。
③ 王世懋《艺圃撷余》,何文焕辑《历代诗话》,下册第 775 页。
④ 朱绍本《定风轩活句参》卷五"乐府参",国家图书馆藏清钞本。

由。其中的道理，曾为许学夷所揭示："汉魏晋宋之诗，体语各别。今或以汉魏之体而用晋宋间语，是犹以虎豹之质蒙犬羊之皮，人见其为犬羊，不见其为虎豹也。"①他将王世懋羊质虎皮的比喻作了修改，说明以近入古会损害作品的完整性，并降低风格品位。这种见解实质上与"木桶原理"相通，桶壁最矮的木片决定水位的高低，诗语中最近俗的词语决定作品的风格品位。

　　从体式方面说，也是先出现的体裁体位高，故古体高于近体②，古体可参近体，近体不可入古体。李东阳《麓堂诗话》阐发此理最为透彻：

　　　　古诗与律不同体，必各用其体乃为合格。然律犹可间出古意，古不可涉律。古涉律调，如谢灵运"池塘生春草""红药当阶翻"，虽一时传诵，固已移于流俗而不自觉。若孟浩然"一杯还一曲，不觉夕阳沉"，杜子美"独树花发自分明，春渚日落梦相牵"，李太白"鹦鹉西飞陇山去，芳洲之树何青青"，崔颢"黄鹤一去不复返，白云千载空悠悠"，乃律间出古，要自不厌也。③

此论为后来的诗论家所秉承，并作了更具体的发挥。除吴承学所引的王世贞兄弟之说外，还有如潘德舆论古近体互参："夫太白以

---

① 许学夷《诗源辩体》卷三，第51页。
② 古体高于近体为唐人通行观念，元稹《上令狐相公启》："然以为律体卑下，格力不扬。"按"卑下"《唐文粹》作"卑痹"。
③ 李东阳《麓堂诗话》，丁福保辑《历代诗话续编》，下册第1369页。

古为律,律不工而超出等伦;温、李以律为古,古即工而半无真
气。"①谭宗论拗、律互参:"拗律之体,谓以古调行今格也。何以
古调行今格? 不拘拘于律,随文所到,不取铿锵,颇与古诗同,而
联偶工整,犹然近体也。如刘庭琦《从军》、王维《终南别业》、王
昌龄《潞府客亭寄崔》、崔颢《题黄鹤楼》等篇是矣。"②方观承论律
绝互参,说:"句法要分律绝。余尝为《舟行》诗,起句'几层轻浪
几层风',自谓是绝句语,不合入律。"方世举《兰丛诗话》引之,称
赞"宜田此见,鞭心入微"③。沈德潜论乐府、古诗、近体互参:"乐
府中不宜杂古诗体,恐散朴也;作古诗正须得乐府意。古诗中不
宜杂律诗体,恐凝滞也,作律诗正须得古风格。"④这也因为乐府
之体比古诗更古老,所以乐府中不能杂古体。后来伊秉绶读宋湘
诗,说:"君诗自是一代大家,但愚有刍荛之论奉献:君七古中似杂
有乐府句法。"宋湘笑曰:"七古可搀入乐府句法,乐府却不能参入
七古句法。"伊秉绶立刻避席谢曰:"吾失言,吾失言。"⑤宋湘后对
黄钊说:"譬如作楷书,参以隶体,殊有古意。若作隶书,参以楷
法,则俗不可耐矣。"可见艺术都有相通之处,精于书法的人更能
明白这个道理。到王国维《人间词话》,就将历代诗体的体位作了

---

① 潘德舆《养一斋诗话》卷二,郭绍虞辑《清诗话续编》,第 4 册第 2035 页。
② 谭宗《近体秋阳》卷十七《唾论·声律论》,清初刊本。王夫之《明诗评选》
　　评杨维桢《寄小蓬莱主者闻梅涧并柬沈元方宇文仲美贤主宾》:"七言近体
　　带歌行意,不迷初始。"亦此意也。
③ 方世举《兰丛诗话》,郭绍虞辑《清诗话续编》,第 2 册第 778 页。
④ 沈德潜《说诗晬语》卷下,丁福保辑《清诗话》,下册第 550 页。
⑤ 黄钊《诗纫》卷六,咸丰三年雁红馆刊本。

一番排比：

> 近体诗体制，以五七言绝句为最尊，律诗次之，排律最
> 下。盖此体于寄兴言情，两无所当，殆有均之骈体文耳。词
> 中小令如绝句，长调似律诗，若长调之《百字令》《沁园春》
> 等，则近于排律矣。①

王国维的看法不一定能得学人的一致认可，但若从各体格调、笔
法相出入的角度说，其位次大体是符合历代作家的写作实践的。
质言之，小体裁笔意可入大体裁，大体裁笔意不可入小体裁。杜
甫绝句遭人不满处，主要就是在常以律诗笔意（包括对仗）入绝
句，显得拙重难收。

　　细究不同诗体间互参的体位定势，其高卑位次实际是由两方
面的要素决定的：一是体制的风格规定，一是体制的声律规定。
王夫之称赞李白《远别离》"通篇乐府，一字不入古诗。如一匹蜀
锦，中间固不容一尺吴练"②，就是强调其固守乐府的风格规定
性，高不杂卑；反之，当李白《霸陵行送别》用"上有无花之古树，下
有伤心之春草。我向秦人问路歧，云是王粲南登之古道"这样的
乐府句法，王夫之又称赞其"夹乐府入歌行，掩映百代"③。岑参
古诗《暮秋山行》末云"况在远行客，自然多苦辛"，王夫之也许其

<hr>

① 王国维《人间词话》，人民文学出版社 1960 年版，第 219 页。
② 王夫之《唐诗评选》卷一，第 18 页。
③ 王夫之《唐诗评选》卷一，第 23 页。

"一结尤乐府佳句"①。黄遵宪说要"取《骚》《选》乐府歌行之神
理入近体诗,其取材以群经、三史、诸子百家及许郑诸注,为词赋
家所不常用者"②,更清楚地表明了同样的意识。在这些例子中,乐
府与古诗、近体诗互参时以高行卑的原则是落实在体制的风格规定
上的。至于体制的声律规定性,许学夷有一段很值得玩味的议论:

　　　五言古至于唐,古体尽亡,而唐体始兴矣。然盛唐五言
　　古,李、杜而下惟岑参、元结于唐体为纯,尚可学也。若高适、
　　孟浩然、李颀、储光羲诸公,多杂用律体,即唐体而未纯,此必
　　不可学者。王元美谓"惟近体必不可入古",李本宁谓"初、盛
　　诸子,啜六朝余沥为古《选》不足论",皆得之矣。③

这里指出高适等人五古多杂用律体,不可学,完全是从近体声律
定型后作古诗自觉避律调的体制意识出发的。这种意识萌芽于
杜甫,确立于韩愈④,可以说是反映了落实在声律规定上的体位
定势。当然,这还是消极的禁忌,更积极的态度体现在对崔颢《黄
鹤楼》诗的评价上。针对严羽推此诗为唐七律压卷之作,何景明、

①王夫之《唐诗评选》卷二,第49页。
②黄遵楷《人境庐诗草跋》引,钱仲联《人境庐诗草笺注》,古典文学出版社
　1957年版,第389页。
③许学夷《诗源辩体》卷十七,第177页。
④关于杜甫、韩愈七古避律的研究,见王次梅《杜甫七古声调分析》,《文学遗
　产》2002年第5期;蒋寅《韩愈七古的声调分析》,《第三届中国唐代学术
　文化研讨会论文集》,台湾政治大学中文系1997年版。

薛君采另推沈佺期《独不见》来竞争。王世贞认为两者都不可取，说："沈末句是齐梁乐府语，崔起法是盛唐歌行语，如识（疑应作织）官锦间一尺绣，锦则锦矣，如全幅何？"但许学夷却以为"沈末句虽乐府语，用之于律无害，但其语则终未畅耳；谓崔首四句为盛唐歌行语，亦未为谬"①，这就暗示了以高行卑的体位定势。

五、词曲与其他文体互参的体位问题

词因其"诗余"的特殊地位，体位问题自宋代以来一直就很敏感。自李清照从捍卫文体纯洁性的角度提出"词别是一家"的主张，经张炎、沈义父到朱彝尊、张惠言、陈廷焯，一波又一波的"尊体论"在努力提升词的体位的同时，也日益阐明了其文体的特殊性。

词上承诗下启曲，自不免与二体互参。按以高行卑的体位原则，词中可以入诗，如刘体仁《七颂堂词绎》尝举杜甫"夜阑更秉烛，相对如梦寐"（《羌村》）与晏几道"今宵剩把银釭照，犹恐相逢是梦中"（《临江仙》）两联相对照，正见词体抒情的婉曲缠绵。宋代名家晏几道、贺铸、王安石、周邦彦、辛弃疾、姜夔等均善于化用前人诗句，此人所共知，无须赘言。词也可以入曲，如范仲淹《渔家傲》词"碧云天，黄叶地，秋色连波，波上寒烟翠"，《御街行》"长是人千里。愁肠已断无由醉。酒未到，先成泪"数句，被王实甫演

①许学夷《诗源辩体》卷十七，第170页。

绎为《西厢记》的"碧云天,黄花地,西风紧,北雁南飞。晓来谁染霜林醉,总是离人泪","虽然眼底人千里,且尽生前酒一杯。未饮心先醉,眼中流血,心内成灰",的是名句。但填词却不可带有曲意,即须避贺裳《皱水轩词筌》所说的三忌:"一不可入渔鼓中语言,二不可涉演义家腔调,三不可像优伶开场时叙述。偶类一端,即成俗劣。"①这类毛病自宋贤已自不免,故毛先舒说:"柳屯田情语多俚浅。如'祝告天发愿,从今永无抛弃',开元曲一派,词流之下乘者也。"②刘体仁说:"柳七最尖颖,时有俳狎,故子瞻以是呵少游。若山谷亦不免,如我不合、太撋就类,下此则蒜酪体也。"③所谓"蒜酪体",就是指有元人北曲气味。李调元也认为"山谷词酷似曲",曾列举《归田乐》《望远行》《少年心》《鼓笛令》诸作所用俚语俗字,以为"乐府用谚语,诗余亦多俳体,然未有如此可笑者","又如别词中奚落、忔憎、呵、嗽等字,皆俗俳语也,元人曲有之,皆不宜入词"④。《四库提要》还指出赵长卿《惜香乐府》"卷六中《叨叨令》一阕,纯作俳体,已成北曲"⑤,他的《蓦山溪》《汉宫春》诸阕也以"多插科打诨之语",与黄庭坚《鼓笛令》同被后人诟病⑥。这种情形在宋代还只是偶然现象,元代以后,文人日常以看戏听曲为娱乐,浸淫渐深,不觉填词也沾染戏曲腔调,所谓"元之

---

①贺裳《皱水轩词筌》,唐圭璋辑《词话丛编》,第 1 册第 711 页。
②毛先舒《诗辩坻》卷四,郭绍虞辑《清诗话续编》,第 1 册第 91 页。
③刘体仁《七颂堂词绎》,唐圭璋辑《词话丛编》,第 1 册第 619、622 页。
④李调元《雨村词话》卷一,唐圭璋辑《词话丛编》,第 2 册第 1400—1401 页。
⑤永瑢等《四库全书总目》卷一九九集部词曲类二。
⑥张德瀛《词征》卷一,唐圭璋辑《词话丛编》,第 5 册第 4095 页。

杂以俳优,明人决裂阡陌"①,后人因而有曲盛而词亡之说:

> 金元工于小令套数而词亡。论词于明,并不逮金元,遑
> 言两宋哉。盖明词无专门名家,一二才人如杨用修、王元美、
> 汤义仍辈,皆以传奇手为之,宜乎词之不振也。其患在好尽,
> 而字面往往混入曲子。昔张玉田论两宋人字面,多从李贺、
> 温岐诗来,若近俗近巧,诗余之品何在焉?又好为之尽,去两
> 宋酝藉之旨远矣。②

到清初,董以宁也说:"严给事与仆论词云:'近日诗余,好亦似
曲。'仆谓词与诗、曲界限甚分明。似曲不可,似诗仍复不佳。譬
如拟六朝文,落唐音固卑,侵汉调亦觉偭父。"③当代学者认为此
言是针对当时西泠词人沈谦一辈而发,盖谢章铤已指出沈词近
曲,"长调意不副情,笔不副气……且时时阑入元曲",如《十二时
慢》"人也劝奴,为何守这冷冷清清地"是也④。不过按清初人的
习惯,称"近日"往往就是明代,我怀疑这里是指明代填词的风气。
刘毓盘曾指出:"盖自乐府盛而诗衰,词盛而乐府衰,北曲盛而词

---

① 徐灏《水云楼词序》,江顺诒《词学集成》卷一引,唐圭璋辑《词话丛编》,第
4 册第 3223 页。
② 吴衡照《莲子居词话》卷三,唐圭璋辑《词话丛编》,第 3 册第 2461 页。
③ 董以宁《蓉渡词话》,冯金伯《词苑萃编》卷一引,唐圭璋辑《词话丛编》,第
2 册第 1791 页。
④ 详陈水云《清代词学发展史论》,学苑出版社 2005 年版,第 224—225 页。
谢章铤说见《赌棋山庄词话》卷八。

衰,南曲盛而北曲亦衰。董氏《西厢》,出于金末。元人杂剧,此其先声。王四《琵琶》,始改为南曲。沈和合套,亦起于同时。故明人小词,其工者仅似南曲,间为北曲,已不足观。引近慢词,率意而作,绘图制谱,自误误人。自度各腔,去古愈远。宋贤三昧,法律荡然。第曰词曲不分,其为祸犹未烈也。根本之地,彼乌知之哉?"①这明显是从词高曲卑的体位观来评价明代以曲入词之风,故予以全盘的否定,而当代学者则更多地从破体的角度给予一定程度的肯定评价②。无论如何,以高行卑的体位定势终究是评价词曲互参的一个尺度,因为词学批评的美学标准与它密切相关。比如像这首《鹊桥仙·春恨》的下阕:"愁肠百折,双眸望断,依旧天涯无信。杨花飞去不飞来,恰似你一般情性。"前人许其"情词婉约,与(高)竹屋相近"③,实则后句纯是曲子腔,作为词有些落格。文体互参的体位原则正是在文学批评中需要确立文体风格界限的时候就凸显其美学意义来。

词与文类互参的体位问题较为复杂。考虑到自六朝以来文、笔之辨所形成的抒情传统,韵文整体上应高于散文;但古文和赋这些体裁来源很古,感觉上似乎又要高于词曲。因此遇到具体的互参之例,人们就会有不同的判断。宋代张侃曾说:

---

① 刘毓盘《词史》,上海群众图书公司 1931 年版,第 169 页。
② 详张仲谋《明词史》第一章第二节"关于明词曲化的认识",人民文学出版社 2002 年版,第 14—18 页。对这个问题的专门讨论,还可参看胡元翎《对"曲化"与"明词衰弊"因果链的重新思考》,《中国韵文学刊》2007年第 1 期。
③ 王之春《椒生随笔》卷四"香奁杂咏"条,岳麓书社 1983 年版,第 43 页。

　　秦淮海词古今绝唱,如《八六子》前数句云:"倚危亭,恨
如芳草,凄凄刬尽还生。"读之愈有味。又李汉老《洞仙歌》
云:"一团娇软,是将春揉做,撩乱随风到何处。"此有腔调散
语,非工于词者不能到。①

所谓散语即古文,张侃显然对以文入词持肯定态度,辛弃疾词中
的众多例子如《哨遍》化用《庄子·秋水》,《贺新郎》化用王勃《滕
王阁序》,《八声甘州》化用《史记·李将军列传》,《新荷叶》化用
王羲之《兰亭序》等等,都可以支持这种见解。但元人戴表元则不
以为然,他以唐五代词为对照,批评"近世作者几类散语,甚者竟
不可读"②,这是认为文不可入词。也许正因为文、赋、词之间的
体位高卑比较模糊,所以刘体仁《七颂堂词绎》论辛弃疾词中的文
体互参,只说"稼轩'杯汝来前',《毛颖传》也;'谁共我,醉明月',
《恨赋》也。皆非词家本色"③,而没有涉及体位高卑的问题。

　　曲在韵文中体位已居最下,自无可行之体。一个典型的例子
是马致远名作《天净沙·秋思》,后人多方尝试改写,无论改为五
七言绝句还是改为五言律诗,甚至《忆江南》词,都大失原作韵味,
因为散曲的自然浑成到诗词里就显得太浅白了。不过正因为曲
居下流而易为众体所染,论者也不乏为之驱避异类的。如王骥德
《曲律》论"曲禁"的四十条约法中就有避太文语(不当行)、太晦

---

①张侃《张氏拙轩集》卷五《跋拣词》,文渊阁《四库全书》本。
②戴表元《剡源戴先生文集》卷十九《题陈强甫乐府》,《四部丛刊》本。
③刘体仁《七颂堂词绎》,唐圭璋辑《词话丛编》,第 1 册第 619 页。

语(费解说)、经史语(如《西厢》"靡不有初,鲜克有终"类)、学究语(头巾气)、书生语(时文气)几项①。时文因体位最低,不容入曲好理解,即使文学史上有其例也绝不能视为成功的尝试②。但他连正当可以高行卑的诗、词,也划出界限,说:"词之异于诗也,曲之异于词也,道迥不侔也。诗人而以诗为曲也,词人而以词为曲也,误矣,必不可言曲也。"就值得我们思索了。他论小令还指出:"周氏谓乐府、小令两途,乐府语可入小令,小令语不可入乐府,未必其然。渠所谓小令,盖市井所唱小曲也。"③周德清的说法原本合乎以高行卑的规则,但王骥德出于维护文体独立性的立场,当然就不能认同。这种反对或拒绝文体互参的态度,看来与论者对文体特殊性的强调有关,而其所重视的特殊性多半又落实到文体的功能属性,这往往成为文体互参难以逾越的鸿沟,下文我们还要讨论这一点。

六、赋、史传文体互参中的体位原则

诗以外的文体互参,虽不如诗歌那么引人关注,但从典籍中

---

① 王骥德《曲律·曲禁》,《中国古典戏曲论著集成》,中国戏剧出版社 1959 年版,第 4 册第 131 页。
② 最近有学者讨论这一问题,见马艳《明前期传奇"以时文为南曲"的创作倾向》,《晋阳学刊》2007 年第 3 期。
③ 王骥德《曲律·小令》,《中国古典戏曲论著集成》,第 4 册第 133 页。按:所引周德清语出《中原音韵》所附《作词十法》。

的零星资料我们还是可以窥见古人对此的看法。

先看赋，它的体位处于诗、文之间。毛先舒《诗辩坻》云："唐人文多似诗，不害为佳。退之多以文法为诗，则伧父矣；六朝人序记多似赋，不害为佳。子瞻多以序记法为赋，则委蘼矣。"①这里流露出的体位观基于文学史的创作实践和经验：诗可入文，文不可入诗；赋可入文，而文不可入赋。虽然作者未明言诗、赋、文三者的体位高卑，但从"伧父"和"委蘼"的结果是不难体会其价值观的。毛氏只将文与诗、赋相比，没有说明诗、赋体位的高卑，这由自古相传的"赋者，古诗之流"（《汉书·艺文志》）及"诗，文之至精者也"②来看，赋低于诗也是不言自明的。刘熙载《艺概·赋概》云："赋别于诗者，诗辞情少而声情多，赋声情少而辞情多。"③赋既然在音乐性和抒情性上与诗划开鸿沟，就只能在议论、铺叙这些文章要素上与文相较了，所以论赋者一般不关注与诗的互参，而只注意它与文的互参。项安世说"大抵屈宋以前以赋为文"，如"贾谊之《过秦》、陆机之《辩亡》，皆赋体也"④，这只指出一个事实，并无判断。陈师道说："退之作记，记其事尔，今之记乃论也。少游谓《醉翁亭记》亦用赋体。"⑤玩其语气，似对当时以论为记颇不以为然，引秦观之语也明显含有否定的意味。记与论孰

①毛先舒《诗辩坻》卷三，郭绍虞辑《清诗话续编》，第 1 册第 67 页。
②郝经《陵川集》卷二十四《与撖彦举论诗书》，山西古籍出版社 2006 年版，第 4 册第 832—833 页。
③王气中《艺概笺注》，第 255 页。
④项安世《项氏家说》卷八"诗赋"条，《湖北先正遗书》本。
⑤陈师道《后山诗话》，何文焕辑《历代诗话》，上册第 309 页。

高孰卑或容有异议,当时人似以为记不宜杂论体①;至于赋高于文,则无可争议,故《醉翁亭记》出以赋的铺排笔法,正属以高行卑,适得其宜,宋祁当时就说:"只目为《醉翁亭赋》,有何不可?"②后世更推为名篇,传诵人口。元代祝尧《古赋辨体》有云:

> 赋若以文体为之,则专尚于理,而遂略于辞,昧于情矣。……赋之本义,当直述其事,何尝专以论理为体邪?以论理为体,则是一片之文,但押几个韵尔,赋于何有?今观《秋声》《赤壁》等赋,以文视之,诚非古今所及,若以赋论之,恐(教)坊雷大使舞剑,终非本色。③

这是说用文的标准来看欧阳修《秋声赋》、苏东坡《赤壁赋》,诚为好文章;但以赋的标准来看,却不是本色当行。言下之意,以赋体为文可行,而以文体为赋则不成,隐然也表达了文赋互参中以高行卑的体位原则。

其次看史传。历史在中国古代具有特别崇高的地位,贵为藩侯、才高八斗的曹植犹以"采庶官之实录,辩时俗之得失,定仁义之衷,成一家之言"(《与杨德祖书》)为政治目标之外的最高志

---

① 黄庭坚《豫章黄先生文集》卷二六《书王元之竹楼记后》:"荆公评文章,常先体制而后文之工拙,盖尝观苏子瞻《醉白堂记》,戏曰:'文词虽极工,然不是《醉白堂记》,乃是《韩白优劣论》耳。'"(《四部丛刊初编》本)可见对记入论体王安石也是不以为然的。
② 朱弁《曲洧旧闻》卷三,《知不足斋丛书》本。
③ 祝尧《古赋辨体》卷八,明成化二年金宗润刊本。

愿,史传文体之尊可想而知。刘知几既已言"盖史者当时之文也,
然朴散淳销,时移世异,文之与史,较然异辙"①,则临文之际,史
传与其他文体互参的体位定势就不言而喻了。上文提到的以论
参记,所以被视为不得体,实质上也是因为记源于史传,而论出自
子书,根据经史子集的高下序列,论的体位自然要低于记。至于
史传本身与其他文体的相参,较常见的是笔记小说。清初李邺嗣
《世说录遗序》云:"著书家各自有体,宁取史传语入稗篇中,不得
取稗篇语入史传中。古今史裁称班、马,其义全主美刺,虽时有点
注,俱属其人风节所系,且文气前后相关,自相映发。然论者犹谓
兰台好引中流小事,不及龙门。"他又举《晋书》用《世说新语》的
例子,作为反面材料:"间载一琐事入传,率本刘义庆《世说》,非有
美刺本旨,但强相联缀,断续间多格而不入。即所引语,时窜一二
字,或于断句下益一助语,便觉风味大减。"②这可以说是以卑入
高的失败例证。推原史传避小说的意识,似乎来自很古老的启
示。司马迁曾说:"百家言黄帝,其文不雅驯,荐绅先生难言
之……余并论次,择其言尤雅者,故著为本纪书首。"③后世引为
口实,遂忌讳史传杂以小说家言。王岩就曾据司马迁之言,批评
时人作"叙事之文,不知《史》《汉》之体之法之神,而且杂以小说
游戏之辞,不自知择"④,他认为这与世人改窜八股而为古文一样
(详后),同属耽迷举业、昧于古文辞之学的缘故。

①刘知几《史通·覈才》,上海古籍出版社1978年版,上册第250页。
②李邺嗣《杲堂诗文集》,浙江古籍出版社1988年版,第605页。
③司马迁《史记·五帝本纪》,中华书局标点本,第1册第46页。
④何絜《晴江阁文钞》王岩序,民国十九年国学图书馆影印本。

七、古文和时文互参的体位原则

　　古文辞之学,即使在举世沉溺于举业的明清时代,在人们的观念中仍占有最高的地位。古文的体位虽卑于诗、赋,但仍高于其他文类,古文可参于他类文体,而他类文体不可阑入古文。清代古文名家李绂《古文辞禁》批评"有明嘉靖以来,古文中绝,非独体要失也,其辞亦以鄙矣",因而提出古文应禁用儒家语录、佛家言谈、训诂讲章、时文评语、四六骈语、传奇小说、市井鄙言等①。袁枚《与孙俌之秀才书》也诫孙说,古文之体最严,"一切绮语、骈语、理学语、二氏语、尺牍辞赋语、注疏考据语,俱不可以相侵"②。影响更大的当然还是桐城派的主张,自方苞喻弟子沈廷芳,"古文中不可入语录中语,魏晋六朝人藻丽俳语,汉赋中板重字法,诗歌中隽语,南北史佻巧语"③,遂传为义法之一,为桐城派后学所遵奉。吴德旋《初月楼古文绪论》说:"古文之体,忌小说,忌语录,忌诗话,忌时文,忌尺牍,此五者不去,非古文也。"④他具体指出"柳文《宋清传》《蝜蝂传》等篇,未免小说气","侯朝宗天资雅近大苏,惜其文不讲法度,且多唐人小说气","秦小岘文未脱诗话气"。我们知道,文学史上针对韩愈《毛颖传》是否属于传奇文体的问

①李绂《李穆堂诗文全集》,道光十一年珊城阜祺堂重刊本。
②袁枚《小仓山房续文集》卷三十五,《袁枚全集》,第 2 册第 642 页。
③沈廷芳《书方望溪先生传后》,《隐拙轩集》卷四十一,乾隆二十一年刊本。
④吴德旋《初月楼古文绪论》卷一,道光刊本。

题,曾有过长久的争议,实质上反映了古文与其他文体互参的体位问题。另一个著名的例子是范仲淹的《岳阳楼记》。陈师道《后山诗话》载:"范文正公为《岳阳楼记》,用对语说时景,世以为奇。尹师鲁读之,曰:'《传奇》体尔。'《传奇》,唐裴铏所著小说也。"[1]在中国古代的叙事体裁中,文学语言按功能明显分为两类,叙事通常用口语化的散文,描写、形容则往往用偶俪藻饰之辞,唐人传奇小说也有这种情形。如《昆仑奴》写歌妓的容貌"翠环初坠,红脸才舒,玉恨无妍,珠愁转莹",便是骈俪的铺叙。这是以赋入小说,属于以高行卑,而这种描写方式作为小说笔法定型后,再参于古文,便成了以卑入高。尹洙说范文"用对语说时景",正是指其写景不脱小说习气,以古文而杂小说笔法,有悖于文体互参的体位定势。清初古文名家王猷定也曾因《义虎记》《汤琵琶传》《李一足传》的虚构色彩,被讥"文不脱小说余习"[2],李良年《论文口号》至云"《琵琶》《一足》荒唐甚,留补《齐谐》志怪书",鲜明地表达了文高小说卑的体位意识。

文章因体裁繁多,其内部也像诗一样有体位高卑之别,须有必要的辨别和回避,不可任意出入。王应麟《词学指南》卷二曾细论各种文体的规避情形,比如诏书,引吕本中云:"诏书或用散文,或用四六,皆得。唯四六者下语须浑,全不可如表,求新奇之对,而失大体。"而"散文当以西汉诏为根本,次则王岐公、荆公、曾子开诏熟观,然后约以今时格式,不然则似今时文策题矣"。卷三又

---

①陈师道《后山诗话》,何文焕辑《历代诗话》,上册第 310 页。
②王猷定《四照堂集》胡思敬跋,《豫章丛书》本。

云："记序用散文，须拣择韩、柳及前辈文与此科之文相类者熟读。作文贵乎严整，不可少类时文。"①文的体裁远较诗词曲为繁杂，正像上引《后山诗话》论及记、论之体互涉那样，具体到某种文体，有时很难遽定其体位高卑。但有一点是很清楚的，"古文"和"时文"的体位高卑确不可易。

　　唐以骈文为时文，宋后以经义为时文，源头更古老的以散语为特征的古文相对骈文和经义来自然占据高位。在八股文形成之前，文体互参的体位问题主要集中在骈散文之间。古文体古而高，骈文晚出而卑，故古文可入骈体，骈俪则不可入古文。这个问题在宋元之际曾颇为文论家所关注。《后山诗话》记载："国初士大夫例能四六，然用散语与故事尔。杨文公刀笔豪赡，体亦多变，而不脱唐末与五代之气。又喜用古语，以切对为工，乃进士赋体尔。欧阳少师始以文体为对属，又善叙事，不用故事陈言而文益高。"②骈文而杂散语、古语，追求对仗工切，都属于以古文或律赋相参，与欧阳修"以文体为对属"即取散文化的对仗入骈体本质上是相通的，均属以高行卑，非但不为病，陆贽的骈文还因此赢得后人特别的称誉③。后来宋代谢伯采说"四六本只是便宣读，要使如散文而有属对乃善"④，方逢辰《胡德甫四六外编序》称胡氏"尤长于四六，近得启事数篇观

①王应麟《词学指南》，文渊阁《四库全书》本《玉海》附。
②陈师道《后山诗话》，何文焕辑《历代诗话》，上册第310页。
③参看吴庚舜、董乃斌主编《唐代文学史》下卷第三章第二节"陆贽及其政论文"，由蒋寅撰写，人民文学出版社1995年版，第67—71页。
④谢伯采《密斋笔记》卷三，文渊阁《四库全书》本。

之,交乎上者不谄,交乎下者不倨,且铺叙旋折,咳唾历荦如散文"①,元刘埙览赵必岊(次山)文,称"此乃以散文为四六者,正是片段议论,非若世俗抽黄对白而血脉不贯者也"②,都表明以散文为四六,是人们认可的骈散文互参的体位定势,也符合以高行卑的体位原则。反过来,若以骈俪语入散文,就被许学夷这样的批评家批评为"文体之不纯"③。《四库全书总目提要》批评明姚希孟:"文体全沿公安、竟陵之习,务以纤佻为工。甚至《游广陵记》于全篇散语之中,忽作俪偶一联云:'洞天深处,别开翡翠之巢;笑语微闻,更掣鸳鸯之锁。'自古以来,有如是之文格乎?"④也是一个很好的例子。宋代罗璧还曾强调"骈俪贵整,散文忌律,各有当也"⑤,这又是从声律角度得出的认识,以为散文不可杂以骈文的声律,同样合乎散高骈卑的体位观。

明代以后经义发展为八股文,成为日常所用文体,于是古文和八股文互参的体位问题从而产生。正如翁方纲所说:"八比时文言圣贤之言,若在序记论说上矣,而其体究属应举之作,不得不次于古文言之。"⑥然则按以高行卑的定势,古文可以入时文,时

①方逢辰《蛟峰文集》卷四,文渊阁《四库全书》本。
②刘埙《隐居通义》卷二十二,文渊阁《四库全书》本。
③许学夷《诗源辩体》卷十七,第 177 页。
④永瑢等《四库全书总目》卷七八明姚希孟《循沧集》提要。
⑤罗璧《识遗》卷二"崛奇可味"条,文渊阁《四库全书》本。这几条宋代文章论资料受惠于评审谷曙光《宋代文体学研究》(北京师范大学博士论文,2006)一文,虽然我讨论的问题和他不一样,谨此致谢。
⑥翁方纲《苏斋笔记》卷十二,《清代稿本百种汇刊》,台湾文海出版社 1974年版,第 8783 页。

文不可入古文。正如清初徐时夏所说："古文与时文原迥然不同。今之举人、进士侥幸厕名花榜,便自以昌黎、柳州,辄纵笔为人作序作传作碑铭,而人亦以其举人、进士也,重而求之。殊不知以古文之笔为时文,便妙不可言;以时文之笔为古文,便成笑谱。"①由于这种体位落差的存在,古文、时文两方就形成了截然对立的文体策略:古文为保持文体的纯洁性,极力排斥时文及其他文体因素;而时文为充实其内涵,却积极引入古文因素。前者如古文家方苞《与熊艺成书》《与章泰占书》劝对方力戒时文;后者则如郑苏年说:"八股与古文虽判为两途,然不能古文者,其八股必凡近纤靡,不足以自立。"②事实上,像明代唐顺之、茅坤、归有光、黄淳耀、艾南英等时文巨子,他们的成功都与援入古文笔法有关。而清代康熙十二年(1673)状元韩菼则是这方面最成功的作家,"其举子业以古文为时文,大则鲸鱼碧海,细亦翡翠兰苕,轻才小生,率瞠目不解为何语。及掇取大魁以去,文名震一时,于是一阓之市、三尺之童,无不知有慕庐先生也者。残膏剩馥,沾丐后人;起衰之功,直比昌黎山斗矣"③,遂开有清一代"以古文为时文"的先声。

考察这股援古入时之风在清代的流行,桐城派所起的作用不可忽视。如前引吴德旋《初月楼古文绪论》所示,桐城派虽强调古文须避时文气,无奈文人士大夫自幼浸淫八股文太深,以致日后

---

① 徐时夏《与张山来》,张潮辑《友声新集》卷一,康熙刊本。
② 梁章钜《退庵随笔》引,郭绍虞辑《清诗话续编》,第4册第1995页。
③ 郑方坤《本朝名家诗钞小传》卷二,台湾广文书局1971年影印本。

做古文很难摆脱时文积习。更何况桐城古文宗师方苞自己就"以古文为时文,却以时文为古文"①,只不过以古文为时文可以冠冕堂皇地标举,而以时文为古文只能哑巴吃馄饨心里有数罢了。钱仲联先生曾指出:"明清古文理论家,有时不免用写作时文的一套理论来处理古文,写作上有的也不免沾上一些时文的气息。但是二者的循环影响,主要却在于古文影响时文的一面。古文影响时文,所以提高时文的水准;而时文影响古文,则是降低古文的品格。"②清初王岩批评时人以时文之法作古文而浑然不觉,"议论之文,改窜八股。平日举业烂熟于胸,虽欲先洗濯尽净而驱之不去,不召自来。惟所学在是也"③,钱陆灿批评"今自专主欧、曾之说兴,近来学者不读书好学,竟以时文家八股语助为古文,而侈然号而读之曰古文"④,完全可以印证这一点。要之,时文之体实在太鄙太贱,甚至被拟为不入绘画的猪、编了混饭吃的草鞋⑤,所以它与古文的互参,相比其他文体更无争议可言,可以说是所有文体互参中最典型地体现以高行卑的体位定势的例子。

---

① 钱大昕《与友人书》引王若霖语,《潜研堂文集》卷三十三,《四部丛刊》本。
② 钱仲联《桐城古文与时文的关系问题》,《梦苕庵清代文学论集》,齐鲁书社 1983 年版,第 78 页。关于明清时代时文与古文的关系,还可参考邝健行《诗赋与律调》(中华书局,1994)所收《明代唐宋派古文四大家"以古文为时文"说》《桐城派前期作家对时文的观点与态度》,黄强《八股文与明清文学论稿》(上海古籍出版社,2005)第十三章"古文与时文"。
③ 何焯《晴江阁文钞》王岩序,民国十九年国学图书馆影印本。
④ 钱陆灿《汇刻列朝诗集小传序》,《列朝诗集小传》卷首,上海古籍出版社 1983 年版。
⑤ 详蒋寅《科举阴影中的明清文学生态》,《文学遗产》2004 年第 1 期。

八、"本色""破体"与文体互参

在以高行卑的体位原则主导下,体位高的文体向其他文体渗透固然有着较大的自由度,但反过来说,其他文体向它渗透就变得比较困难,这意味着体位越高的文体需要规避的异文体因素就越多。诗的体位最高,所以连文规避的因素也要规避。陶元藻《凫亭诗话》论学诗有四恶宜屏:"一曰油滑,二曰空疏,三曰无性灵,四曰时文气未除。"①这多半属于文章须避忌的不良习气。晚清朱庭珍《筱园诗话》说:"诗不可入词曲尖巧轻倩语,不可入经书板重古奥语,不可入子史僻涩语,不可入稗官鄙俚语,不可入道学理语,不可入游戏趣语,并一切禅语丹经修炼语,一切杀风景语及烂熟典故与寻常应付公家言,皆在所忌,须扫而空之,所谓陈言务去也。"②这虽是从避熟的角度立论,但其中何尝没有文体格格不入的顾忌呢?王夫之评曹丕《艳歌何尝行》亦云:"序事不入传记,俳谐不入滑稽口号。古人幸有此天然乐府词,后来不苦茫茫除取,下根汉十可得九矣。"③这是说传记、滑稽口号本来是叙事和俳谐文都必须规避的,诗更不待言,幸好诗中有乐府一体可以容纳这些文体要素。言下之意,若无乐府一体,则诗歌艺术表现的

①陶元藻《凫亭诗话》卷下,嘉庆刊本。
②朱庭珍《筱园诗话》卷四,郭绍虞辑《清诗话续编》,第4册第2407页。
③王夫之《古诗评选》卷一,文化艺术出版社1997年版,第23页。

领域将十分狭窄。这的确是一个令人深思的问题,体位越高禁忌越多,在艺术表现上就越受束缚,这不能不对文体的表现力造成限制和影响。

古人也早就意识到这一点,一直在探寻扩张文体表现力的方式。突破文体界限,引入其他文体的特征,即通过文体互参来给文体扩容,被证明是经常能发挥奇异效果的策略之一。正如前引文献所见,文体互参不仅是历史和现实的存在,它在理论上也是被肯定的,"破体"正是意味着文体互参之合法性的概念。这个词最初出自书法理论,唐张怀瓘《书断》云:"王献之变右军行书,号曰破体书。"即变王羲之行书为行草并用。戴叔伦《怀素上人草书歌》用"始从破体变风姿"称赞怀素书体的创新,李商隐《韩碑》用"文成破体书在纸"借指韩愈《平淮西碑》的创格①,后渐固定为突破文体规范、另创新格的意思,与"本色"构成一对在文体互参问题上既对立又互补的概念。

当代研究者都认为,文学史发展到宋代,由于文体的繁衍和成熟,破体成为拓展文学表现力的手段,在当时的创作中普遍运用:"在两宋文坛上,'破体为文'的种种尝试,如以文为诗、以赋为诗、以古入律、以诗为词、以文为词、以赋为文、以文为赋、以文为四六等,令人目不暇接,其风气日益炽盛,越来越影响到宋代文学

---

① 冯浩《玉溪生诗集笺注》卷一《韩碑》注引释道源曰:"破当时为文之体。"冯浩则以为"文成"指书法。按:释道源之解于义为长,参看钱锺书《管锥编》,第3册第890页。

的面貌和发展趋向。"①应该说,"破体"是以"本色"的意识为前提的,而"本色"概念正起于宋代,被认为是在文体大备和创作中不同文体界限混淆的现实下所产生②,是文体意识趋于明确的结果。严羽《沧浪诗话·诗法》大力提倡"须是本色,须是当行",那么究竟什么是本色呢? 张炎《词源》说:"盖词中一个生硬字用不得,须是深加锻炼,字字敲打得响,歌诵妥溜,方为本色语。"③然则本色就是指文体在语言表现上的固有特色,这从后来刘体仁推李清照"'最难将息,怎一个愁字了得',深妙稳雅,不落蒜酪,亦不落绝句,真此道本色当行第一人"④,也不难体会。本色基于一种谨守文体固有特性的要求,意味着拒绝文体互参即吸纳其他文体特征,如清代词论家谢元淮所谓"词之为体,上不可入诗,下不可入曲。要于诗与曲之间,自成一境。守定词场疆界,方称本色当行"⑤。但实际上宋人并不拒绝文体互参,或许是苏东坡这位天才作家的成功让文坛开了眼界——文学固亦可不"本色"而妙乎! 曾季狸《艇斋诗话》载:

> 东坡之文妙天下,然皆非本色也。与其它文人之文、诗人之诗不同。文非欧、曾之文,诗非山谷之诗,四六非荆公之

①王水照主编《宋代文学通论·文体篇》第三章"尊体与破体",河南大学出版社 1997 年版,第 67 页。
②详龚鹏程《论本色》,《诗史本色与妙悟》,台湾学生书局 1992 年版。
③夏承焘《词源注》,人民文学出版社 1963 年版,第 15 页。
④刘体仁《七颂堂词绎》,唐圭璋辑《词话丛编》,第 1 册第 622 页。
⑤谢元淮《填词浅说》,唐圭璋辑《词话丛编》,第 3 册第 2509 页。

四六,然皆自极其妙。①

任何理论都是灰色的,只有杰作常青。东坡的伟大成就足以让任何推崇"本色"的议论失色,也足以让世人用更开放的眼光去看待历史上的文体互参现象,承认"破体"的正当性。

即以被陈师道视为"要非本色"的韩愈诗来说,许学夷曾举出:"退之五言古如'屑屑水帝魂'(《谴虐鬼》)、'猛虎虽云恶'(《猛虎行》)、'弩骀诚龌龊'(《弩骥赠欧阳詹》)、'双鸟海外来'(《双鸟诗》)、'失子将何尤'(《孟东野失子》)、'中虚得暴下'(《病中赠张十八》)等篇,凿空构撰;'木之就规矩'(《符读书城南》),议论周悉;'此日足可惜'(《此日足可惜一首赠张籍》),又似书牍:此皆以文为诗,实开宋人门户耳。"但他并不认为这些例子不成功,反而承认"可谓过巧,而不可谓不工也"②。赵翼则更说:"以文为诗,自昌黎始,至东坡益大放厥词,别开生面,成一代之大观。"③事实上,韩愈将古文章法、句法和议论方式引入诗中,极大地拓展了诗歌体裁的表现力,其历史贡献已为当代学者所公认④。再看文和赋的互涉,如果说《醉翁亭记》是以赋为文,那么《秋声赋》就是以文为赋,都可以说是破体,所以明人余君

---

① 曾季貍《艇斋诗话》,丁福保辑《历代诗话续编》,上册第 323 页。
② 许学夷《诗源辩体》卷二十四,第 252—253 页。原文所举各句无作品标题,为笔者所补。
③ 赵翼《瓯北诗话》卷五,郭绍虞辑《清诗话续编》,第 2 册第 1195 页。
④ 参看程千帆《韩愈以文为诗说》,《古诗考索》,上海古籍出版社 1984 年版,第 183—206 页。

房说"至于《醉翁亭记》而记法尽废,《赤壁》两赋而赋法尽废"。著名评点家孙鑛答之曰:

> 《醉翁亭记》《赤壁赋》自是千古绝作,即废记、赋法何伤? 且体从何起? 长卿《子虚》,已乖屈宋;苏李五言,宁规四诗?《屈原传》不类序乎?《货殖传》不类志乎?《扬子云赞》非传乎?《昔昔盐》非排律乎? 何独诧于欧记苏赋也? 故能废前法者乃为雄,废前法而能使人脍炙者尤更为雄。①

"废前法者乃为雄",让我们想到历史上那个有名的命题"若无新变,不能代雄"(萧子显《南齐书·文学传论》)。在古典文学的体裁基本定型和成熟之后,要想代雄,很大程度上须假"破体"带来的能量。孙鑛甚至说:"仆常欲以赋为序,铭赞为记,论为志,恨力未能副耳。果能之,岂拘拘循此环堵走乎?"可见废前法不只是个观念问题,也是个才力的问题,叶燮视为对诗史推动最大也即力量最大的三位诗人,其中两位便是以"破体"著称的韩愈和苏东坡(还有一位是杜甫)。事情就是这样,斤斤讲体式,不越雷池一步的太半是中才,才力大的作家则无如不适,文体对他们的才能来说要么是束缚,要么什么也不是。

破体实质上就是打破"本色"的规制,故而词中的破体也被称作"出色",即突破、背离本色。刘熙载《艺概·词曲概》云:"古乐

---

①孙鑛《姚江孙月峰先生全集》卷九《与余君房论文书》及附录余札,嘉庆十九年孙氏重刊本。

府中至语,本只是常语,一经道出,便成独得。词得此意,则极炼
如不炼,出色而本色,人籁悉归天籁矣。"①值得注意的是,这里虽
提到出色,却并非一味主张出色。因为"破体"和"出色"本质上
只意味着突破规范这样一种趋势,它本身不含有任何美学上的规
定性,这样一来就产生一个问题:当破体的成就得到肯定,破体的
功能得到普遍认可后,我们该如何理解破体的美学理由? 是单纯
视为杂交优势,还是认为文体互参受一定的规则制约? 要回答这
个问题,必须思考本文开头提出的文体互参的体位问题,找出藏
匿于其中的潜规则。当然,更需要思索的是规则成立的美学
依据。

九、"木桶原理"与以高行卑的美学依据

　　前述各种文体互参都显现出以高行卑的体位定势,这种方向
性从表面上看可以有各种文体学、风格学的解释,论者偶尔也会
涉及类似的说法,那么这种以高行卑的价值取向,究竟是由什么
决定的呢?

　　让我们重温一下前文已引用的许学夷的话:"古之于律,犹篆
之于楷也。古有篆无楷,故其法自古。后人既习于楷,而转为篆,
故其法始敝。汉魏有古无律,故其格自高。后人既习于律,而转
为古,故其格遂降。"正像"破体"的概念出于书法一样,我发现以

―――――――――

①王气中《艺概笺注》,第 357 页。

高行卑的体位原则也与书法美学的价值观紧密相连。诗论家是
由此获得启示,抑或于此得到印证,不得而知,但他们不约而同地
取譬于书论,以书论来阐发其中的道理,却是很值得注意的。沈
德潜论乐府不宜杂古诗体,作古诗须得乐府意;古诗不宜杂律诗
体,而作律诗须得古风格,最后是归结到与写篆、八分不得入楷
法,写楷书宜入篆、八分法同理①。王寿昌《小清华园诗谈》也说:
"作字者,可以篆、隶入楷书,不可以楷法入篆、隶。作诗者,可以
古体入律诗,不可以律诗入古体。以古体作律诗,则有唐初气味;
以律诗入古体,便落六朝陋习矣。"②晚清杨希闵《词轨序》又以书
法比拟填词中的文体、风格互参:

> 书家学真书,必从篆隶入乃高胜。吾谓词家亦当从汉魏
> 六朝乐府入,而以温、韦为宗,二晏、贺、秦为嫡裔;欧、苏、黄
> 则如光武崛起,别为世庙。如此则有祖有祢,而后乃有子
> 有孙。③

这里提到的诗词之间、古近体之间、古今作家风格之间的互参都
与书体的互参相提并论,以比拟的原理推之,这无疑是缘于书体
互参中以高行卑的体位定势更通俗易懂,广为人知。
　　习书法、篆刻者都知道,治印以大篆入小篆,作书以古笔入

---

①沈德潜《说诗晬语》卷下,丁福保辑《清诗话》,下册第 550 页。
②王寿昌《小清华园诗谈》卷上,郭绍虞辑《清诗话续编》,第 3 册第 1857 页。
③杨希闵《词轨》,国家图书馆藏旧钞本,转引自赵晓辉《清人选唐宋词研
　究》附录,北京师范大学博士论文(2007),第 122 页。

近体,都属于"破体"即笔法互参的常识。唐代颜真卿的行书,
清初书论家冯班就说"颜行如篆加籀,苏、米皆学之"①。后代书
家更每以书体相参,摇曳其姿。方文《题汤岩夫千文篆册》云:
"一朝出此册,铁画银钩如。近则文衡山,远则李当涂。借归阅
十日,叹绝非阿谀。但君所学者,以秦为师模。尚期参颉籀,通
博为名儒。"②方文称赞汤岩夫作篆兼师李阳冰、文徵明之余,又
微憾其笔法只限于秦篆,于是勉励他更参究古籀以博其趣。这
是以古籀笔法入秦篆的主张。傅山说:"楷书不自篆隶八分来,
即奴态不可观矣。"③郑板桥著名的"六分半书",就属于运分入
楷,光大了傅山打破唐楷图式,以汉隶入楷书的精神④。单烺
《郑板桥作字数幅为赠》诗论其理云:"八分去篆犹未远,运入行
草古法垂。"⑤这是以隶书笔意参于楷书的主张。到邓石如手
里,汉碑之学达到顶峰,"破体"为书的势头更为明显,一时名家
率奔竞于此途:伊秉绶用秦篆入隶书,楷书也参以隶法;陈鸿寿
作篆书带钟鼎款识味,作隶书笔势具汉篆趣味;何绍基自称"余

①冯班《钝吟杂录》卷七"诫子帖",《丛书集成初编》本,第90页。
②方文《嵞山续集》卷一,上海古籍出版社1979年影印康熙刊本,下册第
　884—885页。
③《明清书法论文选》,上海书店出版社1994年版,第454页。
④关于书法史上由篆、隶求楷法的主张,可参看白谦慎《傅山的世界》第三章
　"学术风气的转变和傅山对金石书法的提倡",生活・读书・新知三联书
　店2006年版,第228—243页。
⑤单烺《大崑崙山人稿》卷三,鉴古堂藏板。

学书四十余年,溯源篆、分,楷法则由北朝求篆、分,入真楷之绪"①,而写魏碑却带汉隶笔意;赵之谦写楷书皆带篆、隶、北碑意味;章太炎小篆也常融入籀文意趣。道理很简单,书体既定,习者日多,固守成法而不变,势必如明人学唐诗,难出新意。"破体"实在是书体定型后不得不行的通变之途。但是,正如这些名家的探索实践所昭示的,"破体"绝非任意相参,而是都贯穿着以古参近亦即以高行卑的体位原则。若违背这一原则,由近入古,如唐以后的隶书参入楷法,则前人断言"固不如汉人以篆法作隶书也"②。明代赵宧光以草势入篆书而为"草篆",创意诚然可贵,但有悖于以高行卑的体位定势,"自解人观之,未有不齿冷也"③。

　　离开书法,从更广阔的古典艺术视野中考察"破体",我们就会发现,其他艺术门类也同样是既肯定体裁或风格的互参,又标举以高行卑的体位原则。关于画中的皴法,恽南田就说:

　　　　画中惟皴法最难,所宜亟讲。各家画法未易兼综,然须画北宋勿使一笔入南宋法,画南宋勿使一笔入元人法,画元人亦勿使一笔入南宋诸家法。盖诸家各有门庭,勿相混淆,

---

① 何绍基《跋道因碑拓本》,《何绍基诗文集·东洲草堂文钞》卷十,岳麓书社 1992 年版,第 889 页。
② 钱泳《书学》,《历代书法论文选》,上海书画出版社 1979 年版,下册第619 页。
③ 朱彝尊《静志居诗话》卷十九,下册第 566 页。这个例证曾闻之朱天曙博士,颇受启发,谨此致谢。

惟通其理而化其偏。①

这也许是个有理论阐释价值的问题,但近代以来,自宗白华《中国书法里的美学思想》《论中西画法的渊源与基础》以降的古典艺术和美学论著似未专门就此加以探讨,以致我现在谈论这一问题仍不免于"姑妄言"。

综观上述事例及种种有关互参定势的说明,都可见所谓以高行卑实质都是以古行近。文体的高卑取决于产生的时代,书体、画法的高卑也莫不如此,都与以古雅为核心的古典美学的价值观紧密关联。也就是说,高是由古决定的。"古"从来就是传统美学的理想范畴,它包含着雅、正、清、淳、和、重、厚、朴、淡等诸多正价的美学要素,与之相对的"今"则与俗、邪、浊、漓、厉、轻、薄、巧、艳等负价的美学要素相联系。在以古为尚的传统观念观照下,古代艺术史基本上就是一个由雅变俗、由淳变漓、由厚变薄、由朴变巧的堕落过程。陆游《长短句序》论词史流变云:

> 雅正之乐微,乃有郑卫之音,郑卫虽变,然琴瑟笙磬犹在也。及变而为燕之筑,秦之缶,胡部之琵琶、筚篥,则又郑卫之变矣。风雅颂之后,为骚为赋为曲为引为行为谣为歌,千余年后,乃有倚声制辞,起于唐之季世,则其变愈薄,可胜叹哉。②

————————

① 笪重光《画筌》恽寿平评,《昭代丛书》戊集本。
② 陆游《渭南文集》卷十四,《陆游集》,中华书局1976年版,第5册第2101页。

《四库提要》论钱起诗时曾提到"大历以还,诗格初变,开、宝浑厚之气,渐远渐漓。风调相高,稍趋浮响"①。这段常被引用来论大历诗人的话,也可以从退化论的角度来解读,所谓"渐远渐漓",无非是印证了胡应麟"诗之格以代降也"②,许学夷"古今诗赋文章代日益降……盖风气日衰,故代日益降"的论断③。显然,在这种退化论文学史观中呈现的文体序列,天然就排定了其价值的贵贱、体裁的轻重及由此而来的高下位序。唯此之故,文体互参也就如同人物交接,高降礼为虚怀,低抗礼为僭越——这种体位定势当然不是世俗交际的潜规则所能解释的,其中势必贯穿着某种美学的理由。

书体互参的直观效果启示我们,以高行卑的美学理由在于较古的体裁给人分量重的感觉,反之则分量轻,以高行卑是由重到轻,如行舟以重石入轻船,分量能压得船住;以卑就高则是由轻到重,如盆景老桩接嫩枝,无复苍劲之气。这就是体裁高卑之间的轻重感觉。就书法而言,以古籀行篆,篆行隶,隶行于楷,无不点缀古雅浑朴之意;反之,古籀杂篆笔,篆杂隶意,隶夹楷法,楷带行草味道,则必显得孱弱,神气不完。这个道理不需要多少书法知识,只消作品摆在面前,自然就明白。但诗文的互参要微妙得多,

①永瑢等《四库全书总目》卷一五〇《钱仲文集》提要,中华书局影印本。
②胡应麟《诗薮》内编卷一,第 1 页。陈国球《胡应麟诗论研究》(香港华风书局,1986)不同意将胡应麟视为退化论者,认为他的历史观是波浪式的演化观,《诗薮》所以说"格以代降""体格日卑",是胡氏评诗采用双重标准所导致的,参看该书第 26—29 页。
③许学夷《诗源辩体》卷三十五,第 348 页。

以高行卑的出彩和以卑行高的纰漏都不是一目了然的,所以前贤才取人所共知的习书经验来譬况。清初诗论家周容的一段议论也很给人启迪,他说古人著述足以流传不朽者,大约能做到三点:一曰避,一曰钝,一曰离。其中论钝他强调"凡诗而欲轻欲俊者为下乘",因为"轻则必薄,俊则必佻,故仆以为欲钝。钝者,沉其气,抑其力,而出之以迟回惨淡者也。钝则必厚,钝则必老,钝则必重。开宝以后,诗运日衰者,不钝故也"。又说今人诗"病源有二:古人慎用虚字,而今人多率用之;古人慎用实字,而今人亵用之。于是遂近宋词,遂邻元曲。夫诗于词曲,犹女子于娼优,以轻俊流敝至此,可不慎哉?"①这又印证了前文提到的"木桶原理",就像桶里的水位取决于桶壁最矮的一块木片,诗文的整体格调也是由作品中格调最低的部分标定的。良家女子打扮得妖冶如娼,给人的感觉就降到了娼妓的品格。所以丫环头上戴得珠翠,公主头上却插不得荆钗,文体高卑不能乱参,正同此理。针对晏殊"无可奈何花落去"一联的诗词互见,张宗橚《词林纪事》说,"细玩'无可奈何'一联,情致缠绵,音调谐婉,的是倚声家语。若作七律,未免软弱矣"②。王国维《人间词话》辨诗、词体性,以为"诗之境阔,词之言长",诗入词或可开拓词境,而词入诗则只能成为软肋。其间不仅有情调的不侔,还有语言风格的差互。王士禛说"无可奈何花落去"一联只能是词而非《香奁》体诗,汤显祖"良辰美景奈何天"一联只能是曲而非《草堂》体词,也无非是觉得"无可奈何"和

①周容《复许有介书》,《春酒堂文集》,宣统二年国学扶轮社铅印本。
②张宗橚辑《词林纪事》卷三,上海古籍出版社1998年版,上册第172页。

"似曾相识"是成语,入诗太熟而腐,入词则妥溜可喜;"良辰美景""赏心乐事"本已为成语,更接"奈何天""谁家院"两个陈熟词组,入词太浅太易,而入曲却不失明白流利罢了。至于律、绝之间,律诗庄重,绝句轻倩,唐人每取绝句演唱,故常带乐府歌曲之风,近于词体,以绝句笔意入律诗则略显轻佻。秦韬玉《题刑部李郎中山亭》首起"侬家云水本相知,每到高斋强展眉"一联,纪昀评:"侬家二字入小诗犹可,入七律不宜;入风怀诗犹可,入闲适诗尤不宜。"①由此可见,文体互参中的体位和宜忌问题很大程度上取决于对文体的轻重感觉,而对文体的轻重感觉又常是与文体对应的题材以及功能属性联系在一起的。这决定了文体互参中体位问题的复杂性和以高行卑定势的非绝对性。

十、余论

事实上艺术绝无一成不变的规则,也无不可逾越的雷池,偶然和例外总是在追求独创性和陌生化的冲动中产生。尽管上文如此繁复地讨论了以高行卑的体位定势,最后我仍不能不指出,以高行卑也不是放之四海而皆准的定律,它在某些场合同样表现出不确定性,就我所见起码有三种情形:

一,在有些文体之间,体位的高卑并不明确。这除了表现在跨韵、散两大文类之际,更主要地集中于杂多的应用文体中。

---

① 李庆甲辑《瀛奎律髓汇评》卷二十三,中册第 993—994 页。

二,有些文体,体位高卑虽很明确,但互参的方向性却不固定,而且也不是单向的,宋代陈善名之为"相生法"。他以韩诗杜文为例:"韩以文为诗,杜以诗为文,世传以为戏。然文中要自有诗,诗中要自有文,亦相生法也。文中有诗,则句语精确;诗中有文,则词调流畅。"①这意味着以文为诗和以诗为文都能成立,而韩愈以文为诗的成功也证明以卑行高完全是可行的。甚至到近代,黄遵宪还宣称"吾欲以古文家抑扬变化之法作古诗"②,他显然也是一位很成功的诗人。

第三,在某些跨类的文体之间,高卑虽明确,但以高行卑的规则却不适用。作为韵文,词曲体位比文要高,词曲理应避散语,但问题是词曲是否就能以高行卑而入散文呢?显然又不可以。这里除了体位问题外,还有文体特征及语体问题。如沈德潜《说诗晬语》所指出的:"诗中高格,入词便苦其腐;词中丽句,入诗便苦其纤。各有规格在也。然腐之为病,填词者每知之;纤之为病,作诗者未尽知之。"③在诗与词曲高卑之间,确实存在不合常规之处。晁补之曾批评黄庭坚"间作小词,固高妙,然不是当行家语,乃著腔子唱好诗"④;李清照《词论》批评晏殊、欧阳修、苏轼"作为小歌词""皆句读不葺之诗尔";张炎《词源》批评辛弃疾、刘过作豪气词,为长短句之诗,无不显示出体位高卑与文体特征有时并不是相一致而可圆融无碍的。徐复祚《花当阁丛谈》说邵弘治

---

①陈善《扪虱新话》上集卷一,《儒学警悟》本。
②见黄遵楷《人境庐诗草跋》,钱仲联《人境庐诗草笺注》,第389页。
③沈德潜《说诗晬语》卷下,丁福保辑《清诗话》,下册第553页。
④吴曾《能改斋漫录》卷十六,下册第469页。

"《香囊》以诗语作曲,处处如烟花风柳,如'花边柳边''黄昏古驿''残星破暝''红入仙桃'等大套,丽语藻句,刺眼夺魄,然愈藻丽,愈远本色"①。王骥德《曲律》也说王世贞所作"亦词家语,非当行曲"②。以诗词入曲原符合以高行卑的体位规则,但邵半江、王弇州的实践却似不太成功,这提醒我们古代批评家那么强调"本色",毕竟是有理由的。这理由似乎主要是在文体的功能方面。查礼《铜鼓书堂词话》云:"情有文不能达,诗不能道者,而独于长短句中,可以委宛形容之。"③词论中的尊体论通常就是强调词体独特的表现机能,而一旦从表现机能的角度来强调文体的特征,体位高卑问题就不再有意义了,以高行卑也就可以免谈。凡跨韵、散文两大类的文体互参,经常会感到体位高卑不好说,互参定势也不像同类文体之间那么清楚,就是因为有个文体表现机能的问题横亘在中间。

　　以上就是我对文体互参之际体位定势问题的基本看法。读完本文,您若觉得以高行卑的体位定势太复杂绕人,怀疑它是否可行并实际地发挥过潜规则的作用,那也没关系,您可以赞同那些维护文体独立性、反对文体互参的批评家。他们中有诗论家王世贞、毛先舒、边连宝和词曲家李开先,王世贞曾指出:"长卿《子虚》诸赋,本从《高唐》物色诸体,而辞胜之;《长门》从《骚》来,毋论胜屈,故高于宋也。长卿以赋为文,故《难蜀》《封禅》绵丽而少

---

①徐复祚《花当阁丛谈》,转引自《中国古典戏曲论著集成》,第 4 册第 236 页。
②王骥德《曲律·杂论》,《中国古典戏曲论著集成》,第 4 册第 162 页。
③查礼《铜鼓书堂词话》,唐圭璋辑《词话丛编》,第 2 册第 1481 页。

骨；贾傅以文为赋，故《吊屈》《鵩鸟》率直而少致。"①李开先则断言："词与诗，意同而体异。诗宜悠远而有余味，词宜明白而不难知。以词为诗，诗斯劣矣；以诗为词，词斯乖矣。"②毛先舒也说"诗卑之不可入词，词高之不可入诗，此中界画非神明于斯道者不能辨也"③。边连宝说得更清楚："盖时文、古文、诗歌、词曲体裁既异，则其所用字句，自应各有界限：曲语不得用之于词，词语不得用之于诗，古文语不得用于时文，其体然也。"④这都是主张诗词曲、时文古文之体绝不可互参的见解。您还可以赞同那些虽也承认文体的独立性，但主张文体互参无界限、无体位定势的批评家，他们中有诗人洪亮吉，他断言："诗词之界甚严。北宋人之词，类可入诗，以清新雅正故也；南宋人之诗，类可入词，以流艳巧侧故也。至元而诗与词更无别矣。"⑤他们的说法显然也是有道理的，尤其是洪亮吉的观点，还有宋代创作实践的支持。他们的意见起码提醒我们，中国古代文学是极其丰富而复杂的，任何用有限的简单规则去范围它的尝试，都是一种很冒险的行为。

---

① 王世贞《艺苑卮言》卷二，丁福保辑《历代诗话续编》，中册第 981 页。
② 路工辑校《李开先集·闲居集》卷六《西野春游词序》，中华书局 1959 年版。
③ 毛先舒《潠书》卷二《题如水堂诗词》，《四库全书存目丛书》集部第 210 册，第 637—638 页。
④ 边连宝《病余长语》卷十二，齐鲁书社 2013 年版，第 415 页。
⑤ 洪亮吉《北江诗话》卷三，人民文学出版社 1983 年版，第 49 页。

八 至法无法

——古典诗学对技巧的终极观念

研究中国古典诗学，会发现这样一个耐人寻味的现象：中国诗学一方面热衷于研究作诗的技法，产生了为数众多的诗学、诗法、诗话著作；而另一方面，诗论家又根本瞧不起这些书，将它们视为浅陋而无价值的东西，以至有"说诗多而诗亡"之叹①。清初张潮《秋星阁诗话小引》云："李唐之世无所谓诗话也，而言诗者必推李唐。诗话之兴大约在宋、元之世，而宋、元之诗不及唐人远甚。然则诗话诚不足以尽诗乎？夫唐人无诗话，所谓善易者不言易耳。"②这明显是对宋元诗话表示不屑。而对现存第一部完整的诗学著作——皎然《诗式》，明末撰有类似元人诗格的《升庵诗话》的陈元赟，竟然也说："《诗式》自僧皎然始，乃千万世诗家病源。"③王夫之更断

---

① 崔迈《尚友堂说诗》，顾颉刚编订《崔东壁遗书》附录，上海古籍出版社 1983 年版，第 862 页。

② 丁福保辑《清诗话》，上册第 192 页。

③ 陈元赟《升庵诗话》，衷尔钜辑注《陈元赟集》，辽宁人民出版社 1994 年版，第 162 页。

言："诗之有皎然、虞伯生,经义之有茅鹿门、汤宾尹、袁了凡,皆画地成牢以陷人者,有死法也。"①"死法"一词让人想到它的反义语——江西诗派津津乐道的"活法"。法本身无所谓死活,死法与活法只是比喻人们运用法的不同态度。死法与活法的关系实际上构成了中国诗学对技巧的基本观念。遗憾的是,学术界对作为具体技巧的"活法"的内涵虽已有相当的论述②,但对作为中国诗学基本原理的"死法"与"活法"的关系,尚未见深入的研究。祁志祥先生《中国古代文学原理》(学林出版社,1993)曾征引吕本中《夏均父集序》"学诗当识活法"、元代郝经《答友人论文法书》"文有大法而无定法"、姚鼐《与张阮林》"古人文有一定之法,有无定之法"诸说,指出中国古代文学原理的总体创作方法论和具体创作方法论是活法与定法。这只接触到问题的表面,活法与定法不是总体理论与具体理论的关系,而是终极理论与初级理论的关系。质言之,中国人对法的观念实际是由法入手,经过对法的超越,最终达到无法即自然的境地,概括地说就是"至法无法"。德国学者卜松山(Karl-Heinz Pohl)教授《中国文学艺术中的"法"与"无法"》(《东南文化》1996 年第 1 期)一文敏锐地触及到这一点,很有见地,不过他的论述较为简略,留有一些可以展开的问题。我对这一问题思考已久,在此试作进一步的探讨,就正于海内外同道。

----

①王夫之《姜斋诗话》卷下,丁福保辑《清诗话》,上册第 10 页。
②关于"活法"的论述,有莫砺锋《江西诗派研究》(齐鲁书社 1986 年版)、龚鹏程《论法》(《诗史本色与妙悟》,学生书局 1993 年第二版)、张毅《论"活法"》(《中国诗学》第 2 辑,南京大学出版社 1992 年版),可参看。

一、法与对法的超越

就现有文献来看,中国诗学的主要内容无疑是诗法,即关于诗歌写作的法则和技巧。"法"通常具有法则和方法两层意思,习惯上称为"诗法"的著作主要讲的是诗的基本规则和文体特征等具有一定规定性的、必须遵循的东西,唐人谓之"格",并由此形成中国诗学的主要著作形式之一——诗格。而"法"或"法度"在诗歌批评的语境中,通常是指声律、结构、修辞等各方面的手法与技巧的运用。

中国诗学对法加以关注并奠定以诗法为主体的理论结构,应该说是在唐代。六朝时代的抒情观念经过本体论、文体论的陶冶,到唐代"沉淀为对各种不同的'法'也即通过技术性把握而获得的有节制的表达的寻求"①,于是以作诗的规则和修辞技巧为中心内容的狭义的诗学蔚然兴起,并形成以诗格为主要形式的著作方式。这类著作技术性很强,从学习的角度说是非常实用的,可是后人却似乎并不重视,张潮说"唐人善易者不言易",显然已忘却它们的存在。由于初、盛唐的诗格及诗法著作大多已亡佚,皎然《诗式》遂成为众矢之的。而事实上,五代、宋的诗格的确都出于无名诗人之手或书贾伪托,到元明以后,这类专讲声律规则、

①参看高友工《中国抒情美学》,乐黛云、陈钰编《北美中国古典文学研究名家十年文选》,江苏人民出版社 1996 年版,第 48 页。

诗体特征和修辞技巧的诗学启蒙书更成为村学究的专利,论诗者无不鄙薄之。许学夷说杨载"论诗止言大意,便有可观。其论五七言古似亦有得。至论律诗,于登临、赠别、咏物、赞美而云起句合如何,二联三联合如何,结语合如何,则又近于举业程课矣"①。这里批评的杨载之论见《诗法家数》,其实出于坊贾伪托②。周伯弼《三体唐诗》论绝句之法有实接、虚接、前对、后对、拗体、侧体等,七律之法有四实、四虚、前虚后实、前实后虚等,许学夷也斥其"最为浅稚"③。或谓:"子极诋晚唐宋元人诗法,然则诗无法乎?"许学夷说:"有。三百篇、汉魏、初盛唐之诗,皆法也。自此而变者,远乎法者也;晚唐、宋、元诸人所为诗法者,敝法也。由乎此法者,困于法者也。"④在他看来,只有三百篇、汉魏、初盛唐之诗,才真正具有法的意义,晚唐、宋、元的所谓诗法,实际上都是困人的敝法,离法的精神很远。在这里,前者的法被赋予一种超越具体法则的意义,指法背后的原理,用许伯旅的话说,就是"法之意"。他说:"上士用法,得法之意。中士用法,得法之似。吾诗几用法矣,(中略)意之所至,词必与俱,固未尝囿乎法。"⑤此所谓法,是具体的技巧,而法之意则是法的原理。显然,法的原理一定是在法的成熟和普及之上形成的,它是诗论家们对法进行反思的结果。

---

①许学夷《诗源辩体》卷三十五,第 339 页。
②参看张伯伟《元代诗学伪书考》,《文学遗产》1997 年第 3 期。
③许学夷《诗源辩体》卷三十六,第 361 页。
④许学夷《诗源辩体》卷三十五,第 342 页。
⑤朱彝尊《静志居诗话》卷四,上册第 95 页。

晚唐、五代至北宋,层出不穷的诗格、诗话著作使诗歌技法的探讨在逐步深入、细密的同时,也日益流于琐碎苛细。于是江西诗派起而矫之,发挥苏东坡创作论中风行水上、自然成文的思想,倡"活法"之说。吕本中《夏均父集序》云:"学诗当识活法,所谓活法者,规矩备具而能出于规矩之外,变化不测而亦不背于规矩也。是道也,盖有定法而无定法,无定法而有定法。知是者,则可与言活法矣。"①虽然"活法"之说主要着眼于点化前人语句,但它显示的意义却是:具体法则是固定的,是谓定法;法的原理是灵活的,是谓活法。相对具体的法则,更重要的是法的原理。对法的原理的把握同时也就是对法的超越,所以说"有定法而无定法"。这应该说是诗论家对"至法无法"的自觉意识,严羽说"诗之极致"为"入神"(《沧浪诗话·诗法》)也是基于同样的意识。后来清初游艺编《诗法入门》,就将两人的意思融合贯通起来,完整地表达为:

> 诗不可滞于法,而亦不能废于法。感物而动,情见乎辞,而必拘于绳尺之间,则神气不灵;感物而动,情见乎辞,而不屑屑于绳尺之间,则出语自放。……才胜则离,语胜则捉,须从最上乘具正法眼,悟第一义。法乎法而不废于法,法乎法而不滞于法,透彻玲珑,总无辙迹,所谓空中之音、相中之色、

①吕本中《夏均父集序》,转引自《中国历代文论选》,上海古籍出版社 1979 年版,第 2 册 367 页。

水中之月、镜中之花,是耶非耶? 得是意者,乃可与之读诗法。①

这个意思用古文家的话说,就是"法寓于无法之中"②,"善用法者能用法于无法之先"③。就是最死板的八股文,也讲究"文无定体,在其人之自得何如耳"④。总之,反对机械地拘泥于法,强调用法、驾驭法的能动性和灵活性,即由有法至于无法,后来成为中国文学理论中关于技巧的基本观念。黄与坚云:

> 文之为道,千变万化,莫可终穷。用之必以法,而法又离奇,不可以法用。故有法必至于无法,乃可以尽神。⑤

这是就文学中规则、技巧与原理的一般关系而言的,具体到诗,则徐增曾有一段甘苦之言:"余三十年论诗,只识得一法字,近来方识得一脱字。诗盖有法,离他不得,却又即他不得,离则伤体,即则伤气。故作诗者先从法入,后从法出,能以无法为有法,斯之谓

---

①游艺《诗法入门》卷首"读诗法意",康熙间慎诒堂重刊本。

②唐顺之《董中峰侍郎文集序》,《唐荆川先生文集》补遗卷五,江南书局刊本。参看王岩《答周子论归太仆文书》,《白田文集》卷二,中国社会科学院文学所藏抄本。

③陈玉璂《魏伯子文集序》,《宁都三魏文集》,道光二十五年谢若庭绂园书塾重刊本。

④归允肃《王子静制义序》,《归宫詹集》卷二,光绪十三年刊本。

⑤黄与坚《论学三说》卷上,《娄东杂著》本。

脱也。"①李锳《诗法易简录》自序是我所见有关法的深刻表述："诗不可以无法,而又不可以滞于法。行乎其所不得不行,止乎其所不得不止。无用法之迹,而法自行乎其中,乃为真法。"②他举季节寒暑的变化为例,认为其周而复始中定有一个主宰。"使非有主宰乎法之中者,而法且穷而将竭。然则所谓法者,特其迹也,固别有深于法者在也。"这深于法的"真法"就是神,也即神明,它是法的主宰。这下文还要专门讨论。纪昀《唐人试律说序》虽专论试帖,义理也与徐增、李锳所论相通："大抵始于有法,而终于以无法为法;始于用巧,而终于以不巧为巧。"③这可以说是中国古典诗学关于技巧观念的完整表达——由法而达到对法的超越。这种观念不仅限于诗学和古文理论,举凡中国古典艺术各部门艺术的理论中都有类似说法。最著名的,当数画家石涛的名言:"无法而法,乃为至法。"④我们可以将它看作是"至法无法"的简明阐释。

二、"至法无法"的两个例证

　　"至法无法"作为一种对待技巧、法则的观念,不仅表现为诗

---

① 徐增《而庵诗话》,丁福保辑《清诗话》,上册第 433 页。

② 李锳《诗法易简录》,道光二年刊本,中国科学院图书馆藏。下引该书均据此本。

③ 纪昀《唐人试律说》,《镜烟堂十种》本。

④ 石涛《画语录·变化第三》,韩林德《石涛与"画语录"研究》,江苏美术出版社 1989 年版,第 207 页。

论家的一种态度,同时也渗透在他们处理具体理论问题的实践过程和方式中。就我所见,"至法无法"的观念在古典诗学的两个问题上有最典型的表现,一是声律上的古诗声调论,一是结构上的起承转合之说。

自王士禛《古诗平仄论》、赵执信《声调谱》倡古诗声调之说,吴绍澯《声调谱说》发挥之,翟翬《声调谱拾遗》订补之,董文涣《声调四谱图说》、郑先朴《声调谱阐说》改造之,合翁方纲《五言诗平仄举隅》《七言诗平仄举隅》、李汝襄《广声调谱》、宋弼《声调谱说》等书的承传充实,在清代诗学中形成了一个关于古诗声调的理论谱系,其说日臻完密,日益系统化。然而自古诗声调论行世,诗坛也出现了反对、批评的意见。首先,毕生尊奉、发挥王渔洋诗学的翁方纲就对三平正调之说有所保留。其《五言诗平仄举隅》举魏徵《述怀》一首,说:

> 读此一首,则上而六朝,下而三唐,正变源流,无法不备矣。岂其必于对句末用三平耶?愚故于唐人五言,特举此篇以见法不可泥,乃真法也。①

黄子云则说:

> 七古歌行,别有音节。音节非平仄之谓,又非语言可晓。如挝鼓者,轻重疾徐,得之心而自应之手耳。其法若何,熟读

①翁方纲《五言诗平仄举隅》,丁福保辑《清诗话》,上册第 267 页。

自明。①

袁枚也说：

　　夫诗为天地元音，有定而无定，到恰好处，自成音节，此中微妙，口不能言。试观《国风》、《雅》、《颂》、《离骚》、乐府，各有声调，无谱可填。杜甫、王维七古中，平仄均调，竟有如七律者；韩文公七字皆平，七字皆仄，阮亭不能以四仄三平之例缚之也。②

与黄子云、袁枚的意见相比，延君寿的见解比较折衷。他说：

　　古体诗要读得烂熟，如读墨卷法，方能得其音节气味，于不论平仄中却有一自然之平仄。若七古诗必泥定一韵到底，必该三平押脚，工部、昌黎即有不然处。《声调谱》等书可看可不看，不必执死法以绳活诗。③

他认为古诗声调主要得于自然，但也有必须遵循的基本规则。这是试图调和古诗声调论及其反对者两派的意见，但以后的论者都不接受这种折衷观点，而采取更彻底的否定态度。郭兆麒认为：

"古诗音节在可解不可解之间,使人读之太易,是向厨下老妪觅生
活者;读之过难,则亦聱牙佶屈,不可言诗矣。"①既然如此,结论
只能是顺其自然。道光间马星翼说:"自明季谈艺者谓作古体诗
断不可入律句,此说几如萧何三尺律矣。求之古人亦未尽然。如
王摩诘诗'云中远树刀州出,天际澄江巴字来',欧阳永叔诗'风轻
绛雪樽前舞,日暖繁香露下闻'。此皆真律句也,何害为古体诗?
凡为文当行乎不得不行,不必有意拘忌,失其真美。"②这种观点
可以说是代表了中国诗学在古诗声调问题上的终极态度,其间贯
穿的主导思想仍然是"神而明之,存乎其人"③,实即至法无法。

除了古诗声调的问题外,诗论家对法的批评主要集中于起承
转合之说。此说发自元代范德机,傅与砺《诗法正论》述其言作诗
成法有起承转合,起处要平直,承处要春容,李杜歌行皆然④。杨
载《诗法家数》则云律诗要法为起承转合,并将其与律诗的四联相
对应起来,以破题、颔联、颈联、结句说之。这种很可能出自三家
村学究、为书贾伪托的机械结构论本极浅陋可笑,可后来却被八
股文理论所吸取(参看刘熙载《艺概·经义概》),又为一些诗论

---

① 郭兆麒《梅崖诗话》,山西人民出版社影印《山右丛书初编》本。
② 马星翼《东泉诗话》卷一,道光二十一年刊本。
③ 李家瑞《停云阁诗话》卷十六:"古诗之有平仄,渔洋论之详矣。赵秋谷《声
   调谱》亦为不知平仄者立准绳。至神而明之,存乎其人,有不必执此以为
   例也。"关于古诗声调理论的问题,详笔者《古诗声调论的历史发展》(《学
   人》第 11 辑,江苏文艺出版社,1997)一文,收入《中国诗学的思路与实践》
   (广西师范大学出版社,2001)。
④ 傅与砺《诗法正论》,万历间胡文焕刊《格致丛书》本。

家引申发挥①,遂泛滥于教人作试帖诗的蒙学诗法及一般诗法著作中。不过,就在它成为人尽可道的常谈流行于世的同时,它也在遭受有见识的诗论家的尖锐批评,最终被诗学理论扬弃。最早明初李东阳在《麓堂诗话》中就说"律诗起承转合,不为无法,但不可泥,泥于法而为之,则撑拄对待,四方八角,无圆活生动之意",深为许学夷所赞许②。明末冯氏兄弟论诗,冯舒主起承转合之说,冯班则谓诗意必顾题,固为吃紧,然高妙处正在脱尽起承转合③。后来王夫之对以起承转合之说论律诗也曾给予严厉的斥责,他举具体例子加以分析:

　　起承转收,一法也。试取初盛唐律验之,谁必株守此法者?法莫要于成章,立此四法,则不成章矣。且道"卢家少妇"一诗作何解?是何章法?又如"火树银花合",浑然一气;"亦知戍不返",曲折无端。其他或平铺六句,以二语括之;或六七句意已无余,末句用飞白法飏开,义趣超远。起不必起,收不必收,乃使生气灵通,成章而达。至若"故国平居有所思","有所"二字,虚笼喝起,以下曲江、蓬莱、昆明、紫阁,皆所思者。此自《大雅》来,谢客五言长篇用为章法,杜更藏锋不露,拶合无垠:何起何收,何承何转?陋人之法,乌足展骐

---

①如吴乔《答万季野诗问》云:"七律颇似八比,首联如起讲、起头,次联如中比,三联如后比,末联如束题。但八比前中后一定,诗可以错综出之,为不同耳。"
②许学夷《诗源辩体》卷三十五,第339页。
③冯武《二冯批点才调集》凡例,康熙四十二年汪瑶刊本。

骥之足哉?①

王渔洋虽不废起承转合之法,但他将它理解为文学作品的一般结构理论,而不是与具体篇章结构的对应。门人问他律诗论起承转合之法否,他说:"勿论古文今文、古今体诗,皆离此四字不可。"②如果说他的表达意旨还不十分明确,那么沈德潜《说诗晬语》的说法就可以说是代表了中国诗学对结构的看法:"所谓法者,行所不得不行,止所不得不止,而起伏照应,承接转换,自神明变化于其中。若泥定此处应如何,彼处应如何(如碛沙僧解《三体唐诗》之类),不以意运法,转以意从法,则死法矣。"③他所说的"法"已不同于一般的理解,实际是用法之法,亦即"法之意",他显然是接受了苏东坡的艺术观,从至法无法的角度解构了法在结构上的机械意味。与起承转合之说相似的还有金圣叹的分解论诗法,金圣叹批唐人律诗,必以前四句为一解,后四句为一解,本谓"可破世人专讲中四句之陋说"④。但一成不变,强作解事,尤侗讥为腰断唐诗。以至日后他被腰斩,人或谓食其报⑤。而发挥其学说的徐增,虽也讲分解,立意却圆通得多,以为:"诗有可言者,有不可言

---

① 王夫之《姜斋诗话》卷下,丁福保辑《清诗话》,上册第 12 页。
② 刘大勤《师友诗传续录》,丁福保辑《清诗话》,上册第 150 页。
③ 沈德潜《说诗晬语》卷上,丁福保辑《清诗话》,下册第 524 页。
④ 张芳《与陈伯玑》,《赖古堂名贤尺牍新钞》卷八,宣统三年国学扶轮社石印本。
⑤ 见海纳川《冷禅室诗话》,民国间石印本。

者。可言,解数及起承转合;不可言者,其间之神化不测,有天机焉。"①看来,起承转合说之不见容于人,固然与有悖于中国艺术理论在结构问题上的有机整体观念有关,但同时也因为它作为规则,直接与至法无法的观念相抵触。这是中国古代文艺理论受到古典美学观念制约的典型例证。

三、"法"的重新定位

以上两个例子表明,中国古代诗论家对技法的根本态度是反对执着于固定的法,而追求对法的超越,最终达到"无法"的境地。此所谓"无法",并不是随心所欲,混乱无章,而是与自然之道合,达到通神的境界。历来作诗法的人,总是要告诫读者必须灵活用法,勿为法所拘束。比如浦起龙《诗学指南序》就说:"《易》曰'神而明之,存乎其人',神然后能用规矩。其勿以谆谆拘拘隘是哉!"②画家论画也是如此,董棨《画学钩深》云:"初学论画,当先求法。笔有笔法,章有章法,理有理法,采有采法。笔法全备,然后能辨别诸家。章法全备,然后能腹充古今。理法全备,然后能参变脱化。采法全备,然后能清光大来。羚羊挂角,无迹可寻,非

---

①徐增《戴雨帆诗序》,《九诰堂全集》第十一册,湖北省图书馆藏清抄本。
②顾龙振辑《诗学指南》卷首,乾隆二十四年敦本堂刊本。按:此文不载于浦氏《三山老人不是集》。

拘拘于法度者所能知也,亦非不知法度者所能知也。"①这样的观念基于相信由法可臻无法即通神的前提之下,然而一旦设定了如是前提,将对法的超越寄托于"神而明之,存乎其人",那么法的超越同时也就成了纯属作家智力范畴的、不可讨论的问题,谈论它还有什么意义呢?

　　这的确是个不可回避的问题。对此,古人的解决方式有两种。一是叶燮的方式——淡化乃至取消法的概念。这位清代最具理论思维能力的诗论家,针对作诗有法无法的问题,曾给出"法者虚名也,非所论于有也;又法者定位也,非所论于无也"的答案②。这看似很玄妙的表达,显然包含着在确定"法"的存在依据时逻辑上出现的两难:一方面,法必须基于一定的原则,可见其自身并无自足的规定性,所谓"法者当乎理,确乎事,酌乎情,为三者之平准,而无所自为法也",故称之虚名;而另一方面,法既有所依据,就必然体现出某种基本秩序,所谓"事、理、情当于法之中。人见法而适惬其事、理、情之用,故又谓之曰定位"。所以说,"离一切以为法,则法不能凭虚而立;有所缘以为法,则法仍托他物以见矣。吾不知统提法者之于何属也"。他举例说,人的相貌虽妍媸万态,五官位置总有一定,倾国倾城之美不过即耳目口鼻之常而神明之。然而神明之法,又岂可言乎? 就诗来说,所谓诗法,如果指平仄格律,那么村塾曾读《千家诗》者也不屑谈它;若进而指起承转合、篇章结构,则属三家村学究相传已久,不可谓诗家独得之

①董棨《画学钩深》,《荔墙丛刻》本。
②叶燮《原诗》内篇上,丁福保辑《清诗话》本,下引叶燮语均据此本。

秘。除此之外,要说还有诗法,就只能说"法在神明之中,巧力之外,是谓变化生心"了。归结到最后,他说:

> 死法为定位,活法为虚名;虚名不可以为有,定位不可以为无。不可为无者,初学能言之;不可为有者,作者之匠心变化,不可言也。

既然法不可言说,那它就成了无意义而可以扬弃的概念。尽管叶燮没直接取消法的概念,但实际上已将它放在很后的位置上了。他说:"凡有诗,谓之新诗。若有法,如教条政令而遵之,必如李攀龙之拟古乐府然后可,诗末技耳。"这与王夫之等对诗法的鄙视如出一辙。

如果人们真的接受叶燮的观点,关于法的问题就可以停止讨论,诗法之作也可从此休矣。然而问题并不这么简单,法仍在被各种各样的人以各种各样的方式谈论着,不过谈论的意识不同而已。实际上,许多艺术家根本就不相信"神而明之"是可以学得的,所以人所能谈论的仍然只是法。正如画家恽寿平《画跋》说的:

> 笔墨可知也,天机不可知也;规矩可得也,气韵不可得也。以可知可得者,求夫不可知与不可得者,岂易为力哉?昔人去我远矣,谋吾可知而得者则已矣。①

---

①恽寿平《瓯香馆集》卷十一,《别下斋丛书》本。

"可知可得者"就是法,"谋吾可知而得者"正是大多数诗论家所采取的另一种较现实的态度。话题似乎又回到法上来,但他们明白,法不能是定法,"定位"需要重新定位。于是,约定俗成的用法,"法"只指作诗的基本规则,亦即诗法所述的常识。在此之上,还有所谓"成法",即前人的成功范例。郝经《与友人论文法书》曾说:"古之为文,法在文成之后。"①杨岘《再与友论文书》说得更清楚:"夫法犹规矩也。规矩者,可以为方,可以为圆,可以为不方不圆者也,故曰文成法立。"②这样的认识,意味着后人可以根据前人的实际创作去探索诗歌的技巧。屈复的《唐诗成法》和李锳《诗法易简录》正是这种观念的代表。屈复认为诗无所谓既定的法,只能从古代名作学习其艺术表现的具体经验,也即"成法",因此他将自己论唐诗艺术技巧的书定名为《唐诗成法》。李锳《诗法易简录》则宣称:"斯录也,以诗征法,即因法录诗,取其可言者言之,其非可以言尽者神而明之,亦在乎善学者之自悟而已。"然而屈复犹不免以定法范围古人,如谓戴叔伦《除夜宿石头驿》"三联不开一笔,仍写愁语,此所以不及诸大家。若写石头驿景,可称合作"。这就是以周弼"前实后虚"之法来衡量作品的,好似郑人买履。在古代诗论中,真正对"法"的原理作出较完整而深刻的阐述的,是李锳《诗法易简录》。

《诗法易简录》这部书一向不见人提及,我想稍作些介绍。李锳(?—1768),字青萍,山东东莱人。曾在陕西潼关任职,乾隆二

①郝经《郝文忠公陵川集》卷二十三,嘉庆间重刊本。
②杨岘《迟鸿轩文弃》卷二,《吴兴丛书》本。

十八年(1763)告归。四年后写成《诗法易简录》一书,经男兆元整理,编成十四卷,于道光二年(1822)刊行,后有味经书屋翻印本。其中论近体声调及作法无非老生常谈,惟独论古体声调,颇有精彩见解。最主要的是,秉韩愈"气盛则言之短长与声之高下皆宜"之说,以自家研究相印证,断定声调的运用与诗中情绪运动的节奏有关。他分析左思《咏史》"弱冠弄柔翰"一首的声调,是先通论全诗的情绪节奏:

> 大抵诗之音节,随气之起落以为抑扬。此诗首四句追溯弱冠之时,"边城"二句忽提笔接"人世事",下二句"甲胄士"即紧承"弄柔翰"作转,"畴昔"即指弱冠之时,"览穰苴"即从"观群书"句伏根。气之转落,音节随之,此"览"字之所以用仄也。"长啸"二句再用一扬,"铅刀"二句再用一抑,末四句一气相生,紧承"梦想"意以结之。收归和畅,乃收得住。

然后再论声调的运用:

> "边城"句"城"字用平系提笔,对句"飞京都"用三平脚,韵调方起。"长啸"句"风"字用平声,声调益振,对句用三平脚益畅。"左盼"二句用叠字,对偶句法,所以停蓄其气。"澄江湘"三字平,"功成"句三平二仄,"长揖"句三平脚,气愈劲而节愈和矣。

像这样从诗的情绪、气势起伏来论音节与声调,其把握古诗声调

的方式、对声调法则的理解就必然是动态的、变化的。从他讲
"览"字的声调,我们可以充分体会到他对古诗声调动态搭配关系
的重视和理解。这种立场决定了李锳的工作更多的是揭示、欣赏
具体作品中的声调运用之妙,而不是总结出一些规则。作为蒙学
诗法,它示人一种超越具体规则的更高的理念:"大凡声调之高
下,必附气以行,而平仄因之,以成节奏。故离平仄以言音节不得
也,泥平仄以言音节亦不得也。字之平仄显然可见,而气之鼓荡
于字句之间,神之流溢于字句之外,不可得而遽见也。非熟读精
思,心识其意,岂易得其要领?"论音节而至"气""神",已涉及中
国古典艺术最高级的范畴,其精微之处既不可清晰确定地把握,
也难以用逻辑语言准确地表达,到这种境界就只剩下"悟"的份
儿。通常古人讲到这种地方就不再强说,让读者自己在实践中体
会。以前我们常批评古人神秘主义或语焉不详,点到为止,如果
理解至法无法的意义,就不会下那样的判断了。

言成法的前提是一边崇尚至法,一边又认为至法不可传授,
所以对成法只能采取保留的态度——言法而对法的有效限度保
持一定的警惕。李贽说:"风行水上之文,决不在于一字一句之
奇。若夫结构之密,偶对之切,依于理道,合乎法度,首尾相应,虚
实相生,种种禅病皆所以语文,而皆不可以语于天下之至文
也。"①吴乔也说:"李杜诗中之法度,读者推求而见之,作者初无
此意。有此意,则举子业矣。"②章学诚不屑于评点,以为"文章变

①李贽《焚书·杂说》,明刊本。
②吴乔《逃禅诗话》,台湾广文书局 1973 年版《古今诗话续编》影印本。

化,非一成之文所能限",虽"不知法度之人""未尝不可资其领
会",但毕竟只是"为文之末务"①。这样一种态度,使诗论家在讨
论诗歌技法、研究古代诗歌的艺术经验、接受前人的遗产时,不仅
仅满足于现有内容的接受,还要进一步追寻范例和规则背后的诗
人的艺术思维;使学诗者在玩味、揣摩前人技巧和诗法的同时,对
法的有效性保持一定的警惕,并在实际的创作中用一种灵活的态
度来对待它。

四、"至法无法"的哲学内涵及思想渊源

"至法无法"作为艺术家对待规则和技巧的根本态度,可以说
是艺术观念发展到成熟境地的一个标志,它意味着艺术创作中独
创性概念的终极确认。正如济慈说的,"诗歌天才必须在人的身
上自求活计:不能靠法则和规定促其成熟,而是要凭自身的感觉
和警觉。凡是创造性的东西必须自我创造"②。所以我相信"至
法无法"决不会是中国诗学独有的观念,其他民族的艺术理论一
定也有类似的思想,济慈的话实际已证实了这一点。但在中国古
代诗论乃至古典艺术理论中,"至法无法"的技巧观念成熟得如此
之早,表现得如此强烈,则特别令人感兴趣。我想它与中国古代

---

①叶瑛校注《文史通义校注·文理》,中华书局 1985 年版,第 288—289 页。
②转引自韦勒克《近代文学批评史》,杨自伍译,上海译文出版社 1989 年版,
　第 2 卷第 257 页。

哲学最核心的思想，与中国人对客观事物的根本看法有关。作为艺术观念，"至法无法"的凸现当然是在诗学体系基本形成的宋元以后，但其基本思想早就孕育在最古老的文献中。它涉及两个古老的哲学问题：一是法与道的关系，二是法与言的关系。

众所周知，中国古代在大道无形的本体论观念的主宰下，事物的规则或原理被划分为技与道或曰神两个层次：技是形而下的，道是形而上的；技相对道来说属于低层次的范畴，技之极致即上升到道的境地。在《庄子·养生主》庖丁解牛的故事中，庖丁说："臣之所好者道也，进乎技矣。""以神遇而不以目视，官知止而神欲行。"就诗学而言，有法即是技，神而明之的"无法"才是道。《老子》曾说"有法法无法"，司马迁的父亲司马谈发挥为"有法无法，因时为业；有度无度，因物与合"①，具体申明了根据场合与对象而运用法度的原则，对后来的艺术论产生了影响。"无法"意味着艺术创作中通神的化境，这种理想境界连作者自己也不自知其然，当然也就不可以用技巧来讨论。姜夔《白石道人诗说》论诗有四种高妙，一曰理高妙，二曰意高妙，三曰想高妙，四曰自然高妙。自然高妙就是通神的最高境界，"非奇非怪，剥落文采，知其妙而不知其所以妙"。后来明初方孝孺在《苏太史文集序》发挥此义，断言"天下之事，出于智巧之所及者，皆其浅者也"，指出：

> 庄周之著书，李白之歌诗，放荡纵恣，惟其所欲，而无不如意。彼岂学而为之哉？其心默会乎神，故无所用其智巧，

---

① 司马迁《史记·太史公自序》，中华书局标点本，第 10 册第 3292 页。

而举天下之智巧莫能加焉。使二子者有意而为之,则不能皆
如其意,而于智巧也狭矣。庄周、李白神于文者也,非工于文
者所及也,文非至工则不可以为神,然神非工之所至也。当
二子之为文也,不自知其出于心而应于手,况自知其神乎?
二子且不自知,况可得而效之乎?①

欧阳玄《刘桂隐先生文集序》则云:"有一定之法而蔑一定之用者,
圣人之于规矩也;有无穷之言而怀无穷之巧者,造物之于文章
也。"②上句说超越法度之无法,下句说达到自然之化境,同样也
是表达技进乎道的意思。宋代理学兴起后,人们又常以理与法对
举(尤习见于时文理论)。如郝经《答友人论文法书》云:"理者,
法之源;法者,理之具。理致夫道,法工夫技,明理法之本也。"又
云:"夫理,文之本也;法,文之末也。"据其"诗有性情教化之理,而
后有风赋比兴之法"之论断来看,他所谓的"理"属于本质的范畴,
与"无法"还有一点差异,但这种二分法的思维模式,预示了法对
道的皈依和升华。王櫰《诗法指南》序说:"语云'有法法无法',
又云'道法自然'。是编虽谭及有法,而法无所法之旨跃然以呈学
诗者,欲破穿凿支离之夙习,舍此无可从入。惟因法而法无法之
法,以游于自然之途,则诗虽技哉,进乎道矣。"③黄与坚《问山文
集序》说:"夫文之有法也,以与天下相模范,进之于道也。顾所谓

---

①方孝孺《逊志斋集》卷十二,《四部丛刊》本。
②欧阳玄《圭斋文集》,《四部丛刊》影印明成化刊本。
③王櫰《诗法指南》,中国社会科学院文学所藏明万历二十五年刊本。

法者,在乎人有以取之,岂能使人之必规于法也哉?其或有拙工,
日引绳削墨,矻矻以从事,而所成就,匠者弗之顾。大匠之运斤,
率然不经意,而或轮扁之巧无以过,则能不能之别也。"①这都是
强调法进于道的神化境地。由此可以看出,"至法无法"的观念与
老、庄道学有着直接的渊源关系。

第二层含义与第一层含义密切相关。老子认为,作为世界本
原的形而上的道是不可名状的,庄子也说"大道不称"(《庄子·
齐物论》)。作为艺术化境的道,既然"知其妙而不知其所以妙",
当然也是不可言说的。《庄子·天道》谓轮扁不能传"得之于手而
应之于心"的斫轮神技;唐李肇《国史补》载赵辟自述弹五弦"始
则神遇之,终则天随之,方吾浩然,眼如耳,目如鼻,不知五弦为
辟,辟之为五弦也";晚清单弦名家王一峰,金梁问其术,也说:"得
于心,应于手,一旦豁然,自亦莫明其妙,殆天授也。"②正所谓:
"可以言论者,物之粗也;可以意致者,物之精也。"(《庄子·秋
水》)艺术也是一样,可以说明的只是粗浅的经验,真正精妙的心
得竟不可言说。陆机《文赋》在对作文的关键和文病作过论述后,
即说:

> 若夫丰约之裁,俯仰之形,因宜适变,曲有微情。或言拙
> 而喻巧,或理朴而辞轻,或袭故而弥新,或沿浊而更清,或览

①丁炜《问山文集》卷首,咸丰间重刊本。
②金梁《光宣小记》,《近代稗海》,四川人民出版社 1988 年版,第 11 册第
  309 页。

之而必察,或研之而后清。譬犹舞者赴节以投袂,歌者应弦
而遣声。是盖轮扁所不得言,亦非华说之所能精。

这便是许伯旅说的,"法可言也,法之意不可言也"①。严羽说"诗
之极致有一,曰入神"(《沧浪诗话·诗辩》),陶明濬解释说:"入
神二字之义,心通其道,口不能言。己所专有,他人不得袭取。所
谓能与人规矩,不能使人巧。"②这可以说是历来诗论家的共识,
也是诗文论中的常谈。李锳说"神之流溢于字句之外,不可得而
遽见",刘大櫆说"古人文字最不可攀者,只是文法高妙。(中略)
古人文章可告人者唯法耳,然不得其神而徒守其法,则死法而
已"③,章学诚说"学文之事,可授受者规矩方圆,其不可授受者心
营意造"④,无非都是要说明,作为技巧的法可以言说,而法的理、
法的精义、运用法的神明却是不可言说的。不能用语言捕捉、表
述的东西,自然就是超出知觉限度之外的不确定的东西,也就是
不可讨论的东西。这样,难以言说的"至法"在被悬置起来的同
时,又与"道可道,非恒道;名可名,非恒名。无名,万物之母"的道
家哲学的本体论获得了逻辑上的一致。

　　儒、道两家学说是中国传统思想的两大源头,中国古代文艺观
也不例外地受到两家学说的影响。但两家思想对古代文艺学的建

---

①朱彝尊《静志居诗话》卷四,上册第 95 页。
②陶明濬《诗说杂记》卷七,转引自郭绍虞《沧浪诗话校释》,人民文学出版
　社 1961 年版,第 10 页。
③刘大櫆《论文偶记》,人民文学出版社 1959 年版,第 4 页。
④叶瑛校注《文史通义校注·文理》,第 288 页。

构作用是不同的,儒家思想的影响主要限于文艺的本质论和功能论方面,至于创作论、结构论及艺术辩证法、美学基本原理则大体是在老、庄道家思想的基础上形成的。至法无法的观念,从本体论的角度看,无疑可以溯源于道家思想;但如果从主体的立场来讨论古人对法的态度,那么我们还能看出道而不器的传统才能观的影响,由此对至法无法的含义加深一层理解。在传统观念中,"工以技贵,士以技贱"①。孔子说自己少贱多能,不试故艺,不过是无可奈何的自嘲。后世士大夫总是崇尚通才通识,具体的技能相对而言是受到轻视的。班固《答宾戏》云:"取舍者,昔人之上务;著作者,前列之余事。"焦循说"倘以道与器配之,正是取舍为道,著作为器"②。这种观念表现在文学理论中,就是"心与气本也,源流法度末也,本至而末自随焉者也"③。"先我所为人,后我所为文;先我所为道,后我所为艺"④。以诗学而言,诗论家本着孔子"有德者必有言"的训条,首先强调的是作家的品德、修养和学识。如叶燮《原诗》从诗家的才、胆、识、力来论"诗之基",法则卑之为"末技";沈德潜倡言"有第一等襟抱,第一等学识,斯有第一等真诗"⑤,都是人所熟知的。在这样的观念主导下,中国诗学出现本文开头所说的那种对法的热衷与对法的轻视的反差就不难理解了。

---

①魏兆凤语,见周亮工辑《结邻集》卷十四,宣统三年国学扶轮社石印本。
②焦循《与孙渊如观察论考据著作书》,《雕菰楼集》卷十三,道光四年阮福刊本。
③顾诒禄《吹万阁文钞》卷二《原文》,乾隆刊本。
④陈斌《白云文集》卷二《论文》,嘉庆刊本。
⑤沈德潜《说诗晬语》卷上,丁福保辑《清诗话》,下册第524页。

九　诗中有画

——一个被夸大的批评术语

一、问题的提出

　　"味摩诘之诗,诗中有画;观摩诘之画,画中有诗。"(《书摩诘蓝田烟雨图》)自苏东坡发表这一评论后,"摩诘平生诗可画"或"诗中有画推王维"遂成定论①,申说者不乏其人。叶燮更直接说:"摩诘之诗即画,摩诘之画即诗,又何必论其中之有无哉。"②今人也都将"诗中有画"作为王维诗的最大特色,一再加以肯定、推阐。据我的不完全统计,自八十年代以来,以"诗中有画"或绘

——————

① 汪泽民《□王敬叔》句,《元诗选》三集汪泽民小传引,中华书局 1987 年版,第 326 页;汪莹《题金心兰摘句图画册》,《茶磨山人诗钞》卷八,光绪十年刊本。

② 叶燮《已畦文集》卷八《赤霞楼诗集序》,康熙刊本。

画性为核心来讨论王维诗艺术特征的论文已多达六十余篇（这是
古典文学研究中课题重复和陈陈相因的又一个典型例证）①，而
结合"诗中有画"来分析作品的鉴赏文章更不啻倍蓰。若从美术学
的角度说，早出的袁行霈、文达三、金学智三文已对这个问题作了透
辟而充分的分析，以后的论文很少新发明。在海外的研究中，台湾
学者杨文雄和简静慧、佘崇生各有论文研究王维诗中的画意，日本
学者丸若美智子也曾就这一问题加以讨论；韩国柳晟俊教授《王维
诗之画意》一文，从经营位置、选材、对比与烘托等方面分析了王维
"将画境融入诗境中，而表现诗中独特之美感"的艺术特征②。看
来，"诗中有画"作为王维诗的主要特征，已是中外学者的共识。

　　然而我对此一直持有不同看法，觉得以"诗中有画"来论王维
诗，值得推敲。几年前也曾与王维研究专家陈铁民先生交换过意

---

① 主要有袁行霈《王维诗歌的禅意与画意》（《社会科学战线》1980.2，收入
　《中国诗歌艺术研究》，北京大学出版社 1987 年版）、文达三《试论王维诗
　歌的绘画形式美》（《中国社会科学》1982.5）、金学智《王维诗中的绘画
　美》（《文学遗产》1984.4）、马惠荣《诗是有声画　画是无声诗》（《徐州师
　范学院学报》1987.2）、毕宝魁《试论王维诗中的"画境"》（《广州师院学
　报》1988.3）、赵玉桢《王维诗"诗中有画"的审美蕴含新探》（《社会科学辑
　刊》1991.1）、雷晓霞《浅析绘画技法在王维山水诗中的运用》（《佛山大学
　学报》1993.5）、陈红光《王维山水诗中的画理》（《王维研究》第二辑，三秦
　出版社 1996 年版）等。
② 杨文雄《诗佛王维研究》，文史哲出版社 1988 年版；简静慧《王维诗中的
　"画意"研究》，《传习》第 11 期，台北师范学院，1993；佘崇生《试论王维的
　诗情画意》，《中国语文》76—6，1995.3；丸若美智子《王维的山水诗"诗中
　有画，画中有诗"》，《うずしお文藻》11；柳晟俊《唐诗论考》，中国文学出
　版社 1994 年版，第 81 页。

见,陈先生对以文、金二文为代表的"诗中有画"论是有保留看法的,曾在《王维诗歌的写景艺术》一文中提出不同意见,又补充了"景中有我"的见解①。但他的意见似乎未被倾听,同时我觉得这个问题在学理上还有进一步展开的余地,故再提出加以讨论。

问题的核心首先在于"诗中有画"的"画"如何理解。按常识说,"诗中有画"的"画"应指画的特征和意趣,或者说绘画性,邓乔彬先生将它在诗中的含义概括为三层:其一,重视提供视境,造就出意境的鲜明性;其二,以精炼的文字传视境之神韵、情趣;其三,"虽可入画却难以画出的东西,入之于画为画所拙,入之于诗却为诗之所长、所胜,因而非'形'所能尽,而出之以'意'"。第三重含义又分为两个类型:一是动态的或包含着时间进程的景物;二是虽为视觉所见,但更为他觉所感的景物,或与兼表情感变化有关的景物②。玩索邓先生的界说,我觉得与通常说的绘画性有一定的差距。一般说绘画性是指绘画的直观再现功能,指绘画的描绘性和造型性。尽管谈论诗中的画意不同于绘画本身,但从一般艺术论的意义上说,历时性、通感、移情且发生变化的景物,毕竟不宜充任绘画的素材,而且根本是与绘画性相对立的。但它们却是最具诗性的素材,我们在杰出的诗人笔下都能看到成功的运用。或许有人要说,中国画的绘画性有着强烈的写意特征,不同于西洋画的单纯再现。那么我要说写意性其实就是诗意的寄托,

---

①陈铁民《王维新论》,北京师范学院出版社 1990 年版,第 205—225 页。
②邓乔彬《有声画与无声诗》,上海社会科学院出版社 1993 年版,第 233—
   238 页。

也就是画中有诗的"诗"。如孔宪彝《画莲题跋》云："莲比君子，其品高矣，而画尤贵得其清气。渔洋山人诗：'行人系缆月初堕，门外野风开白莲。'可谓诗中有画矣。星斋学士是帧，不多着墨而神韵悠然，则画中之诗也。"①如果所谓"诗中有画"的"画"，不是落实到造型性而是落实到写意性上面，那么"诗中有画"和"画中有诗"岂不都成了"诗中有诗"的循环命题？由此便促使人思考：当我们将邓先生所说的其实与绘画性并不亲和的第三层含义从"诗中有画"中剥离时，"诗中有画"还能葆有它原有的美学蕴涵，还能支持我们对王维诗所作的审美评估吗？看来，首先还须对"诗中有画"的"画"的含义和定位作一番辨析。

二、历来对诗画关系的理解

让我们重新翻开《拉奥孔》，温习一下莱辛对诗画特征的经典分析。虽说是老生常谈，但今人似乎已将它淡忘。对诗和画的区别，莱辛首先指出，诗和画固然都是摹仿的艺术，出于摹仿概念的一切规律固然同样适用于诗和画，但是二者用来摹仿的媒介或手段却完全不同。这方面的差别就产生出它们各自的特殊规律（P.18）②。就造型艺术而言，"在永远变化的自然中，艺术家只能选用某一顷

①孔宪彝《韩斋集》，《清代稿钞本》，第 37 册，广东人民出版社 2007 年版，第 122 页。
②莱辛《拉奥孔》，朱光潜译，人民文学出版社 1979 年版。本文所引均据此本，仅注页数。

刻,特别是画家还只能从某一角度来运用这一顷刻",所以除了选取最宜表现对象典型特征——比如维纳斯的贞静羞怯、娴雅动人而不是复仇时的披头散发、怒气冲天——之外,还宜于表现最能产生效果即"可以让想象自由活动的那一顷刻"(P. 18),也就是"最富于孕育性的那一顷刻"(P. 83)。而诗则不然,"诗往往有很好的理由把非图画性的美看得比图画性的美更重要"(P. 51),因此他断言,上述"完全来自艺术的特性以及它所必有的局限和要求"的理由,没有哪一条可以运用到诗上去(P. 22)。的确,艺术家通常是非常珍视他所从事的艺术门类的独特艺术特征的,就像德拉克罗瓦说的"凡是给眼睛预备的东西,就应当去看;为耳朵预备的东西,就应当去听"①。这种珍视有时甚至会极端化为对异类艺术特征的绝对排斥,比如像我们在泰纳《艺术哲学》的艺术史批评中所看到的那样。莱辛也认为玛楚奥里和提香将不同情节纳入一幅画是对诗人领域的侵犯,是好的审美趣味所不能赞许的。塞尚毕生追求的艺术目标与此正相类似,他是要将"诗"的形象从绘画中排除出去,让美术成为真正的美术。站在这种立场上反对各门艺术特征相混合的还有新古典主义者和叔本华以及大文豪托尔斯泰②。而在文学领域内,则有诗人蒲伯倡言:"凡是想

---

① 德拉克罗瓦《德拉克罗瓦日记》,李嘉熙译,人民美术出版社 1981 年版,第 316 页。

② 托尔斯泰曾说:"每一种艺术都是一个棋盘,应当深入钻研,去寻找新的棋局。无力深入钻研的人便从别种艺术中假借一些棋子摆进自己的棋盘里,自以为这便是创新:诗歌假借音乐,或者反过来,绘画假借诗歌,等等。"《列夫·托尔斯泰论创作》,戴启篁译,漓江出版社 1982 年版,第 135 页。

无愧于诗人称号的作家,都应尽早地放弃描绘。"①日本现代抒情诗之父荻原朔太郎也呼吁:"从诗当中舍弃一切美术性的东西!诗非美术也。诗非自身不可。"②在此,诗歌的赋性乃至从对描绘即绘画性的否定中凸现出来。诗真的就那么与绘画性相抵触吗?

我们不妨再检讨一下中国古代对这一问题的看法。一般地看,也许可以认为中国古典艺术论是倾向于诗画相通的。日本学者浅见洋二先生指出,这种观念可以追溯到《历代名画记》所引陆机语"丹青之兴,比雅颂之述作,美大业之馨香",刘勰《文心雕龙·定势》"绘事图色,文辞尽情"又予以发挥③,而至钱锺书先生《中国诗与中国画》一文征引的宋代孔武仲、苏轼、张舜民等人的议论,则可以说是理论形成的代表。我这里再补充几条后代的材料。其泛论诗画相通者,有明代王行言:

> 诗本有声之画,发缲缋于清音;画乃无声之诗,粲文华于妙楮。④

清代汤来贺言:

---

① 转引自莱辛《拉奥孔》,朱光潜译,第 96 页。
② 荻原朔太郎《诗性的哲学散步》,于君译,群言出版社 2002 年版,第 95—96 页。
③ 浅见洋二《论"诗中有画"》,《集刊东洋学》第 78 号,1997 年 11 月出版。
④ 王行《寄胜题引》,《半轩集》卷一,台湾商务印书馆影印本。

> 善诗者句中有图绘焉,善绘者图中有风韵焉。①

近代张可中亦言:

> 诗为有韵之画,画乃无韵之诗。②

就创作动机论者,则有金李俊民言:

> 士大夫咏情性,写物状,不托之诗,则托之画,故诗中有画,画中有诗,得之心,应之口,可以夺造化,寓高兴也。③

从艺术结构论,则有清人戴鸣言:

> 王摩诘诗中有画,画中有诗,人尽知之。不知凡古人诗皆有画,名(疑应作古)人画皆有诗也。何以言之?譬如山水峰峦起伏,林木映带,烟云浮动于中,诗不如是耶?譬如翎毛飞鸣驰骤,顾盼生姿,诗不如是耶?譬如人物衣冠意态,栩栩欲活,诗不如是耶?其各画家之笔致,苍劲雄浑,宏肆秀丽,峻峭迥拔,古雅精致,瑰奇华艳,奇逸瘦挺,浑朴工整,洒脱圆

---

① 汤来贺《内省斋文集》卷二十一《黄伯衡诗序》,康熙五十五年三刻本。
② 张可中《天籁阁杂著》,《寄寄山房全集·庸庵遗集》,民国二十一年刊本。
③ 李俊民《庄靖先生遗集》卷八《锦堂赋诗序》,《山右丛书》本。

嶉,不又皆诗之风格神韵欤?①

从艺术效果论,则有王渔洋《分甘余话》卷二曰:

> 余门人广陵宗梅岑,名元鼎,居东原。其诗本《才调集》,
> 风华婉媚,自成一家。尝题吴江顾樵小画寄余京师,云:"青
> 山野寺红枫树,黄草人家白酒篘。日莫江南堪画处,数声渔
> 笛起汀洲。"余赋绝句报之,云:"东原佳句红枫树,付与丹青
> 顾恺之。把玩居然成两绝,诗中有画画中诗。"②

然而这只是一面之辞,不同意诗画相通,而主张诗画各有其长的
意见,同样也出现于宋代。那就是钱先生《读〈拉奥孔〉》已征引
的理学家邵雍《诗画吟》:"画笔善状物,长于运丹青。丹青入巧
思,万物无遁形。诗笔善状物,长于运丹诚。丹诚入秀句,万物无
遁情。"(《伊川击壤集》卷十八)至于绘画在历时性面前的无能,
晚唐徐凝《观钓台图画》(《全唐诗》卷四七四)诗已道出:"画人心
到啼猿破,欲作三声出树难。"此诗不仅印证了沈括"凡画奏乐止
能画一声"(《梦溪笔谈》卷十七)的论断,同时也对上文王渔洋的
说法构成了质问:"数声渔笛起汀洲"的图景如何表现? 即使不是
数声而是一声,又如何画出?
　　当然,王渔洋此处不过是借现成的说法随口夸奖一下门人而

---

①戴鸣《桑阴随记》,民国间铅印本。
②王士禛《分甘余话》,中华书局 1989 年版,第 41 页。

已,他何尝不知道画在表现听觉上的局限。宋琬《破阵子·关山道中》词云:"六月阴崖残雪在,千骑宵征画角清。丹青似李成。"渔洋评:"李营丘图只好写景,能写出寒泉画角耶?"陈世祥《好事近·夏闺》"燕子一双私语落,衔来花瓣"一句,渔洋也说:"燕子二语画不出。"①绘画对视觉以外诸觉表达的无能,并不是什么深奥的道理,稍有头脑的人都会理解,所以古人对此的指摘独多。自顾长康的"画'手挥五弦'易,'目送归鸿'难"(《世说新语·巧艺》)以降,钱锺书先生已博举了参寥、陈著、张岱、董其昌、程正揆的说法,这里再补充一些材料。周密《绝妙好辞》云:"乐笑翁张炎词如:'荒桥断浦,柳荫撑出渔舟小。'赋春水入画。其咏孤雁云:'自顾影欲下寒塘,正沙净草枯,水平天远。写不成书,只寄得相思一点。'如此等语,虽丹青难画矣。"在他看来,词家之景固然有鲜明如画的,却也不乏丹青难画的意趣。叶燮《原诗·内篇下》论杜甫《玄元皇帝庙》"碧瓦初寒外"一句之妙,说:"凡诗可入画者,为诗家能事。如风云雨雪景象之至虚者,画家无不可绘之于笔。若初寒、内外之景色,即董、巨复生,恐亦束手搁笔矣。"显然,"初寒"作为包含历时性变化的状态,"外"作为以虚为实的方位说明,都越出了绘画性所能传达的限度,使画笔技穷。叶廷琯《鸥陂渔话》卷五云:

　　　　"人家青欲雨,沙路白于烟。"江右李兰青湘《江上晚眺》
　　句也。余尝为序伯诵之,序伯极叹赏,谓有画意而画不

---

①孙默编《国朝名家诗余·二乡亭词》,康熙间留松阁刊本。

能到。①

陆蓥《问花楼诗话》卷一云：

> 昔人谓诗中有画，画中有诗，然亦有画手所不能到者。先广文尝言，刘文房《龙门八咏》"入夜翠微里，千峰明一灯"，《浮石濑》诗"众岭猿啸重，空江人语响"，《石梁湖》诗"湖色澹不流，沙鸥远还灭"，钱仲文《秋杪南山》诗"反照乱流明，寒空千嶂净"，《李祭酒别业》诗"片水明断崖，余霞入古寺"，柳子厚《溪居》诗"晓耕翻露草，夜榜响溪石"，《田家》诗"鸡鸣村巷白，夜色归暮田"，此岂画手所能到耶？②

潘焕龙《卧园诗话》卷二亦云：

> 昔人谓诗中有画，画中有诗，然绘水者不能绘水之声，绘物者不能绘物之影，绘人者不能绘人之情，诗则无不可绘，此所以较绘事为尤妙也。③

这已不光是指出诗画的差异和绘画表达的限度，更着重在强调诗画艺术相位的高下。也就是说，诗歌所传达的诗性内容，不只在

---

①叶廷琯《鸥陂渔话》，清刊本。
②郭绍虞辑《清诗话续编》，第 4 册第 2293 页。
③潘焕龙《卧园诗话》，道光刊本。

信息传达手段的意义上为绘画所难以再现，其无比丰富的包蕴性
也是绘画难以企及的。所以，诗中有画虽是诗家一境，但古人并
不视之为诗中的高境界。清代成书《多岁堂古诗存》卷四评陶《归
田园居》"暧暧远人村，依依墟里烟。狗吠深巷中，鸡鸣桑树颠"四
句，曰："昔人谓摩诘诗中有画，画中有诗。若此四语，诗画之痕都
化。"这不明显是将陶诗的高妙无垠视为高于诗中有画的境界吗？
张岱曾说："诗以空灵才为妙诗，可以入画之诗，尚是眼中金银屑
也。"①清初乔钵更直接了当地说："诗中句句是画，未是好诗！"②
这让我再次想到莱辛的论断："诗人如果描绘一个对象而让画家
能用画笔去追随他，他就抛弃了他那门艺术的特权，使它受到一
种局限。在这种局限之内，诗就远远落后于它的敌手。"（P. 183）
诗毕竟有着画所不能替代的表现机能，这是诗最本质的生命所
在。苏东坡观王维画，固可以付之"诗中有画"的感叹，但后人一
味以"诗中有画"来做文章，是不是从起点上就陷入一种艺术论的
迷误呢？ 现在让我们回到王维"诗中有画"的问题上来，对现有的
看法作一番检讨。

三、王维诗对画的超越

应该说，苏东坡的论断其实只说明了一个事实，本身并不包

①张岱《琅嬛文集》卷三《与包严介》，岳麓书社 1985 年版，第 152 页。
②乔钵《海外奕心》，康熙刊本。

含价值判断——我们不应该忘记莱辛的告诫:"能入画与否不是判定诗的好坏的标准!"(P.78)苏东坡的话作为一家言,作为评论的参考固无不可,但若将它作为王维诗的主体特征来强调并不无夸大,就不仅是对诗歌艺术特性的漠视,也是对王维诗歌艺术价值的轻估了。正属于莱辛批评的漠视诗画艺术性的差别,"从诗与画的一致性出发,作出一些世间最粗疏的结论来"(P.3)。莱辛曾批评斯彭司《泡里麦提斯》一书将诗人的想象力归功于古代绘画的启示,抹杀了诗人的创造力。王维诗幸而不至于此,因为没有实证材料将王维诗的取景、着色与绘画联系起来(尽管也不乏种种臆测)。但将王维诗的成就归结于"诗中有画"已然损害了王维诗的艺术价值。为何这么说呢? 王维诗当然有鲜明的绘画性也就是描述性,但占主导地位或者说更代表王维诗歌特色的恰恰是诗不可画,更准确地说是对诗歌表达历时性经验之特征的最大发挥和对绘画的瞬间呈示性特征的抵抗。

　　要论证这一观点并不难,只需检讨一下前人的说法是否能成立即可。首先应该指出,苏东坡大概没有意识到,他所举的例子其实是并不适合论证"诗中有画"的。张岱就曾提出质问:"'蓝田白石出,玉川红叶稀'尚可入画,'山路原无雨,空翠湿人衣'则如何入画?"①他问得有理。如果说前两句还可认为具有呈示性,那么后一联则旨在说明一种气候现象中包含的微妙的因果关系,完全无法展示为空间状态:"山路原无雨"是一种状态,也是一个原因,"空翠湿人衣"是一个过程,也是一种结果。据我多次终南

————————
① 张岱《琅嬛文集》卷三《与包严介》,第152页。

山行的实地经验,所谓"空翠"并不是像袁行霈先生所解释的"原来是山岚翠微,翠得太嫩了,太润了,仿佛沾湿了我的衣服"①,它其实就是山中的岚气:只觉其湿润而不见水珠,故谓空;映衬山色似透着碧绿,故曰翠。它真的就在不知不觉中打湿了我的衣服!这实在是一种难以画传的感觉,正像宗白华先生早就指出的:"诗中可以有画,像头两句里所写的,但诗不全是画。而那不能直接画出来的后两句,恰正是'诗中之诗',正是构成这首诗是诗而不是画的精要部分。"②我们再看许学夷的说法,他是大力发挥苏东坡见解的代表人物:

> 东坡云:"味摩诘之诗,诗中有画;观摩诘之画,画中有诗。"愚按:摩诘诗如"回风城西雨,返景原上村","残雨斜日照,夕岚飞鸟还","阴尽小苑城,微明渭川树","行到水穷处,坐看云起时","山中一夜雨,树杪百重泉","啼鸟忽临涧,归云时抱峰","返影入深林,复照青苔上","彩翠时分明,夕岚无处所","逶迤南川水,明灭青林端","溪上人家凡几家,落花半落东流水","瀑布杉松常带雨,夕阳彩翠忽成岚","云里帝城双凤阙,雨中春树万人家","新丰树里行人

---

①袁行霈《王维诗歌的禅意与画意》,《社会科学战线》1980 年第 2 期。
②宗白华《美学散步》,上海人民出版社 1981 年版,第 2 页。承安徽大学古籍所胡益民教授指示此节,谨此致谢。胡教授《张岱艺术论二题》(《文学评论丛刊》第 3 卷第 2 期,江苏文艺出版社 2000 年 11 月版)曾对张岱《与包严介》论诗画之分加以论述,可参看。

度,小苑城边猎骑回"等句,皆诗中有画者也。①

这里所举的诗句,能入画的大概只有"回风城西雨""溪上人家凡几家""云里帝城双凤阙""新丰树里行人度"四联,可谁若举这几联作为王维诗歌艺术的菁英,大概很难为人首肯。其余的诗句倒有些名句,却都不能入画。"残雨斜日照"的"残","阴尽小苑城"的"尽","复照青苔上"的"复","夕阳彩翠忽成岚"的"忽",都是一个时间过程的结果,画怎么表现呢?"山中一夜雨"的"一夜"(一作"一半")是过去的一段时间,画又如何再现?"归云时抱峰""彩翠时分明"的"时","明灭青林端"的"明灭","瀑布杉松常带雨"的"常",都是反复出现的现象,画怎么才能描绘?最典型的是"行到水穷处,坐看云起时",刘若愚先生曾细致地讨论过它将时间过程空间化,将空间关系时间化的表现手法②,画又怎样表现这复杂的过程呢?

再来看袁行霈先生《王维诗歌的禅意与画意》所举的诗句,他的看法是颇具代表性的:

泉声咽危石,日色冷青松。(《过香积寺》)

轻阴阁小雨,深院昼慵开。坐看苍苔色,欲上人衣来。(《书事》)

---

① 许学夷《诗源辩体》,第 163 页。
② 刘若愚《中国诗歌中的时间、空间和自我》,莫砺锋译,《古代文学理论研究》第四辑,上海古籍出版社 1981 年版。

　　江流天地外，山色有无中。郡邑浮前浦，波澜动远空。
(《汉江临眺》)

　　明月松间照，清泉石上流。竹喧归浣女，莲动下渔舟。
(《山居秋暝》)

　　白云回望合，青霭入看无。(《终南山》)

　　万壑树参天，千山响杜鹃。山中一半雨，树杪百重泉。
(《送梓州李使君》)

　　日落江湖白，潮来天地青。(《送邢桂州》)

　　屋上春鸠鸣，村边杏花白。(《春中田园作》)

　　远树带行客，孤城当落晖。(《送綦毋潜落第还乡》)

　　水国舟中市，山桥树杪行。(《晓行巴峡》)

　　白水明田外，碧峰出山后。(《新晴晚望》)

　　漠漠水田飞白鹭，阴阴夏木啭黄鹂。(《积雨辋川作》)

这里能画的诗句也只后六例而已，除"日落"一联，它们同样都不
是王维的名句，不足以代表王维的成就，倒像是大历十才子的套
数。真正属于王维不凡手笔的是前六例，论述王维诗歌的论著没
有不举这些例子的。但是它们能画吗？"泉声"一联，张岱已指
出，泉声、危石、日色、青松皆可描摩，而咽字、冷字则决难画出①。
这不同于"明月松间照，清泉石上流"的纯粹呈示性，突出了主体
的感觉印象，而这种印象又是听觉与触觉的表现，绘画无以措手。
"坐看苍苔色，欲上人衣来"也是典型的感觉印象，诚如袁先生所

――――――――――

① 张岱《琅嬛文集》卷三《与包严介》，第 152 页。

说,"这样的诗既富有画意,而又有绘画所不能得到的效果。只有诗画结合,诗中有画,才能达到这样完美的艺术境界"。如果我们承认此诗的魅力在于"欲上人衣来",那恰恰是超越绘画性的表现,又怎么可以用"诗中有画"去范围它呢?《汉江临眺》"江流天地外,山色有无中"两句,别说画,就是用语言也难以解说,我只是在镇江焦山登塔眺望长江时有幸目睹这一景色:浩淼长江在黯淡的阳光下微微反光,视线的尽头天水相连,一片空濛;隔江的山峦似乎都笼罩着薄薄的雾霭,若隐若现。当时闪过我意识的就是王维这两句诗,这眼前顷刻的视觉形象还是可画的,而王维的感觉印象,"有无中"的山色,流于"天地外"的江水,怎么着笔呢?"郡邑浮前浦,波澜动远空"一联更是充满空气动感的对长江气势的独特体会,又如何传达于纸墨呢? 这教我们不得不承认,前人的感叹是有道理的:"凡林峦浦溆篱落诸风景之寓于目而可画者甚多,惜诗之不可画者十居八九。"①《山居秋暝》四句,又属一种类型。袁先生说,"诗人从秋日傍晚山村的景物中,选取四个最富有特征的片断,用接近素描的手法勾画出来"。应该说前一联的确可画,但"竹喧"一联却是画不出的。两句都是因果关系的倒装句,前句未见其人,先闻其声;后句未见其舟,先见莲叶摇曳,无论怎么构图取景都不能准确传达出诗人要表达的意思。这涉及到绘画在表现动作过程上的特征。莱辛说,"荷马所处理的是两种人物和动作:一种是可以眼见的,另一种是不可以眼见的,这种区别是绘画无法显出的:在绘画里一切都是可以眼见的,而且都是

---

① 陶元藻《轩孙村居小照题辞》,《泊鸥山房集》卷十,衡河草堂刊本。

以同一方式成为可以眼见的"（P. 69）。尽管莱辛对两者的区别是指人和神，但可以移用来讨论人物的动作。有些动作可以用一个点来表示，但有些动作却只能用一个过程来表示。浣女、渔舟的动作即属于后者，它们在诗人设定的时点上是不见于画面的，画面上只有喧嚷的竹林和摇曳的荷叶，若以此取景画出的就是微风中的竹林、荷塘；如果要看到浣女和渔舟，非要拍成电影的连续画面才行。这又印证了莱辛的一个定理："绘画由于所用的符号或摹仿媒介只能在空间中配合，就必然要完全抛开时间，所以持续的动作，正因为它是持续的，就不能成为绘画的题材。"（P. 82）再玩味一下"白云回望合，青霭入看无"两句，我们会更同意莱辛的论断。这两句包含了诗人登终南山的一个经验过程：由下往上攀登，远望苍翠迷蒙的雾霭，登临却杳无踪影；而回顾来路，不知何时已为白云封蔽。在这里，"回望"隐含着前瞻，"入看"暗寓着远眺，远看有的临近消失，前瞻无者回顾忽生。诗人的视点是在登历中的某处，但诗所包举的却是由始登远眺到登临返顾以及视觉印象出乎意料的变化的全部经验。这是典型的"移步换形"的诗歌手段，其间的时间跨度也许是几个小时，即使运用电影蒙太奇起码也要三组镜头，而且还必须割舍掉"入看"的体验过程。如此丰富的蕴含，怎么能指望绘画承担得了？

看来，持"诗中有画"论者所举的例子，并不能自圆其说。真正代表王维成就的佳句都无法入画，可画的只不过是些较一般的诗句。这倒支持了张岱的观点："诗中有画，画中有诗，因摩诘一身兼此二妙，故连合言之。若以有诗句之画作画，画不能佳；以有画意之诗为诗,诗必不妙。"①其实,只要我们摆脱"诗中有画"的思维定势,不带任何成见去看王维诗,就不难发现他更多的诗是不可画的:他以诗人的敏感捕捉到的异样感受,以画家的眼睛观察到的主观色彩,以音乐家的耳朵听到的静谧的声响,以禅人的静观体悟到的宇宙的生命律动,都融汇成一种超越视觉的全息的诗性经验,把他的诗推向"诗不可画"的复绝境地。以致我们一想到王维诗,脑海中就浮现出那种伴有动态的色彩,伴有声音的静谧,伴有心理感受的景物,伴有时间流动的空间展示……最终只能借画家程正揆的无奈来作结论——

　　画也画得就,只不像诗。②

四、"诗中有画"作为批评标准的限度

　　那么,几百年来为人津津乐道的"诗中有画"就没有道理吗?这么多学者都不知道莱辛吗?我想大家读王维诗,一定像《红楼梦》里的香菱一样,分明是感到了一种画意,所以才会对苏东坡的见解产生共鸣,关键是对这种画意究竟应该如何看待。

　　莱辛曾说:"一幅诗的图画并不一定就可以转化为一幅物质

①张岱《琅嬛文集》卷三《与包严介》,第152页。
②程正揆《青溪遗稿》卷二十四《题画》:"'洞庭湖西秋月辉,潇湘江北早鸿飞。'华亭(董其昌)爱诵此语,曰:'说得出,画不就。'予曰:'画也画得就,只不像诗。'"

的图画。诗人在把他的对象写得生动如在眼前,使我们意识到这对象比意识到他的语言文字还更清楚时,他所下的每一笔和许多笔的组合,都是具有画意的,都是一幅图画。因为它能使我们产生一种逼真的幻觉,在程度上接近于物质的图画特别能产生的那种逼真的幻觉。"(P.79—80)这是说,诗的语言有一种造型能力,能像画一样给人近似直观的印象(尽管当代艺术学者并不同意这种看法①)。比如最典型的例子"大漠孤烟直,长河落日圆",的确有一种宛然在目的逼真感。但即使于此,也别忘了香菱的鉴赏经验:"合上书一想,倒像是见了这景的。"这"合上书一想"乃是调动记忆表象的过程,没有读者经验的参与,任何诗都只是一堆语词和概念,和绘画毫不相干。按克罗齐的说法,"凡是有艺术感的人,都会从一行诗句中,从诗人的一首小诗中既找到音乐性和图画,又找到雕刻力和建筑结构"②。如果说这一结论略显武断,那么我们可以将命题的外延缩小,说凡是有一定美术修养的人都能从诗歌中读到画意。事实上,正像英国作家王尔德所说的,"我们看见什么,我们如何看见它,这是依影响我们的艺术而决定

①例如加斯东·巴什拉说:"诗人的形象是以语言说出的形象,而不是我们眼睛看见的形象。"(《梦想的诗学》,刘自强译,生活·读书·新知三联书店1996年版,第145页)维高茨基说:"形象性和感性的直观性并不是诗意体验的心理特征;每一种诗意描写的内容按其本质上都不是形象性的。"参看《作品、文学史与读者》,文化艺术出版社1997年版,第100—101页。

②克罗齐《美学或艺术和语言哲学》,黄文捷译,中国社会科学出版社1992年版,第19页。

的"①。或者像德国艺术史家沃尔夫林说的："人们看见的总是他们所寻找的东西，而且这要求有一个长期的教育（这在一个艺术多产的时代也许是不可能的）来克服天真的知觉，因为它与客体在视网膜上的反映毫无关系。"②"诗中有画"从根本上说，乃是经受美术熏陶的读者用一种特定的欣赏方式（画家的认知框架）去读王维的结果——苏东坡并不是这种读者中最早的一位，更早还有殷璠，他已看到了王维诗"着壁成绘"的潜能③。从这个意义上说，有什么样的读者，就有什么样的王维；有多少读者，就有多少大漠孤烟、长河落日的画面。如果读者习惯于从这种美术的角度，从语言的造型能力去欣赏诗的话，那么就会像司空曙那样发现"中散诗传画"（《全唐诗》卷二九三《送曹同椅》），像宋征璧那样发现"（颜）延之《秋胡诗》，诗中有画，不待摩诘也"④，或者像贺贻孙那样发现孟浩然"浩然情景悠然，尤能写生"（《诗筏》）。浅见洋二论文征引的众多宋代诗评更表明，从曹植、陶渊明到杜甫诗都被看出画意，而且当然也可以分析其构图取景着色的特征。苏东坡不就读出了"少陵翰墨无形画"（《王直方诗话》）么？朱子也曾称赞杜甫自秦州入蜀诸诗"分明如画"。董其昌曾说：

————————

① 王尔德《谎言的衰朽》，赵澧、徐京安主编《唯美主义》，中国人民大学出版社 1988 年版，第 133 页。
② 沃尔夫林《古典艺术》，转引自常宁生编译《艺术史的终结？》，中国人民大学出版社 2004 年版，第 133 页。
③ 《河岳英灵集》卷上。按：此语本为比喻，与"在泉为珠"相对，谓王维诗具有一种光彩夺目的效果，但核心意思仍与绘画的具象和鲜明相联系。
④ 宋征璧《抱真堂诗话》，郭绍虞辑《清诗话续编》，第 1 册第 125 页。

"诗有宜于画者,杜工部宜古松、良马,如《丹青引》《薛稷鹤》等皆兼得用笔之意;唯名山洞壑必太白为当行。"①清初原良甚至说王维"蓝田白石出"句以诗中有画论还算不了什么,杜甫"楚江巫峡半云雨,清簟疏帘看弈棋"一联参寥子以为二句可画,又"松根胡僧憩寂寞,庞眉皓首无住着。偏袒右肩露双脚,叶里松子僧前落"四句,柳仲远求李伯时画为《憩寂图》,"此真诗中画,所谓'少陵翰墨无形画'也"②。此外还有《暮春题瀼西新赁草屋五首》其三"细雨荷锄立"一句,谢榛、申涵光都许以"宛然如画"③,后来王渔洋得康熙御书"带经堂"三大字,便取"细雨荷锄立,江猿吟翠屏"句意,属门人禹之鼎为绘《荷锄图》小照。可见杜诗的确也饶有画意哩,只不过老杜不传画笔,无从捕风捉影;而王维兼擅丹青,遂予人以口实。其实身为画家的诗人,也有诗中无画的,比如顾况也是名画家,他的诗就缺乏造型的兴趣。对这种情形,我们将如何解释呢? 看来,诗中有画无画并不决定于作者是否为画家,强调王维"诗中有画"及与绘画的关系,非但不能突出王维的独特性,某种程度上适足遮蔽了形成王维诗风的更本质的东西。我发现当代最早的王维研究专家陈贻焮先生几乎不谈"诗中有画",他

---

① 缪曰藻《寓意录》卷四载董其昌自题《仿宋元山水》,道光二十年上海徐氏寒木春华馆刊本。

② 原良《韵林随笔》,《三山存业十编》,康熙刊本。

③ 谢榛《四溟诗话》卷二:"子美曰:'细雨荷锄立,江猿吟翠屏。'此语宛然入画,情景适会,与造物同其妙,非沉思苦索而得之也。"申涵光《说杜》评"细雨荷锄立"句曰:"画。"见《聪山诗文集》,河北人民出版社2011年版,第327页。

认为王维山水诗的艺术特征是"注意把握并描写客观景物作用于审美主体所产生的浑然一体的整个印象"①。另外，不属于汉字文化圈而对中国诗歌有良好感觉的斯蒂芬·欧文教授，在《盛唐诗》里也只说大多数研究者"从其作品中发现了画家的眼光"，而他本人对此未置一辞，却着重分析了王维诗对某种真实性的追求——不是从类型惯例中获得的普遍反应的真实性，而是直接感觉的真实性，"通过在诗中描写所见而不是诗人的观察活动，诗人将使得读者眼睛重复诗人眼睛的体验，从而直接分享其内心感受"②。两位专家的意见都很值得我们深思。

更进一步说，正如上文所述，"诗中有画"并不能代表王维山水诗的精髓，而且王维本人的创作也显示出力图超越绘画性的意识，这正是他对六朝以降以谢灵运为代表的"工于形似之言"即重视诗歌语言的描绘性、呈示性特征的突破和超越，山水诗由此获得灵动，获得深邃，获得鲜活的生命。论者不着眼于王维在超越绘画性上的成功，反而津津乐道"诗中有画"，并将它在王维诗中的意义予以不适当的夸大，实在可以说是贬低了王维诗歌的艺术价值。最后，从一般艺术论的角度说，诗歌是语言艺术，是诉诸精神、诉诸时间的艺术，在艺术级次上高于绘画而仅次于音乐，用绘画性即视觉的造型能力作为衡量它的尺度，正像用再现性即听觉的造型能力或语言的描绘性来衡量音乐一样，显然是不可取的。

---

① 陈贻焮《王维的山水诗》，《文学评论》1960 年第 5 期。收入《唐诗论丛》，湖南人民出版社 1980 年版。
② 斯蒂芬·欧文《盛唐诗》，贾晋华译，黑龙江人民出版社 1992 年版，第 34 页。

斯特拉文斯基曾说:"令我吃惊的东西是发现许多人的思维在音乐之下。音乐对于他们来说——简直是某种让人想到另外的、例如像是风景画的某个东西;我的《阿波罗》总是让某个人想到希腊。但甚至在最独特的暗示尝试里——成为'相似的'和'相符合'是什么意思? 有谁在听李斯特的精美的小型作品 *Nuages Gris* 时,还能坚持'灰色的乌云'——这就是其音乐原由和效果呢?"①音乐的抽象性使他认为音乐接近数学要比接近文学更多,因此他明确表示不喜欢萨蒂作品标题都是文学的并为"文学气"所局限,也不赞成俄罗斯音乐中的"图画性",他说这种绘画性是靠运用极有限的机智手法来达到的②,言外之意就是放弃了音乐自身无比丰富的表现力。确实,音乐史上尽管有过格罗菲《大峡谷》那样的纯以模仿自然的造型能力取胜或部分显示出这种特点如贝多芬《田园交响曲》《月光奏鸣曲》、肖邦《小狗圆舞曲》之类的作品,但毕竟不是音乐的主流,甚至"标题音乐"也一直处于有争议的地位。穆索尔斯基《展览会上的图画》虽说是标题音乐,但标题也只标志主题而不是内容或情节,如果由此讨论"乐中有画",就很可笑了。即使爱谈论"音乐形象"这可疑概念的苏联音乐美学也不做的。

　　归根结蒂,对王维诗中的画意,我觉得无须过分强调。中国山水诗天生就有一种画意,因为它表现的主要对象就是"江山如

①罗伯特·克拉夫特《斯特拉文斯基访谈录》,李毓榛、任光宣译,东方出版社 2004 年版,第 323 页。

②罗伯特·克拉夫特《斯特拉文斯基访谈录》,第 143、70 页。

画""风景如画"。即便是抒情诗,前人也认为"写景是诗家大半
工夫,非直即眼生心,诗中有画,实比兴不逾乎此"①。自六朝山
水诗兴起以后,呈示性和描述性就相伴进入中国古典诗歌中,并
占有突出的位置,山水诗如果没有画意反倒奇怪了。对王维这样
一位诗人,我们可以细致研究的是:他如何观赏风景,特别是他画
家的眼光和才能给了他一种什么样的认知框架或者说"前理解结
构"?这种认知框架又如何影响了他观赏风景的方式和趣味?这
种方式和趣味又如何不同于前人、时人? 在这方面,日本学者已
有一些值得参考的成果,我所知道的,一是浅见洋二论诗画关系
的系列论文,对唐宋以前诗人看待风景的方式有细致分析,已结
集为《距离与想象——中国诗学的唐宋转型》(上海古籍出版社,
2005)一书;一是高津孝《中国的山水诗和外界认识》,综述了日本
学者对中国山水诗所反映的自然观的研究,该文我已中译②,有
兴趣的朋友可以参考。

---

① 李重华《贞一斋诗说》,丁福保辑《清诗话》,下册第 931 页。
② 高津孝《中国的山水诗和外界认识》,田中邦夫编《范式的诸相》,鹿儿岛
　大学法文学部 1995 年 3 月版。蒋寅译文,载《殷都学刊》1999 年第 2 期,
　收入作者《科举与诗艺——宋代文学与士人社会》(上海古籍出版社,
　2005)。

十 代人作语

——角色诗的类型及性别转换问题

　　"不识庐山真面目,只缘身在此山中。"东坡这两句诗于人们对传统的自我认识是一个很好的比喻。在许多时候,我们其实并不能正确认识自己的传统。比如关于传统文学中的表达主体问题,清初诗论家吴乔曾说:"自六经以至诗余,皆是自说己意,未有代他人说话者也。元人就故事以作杂剧,始代他人说话。八比虽阐发圣经,而非注非疏,代他人说话。"①袁枚也有类似的见解:"从古文章皆自言所得,未有为优孟衣冠、代人作语者。唯时文与戏曲则皆以描摹口吻为工。"②这里所说的文章包括一切创作文字,他认为自古以来区别文章与戏曲、时文的界标是"自言所得"和"代人作语"。此说粗看似有理,谛审之则不合事实。戏曲、时文代人作语固然不错,文章就一定是自言所得吗? 散文中向来有

---

①吴乔《围炉诗话》卷二,郭绍虞辑《清诗话续编》,第 1 册第 546 页。
②袁枚《小仓山房尺牍》卷三《答戴敬咸进士论时文》,江苏古籍出版社 1993
　　年版,第 5 册第 50 页。

代言之体,诗歌中更有专以描摹口吻为工的各种拟代依托之作,它们不也是中国文学传统中醒目的存在吗? 看来这一传统一直被某种固执的观念所遮蔽,以致变得模糊不清起来。我隐约感到,其中包含一些深层的文化心理内容,需要作一番挖掘。本章打算围绕古典诗歌中"代人作语"的一类作品,研究一下我称之为"角色诗"的诗歌类型。

一、角色诗的概念及类型

"角色诗"一名是否有人用过不太清楚,但至少有人谈论过它。诗人卞之琳曾说过:"我总喜欢表达我国旧说的'意境'或者西方所说的'戏剧性处境',也可以说是倾向于'小说化''典型化''非个人化',甚至偶尔用出了'戏拟'(Parody)。所以,这时期(前期)的极大多数诗里的'我'也可以和'你'或'他'('她')互换。当然,要随整首诗的局面互换,互换得合乎逻辑。"①批评家李健吾也曾指出:"写小说的往往用第一人称'我'来叙述故事,而这个'我'当然不必是作者自己,有时候就代表小说里的主人公。其所以这样用者,或者是为了方便,或者是为了求亲切,求戏剧的效果……写诗的亦然,而且,为了同样的目的,也常有'你'来代表'我',或代表任何一个人,或只是充一个代表的听话者、一个

---

① 卞之琳《雕虫纪历》序,人民文学出版社 1979 年版。

泛泛的说话对象。"①两位前辈所说的共同一点，就是作品中的
"我"不一定是作者本人，而可以是作者假设的某个特定场景下的
特定人物。也就是说，一首抒情诗的抒情主体"我"可能不是作者
本人而是一个虚构的人物。在这种情况下，作者可以说是在扮演
一个角色，是在替角色抒情。剧诗最能说明这一点：哈姆雷特关
于生存还是毁灭的那段独白，杜丽娘游园所唱的那支"良辰美景
奈何天"，当然不是莎士比亚或汤显祖在自抒胸臆，只不过是他们
在揣摩角色的内心感触罢了。同理，《红楼梦》中的诗词也都是曹
雪芹代书中人作，决不能视为他自己的抒情诗（其中寄托己意当
作别论），若据以论雪芹先生的诗才则甚为无聊。由此我联想到
李白《长干行》、李益《江南曲》、白居易《王昭君》、刘禹锡《竹枝
词》一类托妇人女子口吻写的诗，它们都是作者在扮演一个角色，
或者说为角色配音。将这类作者与作品抒情主体不重合的诗称
之为"角色诗"，我想是很合适的。

古无角色诗一名，但古典诗歌中的某些种类却相当于角色
诗。"代"是最显而易见的一类。现存最早标明为"代"的作品是
三国曹丕、曹植兄弟的《代刘勋妻王氏杂诗》②。曹丕诗云：

> 翩翩床前帐，张以蔽光辉。昔将尔同去，今将尔同归。
> 缄藏箧笥里，当复何时披？

---

①李健吾《李健吾文学评论选》，宁夏人民出版社 1983 年版，第 113 页。
②《玉台新咏》卷二收二诗以为王宋自作，今从逯钦立先生《先秦汉魏晋南北
　朝诗》魏诗卷四。

曹植诗云：

> 谁言去妇薄，去妇情更重。千里不唾井，况乃昔所奉。
> 远望未为遥，踟蹰不得共。

二诗均托刘勋妻王宋的口吻，抒写被休弃的悲伤，题中的"代"即指代王宋陈情，抒情主体都是王宋而非曹氏兄弟，应该说是角色诗，即曹氏兄弟扮演了王宋的角色。稍后嵇康集中有《代秋胡歌诗七章》，此题似没有强有力的版本依据，因为《乐府诗集》《文章正宗》所载均作《秋胡行》，可存而不论。曹丕兄弟之后，"代"体最引人注目的是鲍照兄妹的作品。鲍照集中标明"代"的诗有三十四首，而鲍令晖则有《代葛沙门妻郭小玉诗二首》。鲍令晖之作同于曹氏兄弟，而鲍照之"代"略有不同，全是代的乐府题。余冠英先生《汉魏六朝诗选》注鲍照《代东武吟》谓代犹拟，甚为妥帖。鲍照的全部代乐府题之作，除《代白头吟》一首与古题无关外，余皆仿古词内容，符合我下文将讨论的"拟"的性质。由于所拟之题古词原为无人称叙述，抒情主体身份不明确，鲍照的拟作自也无角色可言，因此我认为鲍照集中的"代"基本上不是角色诗。从他几首自创题同样标明"代"（如《代春日行》《代夜坐吟》之类）来看，他所谓的"代"似乎是替乐府曲调作歌词的意思，与我们作为角色诗来讨论的"代"不是一回事。应该说，作为角色诗的"代"，其实与晋陆机、陆云兄弟《为顾彦先赠妇》的"为"相近，但"为"总不如"代"贴切，所以后人多用"代"字，如李白有《代赠远》《代别情》《代秋情》《代寄情楚词体》《代美人愁镜二首》等。

　　"拟"也是容易成为角色诗的种类。与"代"不同的是,"拟"一般是模拟古代既有的题目,它除了具有风格意义上的模仿性质外,角色意识也是其主要特征,即承袭前人作品抒情主体的身份进行创作,因而其视角是被限定的,只是生活情境可由作者创造性地构想。吴乔说:"凡拟诗之作,其人本无诗,诗人知其人与事与意而拟为之诗,如拟苏李送别诗及魏文帝之《刘勋妻》者最善;其人固有诗,诗人知其人与事与意而拟其诗,如文通之于阮公,子瞻之于渊明者亦可。"①这里说的假托对象"本无诗"和"固有诗"的区别大致就是"代"和"拟"的疆界:"代"的创作动机是由特定抒情主体引发的,角色较为具体而且不是诗人;"拟"的创作动机则往往由作品引起,如张载《拟四愁诗》、谢灵运《拟魏太子邺中集八首》,角色虽为原作所限定,但内容的范围较"代"为广泛。有时只是模拟一种风格或抒情方式,如庾信《拟咏怀二十八首》,就属于模拟阮籍《咏怀诗》的表现形式。在这种场合,所"拟"的对象更接近一种人物或心态类型,而与所"代"对象的特定角色显出明显的差别。陆机《拟古诗十二首》拟的是《古诗十九首》及汉魏间无名氏之作,诗中一一披上了古诗中思妇或怀才不遇之士的衣装。李白《拟古十二首》也是拟《古诗十九首》之作,古诗曰:

　　　　涉江采芙蓉,兰泽多芳草。采之欲遗谁,所思在远道。还顾望旧乡,长路漫浩浩。同心而离居,忧伤以终老。(《文

---

①吴乔《围炉诗话》卷二,郭绍虞辑《清诗话续编》,第 1 册第 516 页。

选》卷二九）

太白拟之曰：

> 涉江弄秋水，爱此荷花鲜。攀荷弄其珠，荡漾不成圆。
> 佳期彩云重，欲赠隔远天。相思无由见，怅望凉风前。（《李
> 太白全集》卷二四）

两相比照，太白诗意完全脱胎于古诗。采荷思远，欲赠无缘，情景
悉同，抒情主体自然也是空闺思妇。古诗如果出自女子之手，太
白可以说是扮演了她的角色；如果古诗也是男子假托，那么太白
此作就是"影子的影子"了。

　　古诗中还有"效××体"和"赋得"，也是"拟"的一种形式。有
时甚至不需要"效""拟"等字，直接以前代作者的某个诗题为题，
即为一种拟。如李审言《媿生丛录》所指出的："李义山诗，有效李
长吉、拟沈下贤、《韩翃舍人即事》、《杜工部蜀中离席》诸题，皆拟
体也。"①标明"效"的诗，有时是仿效某种风格，如江淹《效阮公诗
十五首》是拟阮籍《咏怀》之作，皇甫冉《送张南史效何记室体》是
模仿何逊诗体；有时是模仿前代作品，如钱起《效古秋夜长》是模
仿南朝王融《秋夜长》之作。"效"在特定场合可以成为角色诗，
如戴叔伦《送裴明州郎中征效南朝体》（9. 3101）云："沅水连湘

---

①李审言《媿生丛录》卷一，《李审言文集》，江苏古籍出版社1989年版，上册
　第434页。

水,千波万浪中。知郎未得去,惭愧石尤风。"这里的"南朝体"指南朝小乐府,托女子口吻言情,多用双关的修辞手法是其特征。戴诗语用双关,用"郎"称裴郎中,自己充当了女子角色。独孤及《官渡柳歌送李员外承恩往扬州觐省》也是同样的例子。"赋得"则是限题作诗的一种形式,如果拈题拈得巧,如唐代灵一和尚《送人得荡子归倡妇》(23.9130):"垂涕凭回信,为语柳园人。情知独难守,又是一阳春。"少不得也要权且还俗一下。有些诗虽未标明拟、效、赋得等,如江淹《杂体三十首》,实则也是拟古诗,所拟包括无名氏《古别离》至汤惠休《怨别》三十首名作。在这样的作品中,蕴藏着大量的角色诗。

在上述名目之外,乐府是产生角色诗的沃土。乐府诗最早的作者就像填词的前驱们一样,原是因事立题的,从军写《从军行》,出塞写《出塞曲》,行商写《估客乐》,都是自然产生的抒情诗。后世作者依葫芦画瓢,照题面赋诗,便成硬充其中的角色了。宋代唐庚即已指出:"古乐府命题皆有主意,后之人用乐府为题者,直当代其人而措词,如《公无渡河》须作妻止其夫之词。太白辈或失之,惟退之《琴操》得体。"①像李白、杜甫这些从未戍边的诗人也大写《从军行》《出塞》等题,未免如李益所谓"只将诗思入凉州"耳。乐府中许多有关妇女的题目,如《远别离》《长相思》《王昭君》《白头吟》《长干行》《妾薄命》《去妇怨》《有所思》等,其初始之作都是以第一人称写的,后人依仿不改,便出现了许多代言之作。李白、崔颢的《长干行》《相逢行》,崔国辅、白居易的《王昭

————————

① 唐庚《唐子西文录》,何文焕辑《历代诗话》,上册第441页。

君》,崔国辅、孟郊、鲍溶的《怨诗》,沈佺期、岑参、皎然的《长门怨》,还有那许多咏班婕妤的诗,咏铜雀台的诗,都是我们熟知的用第一人称抒情的作品,当然也都是角色诗。它们与数量众多的宫怨、闺怨诗汇合到一起,就构成了古典诗歌中角色诗的主要部分。至于那些古词原为无人称叙述的,如《战城南》《野田黄雀行》《少年行》之类,便无缘成为角色诗了。

以上是按题目类型对角色诗种类作的大致区分,如果换个角度,从创作动机和角色选择来考察,那么角色诗可以清楚地分为三种类型:第一类是受人托请或为实事而作,如前举陆机兄弟、鲍令晖之作。这类作品的创作动机和角色选择都是不自由的。骆宾王有《艳情代郭氏赠卢照邻》《代女道士王灵妃赠道士李荣》二诗,从内容看都是作者在蜀中代她们向情人叙述相思怨慕之情。卢照邻、李荣都是骆宾王的朋友,诗想必受二女托请。即令是骆宾王仗义执言,也属有为而发,创作动机和角色都已前定,没有选择的余地。苏东坡的《席上代人赠别》《次韵代留别》也属于这种情形。第二类是拟古或效古及乐府题。这类作品的创作,或为模仿练习,或为与前人争长,或为托古讽今,动机比较复杂。陆机、江淹的拟古是一时风气,与艺术高峰出现后的模仿现象有关;而李白大作乐府古题,我觉得有如学书遍临古帖,不无练笔之意。至于元明人又复兴乐府,则不乏与唐人争胜之心。如此等等,不论其动机如何,动机本身总之是自由的,写不写,写什么,都取决于作者。但是,题目一旦选定,角色从而决定。换句话说,这类诗创作动机固然自由,角色选择却受到限制。第三类即虚构的、没有具体模仿对象的代言体诗,如前举李白《代赠远》以及张继《人日代客子是日立春》、李端《代弃妇答贾客》、刘长卿《代边将有怀》、孙枝蔚《拟欢闻变代青楼有嘲》等，都属于这一类。概括地说，第一类是对特定抒情主体、特定抒情内容的模仿，第二类是对特定抒情主体、非特定抒情内容的模仿，而第三类的抒情主体或为客子，或为弃妇，或为边将，或竟不知为何等人，于是角色就不再是个体而成为类型，甚至可以广延到"人"这么大的范围。这样一来，创作动机和角色选择都达到了最大的自由度，当然也就为产生优秀作品提供了最大的可能。事实上也正是那些既无特定抒情主体也无特定抒情内容的虚构的角色诗最富于创造性，达到最高水平。我们且举一位在唐代不算重要的诗人耿湋的诗作来看，题为《代宋州将淮上乞师》（8.2979）：

> 唇齿幸相依，危亡故远归。身经百战出，家在数重围。
> 上将坚深垒，残兵斗落晖。常闻铁剑利，早晚借余威？

由诗题来看，如此重大的使命显然是不可能用诗去求情的。这首诗应是诗人根据当时的情形拟作。宋州被围，一位将军孤身杀出重围，到泗州求援，诗即代其陈词，晓之以利害，诉之以危急，激之以大义，令人不能不肝胆相照，顿生急难之心。从角色诗的角度说，它的确把将军的肝胆声气表现得淋漓尽致。比照韩愈《张中丞传后序》里的南霁云，耿湋笔下的这位将军形象毫不逊色。这是诗人倾注全部感情的自由的艺术创造，不同凡响。

二、角色诗的历史发展

从古到今,角色诗在中国诗歌里一直是一个醒目的存在,远在《诗经》的时代它就开始活跃起来。虽然《诗经》中并无拟、代等题,但国风一百六十篇中以女子口吻自述的诗多达五十篇,其中难道就没有代拟之作? 实在令人难以相信。前人也多有论及这一点的。明代冯元成就曾说《诗经》作品是文人学士借里巷男女为言①,清代李重华也说"三百篇所存淫奔,都属诗人刺讥,代为口吻,朱子从正面说诗,始云男女自言之"②,陈用光更具体指出:"诗三百篇自周公、召公、卫武公、尹吉甫外,其余感叹伤喟之作,大抵皆人之代言,非必其所自为。"③俞文鳌进一步肯定:"三百篇中室家离别之感,思妇殷望之情,多系在上者曲体人情而设为之辞,后人闺怨等诗本此,而出语自有分寸。"④此外如章学诚、朱克敬也有类似看法⑤。这些论断决不是毫无道理的推测。钱锺书先生在《管锥编》中曾历举《诗经》中明显属于拟代体的篇

①许学夷《诗源辩体》卷一,第 12 页。
②李重华《贞一斋诗说》,丁福保辑《清诗话》,下册第 931 页。
③陈用光《太乙舟文集》卷六《白鹤山房诗钞序》,道光二十三年孝友堂刊本。
④俞文鳌《考田诗话》卷一,道光四年掣笔山房刊本。
⑤章学诚《妇学》:"《国风》男女之词,皆出于诗人所拟,以汉魏六朝篇什证之,更无可疑。譬之男优饰静女以登场,终不似闺房之雅素也。昧者不知斯理,妄谓古人虽儿女子亦能矢口成章,因为妇女宜于风雅,是(接下页)

章,辨古来解经者之惑,最有说服力①。据日本学者赤冢忠氏研究,小雅《采薇》《出车》《皇皇者华》《杕杜》《白华》及国风《草虫》《卷耳》《载驰》等篇都是剧诗,由男女二人分章轮唱(风诗几篇形态不完全)②。像《杕杜》这样的作品,如果不是剧诗,就很难解释诗中叙述角度的转换。剧诗是最典型的角色诗,当作者在写不同人物的感受时立刻进入角色,所谓"我欲做官,则顷刻之间便臻富贵;我欲致仕,则转盼之际又入山林;我欲作人间才子,即为杜甫、李白之后身;我欲娶绝代佳人,即作王嫱、西施之元配;我欲成仙作佛,则西天、蓬岛即在砚池笔架之前;我欲尽孝输忠,则君治亲年可跻尧、舜、彭篯之上"③。我们不能忘记,诗三百篇是由太师整理加工的,为了演唱的亲切感,将原诗的无人称叙述改为第一人称叙述的情况一定是存在的。然则角色诗的产生不仅与原作者的"代人口吻"有关,还与流传过程主要是演唱改编有密切关系,下文论及宋词的角色诗性质还要涉及到这一点。

(接上页)犹见优伶登场演古人事,妄疑古人动止必先歌曲也。"《昭代丛书》,上海古籍出版社影印本,第 2 册第 1617 页。朱克敬《瞑庵杂识》卷二:"三百篇中,皆诗人旁观感慨,美刺以示劝惩,非贤者自炫才良,荡妇自书供状也。故孔子曰思无邪,谓诗人之志专主劝惩,词或嫚亵,意则无他也。若谓其人自作,则选词叶韵,非可骤能,岂古之间巷小民,皆屈宋杜韩耶?"岳麓书社 1983 年版,第 33 页。

①钱锺书《管锥编》第 1 册"桑中"条,第 87—88 页。
②参看赤冢忠《皇皇者华篇与采薇篇——试论中国古代的剧诗》,蒋寅译,《河北师院学报》1991 年第 1 期;收入《日本学者中国诗学论集》,凤凰出版社 2008 年版。
③李渔《闲情偶寄·词曲部》宾白第四"语求肖似"条,《中国古典戏曲论著集成》,中国戏剧出版社 1959 年版,第 7 册第 54 页。

　　自《楚辞》开始,文人创作角色诗日益自觉化。屈原《九歌》
用于祭祀乐舞,当然免不了角色化,《湘君》《湘夫人》《少司命》便
是例子。汉末开始出现拟代体作品,现存者有王粲《为潘文则作
思亲诗》,或作《思亲为潘文则作》,载《古文苑》;徐幹有《为挽船
士与新娶妻别》,见《艺文类聚》;曹丕有《寡妇诗》,为阮瑀妻作,
见《艺文类聚》。从此以后,作者作品就层出不穷,不遑枚举了。
同时,随着拟古风气的盛行,闺怨由拟古(如拟古诗十九首)中脱
颖而出,成为诗人们热衷的题材。傅玄《杂言诗》云:"雷隐隐,感
妾心,倾耳清听非车音。"①这是假托思妇口吻而作的角色诗,张
华《情诗五首》大致相同。至南朝小乐府,几乎都是托女子声口之
作,但它们决不可能都是女性作者的手笔,或许大半倒出自须眉。
事实上民歌大多是出自下层文人之手,摹拟小儿女情态摇荡人
情,明清民歌便是如此。蒲松龄也曾作《闺艳琴声》那样的拟女子
口吻写的俚曲。衡今度古,我们有理由认为南朝小乐府的许多作
品是角色诗。

　　唐代是角色诗空前盛行的时代,首先是大量的乐府作品仿古
词作角色诗,此外代、拟、效、赋得等类型也屡见于各家集中,形成
一个数量可观的独特门类。不管它们各自出于什么目的,练笔也
好,竞争也好,寄托也好,总体表现出一种优游的闲暇,一种情感、
精力过剩而心胸博大、富于同情心、富于探索兴趣、总之对生活的
一切抱有强烈的热爱和兴趣的人生态度。再举一个耿湋的例子,
他有一首诗题为《观邻老栽松》(8.3005):"虽过老人宅,不解老

————————
①《初学记》卷一,宋本无"清"字。

人心。何事斜阳里,栽松欲待阴。"老耄之人而栽松待其长成,的确有点不可理解。唯其如此,才更引起诗人的好奇心。《代园中老人》(8.3003)一诗似乎是他琢磨出的道理:

> 佣赁难堪一老身,皤皤力役在青春。林园手种唯吾事,
> 桃李成阴归别人。

已经老得不能做活了,却还趁着春时栽树,因为他感到愉快,他的手艺就是种植园林,至于果树长成归别人享用,他是不在乎的。这倒和白居易《荔枝》诗"十年结子知谁在,自向中庭种荔枝"(《白氏长庆集》卷一八)一样旷达洒脱,而我们的诗人也真能体会老人的心胸。这就是对生活的一切抱有强烈的热爱和兴趣,角色诗与心灵探索的兴趣是分不开的。"子贡方人,夫我则不暇。"颇得夫子这种严肃劲儿的宋人,侈谈性理,却失去了这一份兴趣,是以他们的作品中角色诗绝少,取而代之的是无聊的次韵。只有在花前酒边,为了让歌伎唱曲侑酒,才写些艳词。那是真正角色化的,从《花间集》即已开始。苏东坡的直抒胸臆,在词中勾画出鲜明的自我形象,曾使词的角色化特征受到冲击,但配乐演唱的形态最终在音乐性和演唱者身份两方面决定了词客观上要成为角色诗向剧诗的过渡。果然,元代戏曲发达之后,除山歌民谣外,文人的角色诗创作便相对式微。这时,我们要想读到优秀的角色诗,就只有去一览《西厢记》《牡丹亭》《燕子笺》《桃花扇》诸剧了。

三、"男子多作闺人语"

　　角色诗不仅在中国诗歌史上是个独特的存在,在世界诗歌遗产中也是一份别具特色的财富。

　　首先它的数量之多、作者之普遍就很引人注目。其他国度、其他民族当然也有角色诗,比如泰戈尔《园丁集》中的大部分诗篇是托少女口吻写的,《新月集》里有些篇章是托孩童的口吻写的。另外就我阅读所及,美国诗人朗斯敦·休士有《替一个黑人姑娘作的歌》,英国诗人克利斯朵夫·马娄有《牧羊人的恋歌》,布莱克有《鸟之恋》;高尔基的《啊,当清晨升起霞光》是托渔妇之口写的,莱蒙托夫的《情歌》、谢甫琴科的《歌》是托怨女之口写的;孟加拉诗人纳兹鲁尔·伊斯拉姆的《你为什么直到此刻才来》托一个长眠地下的女子之口,比利时作家梅特林克《假如有一天他回来了》写一对姊妹的对话,这类作品都属于角色诗,但它们在西洋诗尤其是十八世纪浪漫主义以来的诗歌中所占的比例是很小的。布尔顿《诗歌解剖》将这类诗歌称为"戏剧抒情诗"(Dramatic Lyric),指"诗人在诗中串演另一人,并想像性地展示其思想观念"①。布尔顿举出的作品有布朗宁《我的前夫人》《怪物论塞特伯斯》《主教定购他的坟墓》《斯拉支先生》《媒介》及丁尼生《圣西

――――――――――

①布尔顿《诗歌解剖》,傅浩译,生活·读书·新知三联书店1992年版,第134—135页。

米恩的苦行者》《老处女的"甜蜜艺术"》、叶芝《最后的表白》、约翰·希斯—斯塔布斯《石器时代的女人》、佛尔农·斯坎内尔《斯卡图·阿硕尔船长》等。彼得森的论文则用德文 Rollenlied 一词即角色诗来指假古人之口或假神话人物之口的抒情诗,如贝朗瑞《玛丽·斯图尔特的告别仪式》或歌德《普罗米修斯的颂歌》①。这类戏剧抒情诗在各国尤其是西洋诗人的写作中较少涉及,不如我国古代这么常见。

　　以我这么一个西洋文学知识极有限的人下如此结论,未免过于轻率。可那些著名诗人的诗集里的确难得看到一两首角色诗,又是事实。翻遍莎士比亚诗集,只有《乐曲杂咏》有一段《情人的回答》勉强可以说是角色诗,读其他各国大诗人的诗集,情形也差不多。在表达自己的感情时,他们大多是直抒胸臆,直接向读者倾吐内心感受,如萨福《给所爱》;而表现他人的感情,则总是站在旁观者的立场上叙述,像歌德的《野蔷薇》那样。因此诗中的主角无论是我、是你、是他,抒情主体都概为作者本人,是从他的观照感受出发的。只有在偶然的情况下,比如像拜伦为印度乐曲《阿拉·马拉·潘卡》配词,才改变视角,为特定的角色代言。在抒情诗的领域,他们似乎缺少点"他人有心,予忖度之"的兴趣,很少深入到自我以外的心灵世界,使抒情主体暂时离开自我,去扮演一个角色——这种冲动他们似乎已留在数量众多的剧诗中。约翰·阿道夫·施莱格尔就认定"诗人无穷无尽地歌唱自己的真情

――――――――
①参看热拉尔·热奈特《广义文本之导论》,《热奈特论文集》,史忠义译,百花文艺出版社 2001 年版,第 41 页。

实感,而非被摹仿而来的感情",尽管巴脱并不同意这样的见解,以为"人们可以像虚构行为一样虚构感情;作为大自然的组成部分,感情可以像其它东西一样被摹仿"①,但像施莱格尔这样著名的民谣学者的见解我想应该是有代表性的。所以当小说家卡莱尔·恰佩克被问及为何不写诗时,他的回答是"因为我讨厌说我自己"②。的确,西洋人理解的抒情诗就是表达他自己。与此相反相成的例子是,钱锺书先生在《谈艺录》中曾提到意大利诗人列奥巴尔迪论诗,崇尚抒情诗而薄戏曲,"谓戏曲以借面拟人为本,无异学僮课作之代言,特出以韵语而已,其可嗤鄙等也"③。由他对戏曲借面拟人的鄙薄,正可见他推崇的抒情诗是非角色化的。相比之下,袁枚虽也鄙薄"代人作语","以描摹口吻为工",但他自己却仍作有《代少年答》(《小仓山房诗集》卷二)、《古意四首》(卷八)、《昭君》(卷二五)等角色诗,同时我们也没看到他对拟代体本身的非议。这从一个侧面说明了中国诗人对角色诗的兴趣和态度。如果追问这种兴趣和态度是从何而来的,我想它首先应与中国戏剧发育得晚,剧诗不发达的历史状况有关。到袁枚的时代当然已不存在这一问题了,明清人作角色诗或许可以说是传统的惯性,而在唐宋以前,戏剧既未成型,当朝会宴飨之际,诗征酒逐之余,角色诗的吟唱客观上就替代戏剧发挥了直观艺术的功能。戏剧的缺乏与角色诗的发达,其间是否有一种因果关系呢?

---

①引自热拉尔·热奈特《广义文本之导论》,《热奈特论文集》,第27—28页。
②转引自昆德拉《小说的艺术》,孟湄译,生活·读书·新知三联书店1992年版,第145页。
③钱锺书《谈艺录》,第361页。

这是值得考虑的。后者事实上是对前者的一个补偿。

中国古代的角色诗,不仅数量之众引人注目,其角色的性别转换也很奇特,不能不引起我们的注意。清初批评家毛先舒曾提到词中"男子多作闺人语"①,田同之更引而申之,以之为诗词之分际:

> 从来诗词并称,余谓诗人之词,真多而假少;词人之词,假多而真少。如《邶风》《燕燕》《日月》《终风》等篇,实有其别离,实有其摈弃,所谓文生于情也。若词则男子而作闺音,其写景也,忽发离别之悲;咏物也,全寓弃捐之恨,无其事,有其情,令读者魂绝色飞,所谓情生于文也。此诗词之辨也。②

其实不止词,我发现角色诗中绝大多数作品都存在着性别转换的现象,而且都是男转女,也就是说男性作者充作女性角色。当然,我们可以说,古代诗人大多数是男子,角色诗自然只有男转女这一种可能。但现存女诗人诗中为何没什么代男子角色的篇章呢?唐代三位女诗人薛涛、李冶、鱼玄机的诗集中,只有鱼玄机《代人悼亡》是拟男子口吻写的,那应是替人代笔。相反,男诗人集中的角色诗几乎都是拟红颜作闺音,细加分析约有以下几种类型:

一、代内。《本事诗》"情感第一"有云:

---

① 毛先舒《诗辩坻》卷四,郭绍虞辑《清诗话续编》,第 1 册第 90 页。
② 唐圭璋辑《词话丛编》,中华书局 1986 年版,第 2 册第 1449 页。

朱滔括兵,不择士族,悉令赴军,自阅于毬场。有士子容止可观,进趋淹雅。滔自问之曰:"所业者何?"曰:"学为诗。"问:"有妻否?"曰:"有。"即令作寄内诗。援笔立成,词曰:"握笔题诗易,荷戈征戍难。惯从鸳被暖,怯向雁门寒。瘦尽宽衣带,啼多渍枕檀。试留青黛着,回日画眉看。"又令代妻作诗答,曰:"蓬鬓荆钗世所稀,布裙犹是嫁时衣。胡麻好种无人种,合是归时底不归?"滔遗以束帛,放归。①

李白有《自代内赠》云:"宝刀截流水,无有断绝时。妾意逐君行,缠绵亦如之。别来门前草,秋巷春转碧。扫尽更还生,萋萋满行迹。鸣凤始相得,雄惊雌各飞。游云落何山,一往不见归。估客发大楼,知君在秋浦。梁苑空锦衾,阳台梦行雨。妾家三作相,失势去西秦。犹有旧歌管,凄清闻四邻。曲度入紫云,啼无眼中人。妾似井底桃,开花向谁笑。君如天上月,不肯一回照。窥镜不自识,别多憔悴深。安得秦吉了,为人道寸心。"(《李太白全集》卷二五)太白有赠内诗多首,也许得不到夫人答诗心有不足吧,便替夫人作了这首赠自己的诗。先诉说久别相思之意,再回忆丈夫的远游和自己的怅望,最后用家世的烜赫和自己际遇的不幸相对照,写尽怨慕之情。这都是诗人设想的妻子的情绪,从这份体谅中可以看出诗人内心所怀的歉疚。清田茂遇有《浪淘沙·代闺人寄外》也是代内之作,这类作品后世诗词集中时常可见。

　　二、代他人。见前举骆宾王二诗,李商隐集中亦有不少篇章。

----

①丁福保辑《历代诗话续编》,上册第 5 页。

谢肇淛《小草斋集》卷四《代王百谷悼亡三首》，王士禛《落笺堂初稿》中《怀终南山问杜陵程生》《代程生答》也属此类，不待赘举。

三、代古人。如郑锡《玉阶怨》，乔亿说"前人于此等题多用代法"，"腹联典则，见班姬身分"①。凡《王昭君》《长门怨》等乐府题均属这一类，元稹《刘阮妻二首》、李商隐《代魏宫私赠》《代越公房妓嘲徐公主》《代贵公主》等也是据故事虚拟的，充当了古人的角色。清代张谦宜曾说："绝句之有宫体，大约皆文人忧谗，托之于女子。"②基本符合事实。

四、乐府题。这类角色范围较广，由题目决定，所谓"学六朝者，男作女吻"③。比如《江南曲》一般是商人妇的角色，李益"早知潮有信，嫁与弄潮儿"是众所熟知的名篇。张潮的一篇也很出色："茨菰叶烂别西湾，莲子花开犹未还。妾梦不离江上水，人传郎在凤凰山。"此诗《全唐诗》卷一一四题作《江南行》，实际上就是《江南曲》，正如《长干行》亦作《长干曲》一样。前两句用两种与女子采摘活动有关的水生植物暗示节候转换，后两句轻嗔薄怨，韵律说不出的美妙动人，通篇散发着温婉多情的女性气息。

以上四类只是题目贴着标签的角色诗，更多的角色诗还需要我们到宫怨、闺怨诗中去筛选。崔国辅《湖南曲》（4.1203）云："湖南送君去，湖北送君归。湖里鸳鸯鸟，双双他自飞。"这是代一个送别恋人的女子角色，满是怨艾的语气。袁宏道《艳歌》（《袁

---

① 乔亿《大历诗略》卷六，居安乐玩之堂刊本。
② 张谦宜《絸斋诗谈》卷二，郭绍虞辑《清诗话续编》，第 2 册第 807 页。
③ 谢肇淛《小草斋诗话》卷一，吴文治主编《明诗话全编》，江苏古籍出版社 1997 年版，第 6 册第 6666 页。

宏道集校笺》卷八）云："鹊尾唾兰烟,灰冷烟不灭。东风多少愁,吹落谢豹血。郎寄鲳鱼子,妾寄西施舌。花开不待人,青春忍相别。"这也是代女子的怨情,似这类作品每个朝代都是很多的。男性诗人总喜欢以女子的角色作诗,就像旧时戏曲中女角总由男优扮演,已成为中国艺术一个引人瞩目的特征。鲁迅甚至挖苦说:"我们中国的最伟大,最永久,而且最普遍的艺术也就是男人扮女人。"①这种现象究竟该如何解释呢?

四、性别转换的深层心理

《黄帝内经·素问》卷二云:"阴阳者,血气之男女也。"张隐庵注:"阴阳之道,其在人则为男为女,在体则为气为血。"②中国古代生理学认为,人禀气而生,气分阴阳,人各有偏受而别为男女。男为阳,阳主刚;女为阴,阴主柔,是为男女气质之大别。而就每个人来说,生理机制又由阴阳两极构成。气为阳,主刚;血为阴,主柔。这就是说,每个人身上都存在着阳刚、阴柔这两种对立的基因。如果把阳刚作为男性气质特征,阴柔作为女性气质特征,那么就可以说每人身上都具有男女、阴阳双重气质。西方的性别心理学也是这么看的,自柏拉图到巴尔扎克的著作一直在讨

---

① 鲁迅《坟·论照相之类》,《鲁迅杂文全集》,河南人民出版社 1994 年版,第 61 页。
② 《黄帝内经素问集注》,上海科学技术出版社 1959 年版,第 25 页。

论两性同体性的问题,神秘主义思想家冯·巴德尔把人的真正命运表现为对失去的两性同体性的寻求,人类学家索洛维尤则将两性同体性作为人类学科的基础。哲学家加斯东·巴什拉说"无论是在男人身上抑或在女人身上,和谐的阴阳同体性都保留其功能"①,心理学家比伊唐迪克在《女人》一书中甚至言之凿凿地说正常男人阳性占51%,正常女人阴性占51%②。最给人启发的似乎是精神分析学家荣格的见解,他把男性与女性的心理成分比喻为存放在某种储藏器中的两种物质③,它们成为后天性格发展的潜能。人在儿童时代气质特征是不太明显的,只有到少年时代性别意识苏醒后,心理上才具有自我调节意义的建构机制,开始以主动的补偿作用适应社会理想,逐步进入性别角色,气质特征也日益鲜明起来。在这个过程中,社会观念对性别角色之心理—行为模式的形成有着决定性的影响④。在古希腊,斯巴达人让妇女接受战争的训练,使她们能和男子并肩作战;在罗马,人们要求妇女道德谨严,具有爱国热情;英国女子素好孤独清静,不爱出头露面;而法国人却鼓励女性发展聪明才智,富有艺术修养,能出入交际场合,以吐属优雅取悦于人;日本人对女性的理想是温柔、纯情而富于牺牲精神……不用说,人都是按社会理想的模式来塑造自

①加斯东·巴什拉《梦想的诗学》,刘自强译,生活·读书·新知三联书店 1996 年版,第 75 页。
②参看《梦想的诗学》第二章"追寻梦想的梦想'安尼姆斯'与'安尼玛'"。
③参看《探索心灵奥秘的现代人》第五章,社会科学文献出版社 1987 年版。
④参看皮亚杰《儿童心理学》,商务印书馆 1980 年版;福富护《性发展心理学》,天津人民出版社 1989 年版。

己的。在中国古代,"女子无才便是德",以端庄贤淑柔顺为首要标准,而男子则以博学有才识、凝重弘毅为尚。虽然老庄道家有处柔之说,但那只是处世原则,在人的气质风度上,除南朝一度有变态外,整个华夏民族历史上对男子都是崇尚阳刚之美的,人们心目中理想的大丈夫是敢作敢为的项羽,是义薄云天的关公,是不为五斗米折腰的陶渊明,是笑傲权贵的李太白,是视死如归的文天祥,是刚正不阿的包青天……傅粉何郎、多情宝玉之类无不为人鄙夷。"士不可不弘毅","刚毅木讷近仁","莫愁前路无知己,天下谁人不识君","愿得此身长报国,何须生入玉门关"!每当我们一诵这些铮铮作响的字句,就会从心底涌起男性气质的深深共鸣。也正是由此,我才悟及古代男性诗人代女性角色作诗的深层心理。

人都有阳刚、阴柔两种气质潜能,都有刚烈和温柔两种情愫。当性别意识诱发相应的潜能时,便将对立面打入黑暗的潜意识世界。男子在社会观念的影响下,自觉调整自己的心理—行为模式,模仿理想的英雄人物,最终会形成阳刚气质,同时压抑阴柔气质。可是阴柔气质在意识深处却始终不甘被压抑,一有机会就要突破理智的封锁释放出来。毕竟人非草木,孰能无情?鲁迅说得好:"无情未必真豪杰,怜子如何不丈夫。知否兴风狂啸者,回眸时看小於菟。"(《答客诮》)可是在古代,男子柔情的流露是被看作小儿女态、缺乏丈夫气的。晋代张华诗多写男女情爱,就遭当时所谓疏亮之士菲薄,"恨其儿女情多,风云气少"(钟嵘《诗品》卷中)。宋代秦观作《春日》诗,情调稍纤柔,便吃元好问讥诮:"有情芍药含春泪,无力蔷薇卧晓枝(秦句)。拈出退之《山石》

句,始知渠是女郎诗。"(《论诗绝句》)①即便是诗胆最大、目空千古的李笠翁,作《舟中怀诸病妾》诗也不无忸怩地自我解嘲:"咄咄英雄气,喁喁儿女愁。虽曰两不悖,言之殊可羞。"②他人可想而知。这样一种观念,迫使诗人们压抑自己的感性,在作品中克制心中的温情。当临歧分别之际,或激励对方:"无为在歧路,儿女共沾巾。"(王勃《送杜少府之蜀川》)或自示气概:"丈夫非无泪,不洒离别间。"(陆龟蒙《别离曲》)这种压抑和克制虽然显出作者的豪迈和刚强,但终不如林冲的"男儿有泪不轻弹,只因未到伤心处"来得自然。

除了人性中自然的柔情外,还有一种情绪也是男子应该克制和压抑的,那就是"怨"。怨是一种轻度的不满,既不到愤愤不平,更不到恨。恨即使加以压抑,其强度也足以成为男性化的表达,"不平则鸣"也明显是反抗的宣言;只有怨,完全是逆来顺受的情绪,伴随着希望和企求,因此是低贱者的卑微姿态。妻子对丈夫,臣子对君主的不满,甚至称为"怨慕"。王夫之说,"忠臣之忧乱,孝子之忧离,信友之忧谗,愿民之忧死,均理之贞者也,而不敢思妇房闼之情",其所以然者,就在于这种种忧都近乎怨,而怨十足是一种阴性的感情,只宜于女性,不适于男性。王夫之说得好,"怨者,阴事也。阴之事,与情相当,不与性相得;与欲相用,不与

---

① 据元好问《中州集》王中立小传:"先生举秦少游《春雨》诗云:'有情芍药含春泪,无力蔷薇卧晓枝。'此诗非不工,若以退之'芭蕉叶大栀子肥'之句校之,则《春雨》为妇人语矣。"则其意发自王中立,李审言《媿生丛录》卷五一辨之。

② 李渔《笠翁一家言·笠翁诗集》卷五,上海会文堂石印本。

理相成;与女相宜,不与男相称。逶情之动于性,逶欲之几于理,逶妇人之怀于君子,则阳为阴用,而国恶得不倾乎!"为什么这么说呢? 因为上述种种忧都是出于不满,如果直接表达,"下直者,其上必枉。议论多者,其国必倾。非议论之倾之也,致其议论者之失道,而君子亦相为惝急,则国家之舒气尽矣"①。其实自古以来哪有议论亡国的例子,这只不过是不容许在下者直言指斥在上者,而在下者实际也不敢这么做的托辞。照历来的正统观念,对不满的表达必须是有节制的,所谓"怨而不怒"是也。但其隐忍委屈的神情实在太没骨气,太女性化,因此诗人大多羞于为之。

然而诗是表达感情的工具,而感情的表达首先就有着宣泄的意义,人为地克制和压抑感情立即便与诗歌的功能相悖,从而使诗的本质得不到实现。既想从心所欲而又要顾全名节,于是他们就运用了角色诗这副行头,无论是合法婚姻还是事实婚姻,种种正当不正当的、粗俗或高雅的、温柔旖旎的、刻骨铭心的恋情爱欲,都借女性之口得到尽情地宣泄。女子么,儿女情长是可以谅解的——这真是个妙招,一来可免于英雄气短之讥,二来刻意渲染的女性的宛转怨慕之情,也使大丈夫的虚荣心得到充分满足。外国学者觉得,中国"古代士人的各种情绪,包括阳刚和阴柔的,都可以透过诗词,得到正常的宣泄。不比在西方的一些传统之中,男子必须压抑他感性的一面"②。这说得不错,但却未注意

①王夫之《诗广传》卷三,中华书局 1981 年版,第 76 页。
②钟铃《文学评论集》,转述美国学者罗璞语,时报文化出版事业有限公司,第 120 页。

到,中国传统中男子同样是必须压抑感性的,不同只在于,中国人
在这种地方总有圆通的"活法"。唐代以《夜月》一诗著名的刘方
平,是位感性极其丰富、细腻得近乎有女性气质的诗人,他的《乌
栖曲》(8.2836)让人读了怦然心动:"画舸双艕锦为缆,芙蓉花发
莲叶暗。门前月色映横塘,感郎中夜度潇湘。"与其他多篇作品一
样,它也用角色诗来曲折地展露诗人一片温馨的心地。再看同卷
的《春怨》(8.2840):"纱窗日落渐黄昏,金屋无人见泪痕。寂寞
空庭春欲晚,梨花满地不开门。"本篇虽不能说就是角色诗,但状
物取景都是以女主人公的视角着眼的,诗人自己那敏锐纤细的感
觉隐没在女主人公的眼光后面,所以环境都涂上角色的感觉色
彩。这样,诗人就轻易地闪在一旁叙述者的客观位置上,不至招
致女郎诗之讥了。然而它的本我,那灵魂深处的阴柔的感性,却
早就附着于诗中的女主人公,与之合为一体了。

　　现在我们反过来再看古代女子为何鲜有代男子角色的诗作,
道理就很清楚了。在男性为中心的古代社会,甚至在妇女尚未获
得真正解放的今天也是,社会对性别的观念实际上就是男性的观
念。无论是两性的气质特征、风度标准,还是社会分工、社会责
任,都是从男性的角度、以男性的愿望来规范的。男儿为忠臣,为
勇士,济世报国,志在四方;女子奉孝养,为母仪,职在中馈。主从
内外既分,男子涉及女子之事,不过屈尊俯就,形同游戏;而女子
涉及男子之务,便属非分僭越,世所难容。张敞画眉古今传为美
谈,而武则天专政却遭百世唾骂。在这样的社会环境中,只能出
现男子代女子或女子代女子的角色诗,不易产生女子代男子的角
色诗。李清照《夏日绝句》(《重辑李清照集》)可以说是代男子角

色的作品:"生当作人杰,死亦为鬼雄。至今思项羽,不肯过江东。"诗人站在男子的立场慷慨陈情,以对古代英雄的景仰来鄙斥苟安的南渡君臣。这样的作品在女诗人诗中十分罕见。至于词,毛先舒曾举孙夫人拟男子相思之词的《烛影摇红》,许为独创①,不用说属于凤毛麟角。也难怪,像李清照这样生长名宦之家,归于相国之子,早岁博览经史,晚境饱历忧患的奇女子,岂非千古一人而已?即便是李清照,作这样的诗,男性批评家也免不了有非议。杨慎《升庵诗话》举范静妻沈满愿《竹火笼》诗,赏其以言外之意讽士之以富贵改节者,含蓄蕴藉。接着又说:"宋人称李易安'所以嵇中散,至死薄殷周'之句,以为妇人有此大议论。然太浅露,比之沈氏此诗,当在门墙之外矣。"②所谓浅露,就是嫌其直率,说到底是认定妇道人家不合发此等大议论,只宜写点楚楚小有风致的花月篇章罢了。清初徐昭华作《塞上曲》数首,风格绝近王昌龄,陈维崧手录其诗,对人说:"闺中人作雄词,堕小说家女侠习气。独昭华《塞上曲》沈情超笔,汉世乐章,忘其为唐山作也。"③他在赞赏徐昭华诗的同时,却否定了其他闺秀作的"雄词",以为流于小说里的女侠习气。这不是很明显的偏见么?对女性创作青眼有加,并曾编选女性诗选的陈维崧尚且如此,他人可以想见。女性在没有取得与男子平等的社会地位之前,似乎也不能拥有男性的观念和行为。只有到近代资产阶级民主革命开

①毛先舒《诗辩坻》卷四,郭绍虞辑《清诗话续编》,第 1 册第 90 页。
②丁福保辑《历代诗话续编》,中册第 722 页。
③吴德璇《初月楼续闻见录》卷二,道光刊本。

始,女性自立意识才苏醒,性别平等观念也才开始树立起来。秋瑾女侠的着男装实在就是这种观念的极端表现。也正是从她开始,女性的诗首次站在女性的立场表现了阳刚气质及与男性相同的观念。这只能留待他文再谈了。

十一　文如其人

——诗歌作者和本文的相关性问题

一、作为传统观念的"文如其人"

在一贯高扬自我表现旗帜的西洋文学传统中,虽然自古就有"作诗与为人殊辙"的夫子自道,但作者与作品的一致性在新批评派出现以前似乎不成为问题,法国作家布封的"风格即人"(style is the man himself)正是代表这种根深蒂固的观念的名言①。由于新批评派理论家对意图与意义、价值的区分,作者与作品的关系问题被重新加以思考,"作者的生活与作品的关系,决不是一种简

---

① 西方理论家对这个问题的看法,可参看陶东风《文体演变及其文化意味》第三章第一节"文体与作家的个性",云南人民出版社 1994 年版,第 94—98 页。

单的因果关系"成为确立文学阐释原则和评价尺度的新地平①。然而在中国文学中,作品与作者的对应关系,质言之即"文如其人"或相反,自古就是论争不休的问题。站在今天的立场予以回顾,可以看清这一命题发生、发展的历史进程及其理论意义。

应该说,在早期的文学理论中,古人对作者与作品的一致性是持肯定态度的。这种看法可以追溯到《论语》的"有德者必有言",也就是说,至迟到春秋时代,人们就将言语与品德联系起来。言语被视为道德修养的自然流露,它作为一种表达,总是与内在秉赋相一致。《周易·系辞下》说:"将叛者其辞惭,中心疑者其辞枝,吉人之辞寡,躁人之辞多,诬善之人其辞游,失其守者其辞屈。"具体描述了人在不同心态、不同境遇、不同语境下的言语表现特征,使言与德的对应关系包含了更丰富而具体的内容。

到汉代,扬雄在《法言·问神篇》发表了一段常为后世引证的论断:"言,心声也;书,心画也。声画形,君子小人见矣。"他认定语言与文字(书法)是内心的显现,能反映作者的品质。从此以后,艺术表现开始与人的品德联系起来。稍后王充《论衡·书解篇》又说:"德弥盛者文弥缛,德弥彰者文弥明。大人德扩,其文炳;小人德炽,其文斑。"继续探讨言德关系,并深入到文章风格的层面。进入魏晋南北朝时期,在才性之学的流行风气中,人品与文品、诗品的关系日益成为文学理论的热烈话题,从而孕育了唐宋诗学从文体学和修辞学来探讨作家品性与创作之关系的风气。

---

① 参看钱锺书《管锥编》,第 4 册第 1392 页;赵毅衡《新批评》,中国社会科学出版社 1986 年版。

白居易《读张籍古乐府》云"言者志之苗,行者文之根。所以读君诗,亦知君为人",便是这种诗学语境中的话头。当宋代理学家将"有德者必有言"的命题发展为"有高志必有诗"的时候①,诗文批评家也逐步陶冶出"文如其人""诗如其人"的简明论断。其雏形为苏轼《答张文潜书》:"子由之文实胜仆,而世俗不知,乃以为不如;其为人深不愿人知之,其文如其为人。"又其论晁君成诗曰:"清厚深静,如其为人。"②而陈师道《答秦觏书》也有"仆尝谓豫章之诗如人"③的说法。至南宋吴儆《摩苍轩记》、林景熙《顾近仁诗集序》已是有定型的命题④。后明代冯时可《雨航杂录》有云:"永叔侃然而文温穆,子固介然而文典则,苏长公达而文遒畅,次公恬而文澄蓄,介甫矫厉而文简劲:文如其人哉!"⑤到诗人手中又演化为"诗如其人"(施闰章《蠖斋诗话》),成为古代文论的老生常谈。

简明扼要的判断通常具有一定的抽象性和包容性,而老生常谈的不断重复又总是滋生出新的涵义,于是"文如其人"的命题就

①罗大经《鹤林玉露》甲编卷六引朱熹曰:"诗者,志之所之,岂有工拙哉?亦观其志之高下如何耳。是以古之君子,德足以求其志,必出于高明纯一之地,其于诗固不学而能之。"中华书局 1983 年版。
②黄庭坚《晁君成墓志铭》,郑永晓编《黄庭坚全集》,江西人民出版社 2011 年修订版,上册第 388 页。
③陈师道《后山先生集》卷十四,《适园丛书初集》本。
④吴儆《摩苍轩记》:"其行甚峻,其文如其人。"见《竹洲集》附录《棣华杂著》,文渊阁影印《四库全书》本。林景熙《顾近仁诗集序》云:"盖诗如其文,文如其人。"见《林景熙诗集校注》,浙江古籍出版社 1995 年版,第 350 页。这条材料为友人珠海教育学院陈征先生指示,谨此致谢。
⑤冯时可《雨航杂录》卷上,影印文渊阁《四库全书》本。

成了一个模糊判断,随便说说倒也简单明白,一加以推敲,就发觉其内涵和外延都不很明确。正像清人刘绎说的:

> 言为心声,声肖心而出也。顾或谓文如其人,是将以其性情为肖乎?抑并其面貌举止而肖乎?乃前人论王半山之文之诗,则又不然。夫文与诗本乎学,学焉而各得其性之所近。惟诗为更真,岂矫揉造作而然耶?①

他不仅指出"文如其人"内涵的模糊性,而且举王安石为例说明其外延也是不周延的。这提醒我们,"文如其人"这一命题明显有缺陷,人们可以从文学史经验出发对它进行质疑。当然,刘绎还是坚信诗如其人的,他所谓的王安石文不如其人,无非囿于政治偏见,并不对命题的成立构成威胁。真正对"文如其人"的命题构成威胁的是文学史的复杂经验,它以大量事实表明,"文不如其人"实在是很常见的现象。因此在文品与人品的关系问题上,自古就有三种见解:以扬雄、钟嵘、王通、葛立方、秦朝釪、周济等为代表的"文如其人"说,以梁简文帝、元好问为代表的"文不如其人"说,以都穆、陈廷焯为代表的"诗词原可观人品,而亦不尽然"(《白雨斋词话》卷五)的折衷说。台湾大学叶庆炳教授《诗品与人品》②一文曾勾勒、平章这三种观点,很有见地,但可惜涉及文

① 刘绎《何司直诗序》,《存吾春斋文钞》卷二,同治刊本。
② 原刊于《中外文学》14 卷 12 期(1986 年 5 月)。收入《晚鸣轩论文集》,大安出版社 1996 年 1 月版。下引叶说皆见此文。

献尚少,而且未就三说依据的学理及适用限度加以分析,就为这一问题的阐述留下一些拓展和深化的余地。本章拟就平素读书所见,将古人有关"文如其人"的看法作些梳理,并对这一传统命题的内涵及理论意义重新加以阐述。

首先应该承认,在文品、诗品与人品的关系上,古代的文学理论家多数是倾向于赞同"文如其人"之说的。如王通《中说·事君篇》云:

> 子谓文士之行可见也:谢灵运小人哉,其文傲,君子则谨;沈休文小人哉,其文冶,君子则典;鲍照、江淹,古之狷者也,其文急以怨;吴筠、孔珪,古之狂者也,其文怪以怒;谢庄、王融,古之纤人也,其文碎;徐陵、庾信,古之夸人也,其文诞。或问孝绰兄弟,子曰:鄙人也,其文淫。或问湘东王兄弟,子曰:贪人也,其文繁。谢朓浅人也,其文捷;江总诡人也,其文虚;皆古之不利人也。子谓颜延之、王俭、任昉有君子之心焉,其文约以则。①

此说为钱谦益所赞同,称"尝持是说以论文,上下古今,莫之能违也"②。徐增《而庵说唐诗》云:

---

① 王通《中说》卷二,《四部丛刊》景宋本。
② 钱谦益《初学集》卷三十三《张异度文集序》,上海古籍出版社 1985 年版,中册第 950 页。

　　诗乃人之行略,人高则诗亦高,人俗则诗亦俗,一字不可掩饰。见其诗,如见其人。①

郭指南《梅花书屋唱和诗题辞》云:

　　诗,心声也,心正则雅音出焉,心僻则邪响发焉。因其声以知其心,即其心以评其人,百不爽一。②

袁枚《随园诗话》载:

　　尹文端公曰:"言者,心之声也。古今来未有心不善而诗能佳者。《三百篇》大半贤人君子之作。溯自西汉苏、李五言,下至魏、晋、六朝、唐、宋、元、明,所谓大家、名家者不一而足,何一非有心胸、有性情之君子哉? 即其人稍涉诡激,亦不过不矜细行,自损名位而已,从未有阴贼险狠、妨民病国之人。至若唐之苏涣作贼,刘叉攫金,罗虬杀妓,须知此种无赖,诗本不佳,不过附他人以传耳。圣人教人学诗,其效可睹矣。"余笑问:"曹操何如?"公曰:"使操生治世,原是能臣。观其祭乔太尉,赎文姬,颇有性情,宜其诗之佳也。"③

----

① 樊维纲校注本《说唐诗》,中州古籍出版社 1990 年版,第 19 页。卷七评李义府《咏乌》亦云:"盖诗乃发挥性情之物,故人心术之邪正,一落笔便见。"
② 吴懋谦《梅花书屋唱和诗》,康熙刊本。朱焘《北窗呓语》:"文章者,心之声也,性情人品学问识力悉于此见焉。"
③ 袁枚《随园诗话》卷十二,上册第 423—424 页。

沈贻谷《竹雪诗话》云：

> 诗品本乎人品，人品高者诗品高。不必遗世玩物，遁迹山林，始为高也。总要推本于忠孝。①

汤鹏《浮丘子》卷七"相经"列举气质、品性与言词的对应多至五十种，可以代表古人在这一问题上的基本看法。这种推论反过来也能成立，那就是郭菜《学源堂文集》卷十八《策略八》说的"未有孔孟之心而为杨墨之声者，亦未有盗跖其心而为夷惠之声者"。不仅如此，古代批评家还认为，文学语言相比日常语言更集中地凝聚了作者的心智活动，因此也更本真地反映出作者的人品。古文名家朱仕琇即指出：

> 文辞之于声于言，盖其精者，据以察其人之枉直厚薄，盖无不可知也。②

李其永《漫翁诗话》也断言：

> 观人诗文即可知其人品心术，一毫假不得。如今人虽极狡狯，能饰为好语，然声情气味间终不似，可以欺愚人，不可

①沈贻谷《竹雪诗话》，南京图书馆藏道光间稿本。
②朱仕琇《谢周南制义序》，《梅崖居士外集》卷二，乾隆四十七年家刊本。

以欺智士,愈伪愈工,愈工愈恶也。①

这种判断不只适用于诗文,推广到整个艺术领域,凡词曲、书画,莫不皆然。张琦《衡曲麈谭》曾说:"心之精微,人不可知,灵窍隐深,忽忽欲动,名曰心曲。曲也者,达其心而为言者也。""心之与声有异致乎?"②这里说曲词同人心相一致,显然与"文如其人"异曲同工。至于书画,则张庚《浦山论画》曾说:"扬子云曰,书,心画也,心画形而人之邪正分焉。画与书一源,亦心画也。"王昱《东庄论画》也说:"学画者先贵立品,立品之人笔墨外自有一种正大光明之概,否则画虽可观,却有一种不正之气,隐跃毫端。文如其人,画亦有然。"③古人对人品、艺品一致性的见解大体如是。

二、难以反驳的诘难

然而,文学史的许多事实提示我们:有德者不必有文,有文者不必有德。有德者不必有文,似毋须深论,凡正史、方志、耆旧传之类的文献中,文苑传人数相比名臣、贤德等传总要少得多。而有言者不必有德,或者更直接地说,文章与德行没有关系,文章也

---

① 李其永《漫翁诗话》卷上,道光刊本,台湾大学久保文库藏。
② 《中国古典戏曲论著集成》,中国戏剧出版社 1959 年版,第 4 册第 267、273 页。
③ 张庚《浦山论画》、王昱《东庄论画》,《甲戌丛编》本。

不能反映品德，则元好问《论诗绝句三十六首》之六已针对扬雄的话发难：

> 心画心声总失真，文章宁复见为人。高情千古《闲居赋》，争信安仁拜路尘？

许学夷《诗源辩体》卷三十也指出："《传》言（温）庭筠薄于行，执政鄙其为人。今观其七言律，格虽晚唐，而清逸闲婉，殊无尘俗之态，何也？曰：摩诘、应物所谓有德者必有言，庭筠之诗则有言者未必有德也。"①后来吴德旋《卢德水夕旦吟自谓不阡不陌似诗非诗余爱而效之意到便书凡得十首》其八继续发挥元好问之意道："言是心声莫漫论，《闲居》那独笑安仁。失真无过陈伯玉，高蹈偏工媚妇人。"②同时代的彭维新、赵怀玉、郭麐也举元稹、王维、储光曦、李益的例子，说明"吟咏之道似不足以概性情"③。直到清末林传甲在光绪二十六年（1900）的日记中还说："宋之问诗极清高，人极卑秽；徐摛文极浮薄，政极精详。诗文何可论人。"④这样的例证还可以举出很多，就拿叶燮所谓"诗是心声，不可违心而出，亦不能违心而出。功名之士，决不能为泉石淡泊之音；轻浮之

---

① 许学夷《诗源辩体》卷三十，第 291 页。
② 吴德旋《初月楼诗钞》卷二，光绪九年活字本。
③ 参看彭维新《元稹论》，《墨香阁集》卷五，道光二年家刊本；郭麐《灵芬馆诗话》卷一，嘉庆间刊《灵芬馆全集》本；赵怀玉《春觉轩诗序》，《亦有生斋集》文卷四，嘉庆刊本。
④ 林传甲《筹笔轩读书日记》，商务印书馆 1915 年版，第 158 页。

子,必不能为敦庞大雅之响"(《原诗》外篇上)来说,文学史上也有几个经典例证。钱锺书先生在《管锥编》中已举了隋炀帝,这里还可以举出当时的奸相杨素。清代鲁九皋《诗学源流考》论隋诗,说"越公杨素尤为挺出,薛内史虽负盛名,非其伦也"①。杨素有《山斋独坐赠薛内史》,就是赠薛道衡的:

> 居山四望阻,风云竟朝夕。深溪横古树,空岩卧幽石。日出远岫明,鸟散空林寂。兰庭动幽气,竹室生虚白。落花入户飞,细草当阶积。桂酒徒盈樽,故人不在席。日落山之幽,临风望羽客。

沈德潜评此诗说:"武人亦复奸雄,而诗格清远,转似出世高人,真不可解!"②成书也说:"句句幽秀,非心闲气静人,安能如此领略。"又说:"意境恬淡,直似深山老宿,不知日处扰扰中,何以得此,古人真不可料。"他在例言中也称赞此诗"酷似谢玄晖之学康乐,不谓斯人而有斯言!"③奸臣杨素的诗与人品的差异显然令他十分惊异。其实毋需惊异,大奸臣似乎都有些才。宋代贼臣刘豫人品龌龊,而诗却颇有清绝之句,如"昼色晴明著色图,山光凝翠接平湖。烟岚自古人难画,远即深深近却无",又如"绝塞乱山围古驿,他时说著也愁人",深为郭麐所赏④。臭名昭著的严嵩,著

---

①郭绍虞辑《清诗话续编》,第3册第1354页。
②沈德潜《古诗源》卷十四,中华书局1963年版,第356页。
③成书《多岁堂古诗存》,道光十一年刊本。
④郭麐《灵芬馆诗话》卷一,嘉庆间刊《灵芬馆全集》本。

有《钤山堂集》,当时王廷相为之作序就称"诗思冲邃闲远,在孟襄阳伯仲之间",黄绾也称"其诗之冲淡沉婉、清新隽永,则尝出入盛唐诸家,力去近习"①。王夫之则许其诗在王世贞上②。《四库全书》斥其人品,列于存目,也不能不承认其诗迥出流辈之上。看他早年的作品,最近于《河岳英灵集》里的风景诗。如《东溪晴泛》(卷二)云:

> 钟峡出秀浦,碧潭无限清。日浮江色动,舟蹴浪花轻。盘石思垂钓,沧浪爱濯缨。沿洄意未极,川暝月华明。

《登宜春台》(卷二)则明显是学杜《登高》《登岳阳楼》之意:

> 沙清江练绕城回,霜净花枝拂槛开。山阁昼闲宜对酒,病身秋尽始登台。潇湘木落闻猿啸,彭蠡云长见雁来。郡僻渔樵堪卜隐,时危戎马转兴哀。

辞官后的一系列作品,也真可以当得"冲邃闲远"四字。比如《夏日闲居》(卷二)写道:

> 卜筑远阛市,虚堂近高林。池塘新雨过,夏木绿以阴。

_____

① 严嵩《钤山堂集》卷首,嘉庆十一年重刊本。
② 王夫之《明诗评选》卷六严嵩《无逸殿直舍和少师夏公韵》评,文化艺术出版社1997年版,第312页。

初日照前牖，咿嘤语鸣禽。听之颇怡悦，足慰静者心。

其心境之恬淡，造语之朴实，哪里可见半点竞进贪欲之心？又如《郊园》（卷二）云：

柴扉在深木，无人昼不关。山围修竹罅，泉鸣乱石间。倚杖玩苍翠，临风听潺湲。一瓢挂高树，日暮灌花还。

诗中的淳和气息简直已到五柳先生的境界，清冽处直逼王维，孟浩然犹未易及。朱彝尊说严嵩青年时代的作品"一似恬澹自持，无意荣利者。迨爱立之后，骄纵贪黩，忿懥惛淫，失其本心，终以致败"①。实则其中年亨通以后，虽多台阁应酬之作，诗中却也无富贵骄人之气。五十五岁时作《写真自题》（卷十一）后四句云："事可告天惟自信，志期希古不遑宁。华簪朱绂吾何意，乞取烟霞养性灵。"嘉靖十九年（1540）又有《予昔卧疴钤山有终焉之志矣既而复玷朝籍不自意叨窃至今偶诵姑苏蔡九逵往年为予作钤山堂诗有他年玉带归山灵喜无愧之句感念其情因纪一绝并寄谢蔡君》（卷十四）云：

病骨那堪玉带围，在山心事出山违。中郎有句能成谶，泉石他年待我归。

---

① 朱彝尊《静志居诗话》卷九，上册第 259 页。

难怪清人张映辰读《钤山堂集》,不得不承认"骨力直欲追中唐",并叹"文章到此令人恨,有言不信空琳琅"①。袁枚《随园诗话》也忍不住称赞严嵩、阮大铖诗:

> 君子不以人废言。严嵩《钤山堂集》颇有可观。如"卷幔忽惊山雾入,近村长听水禽啼""沙上柳松烟霁色,水边楼阁雁归声",皆可爱也。又,阮大铖有句云:"露凉集虫语,风善定萤情。"后五字颇耐想。②

坚决主张文如其人的叶燮,曾断言:"余历观古今数千百年来所传之诗与文,与其人未有不同出于一者。"又补充说:"近代间有钜子,诗文与人判然为二者,亦仅见,非恒理也。"③所谓近代钜子,我想就是指明末奸雄阮大铖。阮大铖《咏怀堂诗集》,民国年间胡小石先生得传本影印出来,一时推崇者甚众。其实阮大铖诗,当时张岱就许其大有才华④,后人也相当青睐。如计发《鱼计轩诗话》说:

> 阮大铖有《咏怀堂诗集》,今略举其七言之佳者,如"一官远寄霜鸿外,合郡秋闻桔柚香";"花村到处有人住,讼阁闲来

---

① 张映辰《读钤山堂集》,《露香书屋诗集》卷七,中国社会科学院文学研究所藏抄本。
② 袁枚《随园诗话》补遗卷七,下册第755页。
③ 叶燮《南游集序》,《已畦文集》卷八,康熙刊本。
④ 见黄裳《前尘梦影新录》,齐鲁书社1989年版,第46页。

唯鸟鸣";"夏浅凉随新雨至,吟凄人在夜猿先";"江近嘉鱼随市得,官闲修竹绕衙生";"黄叶路从湘水阔,青山为道逐臣尊";"夜久禽声翻月树,露凉虫响抱秋花";"逃名尚畏渔樵著,息影宁逾薛芳贤";"乱来野菊难为色,愁至霜枫易入闻";"素影杯流天柱月,秋声句挟广陵涛"。皆新警峭拔,迥异凡庸,当不以人废。①

不以人废言是中国古代评论人物的一个原则,其前提是承认言论价值与人品的差互。即就计发所举的诗句看,也应该承认阮大铖是个相当有功力的诗人。他能写出如此漂亮的警句,而品德却为士林所不齿。不怪后人要感叹:"文行确是两途。尝见文人无行,簠簋不饰,帷薄不修,秽声与才望并在人口,不大可耻哉!"②阮大铖当然是个有名的例子,其他类似的例证还很多。郑逸梅《尺牍丛话》曾举袁世凯致其高堂、昆弟书札,叹其"澹泊如此,方诸古之隐逸者流,亦毋多让",而卒与其书所言"试思李爵帅如此功高望重,声名满天下,门生遍朝野,只因贪恋禄位,以致晚年身败名裂"若出一辙③。清末林钧作《樵隐诗话》,见某县令能诗,一时名士序跋品题极夥,而且极称其人品,于是便选其诗若干首入诗话。谁知此人后竟负巨赃而逃,以致林钧也不得不付以同样的感叹:"诗才与人品本属两途!"④这与《管锥编》所举《侯鲭录》故事可

①计发《鱼计轩诗话》,《适园丛书》本。
②陆文衡《啬庵手镜》,《陆氏传家集》卷一,光绪刊本。
③郑逸梅《尺牍丛话》,上海古籍出版社2004年版,第76页。
④林钧《樵隐诗话》卷一,光绪刊本。

谓异曲同工。"文行两途"的结论无疑对"文如其人"提出了诘难,而且这一诘难是难以反驳的,因为它不仅有大量例证支持,还有坚实的理论可依据。虽然古人发难时未曾提出其理论依据,但我们可以试作探求。

三、"文不如其人"的理论依据

吴承学先生论及"文不如其人"的现象,提出两个思考角度:一是作家生活中的个性与艺术创作个性不能简单等同,二是时代风气、文体体制等客观因素之强有时会消融作者的个性①。这都是值得考虑的因素,但我们还可以更深入一步。探求"文不如其人"的理论依据,实际上就是思考"文如其人"的理论依据。依我看,"文如其人"的命题是基于如下三项假设或者说断定的前提而成立的:第一,作家有"文如其人"的愿望;第二,作家都真实地表达了他的内心;第三,文学作品能够如实地再现作家所欲表达的意思。只有满足了这三方面的条件,"文如其人"才得以成立。否则,文就不尽如其人了。

首先,"文如其人"说相信诗人是希望表现自己的本来面目,使作品与自己的内心相一致的。但遗憾的是,事实表明,并非所有的作家都认为文章要与自己的为人相一致。孟子说:"诐辞知

①参看吴承学《中国古典文学风格学》,花城出版社1993年版,第27—30,42—48页。

其所蔽,淫辞知其所陷,邪辞知其所离,遁辞知其所穷。"(《孟子·
公孙丑》)可见孟子也知道,在很多情况下人们并不愿坦露真实的
想法,所以听者必须透过言辞去捕捉其背后欲隐藏、掩饰的内容。
如果说这还是讲辩论的技巧,不是论写作,那么我们还可以举出
萧纲的名言:"立身之道与文章异。立身先须谨重,文章且须放
荡。"①叶庆炳先生在三种说法中不取此说,认为"梁简文帝主张
把立身与文章分开,是独家说法,看不到有附和者。即使把两者
分开,在'放荡'的一面,恐怕还是与人品绝不了缘"(《诗品与人
品》)。这种看法与王应麟一样,同属误解了"放荡"一词的含义。
王应麟曾说:"文中子谓文士之行可见,放荡其文,岂能谨重其行
乎?"②而据邓仕樑先生研究,"放荡"一词在当时"指的是超乎当
时规范的行为。当时一般儒生拘文守礼,放荡者则越礼自放,饮
酒不节。这些行为,也许有故意违反礼教的意味,如阮籍就是最
佳例子。从东汉到六朝,'放荡'固然不是儒者推崇的品质,却也
不一定大受时流贬斥"。或者可以说,整个六朝就是个文人放荡
的时代,而"放荡的行文就是指不守文律"③。如果说不守文律尚
属于作家艺术表现的问题,是在文章风格的层面上与品行脱离关
系,所谓"把文和行分开来讲"④。那么,《文心雕龙》所谓"为文造

①萧纲《诫当阳公大心书》,《艺文类聚》卷二十三,上海古籍出版社 1982
　年版。
②翁元圻《困学纪闻注》卷十七,道光刊本。
③参看邓仕樑《释"放荡"》,京都大学中国文学研究室《中国文学报》第 35
　册,1983 年 10 月出版。
④郭绍虞《中国古典文学理论批评史》,人民文学出版社 1959 年版,第 81 页。

情"就真正是在写作动机上文行不一了：或有意掩饰自我的下劣
情感，或因自我之不足以表现，乃假充志士高人，故作慷慨大言。
清代陈祖范在《李芥轩诗稿序》中曾发挥刘勰的意思，说"夫诗以
言志，古之为诗者为情而造文，后之为诗者为文而造情，故有所言
非所志，所志非所言"①。俞洵庆《荷廊笔记》也申论元好问诗意，
说："听其人之言论，即可以知其人之贤否，此说殊不然。忠厚伉
直之士，固言发于心，驷不及舌；若憸佞谲诈之徒，一事之论亦数
易其说，是非出乎爱憎，曲直随乎时局，名心炽而自许孤高，利念
重而辄称恬静，事干谒必曰怀刺不投，喜交游转谓杜门谢客，行卑
而言恣，性忮而词逊，齿颊之间，动皆有术。如以其言论而信其生
平，鲜不为所惑矣。"②这都是洞悉世故之言。至于袁枚宣称"道
德自道德，文章自文章"，只不过坦率地道出了一个末世文人所心
照不宣的常识而已。西方艺术家尚有说得更绝对的，比如德加
说："艺术是欺骗。一个艺术家只是在通过意志的努力在一定时
刻中是一个艺术家。"③如果我们相信此话有部分的真实性，那么
"文如其人"的可靠性就要大打折扣了。

　　其次，"文如其人"说相信作品确实反映了作者的内心与为
人，如清代刘绎说的，"人之性情学问皆见乎文词，虽其体制异宜，
称述殊旨，而意度精神往往流露于不自觉。是以流览篇章，旷世
犹感，因其所作，想见其为人"④。这里首先应该确定，其所谓"篇

①陈祖范《李芥轩诗稿序》，《陈司业集·文集》卷二，乾隆二十九年刊本。
②俞洵庆《荷廊笔记》卷四，光绪十一年刊本。
③约翰·雷华德《印象画派史》，人民美术出版社1983年版，第338页。
④刘绎《喻凤冈庶子遗稿序》，《存吾春斋文钞》卷一，同治刊本。

章"应指全部作品,像叶燮所指出的:"诗以人见,人又以诗见。使其人其心不然,勉强造作,而为欺人欺世之语,能欺一人一时,决不能欺天下后世。究之,阅其全帙,其陋必呈。"(《原诗》外篇上)否则的话,人一念之间有君子小人之辨,一章一句又岂能保证绝无逾闲之敝? 然而,以为作家的全部作品必然反映了他的内心和为人,这种看法是靠不住的。因为一个人的内心世界和品质,本身是要靠行为和言语来表现的,判断诗是否表现了诗人的内在品质,只能将诗与其言语、行为相印证。在此,言语(诗正是言语的一部分)本身正处于被质疑的位置,可以姑置不论;那么,行为又一定表现内心的真实吗? 看来也不尽然。清代陆钥《读史小识》曾说:"汉唐之小人易见,宋之小人难知;汉唐之君子可信,宋之君子未足信。"①这是说自唐以后,士大夫的观念与行为出现了知行不一的差异,既然连行为本身也不可尽信了,我们还能以什么来判断文章是否为人内心世界的真诚表现呢? 结果只好反过来,将言语(诗)也作为判断人物行为与内心关系的一个依据,与其平生行事相参证,最终确定其行为是否为内心的反映。大学时代,有个同学读《曹操集》,觉得曹操真是个很了不起的英雄。我劝他再读一下《三国志》裴注,这一来他的评价就不那么高了。的确,读曹操《短歌行》"周公吐哺,天下归心",谁不为之动容? 然而曹操却杀了他不想杀也最不该杀的杨修! 曹阿瞒的气量之窄,诗中是看不出来的;品行之狡诈,文中更难以寻觅。道理很简单,人到了一定地位,他的言行就将成为历史文献,除了没心没肺的暴君,谁

---

① 陆钥《读史小识》,《陆氏传家集》卷一。

也不愿在历史尤其是自己的诗文中留下不光彩的形象吧？想想《围城》里方老太爷是怎么记日记的？清人刘沅说："古者文与行合,今者文与行分。"①这实在是大家都很清楚的事实。

这里涉及到如何看待人文分裂的问题。清人余云焕有一段议论很典型,值得讨论:

> 诗以人重,人品不正,诗虽工不足道。言者心之声,不相假借。阮籍《咏怀》八十二首,陈子昂《感遇》三十八首,为世所诵习,不以人废言也。籍党司马昭而作劝晋王笺,子昂谄武后,请立武氏九庙。此外如王维、宋之问、刘禹锡之类,皆应摈斥。故口夷齐而心盗跖,其诗不伪而自伪;口山水而心轩冕,其诗不俗而亦俗。②

这是说人品与文品的不一致本身就表明了写作活动的虚伪性,也就是梁九图说的"诗足征品,然亦有似绝不相符者,其中必有伪饰"③。叶庆炳先生也持这种看法:"潘岳之流在作品中作违心之论,为自己制造正面的假象,适足以证明是辈的虚假,是典型的小人。"所以潘岳人品与诗品的差异,从深一层来衡量,却正是"心画心声不失真,文章究竟见为人"。叶先生更引沈德潜《古诗源》评潘岳语曰:"人品如此,诗安得佳?"照这么看,对潘岳的评价就出

①刘沅《拾余四种》卷上"恒言",道光二十五年刊本。
②余云焕《味蔬诗话》卷一,宣统二年鸿雪石印本。
③梁九图《十二石山斋诗话》卷一,道光二十六年家刊本。

现了一个吊诡,一方面是:人品不佳,故诗不佳;另一方面是:诗佳
固由人品不佳。这就是说,潘岳诗无论是好是坏,都决定于他的
人品不佳。于是问题就来了:潘岳的品行自然是我们熟知的,如
果不幸面对一个生平事迹失传的诗人,我们该如何由诗来判断他
的人品呢? 比如一首好诗,该判断为好人的真话还是坏人的假
话? 显然,叶先生的见解实际正好是取消了人与诗的直接联系,
从而也就丧失了以诗判断人品的可能。因为即使是好诗,我们也
需要怀疑它是否出于伪造欺人了。

　　最后,我们来看第三个前提:诗能够如实地再现作家所欲表
达的意思。这对于受过现代文学理论熏陶的人来说也是个很可
疑的判断。实际上中国古代的哲学家一直就主张"书不尽言,言
不尽意",认为文字表达与作者内心所思有一定距离,推而广之,
作品当然也不能完全表达作家的意思。叶燮就曾说:"作诗者实
写理事情,可以言,言可以解,解即为俗儒之作。惟不可名言之
理,不可施见之事,不可径达之情,则幽渺以为理,想象以为事,惝
恍以为情,方为理至事至情至之语,此岂俗儒耳目心思界分中所
有哉?"(《原诗》内篇下)最极端者,如梅特林克甚至说:"口开则
灵魂之门闭,口闭则灵魂之门开。"[1]而里尔克这位被公认为近代
对拓展语言表现力作出最大贡献的诗人,也声称从未被写下的、
被说出的诗行是最美的诗行。如果我们承认他们的说法有一定
的合理性,那么诗能够如实地再现作家所欲表达的意思的说法就
有漏洞了。更何况还有工具论和中介的问题。徐继畬曾将人的

―――――――――

[1]参看钱锺书《管锥编》,第 2 册第 454 页。

素质分为聪明和器识两部分,二者往往不相兼。有些人"才藻足以涉风雅之藩,辩折足以关流簧之口,又或智计隐深,足以揣测世情,投时俗之好,而遂其所取求",可以说是很聪明。但于是非可否之间"不能自决,一遇小利害,则急趋巧避,毁廉隅、淤身名而不顾",这就属于有聪明而无器识①,他们的文章似乎不能反映其本性。反过来,有器识者不具备聪明,当然也就难以在文章中充分表现自我。确实,并非每个人都善于运用语言来表达自己,巧拙之间便有真伪之分。归允肃也说,"人心之所得有浅深,故其形于诗者不能无工拙。有有之而工言之者,有有之而不能自言之者,有无之而侈言之者"②。有之而不能自言之者和无之而侈言之者,也就是有无聪明之别,由他们的诗文推察其人品,必不得正解。

经过这一番检讨,"文如其人"之说的弱点已暴露无遗,非但经不起反证的质疑,就是正面立论也显得牵强,缺乏说服力。比如秦朝釪《消寒诗话》通过诗作来论定元稹、白居易的君子小人之辨,周济《宋四家词选序论》说史达祖好用偷字,品格便不高,都让人觉得不那么铁定可靠。因为我们事先都已知道元稹、史达祖品格不高,由果推因,自然不会错。如果面对佚名之作,不知其生平行事,我们还能这么说吗?"高情千古《闲居赋》,争信安仁拜路尘",怕将是难免的情形吧?

---

① 徐继畬《小序赠梁君问青》,《松龛文集》,《山右丛书》本。
② 归允肃《胡智修谷园诗集序》,《归宫詹集》卷二,光绪十三年刊本。

四、"文如其人"命题成立的限度

　　然而,如果我们就此断言"文如其人"这一命题毫无道理,不能成立,那还嫌太早。一个两千年来人们津津乐道的老生常谈,难道竟没有一点合理之处吗? 也许我们应该换个方式来谈论这一命题。

　　经过研究古人的论述,我觉得,我们可以在一定限度内来谈论这一命题,即文如其人是如人的气质而非品德,是文与人的气质一致,而非与人的品德一致。曹丕《典论·论文》说"文以气为主",《文心雕论·体性》说"才有庸俊,气有刚柔,学有浅深,习有雅郑,并情性所铄,陶染所凝",都是人们熟知的论断,意在强调人先天禀赋对文章风格的决定作用。刘勰在《情采》中曾指出过"言与志反,文岂足征"的现象,所谓"志深轩冕,而泛咏皋壤;心缠几务,而虚述人外",说明他对文行相悖的情形是熟知的。但他在《体性》中仍肯定文学表现与作家秉赋的关系,断言"辞理庸俊,莫能翻其才;风趣刚柔,宁或改其气;事义浅深,未闻乖其学;体式雅郑,鲜有反其习。各师成心,其异如面"。这里的才、气、学、习都是着眼于人的禀赋、修养,不可与品德划等号,而且落到实处,最终都归结于人的气质和个性,所谓"功以学成,才力居中,肇自血气。气以实志,志以定言,吐纳英华,莫非情性"。正是由于情性的差异,才有"贾生俊发,故文洁而体清;长卿傲诞,故理侈而辞溢;子云沈寂,故志隐而味深;子政简易,故趣昭而事博;(中略)安仁轻敏,故锋发而韵流;士衡矜重,故情繁而辞隐"。只有在这样的前提下立论,文如其人才能成立。钱锺书先生说"其言之格调,则往往流露本相;狷急人之作风,不能尽变为澄澹,豪迈人之笔性,不能尽变为谨严。文如其人,在此不在彼也"①,我想正是这个意思。从这一意义上说,"情性"的概念也就有了不同于"吟咏性情"的另一个特定含义,即指人的生理、心理特征。梁同书《遂昌王文沙窥园诗钞后序》论"诗者肖乎性情而为言也",即引刘勰之说加以发挥②。更有人畅其旨,说:"诗本性情,读其诗而其人之性情见矣。故其诗潇洒者,其人必岜遂;其诗庄重者,其人必敦厚;其诗飘逸者,其人必风流;其诗枯瘠者,其人必寒涩;其诗悲壮者,其人必磊落;其诗峻洁者,其人必清修;其诗幽怨者,其人必拂郁。譬如桃柳松柏,望其枝叶便知其根本。"③此处的性情也是指气质和性格。这种用法在域外汉文学中也被遵循,韩国学者李家源《玉溜山庄诗话》卷下有云:"人皆谓诗出于性情,故诗与其人之性情同。而此亦时有未尽然者。秋塘宋荣大,谨饬雅静,言若不出口,然其诗则颇豪健。"④他说的"谨饬雅静"的性情不正是性格吗?

从历来文论家的议论来看,他们所理解的"文如其人"也正是着眼于文学特征与作家气质、性格的相符。元范梈《木天禁语》引储咏之说曰:

---

① 钱锺书《谈艺录》,第163页。
② 梁同书《频罗庵遗集》卷六,光绪十三年蛟川修绠山庄刊本。
③ 梁九图《十二石山斋诗话》卷五,道光二十六年家刊本。
④ 李家源《玉溜山庄诗话》,收入《李家源全集》,正音社1986年版。

性情褊隘者，其词躁；宽裕者，其词平；端靖者，其词雅；疏旷者，其词逸；雄伟者，其词壮；蕴藉者，其词婉。涵养情性，发于气，形于言，此诗之本源也。①

明宋濂《林伯恭诗集序》有云：

诗，心之声也。声因于气，皆随其人而著形焉。是故凝重之人，其诗典以则；俊逸之人，其诗藻而丽；躁易之人，其诗浮以靡；苛刻之人，其诗峭厉而不平；严庄温雅之人，其诗自然从容而超乎事物之表。②

江盈科《雪涛诗评》云：

诗本性情。若系真诗，则一读其诗而其人性情入眼便见。大都其诗潇洒者，其人必豈快；其诗庄重者，其人必敦厚；其诗飘逸者，其人必风流；其诗流丽者，其人必疏爽；其诗枯瘠者，其人必寒涩；其诗丰腴者，其人必华赡；其诗凄怨者，其人必拂郁；其诗悲壮者，其人必磊落；其诗不羁者，其人必豪宕；其诗峻洁者，其人必清修；其诗森整者，其人必谨严。譬如桃梅李杏，望其华便知其树。③

---

① 范梈《木天禁语》，何文焕辑《历代诗话》，下册第 751 页。
② 宋濂《宋濂全集》，浙江古籍出版社 1999 年版，第 2 册第 1008 页。
③ 江盈科《雪涛诗评》，《说郛》续卷本。

这段话后为薛雪《一瓢诗话》暗袭，而加以断语，说："此天之所赋，气之所禀，非学之所至也。"①清初陈元辅《枕山楼课儿诗话》有云：

> 夫诗，心声也，其人和平者诗必温厚，其人沉潜者诗必静穆，其人风骚者诗必俊逸，其人哀怨者诗必凄楚，其人嫉愤者诗必激烈。读其诗，可以知其人矣。②

任钧台序葛翰诗云：

> 其人豪者其诗必雄，其人幽者其诗必淡，其人朴者其诗必质，其人雅者其诗必洁。予见羽廷诗发淳秾于淡泊，得陶韦之遗，盖羽廷潇洒，见其人则知其诗矣。③

盛大士《与李海帆观察论文书》有云：

> 夫文章之道通达万变，而各随其人之情性以出。其人狂则其文高明而俊伟，其人狷则其文廉直而劲正，其人刚则其

---

①薛雪《一瓢诗话》："爽快人诗必潇洒，敦厚人诗必庄重，倜傥人诗必飘逸，疏爽人诗必流丽，寒涩人诗必枯瘠，丰腴人诗必华赡，拂郁人诗必凄怨，磊落人诗必悲壮，豪迈人诗必不羁，清修人诗必峻洁，谨敕人诗必严整，猥鄙人诗必委靡。"丁福保辑《清诗话》，下册第 708 页。
②陈元辅《枕山楼课儿诗话》，日本内阁文库藏雍正三年重刊本。
③张学仁、王豫辑《京江耆旧集》卷八，嘉庆二十三年刊本。

文发扬而蹈厉,其人柔则其文恭敬而温文。①

熊士鹏《徐雨亭诗集序》有云:

> 诗道性情,其人柔者诗失弱,其人骄者诗失夸,其人拘者
> 诗失鄙,其人愤者诗失妄。②

这都是有限度的表达,将"诗如其人"的命题限定在如其气质,薛雪强调这是天赋气禀,非学所至,更清楚地表明了这一点,与曹丕所谓"气之清浊有体,不可力强而致"是同样意思,在此范围内"文如其人"是能够成立的。若越出范围,推广到道德层面上来谈文德的一致性问题,则前人非但不主张文德一致,有时还强调文与德的要求有差异。叶矫然曾说:"诗心与人品不同。人欲直而诗欲曲,人欲朴而诗欲巧,人欲真实而诗欲形似。盖直则意尽,曲则耐思;朴则疑野,巧则多趣;真实则近凝滞,形似则工兴比。要其旨统归于温厚和平,则人品诗心一揆也。"③这段话清楚地说明了人品和诗品在理想标准上的差异,只有在伦理和道德内容上两者才有相同的尺度。若不理解这一点,而强求作者道德品质与文辞风格的一致,如强汝询说:"忠孝者其诗挚,刚直者其诗劲,宽和者其诗婉,廉静者其诗澹,怨愤者其诗厉,愁苦者其诗郁,矫伪者其

---

①盛大士《蕴素阁文集》卷五,道光六年刊本。
②熊士鹏《鹄山小隐文集》卷四,稽古阁刊本。
③叶矫然《龙性堂诗话初集》,郭绍虞辑《清诗话续编》,第2册第938页。

诗浮,污佞者其诗鄙,愚浅者其诗陋,佻达者其诗荡。"①袁祖光
说:"性卞急者无舒缓语,性苟简者无精警语,性刻酷者无宽厚语,
性绮靡者无诚挚语,盖言为心声,闻人之言,即知其心,辨人之邪
正矣。眸子不能掩其胸,诗又安能藏其志乎?"②那便会带来逻辑
上的混乱。最明显的是"矫伪者其诗浮"的判断,这一评价本是适
用于潘岳等人的,然而它只是一种由果及因的反推结论,就像说
骗子的言辞都是虚浮的一样毫无意义。实际上,骗子的言辞总是
容易让人相信,太明显的言不由衷就不具有欺骗性了。矫伪者要
掩饰的恰恰是那浮的一面,比如功名利欲之念(至于效果如何那
是技术问题),能让浮显露出来的通常是那种不想掩饰的人,例如
唐代崔颢一类的诗人。如此说来,诗里可以被觉察到的浮就不是
文辞效应之浮,而是作者心气之浮,"矫伪者其诗浮"纯属无谓的
同义反复。

　　如果以上的辨析能够成立,那么就应该承认,在作家气质、个
性与作品的关系上,"文如其人"的命题是有合理内核的,可以在
一定限度内肯定其理论价值。至今,当代作家仍坚信风格是一种
自然形成的与生俱来的东西,与写作者的天性禀赋分不开,也可
证明这一论断的合理性③。但必须指出的是,即便在这一限度
内,该命题的成立也不是绝对的。吴从先《小窗自纪》曾引《文心

①强汝询《佩雅堂书目诗集类序》,《求益斋文集》卷五,光绪二十四年江苏
　书局刊本。
②袁祖光《绿天香雪簃诗话》卷五,《晨风阁丛书》本。
③罗兰·巴尔特《符号学原理》,李幼蒸译,生活·读书·新知三联书店1988
　年版,第69—70页。

雕龙·体性》"贾生俊发"云云,说"今之人文体性正不相似"①。
历史上著名的例子,则有唐代宋璟,人称铁石心肠,而《梅花》一赋
吐辞婉媚,皮日休以为殊不类其为人②;宋代赵抃有"铁面御史"
之目,小诗却写得清丽婉媚,王渔洋也诧异不类其为人③。元代
烈士黄复圭有《题古厓上人》诗云"菡萏泉香金错落,荔荔风暖翠
婆娑",顾嗣立称"铁心石肠人,偏解吐婉媚辞也"④。明代李懋有
《咏剪刀》诗云:"吴绫剪处鱼吞浪,蜀锦裁时燕掠霞。深院响传春
昼静,小楼工罢夕阳斜。"钱谦益说:"公之直节清声,而诗妩媚如
此。信乎,赋梅花者,不独宋广平也。"⑤袁枚还曾举出:"海刚峰
严厉孤介,而诗却清和。尝见鹫峰寺壁上有《赠竹园隐者》云:'寂
寂江村路,何烦命驾过。羊求忘地远,松竹到门多。野外常无酒,
田间别有歌。洗杯深酌处,落日在沧波。'末书海瑞二字,笔力苍
秀。"⑥清末彭玉麟以风骨峻厉闻,时拟为包拯复生,而赠表妹《西
江月》词极其温婉,论者亦说不类其为人⑦。这种气质与文风的
不一致,看来是受作品题材的影响。另一方面,体裁对风格也会
有一定影响。孙金砺《含影词序》云:"语言文字之所发,恒本乎其
人之性情。尝持此以取友,百不失一。今读吾友陈子散木《含影

①《古今说部丛书》第一集,宣统二年国学扶轮社铅印本。
②皮日休《桃花赋序》,《皮日休文集》卷一,上海古籍出版社1981年版。
③王士禛《居易录》卷十二,康熙刊本。
④顾嗣立《元诗选》三集黄复圭小传引,中华书局1987年版,第342页。
⑤钱谦益《列朝诗集小传》乙集,上海古籍出版社1983年版,上册第171页。
⑥袁枚《随园诗话》补遗卷七,下册第755页。
⑦潘飞声《在山泉诗话》卷三,《古今文艺丛书》第四集。

词》，而窃有怪焉。散木素狷介，不为苟容，落落寡合。(中略)夫
以孤骞简傲之性，而为填词则妍越妩媚，淫放荡逸，如冶容靓妆，
目遇心摇，使予初未交其人而遽读其词，谓出自风流年少无疑
也。"①看来，"文如其人"的命题，即使在一定的限度内仍然面临
着文学创作的复杂情形的挑战。

但不管怎么说，澄清"文如其人"的涵义及适用限度对文学批
评是很有意义的。它提醒我们在作家传记和作品的关系问题上
保持理智的态度，在作传记研究和本文分析时多一个心眼，既不
盲目轻信，也不穿凿附会，给作家、作品以审慎的阐释和批评。同
时，对扩大"文如其人"的内涵，将"人"规定为道德品质的论者，
我们也应理解，"人不可以无品，经术词章其末也"②的看法，是出
于对文学的合目的性的最高期望，期望文学的表现与人的真诚理
想联系在一起。王渔洋曾说："诗文书画皆以人重，苏、黄遗墨，流
传至今者，一字兼金；章惇、京、卞，岂不工书，后人粪土视之，一钱
不直，所谓三代之直道也。永叔有言，古之人率皆能书，独其人之
贤者传遂远，使颜鲁公书虽不工，后世见者必宝之。非独书也，诗
文之属，莫不皆然。"③他又对汪琬说"吾辈立品须为他日诗文留
地步"，且言"每观《钤山集》亦作此叹"④，这不正是希望人品与文
品一致吗？说到底，文学不能仅凭自身而伟大，"一个人所写的东

①孙默辑《清百名家词·含影词》卷首，康熙间留松阁刊本。
②金武祥《粟香随笔》卷四，光绪七年广州刊本。
③王士禛《香祖笔记》卷四，第80页。
④王士禛《居易录》卷三十四，康熙刊本。

西的伟大依赖于他所写的其它东西和他所做的其它事情"①,维特根斯坦的这一论断确是至理名言。在这个意义上,中国古代批评家的见解可以说洞彻了文学最终的价值和命运。归允肃说:"诗之为道,本乎性情。古今才有不同,而性情皆有以自见。惟抱负过人者,命意深而托兴远。"②叶燮说:"古人之诗,必有古人之品量。其诗百代者,品量亦百代。"(《原诗》外篇上)这些掷地有声的名言,至今值得过文学生活的人深省。

---

① 维特根斯坦《文化和价值》,清华大学出版社1987年版,第94页。
② 归允肃《张敦复梅花诗序》,《归宫詹集》卷二,光绪十三年刊本。

十二　言志·感物·缘情

——有关诗歌观念转变的考察

　　浏览中国历代的诗学文献,我得到这样一个印象:尽管时代越往后,诗学的概念系统和理论结构就越复杂完备,但在诗学中真正起支撑作用,同时也非常活跃的基础概念仍然是产生于先秦两汉的那些最古老的概念。前人论诗习惯于推源溯流,从理论的源头阐明主旨,提出诗学的方向问题,并不是毫无道理的。纪晓岚《云林诗钞序》曾说:"'发乎情,止乎礼义'二语,实探风雅之大原,后人各明一义,渐失其宗。"他认为,知止乎礼义,而不必发乎情者,流为金仁山《濂洛风雅》一派;知发乎情,而不必止乎礼义者,则由陆机"诗缘情"之说引入歧途①。从对诗史的影响来说,陆机是否该负纪晓岚所说的责任还可以讨论,但自从陆机《文赋》首倡"诗缘情而绮靡"之说,"缘情"就成为与"言志"并峙的观念,被视为中国传统诗学观念的两个源头,同时也是两种诗歌本质观的代表,却是不争的事实。关于"诗言志"的涵义,学术界一向有

————————

① 纪昀《纪文达公遗集》卷九,嘉庆十七年家刊本。

不同看法。杨明先生曾举先秦到六朝文献中众多情、志混用的例证,说明情、志是可以互文互换的概念,"诗缘情"并不具有与"诗言志"相对立的意义,而只能说是对"诗言志"的继承①。这无疑是个值得倾听的见解。我很同意先秦情、志互文的看法,不过对"诗言志"和"诗缘情"两个命题,我仍以为其内涵是不同的,因为两者之间有语境的差异。

　　从先秦诗学涉及的内容来看,"诗言志"乃至其具体化的解释"情动于中而形于言"着眼于表达的过程,是阿布拉姆斯文学论中作家→作品的阶段,而《毛诗序》功能论的教化说则属于作品→世界的阶段,至于世界→作家的关系即创作源泉的理论则相对较薄弱。这种状况,不光如王毅先生所说,是"由于政教中心思想的束缚而忽视或者歪曲了文学创作最基本的阶段"②,应该说也与文学理论的认识水平有关。据我看,中国古代诗学的发展史基本是以功能论、本源论、本质论、文体论、创作论、风格论、构成论、诗美学的逻辑次序展开的。先秦诗学的核心问题是功能论,两汉诗学的核心问题是本源论,六朝诗学的核心问题渐移向本质论。而陆机的"缘情"说便是这过渡阶段的转变契机,因为它与批评史上的一个重要概念——"感物"相连,陆机在先秦以来作为艺术本源论的"感物"概念中注入了新的内涵,使之深入到具体的写作活动中,成为说明创作动机的概念,从而更清楚地揭示了诗歌创作的

----

①杨明《六朝文论若干问题之商讨》,《中州学刊》1985 年第 6 期。王运熙、
　杨明合著《魏晋南北朝文学批评史》亦重申这一见解。
②王毅《略论魏晋文学中的"感物"说》,《北京师范大学学报》1986 年第 1 期。

发生过程。这应该说是一个很重要的问题。但由于批评史研究的注意力过于集中在外部因素即社会思潮所起的作用,对诗学和诗歌创作本身的问题关注不够,就未能对"诗言志"到"诗缘情"这一历史性转变的契机作出具体而合理的说明。本章拟就这一问题略陈管见,质之高明。

一、"感物"对象的转移:人事与自然

我们知道,一个时代的诗歌观念,总与诗人关注的问题及由此形成的感受—表现方式有关。当特定的生活内容成为诗人关注的焦点时,它就会最大程度地刺激诗人的感官,形成特定的诗性经验,并由诗人的感觉模式转化成特定的艺术表象,构成具有内在同一性的艺术表现方式。"缘情"说作为一种新的诗歌观念,正是那个特定时代的表现方式的概括。诚如明代胡应麟《诗薮》所说:"《文赋》云'诗缘情而绮靡',六朝之诗所自出也,汉以前无有也;'赋体物而浏亮',六朝之赋所自出也,汉以前无有也。"①由此而言,陆机的理论"与其说是对过去的创作的一种稳当妥帖的归纳,不如说是面向现实和未来的一种说明或预期"②。如果说"诗缘情"的提出是基于一种情感中心论的观念,那么情感中心论的观念之所以形成,则取决于当时诗歌创作中占主导地位的感受

---

①胡应麟《诗薮》外编卷二,第 146 页。
②参看曹虹《陆机赋论探微》,京都大学《中国文学报》第 46 册。

方式——感物。

　　"感物"是中国文论最古老的概念之一,批评史研究一向都不曾忽视,但其内涵似乎被理解得有些宽泛。就像我们在上引王毅论文中所看到的,感物被理解为主体与客观世界间的感受和表达关系,这就使"感物"概念的核心问题被遮蔽,同时其阶段性特征也就不能清楚地凸现出来。我认为,"感物"最初的确只是关于文学本源的概念,但到魏晋时期,它愈益被限定在对创作过程的说明中,成为有关创作动机的概念。因此对它的讨论应该着眼于世界→作家的过程,只有这样,我们才能真正抓住"感物"说的实质所在。

　　"感物"之说初见于《礼记·乐记》:"乐者,音之所由生也。其本在人心之感于物也。"从音乐和物的关系来说,"其立足点是感于王道兴衰所带来的时世治乱,而不是感于作为审美对象的自然事物"①。但到两汉时代,"感物"逐渐固定为一个说明诗赋创作动机的概念。除《汉书·艺文志》外,王延寿《鲁灵光殿赋》有"诗人之兴,感物而作"的说法。张载注曰:"见可嗟之物,为作诗作赋。"参照下文"物以赋显,事以颂宣"之语,可见这里的"物"是指人事之外的空间存在物,没有特定的性质规定。而《汉书·艺文志》论乐府诗"感于哀乐,缘事而发",则表明乐府这种叙事性很强的诗体,写作动机常与人事有关。联系《诗经》的题材及内容来看,我们可以将《诗经》到汉代诗歌的诗歌创作动机概括为"诗缘事",也就是具体的人事,而客观存在中相对于人事的另一部

———————————

① 王毅《略论魏晋文学中的"感物"说》,《北京师范大学学报》1986年第1期。

分——自然,这时尚未进入诗人的视野。

这一问题也可以从自然观的演进过程来思考。中国古代的自然观有个从象征型到写实型、审美型的演化过程。先秦文学表现出的自然观大体上是象征型的,其象征的内容由神、王权向人伦过渡。象征型自然观在艺术中的反映,就是自然在艺术中不是作为描写对象、赞美对象,而是作为描写对象、赞美对象的媒介或喻体存在①。就现有的文学史知识而言,与象征型自然观相对应的主要文学样式是《诗经》、《楚辞》、汉赋,汉赋中的自然描写正处于从象征到写实的过渡阶段。汉末魏晋时期,自然开始成为普遍的审美对象,成为触发人们情感反应的媒介,并为人们所自觉意识。自觉意识这一点很重要,它将魏晋时期对感物的自觉与先秦偶然的、无意识的感物如宋玉《九辩》的"悲哉秋之为气也"区别开来。事实上,直到《古诗十九首》的时代,以自然为审美对象的"感物"意识似乎还刚苏醒,王夫之以为"与《十九首》相为出入"的《伤歌行》写道②:

> 昭昭素明月,辉光烛我床。忧人不能寐,耿耿夜何长。微风吹闺闼,罗帷自飘扬。揽衣曳长带,屣履下高堂。东西安所之,徘徊以彷徨。春鸟翻南飞,翩翩独翱翔。悲声命俦匹,哀鸣伤我肠。感物怀所思,泣涕忽沾裳。伫立吐高吟,舒

①参看小尾郊一《中国文学中所表现的自然与自然观》,上海古籍出版社1989年版;宋红《论象征型自然观》,《古籍研究》1998年第3期。
②王夫之《古诗评选》卷一,第8页。

愤诉穹苍。

作者在末尾明言自己的吟咏是感物怀人结果,这种情形在魏晋之际的诗文中日渐显豁起来。曹丕《感物赋》序云"南征荆州,还过乡里,舍焉。乃种诸蔗于中庭,涉夏历秋,先盛后衰,悟兴废之无常,慨然永叹,乃作斯赋",孙绰《三月三日兰亭诗序》亦云"情因所习而迁移,物触所遇而兴感……原诗人之致兴,谅歌咏之有由",都清楚地说明了感物与写作动机的关系。潘岳在《秋兴赋》中曾细致地描述过感物在不同时间的具体情形:

> 四时忽其代序兮,万物纷以回薄。览花莳之时育兮,察盛衰之所托。感冬索而春敷兮,嗟夏茂而秋落。……临川感流以叹逝兮,登山怀远而悼近。彼四戚之疚心兮,遭一途而难忍。嗟秋日之可哀兮,谅无愁而不尽。

下文还要论及,汉末战乱和疫疫的流行,使人们对生命的脆弱无常有了最真切的体验。对有限生命的哀惋,使他们分外敏感时光的流逝,自然景物的变化总是引起感逝惜时之情,并成为那个时代文学最基本的动机和最沉痛的主题。应场《报赵淑丽》云:"嗟我怀矣,感物伤心。"杜挚《乐府诗》云:"感物怀所思,泣涕忽沾裳。"曹植《赠白马王彪》第四章云:"感物伤我怀,抚心长太息。"阮籍《咏怀诗》之十四云:"感物怀殷忧,悄悄令人悲。"张协《杂诗》云:"感物多所怀,沈忧结心曲。"陶渊明《和胡西曹示顾贼曹》云:"感物愿及时,每恨靡所挥。"谢灵运《游南亭》云:"戚戚感物叹,星星白发垂。"又《南楼中望所迟客》云:"即事怨睽携,感物方凄戚。"鲍照《赠故人马子乔》其二云:"欢至不留日,感物辄伤年。"自然在成为审美对象的同时,首先成了刺激情感的对象。这种刺激在那个时代可以说是最有代表性的诗歌创作动机产生的根源。正是这一诗学背景,使得陆机的诗作与诗学在"感物"一点上醒目地凸现出来。

二、"感物"含义的分化:本源与动机

我最初读陆机诗,就对频繁出现的"感物"留下深刻印象,现加以检讨,见有七处直接用"感物"一词:

> 感物恋堂室,离思一何深。(《赴洛二首》其一①)
> 岁月一何易,寒暑忽已革。载离多悲心,感物情凄恻。
> (同上其二)
> 感物多远念,慷慨怀古人。(《吴王郎中时从梁陈作》)
> 感物百忧生,缠绵自相寻。(《赠尚书郎顾彦先二首》)
> 感物恋所欢,采此欲贻谁。(《拟庭中有奇树》)
> 忧来感物涕不晞。(《燕歌行》)
> 渐历八载,家邦颠覆,凡厥同生,凋落殆半。收迹之日,
> 感物兴哀。(《赠弟士龙诗十首》序)

---

① 本文所引陆机作品,均据中华书局 1982 年版《陆机集》。

间接用"感物"一词有两处：

> 踟蹰感节物,我行永已久。(《拟明月何皎皎》)
> 悲情触物感,沉思郁缠绵。(《赴洛道中二首》其一)

由以上诗句可见,"物"即"逝物随节改"(《遨游出西城》)的物,指
与季候、节令相联系的自然景物,亦即《文心雕龙·物色》"诗人感
物,连类不穷"的"物色"——这个词见于《礼记·月令》和《淮南
子·时则训》①,原指祭牲的毛色,后引申而为与时推移的、变化
着的自然界现象。这在《长歌行》一诗中表达得更为清楚:"逝矣
经天日,悲哉带地川。寸阴无停晷,尺波岂徒旋。年往迅劲矢,时
来亮急弦。远期鲜克及,盈数固希全。容华夙夜零,体泽坐自捐。
兹物苟难停,吾寿安用延?"此所谓"兹物",正是恒逝不驻、催人衰
老的自然,它本质上的永恒和现象上的变化造成时间流逝的强烈
印象,在生命变得尤其轻虚无依并为人们深刻体认的年代,成了
引发忧生之嗟的特殊媒介。而"感物"也由此被抽象化为"感
时"。魏明帝曹叡《长歌行》有"中心感时物"之句,从后面的"余
情偏易感,怀往增愤盈"来看,"感时物"的内容正是"怀往",也就
是感伤时间的流逝。陆机诗说得更清楚:

---

① 《礼记·月令·仲秋之月》:"是月也,乃命宰祝,循行牺牲,视全具,案刍
豢,瞻肥瘠,察物色,必比类,量小大,视长短。"《淮南子·时则训》"必比
类"作"课比类"。

感时悼逝伤心。(《董桃行》)

岁华冉冉方除,我思缠绵未纾,感时悼逝凄如。(《上留田行》)

这里的"感时"明显不同于另一类表明诗歌写作动机的"感",那往往是单用"感"字,而感的内容则是"事"。比如:

感别惨舒翮,思归乐春渚。(《于承明作与士龙》)

感彼归途艰,使我怨慕深。(《赠从兄车骑》)

慷慨谁为感,愿言怀所钦。(《赠冯文罴》)

慷慨逝言感,徘徊居情育。(《赠弟士龙》)

感别怀远人,愿言叹以嗟。(《祖道毕雍孙刘边仲潘正叔》)

感念同怀子,隆思乱心曲。(《为顾彦先赠妇二首》其一)

这一类"感"应该说是前代诗歌"感事"传统的延伸,相比"感物""感时"来,它已不处于写作动机类型的中心位置。

在"感物"概念的内涵由感事向感时转移的同时,它本身在诗歌写作中的意义也发生了转移。变化着的自然景物,不仅是诗人情感或心境产生的一种因缘,更主要的是触发诗歌写作动机的直接对象。陆机《顺东西门行》诗有云:

感朝露,悲人生,逝者若斯安得停。

在这里,诗人的悲慨并不是由感朝露而引起的,相反是先有人生之悲才有朝露之感。正如"载离多悲心,感物情凄恻"一联所示,是先有离思郁积胸中,才会对自然景物动凄恻之情,从而引发写作的冲动。这种经验,陆机在赋里表达得最为明白:

> 伊天时之方惨,曷万物之能欢。……矧余情之含瘁,恒睹物而增酸。历四时之迭感,悲此岁之已寒。(《感时赋》)
>
> 余去家渐久,怀土弥笃,方思之殷,何物不感?曲街委巷,罔不兴咏,水泉草木,咸足悲焉。(《怀土赋》)

两段自述表明,相对情感形成来说,感物是情感→写作过程的后发阶段,对自然景物的感触直接刺激了创作冲动的产生。陆机对这种"感物"经验的陈述,不仅让我们看到他感性中的悲剧性,还让我们看到"感物"说中人与物的互动关系。《思归赋》有一段说明写作动机的文字,我认为十分重要,它似乎还未受到应有的注意:

> 嗟行迈之弥留,感时逝而怀悲。……彼离思之在人,恒戚戚而无欢。悲缘情以自诱,忧触物而生端。昼辍食而发愤,宵假寐而兴言。

这里叙述的作赋经过,正好印证了序的"怀归之思,愤而成篇"。作者要告诉我们的是,羁旅之中原有离思,难免郁郁寡欢,而行迈之愁、伤时之感,又因离思而诱发,更触物而引起作赋的冲动。正所谓"伊我思之沉郁,怆感物而增深"。从对作赋的情感酝酿和动机产生过程的描述来说,这段文字远比《文赋》开篇论述写作动机的"伫中区以玄览,颐情志于典坟。遵四时以叹逝,瞻万物而思纷。悲落叶于劲秋,喜柔条于芳春。心凛凛以怀霜,志眇眇而凌云。咏世德之骏烈,诵先人之清芬。游文章之林府,嘉丽藻之彬彬"一段文字更加具体,更加明白。它表明,在陆机的文学创作及意识中,感物概念已完成了它内涵的分蘖,形成创作论如下的理论结构:

世界→感物(人事)→诗人(情感)→感物(自然)→诗人(动机)→作品

第二感物的提出,实际上是创作心理过程的进一步分析。《乐记》说:"凡音之起,由人心生也,人心之动,物使之然也;感于物而动,故形于声。"这里所揭示的创作心理过程是物→情→声,照前文对上古诗歌的分析,可以对应为事→情→诗。这只说明了诗与世界的一般反映关系,而诗人的写作情形其实远为复杂。陆机的感物说提出了自然感发与诗歌写作动机的关系问题,相比《乐记》无疑是一大进步。当然,就实际指称而言,"物"毕竟还比较宽泛,后来皎然用"境"来取代它,将"诗缘情"发展为"诗情缘境发"①,才真正完成了"感物"理论。"境"作为即时性的场概念更具有逼近、身历的感觉,比起"物"来当然更妥当。但或许因为它们都是作为

①皎然《秋日遥和卢使君游何山寺宿敩上人房论涅槃经义》,《全唐诗》卷八一五,中华书局排印本。

写作经验出现在作品中,而不是以理论形态展开的,故均未能引起后人的注意。好在诗人们从来都不照着理论写作,尽管"感物""缘境"未受到理论的关注,诗家却一向是心领神会的。

　　这里有个问题需要注意:《文赋》开篇对写作动机的论述,将感物与览古、颂德、拟古等相并举,与上文说的写作冲动显然并不是一回事;而接下去"其始也皆收视反听"云云则已开始论述构思阶段的心理活动,第二感物的心理状态实际上并没被触及,这使"诗缘情"的出场显得很突兀。是无意的忽略还是有意的回避?不清楚。但我想这或许与他观念中性—情的矛盾冲突有关。陆机《演连珠》其三十五云:

> 臣闻弦有常音,故曲终则改;镜无蓄影,故触形则照。是以虚己应物,必究千变之容;挟情适事,不观万殊之妙。

陆机认为,主体只有虚空如镜,才能感受万物;如果主体先被情感占据,那么就难以反映万物各自的姿态。这里阐明的虽是主体与客体的反映关系,却与诗学相通。我们知道,尽管情感是文学创作的本源性因素,但在具体的写作过程中,情感并不总是充溢于心理活动全体的,在构思阶段往往有一个虚心应物的状态,即古代文论所谓"虚静"。不仅"体物"即对客观对象的观察和描写需要有虚己应物的心理空间,即使"感物"也是在虚静中激发创作冲动的。陆机的"虚己应物"如果是在这个意义上说的,自属见识独到。但很遗憾,事实并非如此,他对"情"的贬抑基于他当时的性情观念。《演连珠》其四十二说:

　　臣闻烟出于火,非火之和;情生于性,非性之适。故火壮
则烟微,性充则情约。是以殷墟有感物之悲,周京无伫立
之迹。

在这里,性、情明显有高下褒贬之分。情虽生于性,但并不是性的
正常发展——性如果饱满充实,情就被抑制,像火旺无烟的道理
一样。因此他将殷墟的感物之悲看作是性匮而情滥的表现。这
种看法应该说在哲学层次上表达了陆机对"情"的根本态度,联系
《演连珠》其五十"足于性者,天损不能入"之说来看,应代表着陆
机入洛前所受家学熏陶的观念。董仲舒提倡性善情恶之说,影响
极大,"圣人无情乃汉魏间流行学说应有之结论,而为当时名士之
通说"①。据《三国志·钟会传》裴注引何劭《王弼传》载:

　　何晏以为圣人无喜怒哀乐,其论甚精,钟会等述之。弼
与不同,以为圣人茂于人者神明也,同于人者五情也。神明
茂,故能体冲和以通无;五情同,故不能无哀乐以应物。然则
圣人之情,应物而无累于物者也。今以其无累,便谓不复应
物,失之多矣。

王弼这种圣人以情应物而不为物累的看法,无论是否为人们普遍
接受,都应该肯定是顺应当时尊情思潮的新观念。陆机入洛后浸

①参看汤用彤《魏晋玄学论稿·王弼圣人有情义释》,《汤用彤学术论文
集》,中华书局1983年版,第254页。

染玄学风气,观念虽有所变化①,但在处理性情关系上,他显然还站在传统的立场上。从这种立场来理解情,就难免对情有所排斥,《演连珠》所流露的正是这种倾向,而且对后人产生影响②。照此说来,陆机对情的态度正是与"缘情"的观念相矛盾的,那么他为什么还反复标举感物、缘情呢? 问题回到了本文的开头:感物是如何与缘情联系起来的,它在"诗言志"到"诗缘情"的转变中究竟起了什么样的作用?

三、悲情时代:感物与情感中心论的确立

首先我要重复一下杨明先生的意见,言志和缘情并不像人们通常理解的,是两个对立的范畴。"诗言志"的"志"尽管有不同解释,蒙文通先生甚至将它解释为事,即历史记录,但目前学术界都倾向于将志解释为一个包容性很大的概念。因为上古文献中的确存在着情志不分、两字互文的情形,直到陆机的时代这种情形也没消失。陆机《遂志赋》序先说"昔崔篆作诗,以明道述志",

---

①关于陆机入洛前后学风的变化,周勋初老师《〈文赋〉写作年代新探》(收入《文史探微》《魏晋南北朝文学论丛》)一文有精辟阐述,可参看。

②刘昼《刘子·防欲》云:"人之禀气,必有性情。性之所感者,情也。情之所安者,欲也。情出于性而情违性,欲由于情而欲害情。情之伤性,性之妨情,犹烟冰之与水火也。烟生于火而烟郁火,冰出于水而冰遏水。故烟微而火盛,冰泮而水通。性贞则情销,情炽则性灭。是以珠莹则尘埃不能附,性明则情欲不能染也。"可以看出对陆机之说的吸收。

继而又说"崔氏简而有情",可见情并不与志相对立。应该说述志是诗的功能,而情则是诗的根据。在语简而意指含浑的上古,"诗言志"可以包含这两方面的内容。但"诗缘情"的命题不一样,明确限定了探讨诗歌本源的意向,"缘"正是原由、依据的意思,这就与言志划开了界限。不难理解:情在功能论中的意义,早已有《诗大序》"吟咏性情"的论断在,毋须烦言,有待陆机阐明的是诗歌写作中情感的作用,即上文分析的感物作为诗歌写作之抒情动机的意义。

如果从动机的角度说,言志也可以说是一种动机,但它与抒情的心理倾向不同。言志是表达一种志向,与志相连的是人事和观念、意志;而缘情则纯粹与情感相连,在陆机的时代更与一种消极的情感即感伤相连。由于汉末经学的瓦解,人的思想和情感世界得到极大的解放,除了儒家以礼节情的规范被打破,源自道家的圣人无情观念也在玄学的论辩中受到质疑,而佛学的传播更将一种有灵则有情的观念带入人们的思想中,那就是慧远所说的:

> 凡在有方,同禀生于大化。虽群品万殊,精粗异贯,统极而言,唯有灵与无灵耳。有灵则有情于化,无灵则无情于化。无情于化,化毕而生尽;生不由情,故形朽而化灭。有情于化,感物而动;动必以情,故其生不绝。其生不绝,则其化弥广而形弥积,情弥滞而累弥深。其为患也,焉可胜言哉![①]

---

①慧远《沙门不敬王者论·求宗不顺化》,《弘明集》卷五,金陵刻经处刊本。

虽然慧远此言旨在阐明"不以情累其生,则生可灭;不以生累其神,则神可冥。冥神绝境,故谓之泥洹"之理,但有灵无灵的区别,将有灵—有情—感物—生作为人的存在属性,就使人作为情感主体的意识确立起来,所谓"情之所钟,正在我辈"(《世说新语·伤逝》),同时也使感物与人生的情滞累深,即一种负面的悲哀色彩联系起来。而其中作为感物的对象和媒介的,就是与生相伴的"化"。汤用彤先生曾指出,"魏晋时人以万物之本源为变化的,故常曰大化,以变化不可违也,'天道兴废,自然消息',自《咏怀诗》后,文章常充满这种情绪"①。实际上,其时人们意识中的"化"已不只是源于老庄道家,也杂有佛学的观念在其中。自东汉以来,战乱、灾祸、病疫的流行,使人们对生命之脆弱和无常有了更深刻的体认,很容易接受佛家"三界流动,以罪苦为场"的观念,感物兴怀,放言落纸,字里行间总是缭绕不尽的悲情。以至于曹植称赞徐干诗歌创作,即言"慷慨有悲心,兴文自成篇"(《赠徐干》),诗歌创作几乎就等于是悲哀的抒发。陆机《大暮赋序》也说:"夫死生是得失之大者,故乐莫甚焉,哀莫深焉。"这种生命的悲感贯穿在他的大部分作品中,以《愍思赋》《叹逝赋》《感丘赋》为代表,形成一种感伤悲悯的情感基调和审美趣味。那些伤时叹逝、苦旅怀归之作自不必说,中性的咏物之作也充满悲伤,以哀为基调。比如《鼓吹赋》描写音乐:"咏悲翁之流思,怨高台之难临,顾穹谷以含哀,仰归云而落音。"即便是主题相对轻松的作品,也难免缭绕

①汤用彤《魏晋玄学和文学理论》,《理学·玄学·佛学》,北京大学出版社 1991 年版,第 328 页。

一种悲情。例如和友人《嘉遁赋》而作的《应嘉赋》，咏幽栖隐遁，"解心累于世罗"的适意，结尾却说："仿鸣条以招风，聆哀音其如玉。"归乡途中作的《行思赋》前面说"行弥久而情劳，途愈近而思深"，还属人情之自然；后文演为"孰归宁之弗乐，独抱感而弗怡"，便成为异常的情感表现。

对生命的悲剧意识使人们的心灵普遍沉浸在浓厚的感伤中，同时对时间的流逝变得格外敏感，在自然面前总是流露出抑制不住的绝望与哀伤：

> 步寒林以凄恻，玩春翘而有思。触万类以生悲，叹同节而异时。(《叹逝赋》)

在这浓重的悲哀心境中，时间的具体表现——季节交替更成为人们感觉生命衰变的媒介。自然景物的直观印象，就像"节运同可悲，莫若春气甚"(《春咏》)所示，无论荣枯盛衰都带给人悲凄的意味。这就是慧远所说的"生以形为桎梏，而生由化有。化以情感，则神滞其本，而智昏其照"①。既然人都处于"化"中，又时刻感知它的无常，那就无法摆脱吉川幸次郎所说的那种"推移的悲哀"了。这不能不是一个悲情的时代，陆机不过是这悲情时代的一个代言人。《述思赋》说"情易感于已揽"，又说"嗟余情之屡伤，负大悲之无力"，一种无可奈何的情绪与感物紧密联系在一起，而这种情绪决不是"性"所能牢笼束缚的，于是就有了《文赋》

---

① 慧远《沙门不敬王者论·求宗不顺化》，《弘明集》卷五，金陵刻经处刊本。

开篇"遵四时以叹逝,瞻万物而思纷。悲落叶于劲秋,喜柔条于芳春"的有限表达。后来刘勰《文心雕龙·物色》说"春秋代序,阴阳惨舒,物色之动,心亦摇焉",即承陆机之意。当然,刘勰更具体地分析了情为物感的情形:"献岁发春,悦豫之情畅;滔滔孟夏,郁陶之心凝;天高气清,阴沉之志远;霰雪无垠,矜肃之虑深。岁有其物,物有其容;情以物迁,辞以情发。"这里的"情以物迁"是情缘物,"辞以情发"则是诗缘情,感物说至此得到具体而完整的的表述——对象与自然相联系,功能与写作冲动相联系。从此以后,感物就意味着自然与写作冲动的关系,为理论家们所发挥。钟嵘《诗品序》云"若乃春风春鸟,秋月秋蝉,夏云暑雨,冬月祁寒,斯四候之感诸诗者也";梁简文帝萧纲《答张缵谢示集书》云"至如春庭落景,转蕙承风,秋雨且晴,檐梧初下,浮云生野,明月入楼……或乡思凄然,或雄心愤薄,是以沉吟短翰,补缀庸音,寓目写心,因事而作"①,无非申明此意。由于作为写作冲动的感物概念的介入,言志和缘情就被清楚地区分开来:志作为欲表达的意向性内容,是内容的范畴;而情则是与动机相连的前在于表达的心理状态,是体验的范畴。志是明确的、定型的,情是模糊的、不定型的(故《文赋》说构思过程是"情曈昽而弥鲜,物昭晰而互进")。情感因感物而从创作冲动产生伊始便同诗歌发生关系,再与"情动于中而形于言"的表现论相结合,就使情感中心论的诗歌观念真正确立起来。

陆机的"诗缘情"即诗歌创作的冲动产生于情感的触发,应该

①欧阳询《艺文类聚》卷五十八引,上海古籍出版社 1965 年版。

说是创作心理学在创作动机问题上的发展和进步。它丰富了《乐记》"感物"说的内涵，使诗歌创作的全过程愈益与情感相联系，从而强化了情在诗歌里的中心位置。这种倾向甚至蔓延到陆机的赋里，作为诗之特征的"缘情"，也两见于陆机赋中，这一点曹虹的论文也已指出。由于陆机的高倡，从东晋到南北朝，诗论愈益集中于"发乎情"而扬弃了"止乎礼义"。尽管在某些正式的场合即意主讽喻的场合（如刘勰《文心雕龙·情采》），还看到对《诗大序》的继承①。但大部分时候，人们的着眼点都落在吟咏性情上了——如沈约《宋书·谢灵运传》、钟嵘《诗品序》、萧统《文选序》《答晋安王书》、萧纲《答新渝侯和诗书》等，以至于招致以裴子野为代表的正统派文人的批评。裴子野《雕虫论》云：

　　自是闾阎少年、贵游总角，罔不摈落六艺，吟咏情性。学者以博依为急务，谓章句为专鲁。淫文破典，斐尔为功，无被于管弦，非止乎礼义。②

出典于《诗大序》的"吟咏性情"，在此竟成了批判的对象，与"止乎礼义"对立起来，可见在正统派眼里，"性情"已泛滥到何等程度！经南北朝文人的鼓吹，尤其是刘勰"人秉七情，应物斯感，感物吟志，莫非自然"（《文心雕龙·明诗》）之说，作为格言深入人

①刘勰《文心雕龙·情采》："盖风雅之兴，志思蓄愤，而吟咏情性，以讽其上，此为情而造文也。"
②《文苑英华》卷七二，中华书局影印明隆庆刊本。

心,情感中心论终于在诗学中逐步确立起来。

由于写作冲动的被动触发性,触发媒介——物自然而然地成为艺术思维的材料,进入创作过程的研究中。《文心雕龙·物色》有云:"是以诗人感物,联类不穷,流连万象之际,沉吟视听之区,写气图貌,既随物以宛转;属采附声,亦与心而徘徊。"这成为中国古代创作心理学的一个独特贡献。同时,就写作冲动的被动形态而言,它又是有时间性的,而且人不能把握,所谓"应感之会,通塞之纪,来不可遏,去不可止。藏若景灭,行犹响起"(《文赋》)。这就强调了感物的突发性,直接影响到唐代诗人的诗歌观念。高适《酬岑二十主簿秋夜见赠之作》云"感物我心劳",李白《古风》二十二云"感物动我心,缅然含归情",三十二又云"秋蝉号阶轩,感物忧不歇",韩愈《荐士》云"念将决焉去,感物增恋嫪",即从文字之表也能体会到那种感物伤时的忧情。白居易《孟夏思渭村旧居寄舍弟》云:"喷喷雀引雏,梢梢笋成竹。时物感人情,忆我故乡曲。"《庭槐》云:"人生有情感,遇物牵所思。树木犹复尔,况见旧亲知。"这种心灵感发状态与陆机的感物同出一辙。而他对"感伤诗"的定义——"事物牵于外,情理动于内,随感遇而形于叹咏者"(《与元九书》),则是以感物为诗歌写作动机在理论上的明确表述。诗歌写作过程在此被分析为四个要素:事物—情理—感遇—叹咏。从诗人由外物获得感受到这种感受的表达,经过了两次感情过程,第一是生活中为事物所触动引起一种感情,蕴藏在心中;第二是因某种机遇而形成诗思,发为诗歌。《乐记》的"感物"只认识到前一步,白居易的"感遇"才触及创作冲动和灵感即诗歌的直接动机的问题,而这正是对陆机感物说的因袭和发挥。

　　陆机的"诗缘情"说基于情感产生的方式,从作品与世界的关系出发解释了诗歌的源泉,同时赋予这种解释以心理学上的具体和明确,而《毛诗序》的功能论则被有意无意地忽略。这历史性的解释和忽略成为一个划时代的象征,中国诗学从此进入它理论营造的自觉时期。从更广泛的人类文学理论视野来看,第二感物说揭示的创作冲动的触发问题,不仅是中国文学理论正式进入创作心理学的肇端,或许也是人类对创作冲动问题产生自觉意识的开始。相比希腊传统的文学理论来,它倾向于将创作冲动视为可解释和说明的过程,并基于一定的创作经验,对创作冲动产生的方式及由此引发的艺术思维形态付以初步的陈述。我们知道,古希腊的诗学家自德谟克利特以降,用灵感来指称诗的创作冲动,将它形容为一种感情极度狂热或激动的特殊精神状态。柏拉图又赋予它一种神赐的超自然性质,一直影响到文艺复兴时期的艺术观念,甚至比十八世纪启蒙思想家理性主义的见解还存在得长久。但这与后来人们所说的灵感毕竟有一定距离,因而也有研究艺术史的学者认为有关艺术家的创作灵感的概念最早出现于文艺复兴初期马西里奥·菲奇诺的文人圈子的谈话中①。直到十九世纪的浪漫主义时代,才与天才概念和无意识心理学相结合,改造为植根于主观主义的现代灵感观念②。如华兹华斯认为"各个民族最早的诗人,通常都由于现实事件所激起的热情而作诗",

---

①汉斯·贝尔廷《瓦萨利和他的遗产》,常宁生编译《艺术史的终结?》,中国人民大学出版社 2004 年版,第 77 页。

②参看奥斯本《论灵感》,杨匡汉、刘福春编《西方现代诗论》,花城出版社 1988 年版,第 610—625 页。

他强调"诗是强烈情感的自然流露。它起源于在平静中回忆起来
的情感。诗人沉思这种情感直到一种反应使平静逐渐消失,就有
一种与诗人所沉思情感相似的情感逐渐发生,确实存在于诗人的
心中"①。至于创作冲动的发生,是谁开始加以阐述我不清楚,只
知道克洛岱尔曾涉及这方面的内容。这个问题也许应该留给研
究外国文学理论史的学者来回答。

---

①刘若端编《十九世纪英国诗人论诗》,人民文学出版社 1984 年版,第 28、
22 页。

十三　一代有一代之文学

——以唐诗繁荣原因的探讨为中心

一、命题的提出

1912 年,王国维在他的《宋元戏曲考》自序中曾提出一个著名的论断:"凡一代有一代之文学:楚之骚,汉之赋,六代之骈语,唐之诗,宋之词,元之曲,皆所谓一代之文学,而后世莫能继焉者也。"今天学术界都将"一代有一代之文学"作为王国维的观点来引用,其实这一命题并非王国维首倡,若追根寻源,它的基本思想已包含在元代虞集的如下议论中:

> 一代之兴,必有一代之绝艺足称于后世者:汉之文章,唐

之律诗,宋之道学。国朝之今乐府,亦开于气数音律之盛。①

是不是还有人更早发表类似意见,我不清楚,但至少可以肯定,到元代人们对文学样式递兴的认识已包含了王国维语的基本思想。这种见解是建立在丰富的文学史事实尤其是多种文学样式的嬗变上的,所以不太容易在叙事文学尚未发达的唐代之前产生,到古典文学体裁大备的宋代,人们已开始注意到不同时代的创作各有文体侧重了。项安世《项氏家说》卷八云:"尝读汉人之赋,铺张闳丽,唐至于宋朝,未有及者。盖自唐以后,文士之才力,尽用于诗。如李杜之歌行、元白之唱和,序事丛蔚,写物雄丽,小者十余韵,大者百余韵,皆用赋体作诗,此亦汉人之所未有也。(中略)大抵屈宋以前,以赋为文……自屈宋以后为赋,而二汉特盛,遂不可加。唐至于宋朝,复变为诗。"这段话已隐然包含春秋文、汉赋、唐诗皆为一时之胜的见解。元明以后,文学代兴之迹斑斑俱在,一代有一代之文学就成了尽人能言的常谈。明代叶子奇《草木子·谈薮篇》云:

> 传世之盛,汉以文,晋以字,唐以诗,宋以理学。元之可传,独北乐府耳。②

又王思任《唐诗纪事序》云:

---

① 见孔齐《至正直记》,上海古籍出版社 1987 年版,第 96 页。
② 叶子奇《草木子》,《丛书集成初编》本。

一代之言,皆一代之精神所出。其精神不专,则言不传。汉之策、晋之玄、唐之诗、宋之学、元之曲、明之小题,皆必传之言也。①

陈继儒《太平清话》卷下云:

先秦两汉诗文具备,晋清谈书法,六朝四六,唐诗小说,宋诗余,元画与南北剧。②

清初陈弘绪《寒夜录》卷上引明末卓人月云:

我明诗让唐,词让宋,曲又让元,庶几吴歌《挂枝儿》《罗江怨》《打枣竿》《银铰丝》之类,为我明一绝耳。③

李渔《名词选胜序》云:

文章者,心之花也。花之种类不一,而其盛也亦各以时。时即运也,桃李之运在春,芙蕖之运在夏,梅菊之运在秋冬。文之为运也亦然,经莫盛于上古,是上古为六经之运;史莫盛于汉,是汉为史之运;诗莫盛于唐,是唐为诗之运;曲莫盛于

①王思任《王季重十种·杂序》,浙江古籍出版社 1987 年版,第 75 页。
②王文濡辑《说库》本,民国四年上海文明书局石印本。
③陈弘绪《寒夜录》卷上,《丛书集成初编》本。

元,是元为曲之运。运行至斯,而斯文遂盛。①

又顾彩《清涛词序》云:

> 一代之兴,必有一代擅长之著作,如木火金水之递旺,于四序不可得兼也。古文莫盛于汉,骈俪莫盛于晋,诗律莫盛于唐,词莫盛于宋,曲莫盛于元。昌黎所谓以鸟鸣春,以雷鸣夏,以虫鸣秋,以风鸣冬者,其是之谓乎。②

后焦循《易余籥录》卷十五论"一代有一代之所胜",历举商周《三百篇》、楚骚、汉赋、魏晋六朝五言、唐律、宋词、元曲、明人八股,将历代文学的经典样式作了最全面的认证。观诸家所论虽涉及范围不同,于各时代所标举的代表文体也有出入,但认为"一代有一代之所胜"却是相同的。这种代兴论观点较文以代降的退化论观点固为进步,但却面临着解释原因的困难。退化论陈述原因很简单,它有一个崇古的前提,六经至尊至上,文体去古愈远愈卑③。而代兴论却必须对不同时代不同文学(或艺术、思想)形态的繁荣兴盛作出合理的解释。

---

① 李渔《笠翁文集》卷一,《李渔全集》,浙江古籍出版社1992年版,第1册第34页。
② 孔传鋕、顾彩编《清涛词》卷首,康熙四十五年刊本。
③ 如何孟春《余冬叙录·论诗文》云:"六经之文不可尚也。后世言文者至西汉而止,言诗者至魏而止。何也?后世文趋对偶而文不古,诗拘声律而诗不古也。"

古代解释文学繁荣原因，影响最大的是人主提倡说。刘勰论汉末五言诗的兴起，说："自献帝播迁，文学蓬转，建安之末，区宇方辑。魏武以相王之尊，雅爱诗章；文帝以副君之重，妙善辞赋；陈思以公子之豪，下笔琳琅：并体貌英逸，故俊才云蒸。（中略）至明帝纂戎，制诗度曲，征篇章之士，置崇文之观，何、刘群才，迭相照耀。"（《文心雕龙·时序》）在他看来，建安五言诗的繁荣应归结为曹氏父子的提倡，但他行文中并未下明确结论，而只是介绍事实，倒也未招致后人的非议。至于唐以诗取士而诗盛，自宋人发为此论，后人多有异议①。李渔在《名词选胜序》中也曾驳斥这种观点，他说："不知者曰，唐以诗抡才而诗工，宋以文衡士而文胜，元以曲制举而曲精。夫元实未尝以曲制举，是皆妄言妄听者耳。夫果如是，则三代以上未闻以作经举士，两汉之朝不见以编史制科，胡亦油然勃然，自为兴起而莫之禁也？文运之气数验于此矣。"这种运数之说并非笠翁独创，明代袁中道已有"文章关乎气运"②之论，到清代叶燮、纪昀又再三申说此意，几为老生常谈。然而论文归乎气运，则堕于不可知论，没什么积极的理论意义。相比之下，王奕清《历代词话》所引《词统序略》的议论倒还切实可取：

　　周东迁，三百篇音节始废，至汉而乐府出。乐府不能代

———————————

① 参看郭绍虞《沧浪诗话校释》，人民文学出版社 1961 年版，第 136—137 页。

② 见袁中道《珂雪斋集》卷十一《宋元诗序》，上海古籍出版社 1989 年版。

民风,而歌谣出。六朝至唐,乐府又不胜诘屈,而近体出。五
代至宋,近体又不胜方板,而诗余出。……是不独天资之高
下,学力之浅深各殊,要亦气运人心有日新而不能已者。①

作者将历代文体的代兴看作是文体本身生命力盛衰的结果,与现
代文学史理论颇有相通之处。如雅各布森便认为,文学史是一个
已形成的体系,在其中任何一个特定阶段,都有某些形式和体裁
占"主导地位",而其他一些形式和体裁则处于从属地位,文学史
正是因这一等级制的体系内的变化而发展的。例如先前主导性
的形式变为从属性的,或者从属性的变为主导性的。这个过程的
动力便是疏远化:倘若一种占主导地位的文学形式已变得僵化而
又"难以辨识"——比如它的某些手法已为诸如通俗的新闻体这
类"亚体裁"所采纳,从而模糊了它与这类作品的差异——于是一
种先前占从属地位的形式便出来"疏远"这种局面②。这样一种
解释,虽然阐明了旧形式必然要为新形式所取代的道理,却并未
说明何以是这种形式而不是其他形式取代的理由。因此当人们
对文体代兴的思考逾越"一代有一代之文学"的回顾而面向未来
时,就完全陷入不可知论。咸丰年间,侯官李家瑞在《停云阁诗
话》里说:

---

① 唐圭璋辑《词话丛编》,第 1 册第 1323 页。
② 参看特里·伊格尔顿《文学原理引论》,文化艺术出版社 1987 年版,第
　132 页。

> 文章与世代转移，风骚变汉魏，汉魏变六朝，六朝再变为近体，近体又变为词曲，此亦不得不尔之势也。词曲之后无可再变，后之锦心绣口者，欲另创体格自成一家言，不知又当何许花样耳。①

此论后为清末邱炜菱《五百石洞天挥麈》所传述，可见直到近代，中国文学理论对文体代兴问题都未作较为深入的思考。王国维论"一代有一代之文学"，以为"文体通行既久，染指遂多，自成习套，豪杰之士，亦难于其中自出新意，故遁而作他体以自解脱"（《人间词话》），大体不出顾炎武"一代之文沿袭已久，不容人皆道此语"②的范围，在文学史观念上还停留在古典时期。对文学繁荣问题真正深入的研究，应该说是五十年代以后的事，尤其是围绕唐诗繁荣原因的讨论。

二、文学繁荣原因的结构分析

唐诗繁荣的原因，建国以来曾两度成为古典文学中的热门话题。我从大学时代就关注这方面的研究，阅读了不少前辈学者的论著，感觉问题始终悬而未决。尤其是 1992 年夏参加《文学遗

---

①李家瑞《停云阁诗话》卷二，咸丰五年刊本。
②黄汝成《日知录集释》卷二十一"诗礼代降"条，花山文艺出版社 1990 年版，下册第 933 页。

产》与吉林大学联合召开的诗歌史讨论会,听到学者们对唐诗繁荣问题的看法,深感老调还有重弹的必要。相信通过剖析唐诗繁荣的原因,可以让我们对文学繁荣问题获得较为明确的认识。

讨论唐诗繁荣原因的论文已有十多篇,综合各家的见解,唐诗繁荣的原因大致可概括为以下七点:

(1)农村经济、庄园经济和城市经济的空前繁荣;

(2)政治制度开明,文化政策宽容,思想观念多元;

(3)教育的普及和发达,全社会普遍喜爱诗歌的风气;

(4)科举制度的引导、君主的提倡对诗歌创作的激励;

(5)多民族、多元文化的沟通交融,姊妹艺术的滋润;

(6)前代创作经验的丰富积累,自觉的继承和创新;

(7)近体诗型形成,声调格律的完成①。

在中国学者概括的七点外,日本学者山田胜久还补充了安史之乱带来的政治转变、货币经济的确立与诗人的地方分散两点②。这准确地说是针对中唐以后诗歌的解释,尚不足以涵概整

①据我初步调查,专题论文有余冠英、王水照《唐诗发展的几个问题》,《文学评论》1978 年第 1 期;梁超然《就唐诗繁荣原因提几个问题——与余冠英、王水照同志商榷》,《文学评论》1979 年第 1 期;刘修明、吴乾兑《试论唐代文化高峰形成的原因》,《学术月刊》1982 年第 4 期;廖仲安《唐代文化繁荣的政治思想背景》,北京师院《科学讨论会论文集》1982 年版;叶幼明《六朝文学的历史地位——兼论唐诗繁荣的原因》,《湖南师院学报》1982年第 3 期;马积高《唐代的科举考试与诗的繁荣》,《唐代文学论丛》第 3辑,陕西人民出版社 1983 年版;雷树田《试论"直言极谏"与唐诗繁荣的关系》,《社会科学》1984 年第 1 期;王贵福《天意君须会人间要好（转下页）
②山田胜久《唐代文学研究》卷首"唐诗概说",笠间书院 1984 年版,第 7 页。

个唐代诗歌。不管怎么说,以上所举诸条已将促进唐诗发展的原因罗列得很周备,而且由经济基础到上层建筑,由外部原因到内部原因,日益深入诗歌内核,应该说逻辑层次也相当清楚。然而,当我将七点一一思索,再看看现有的论著,就感觉问题并未解决。因为问题的关键不在于因素的罗列,而在于如何解释其内在的逻辑关系。由于这些因素没有在适当的解释方式下被解释,其间的逻辑关系未被很好地揭示,论者各执一词,各主一说,反而使真正关键的东西变得模糊不清。

这不禁让我想到,法国年鉴学派曾批评表层化和简单化的史学"停留在事件的表面,并将一切都归诸一个因素",或太折中地罗列和分析各种因素,它们在"原因的多重性"面前不知所措,以致分不清真正的因果关系①。仿佛要证实年鉴学派的批评,《历史著作史》的作者 J. W. 汤普森在评述城市起源问题研究时说:

(接上页)诗——对唐诗繁荣原因的一点补充》,《广西民族学院学报》1984 年第 4 期;武复兴《试论唐诗繁荣之原因》,《汉唐文史漫论》第 1 辑,陕西人民出版社 1986 年版;刘初棠《科举制度的变革和唐诗的繁荣》,《中华文史论丛》1987 年第 1 期;张震欧《唐诗繁荣原因评议》,《广东教育学院学报》1987 年第 1 期;王定璋《唐诗繁荣的原因新探》,《湖南师范大学社会科学学报》1987 年第 2 期;孙兰廷《唐诗繁荣之原因》,《语文学刊》1987 年第 2 期;阎忠卿《以诗取士和唐诗的发展》,《沈阳教育学院学报》1987 年第 2 期;韦齐发《试论唐代教育对文学艺术繁荣的作用》,《福建师范大学学报》1987 年第 2 期;齐咏梅《唐诗繁荣的原因》,《陕西教育学院学报》1997 年第 2 期等。
① 参看姚蒙编译《新史学》,上海译文出版社 1989 年版,第 10 页。

　　我们能够辨别城市起源的一些主要因素,但不能确定每个因素的相对分量和重要性,甚至它们彼此之间的关系也很难弄清。但毫无疑义的是,任何单独一个因素、任何单独的一种解释都是不能概括全部情况的。①

历史研究中这种解释原因的困难,常迫使历史学家放弃对各种因素之关系的考究,转而将各种因素的作用说成一种合力。这自然是一个无奈的选择。在唐诗繁荣原因的论辩中,被列举的各种因素无疑都是不可或缺的,它们最终形成一股合力,推动了唐诗繁荣局面的出现。如此解释也是无可指责的,但却不能让我们满足。我们总想找到一个终极的解释,不是出于对形而上学的某种偏好,而是出于对思考深度的追求。如果说追究单独一个因素已被证明是失败的,而罗列诸多因素又给人治丝益棼的感觉,那么能不能尝试从分析各种因素的作用力和结构关系着手来解决问题呢?

　　我认为,要分析唐诗繁荣的原因,首先必须建立上述诸因素的逻辑结构,而更首要的任务则是界定繁荣一词的涵义。必须承认,"繁荣"是个相当抽象、并不适合用来讨论问题的概念。美国历史学家西德奈·胡克在评论腓特烈·亚当·伍德关于君主和国家繁荣的关系时,也曾说:"'繁荣'这个词实在是太概括了,即使就'物质'意义来理解,我们也无法以此对某个时期进行足够明

————————

①汤普森《历史著作史》下卷,孙秉莹、谢德风译,商务印书馆1992年版,第4册第562页。

确的概括。"当人们用"繁荣""衰微"这样的广义的范畴来研究一个命题,而不把它们分成标明更有限的社会现象的术语时,就产生许多问题:或是以一定的价值判断来选择说明繁荣的事项,以至难于达成一致见解,因为一个国家很少能有全线"进步"的局面;或是将史家的不同看法凑合成对某一个时代客观和全面的叙述,于是一个有价值的评价被掩盖起来①。当今学界谈论唐代文学繁荣也存在类似的问题。我所以仍沿用"繁荣"这个词,一是约定俗成,二是尚无更贴切的概念,但我在使用前要澄清一下它的内涵。

　　现有论著对"繁荣"的理解和描述都基于两点:一是作家作品之多,二是达到水平之高。这看似很全面,实际上不得要领,一些不必要的偏颇正由此而生。作家作品多,作为繁荣的外在标志,作为现象来描述是可以的,但视为繁荣的内涵则不合适。事实上我们相对前后各历史时期的诗歌创作来确认唐诗不可企及的"繁荣"时,决不是着眼于它的作家多和作品丰富——现存全部唐诗才相当于乾隆皇帝一人所作诗的数量,失传的也很难作太乐观的估计。唐诗的作者与作品数量无论如何也不能与宋以后的朝代相比,我们谈论唐诗的繁荣实质上是着眼于它的质量、它的一大批名家。我相信,即使那些小家的作品全部失传,只要保留下李杜、王孟、高岑、韩孟、元白、小李杜以降百十家诗集,唐诗也不失它的光辉;相反,如果这百十家诗作失传或根本没有,那么唐诗就

————————

① 田汝康、金重远编《现代西方史学流派文选》,上海人民出版社 1982 年版,第 296—298 页。

会黯然失色,很难让我们视作"繁荣"了!繁荣意味着大作家之多、达到水平之高,这应该是无可怀疑的。澄清这一点,可以避免对某些因素的片面强调,使问题的焦点更加集中。

确定"繁荣"的含义是创作水平高而不是作品数量多,就可以围绕唐代社会提高诗歌写作水平的激励机制来分析决定唐诗繁荣的因素了。在上文列举的七个因素中,(1)和(2)只是一般文化繁荣的必要条件;(5)和(6)是一般艺术繁荣的必要条件;(3)和(4)应该说是诗歌繁荣的必要条件,但还不是充分条件——(3)仅造成了普及,而普及与提高之间是没有必然的因果联系的(想想我国的自行车、篮球运动),如果没有竞争机制存在的话。同时(3)本身还是个特殊现象,是个有待于追寻原因的结果。(4)造成了竞争机制,但仍缺乏竞争需要的内部条件,即游戏规则。剩下就只有(7)了,它是否为必要条件还难断言,但肯定是充分条件。它正好提供了科举竞争所需要的规则,近体诗声韵格律对仗的精致形式对诗人的才能提出了挑战。如此看来,被视为唐诗繁荣原因的七个因素只有(3)、(4)是必要条件,(7)是充分(必要)条件,只有这三方面是对提高唐诗写作水平起直接作用的,质言之就是诗歌的社会需要——有形需要(科举)和无形需要(传诵)——与自身发展的关系问题,也即诗歌产品的消费与生产问题。发达的教育(官学、私学、家学)和君主的提倡造就了全社会对诗歌的消费意欲和消费能力,而科举制度客观上起到检验生产能力和鼓励生产热情的作用,两者给诗歌的生产提供了一个巨大的消费市场和制度化的管理体制。有这两方面的条件,充满生产热情而又合目的性地有序发展的诗歌创作活动就不难预期了。这场活动充

满了竞争性,且有极大风险,多数人时间、智力的投资,都未赢得
成功的回报——成为进士,授以清要官职;或名扬天下,四方仰
慕。然而高风险和高效益的相伴正是刺激人们全力投入的最大
诱惑。透过那么多呕心沥血的作诗轶事,那么多诗人对"苦吟"的
标榜,那么多以诗受知的荣遇,还不能想象唐代社会在诗歌写作
上投入的智力和由此产生的创造力是多么巨大吗?

三、决定艺术成功的内在机制

竞争无疑是刺激唐诗发展的重要机制,它是外部原因诸力交
互作用的焦点。以现有的文学史知识来看,各个时代之所以有不
同的文学建树,从外部看就是最激烈的竞争集中于不同的文学门
类。唐代集中于诗,宋代集中于词,元代集中于杂剧……如果说
唐代的竞争是通过官府科举来实现,那么宋代就是通过乐伎音
曲,元代就是通过勾栏搬演,明代就是通过书贾版刻来实现的。
激烈的竞争从另一个角度说,就意味着人才的流向。正如黄周星
所说:"盖天下之人心,每视功名为趋向。唐以诗取士,故举一世
聪明才辨之士,皆竭智殚精以赴之。虽欲不盛,而不可得。"①前
人的人主提倡说实质上也是这个道理,洪亮吉曾指出:"人才古今
皆同,本无所不有,必视君相好尚所在,则人才亦趋集焉。汉尚经
术,而儒流皆出于汉;唐尚词章,而诗家皆出于唐;宋重理学,而理

①黄周星《唐诗快序》,《周九烟集》卷二,咸丰刊本。

学皆出于宋;明重气节,而气节皆出于明。所谓下流之化上,捷于影响也。"①明清两代,叙事文学、说唱文学由于依赖市场流通,处于竞争激烈的位置,杰作层出不穷;相反属于传统文章体系的诗文创作却由于始终游离于市场竞争之外(诗文集多为自费印刷赠送),日益流于庸滥。这似乎从一个侧面说明些问题。

　　然而竞争仍不是问题的核心,因为竞争本身需要来自外部和内部两方面条件的支持。正像一切体育竞赛所显示的,竞争只有基于外部的激励机制和内部的游戏规则才能实现,而后者是至关重要的。唐代的诗歌创作之所以构成真正的竞争,就在于唐代社会不仅形成了有力的激励机制——科举考试,还形成了一套完备的游戏规则——近体诗格律。只有在近体格律定型的前提下,科举试诗才有可能。

　　唐代科举试诗一般采用五言六韵(也有五韵的)的排律形式,声律对仗要求很严,偶有平仄不谐或出韵(如宋五"坦率"之类)即被刊落。为此,后人对科举试诗每致不满,以为束缚太甚,窒人灵思。明代王世贞就说过:"人谓唐以诗取士,故诗独工,非也。凡省试诗,类鲜佳者。如钱起《湘灵》之诗,亿不得一。"②然而从另一方面看,正是这严格的形式要求,对作家的才能提出了挑战。且不说声韵、病犯、对仗等本身复杂精致,仅就接受一种新的诗歌体裁而言,由陌生到熟悉也需要费力去钻研。要求严格的新形式,对于唐代诗人意味着双重的挑战。汤因比在《历史研究》中曾

---

①洪亮吉《北江诗话》卷二,台湾广文书局1971年影印本,第54页。
②王世贞《艺苑卮言》卷四,丁福保辑《历代诗话续编》,中册第1015页。

把文明发展的动力归结为挑战与应战,那么文学发展的动力是否也可以按这一思路去思考呢?

诚如前文所说,一代有一代之文学,不只意味着文学体裁因时更替,还意味着一种文体在它诞生的时代就达到了艺术创造的顶峰,令后人难以逾越。换言之,文学的繁荣总是与新文体的形成相伴出现的,而作家们也总是在接受新文体时爆发了最大的创造力。古人对此已朦胧悟及,如清代何忠相曾说:"四言之伸而为五言也,岂独枚叔、苏、李绝识,直天地元气鼓铸,合有此变化耳。气之勃兴百物,莫盛乎其初。继此匪曰销歇,然少演迤矣。"①这种情形我想是可以用挑战—应战的模式来解释的。新文体对作家提出了全新的艺术要求,尤其是像近体诗这样的文体,要求是那么严格,迫使作家调动自己的全部才能去揣摩、钻研。现代文学理论已清楚地认识到文体对作家才能的反激作用,充分肯定"每一类有其独特规律的艺术,每一种诗歌体裁,作为特殊结构课题严格限制着艺术成果的机会,对于诗人都保持着其意义,不是束缚,而是激励着诗人的创造性劳动"②。这种激励的结果是不难预期的。虽然具体到个人,毕生努力未必定获成功,但群体的高度智力投入却一定能取得不凡的成就。挑战激起应战,更大的挑战激起更有力的应战——新文体先天就注定了它将吸取作家最大的应战热情和创造能量,而它同时也为作家提供了最大限度

①何忠相《二山说诗》卷一,乾隆刊本。
②什克洛夫斯基等著《俄国形式主义文论选》,方珊等译,生活·读书·新知三联书店1989年版,第352页。

可利用的文体资源。作家则在全力以赴的钻研、磨炼中逐渐掌握
新文体,最终臻于随心所欲而不逾矩的自由境地。王国维所谓
"创者易工,而因者难巧"①,正是在这个意义上说的。

  回顾中国文学史,各个时代各种文体的发展大致都经历了
兴、盛、变、衰这个过程。从兴到盛即顶峰,需要一段发展、成熟
的时间,这段时间对不同朝代、不同文体来说长度很不一样。汉
赋大约经历了五十年,唐诗经历了一百年,宋词也是一百年,元杂
剧大约五十年。在这期间,无数作者作了无数的摸索、尝试,大量
的失败者被淘汰,最后发现并掌握艺术规则的只是极少数人。就
像一场残酷的擂台赛,最后留在台上的胜利者是经历无数次淘汰
的强者。歌德曾在他诗歌创作的成熟时期 1802 年的一首十四行
诗《自然与艺术》中写道:"在限制中才显出名手。"像李白、杜甫
这样的诗人,王实甫、关汉卿那样的剧作家,都是千里万里挑一
的人杰,他们的水准和成就怎能不代表着超凡入圣的境界呢?
所谓"集大成",只不过意味着他们是激烈竞争中最成功的应战
者罢了。在他们身后,躺着无数壮烈的失败者,有些人的姓名还
保留在《全唐诗》中,更多的人则已无从知晓他们的苦斗经历
了。历史是势利而无情的,它的篇幅只留给少数英雄,少数赢
家。也许有人会反驳我,说屈原一出现就达到了楚辞的高峰,很
难说有什么挑战应战。对此我只能回答,楚辞产生于何时并不

---

①王国维《人间词话》:"白仁甫《秋夜梧桐雨》剧,沉雄悲壮,为元曲冠冕。
 然所作《天籁词》,粗浅之甚,不足为稼轩奴隶。岂创者易工,而因者难巧
 欤?抑人各有能有不能也?读者观欧秦之诗远不如词,足透此中消息。"

清楚,而屈原之前或同时除宋玉、唐勒、景差之外,还有多少辞赋家,连司马迁都不太清楚,我们就更无从而知了。这似乎是应该悬置的问题。

　　由此来看,新文体与作者才能之间的对立就决不像我们以为的那么尖锐,新形式固然对作家的才能构成严峻的挑战,但真正令作家感到畏惧的挑战并不是新的形式,而是没有形式。为什么古人视古体诗难于近体诗?为什么今人兼擅新旧体诗者(如郭沫若)视新诗难于旧诗?答案很简单:古体诗没有可以依傍的声律形式,新诗没有可以依傍的格律形式。有固定的规范,只要照章办事即可;没有规范可依,就像美国诗人弗洛斯特将写自由诗比作不用网打网球,全部的形式设计就落到了作者头上,他也许要花数倍的精力才能勉强为主题缔构一个适当的形式。闻一多的“戴着镣铐跳舞”,并不是要给自己找麻烦,从根本上说也许正是要避免寻找格律的麻烦。现代音乐的先驱斯特拉文斯基在他的《音乐诗学》里曾谈到,他在“开始创作一个新乐曲时所感到恐惧的是面对着无限的可能采取的写法”,因为这时对打破了传统规则的他来说面前完全没有任何限制。那是一种什么感觉呢?大概就像宇航员置身于脱离地球引力的太空中。常识告诉我们,那种失重的感觉决不是自由。因此,斯特拉文斯基说:“把我从一种使我陷入无限自由的苦恼中解放出来的是我总是能够马上转向一些有关的具体问题。(中略)我的自由就是在于我担承的每一任务上所给自己划定活动的狭小范围之内。(中略)人们越能强加克制,越能从束缚精神的锁链下解放自己。"①这就是说,艺术越是受到控制(不是意图和目的之控制),越是受到限制(不是写作方式的限制),越是经过推敲,就越是自由的。斯特拉文斯基以他的创作经验深刻阐明了适当的形式限制对于艺术成功的必要,而拉威尔那著名的偏爱"限制命题",喜欢由别人出题而依题创作,甚至题目限制愈多愈好的嗜好,更证明了这对于一些杰出艺术家来说正是乐于接受的挑战。其实中国古代诗人对此也早有体会,比如"次韵"通常被视为束缚手脚的一种作诗方式,但清代诗人王士禄却说:"次韵不过欲省思力,如昔人云匆匆不暇作草书耳。"龚鼎孳往往酒酣赋诗,辄用杜韵,王士禛问以何故,曰:"无他,只是捆了好打耳。"②如此看来,新形式带给艺术家的就不仅仅是挑战,同时还是一个诱发艺术才能,对思维空间进行定位的框架,就像绘画中的画框、音乐中的曲式或调性。它在茫茫无限的创造可能性中划出一个范围,使艺术思维在一个划定的限度内作最经济有效的运作。众多事实表明,形式与作家才能之间,在对抗性之外同时还存在着亲和性。联系形式与艺术意志的关系来看,这一点将更清楚。

众所周知,由于社会形态和历史状况的不同,每个时代都有其独特的艺术意志,在汉代或许是铺陈帝国的物质实力,在唐代或许是抒发那么一种豪迈的意气,在宋代则或许是满足士大夫的

---

①转引自彼得·斯·汉森《二十世纪音乐概论》,孟宪福译,人民音乐出版社
　1981年版,上册第153页。
②王士禛《香祖笔记》卷九,第168页。

悠闲生活和风雅情致,在元代又可能是娱乐市民阶层。出发点不同,功能各异,实现艺术意志的方式也不一样,体物、言志、抒情、叙事,不同的文体以不同的结构、功能满足时代艺术意志的要求,使其目标得以实现。从这个意义上说,时代的艺术意志对形式也有个选择的问题,一如康定斯基所说,"整个时代要求反映自身,要求以艺术的形式表现它的生活。同时,艺术家也希望表现他自己,选择那些与其自我相和谐的表现形式",归根结底,"艺术的内在精神总是把某一时代的外在形式作为向前发展的阶梯"①。汉代强烈的物质征服欲望最终选择了长于铺陈的赋,唐代慷慨奔放的时代精神自然而然地选择了诗,宋代的士大夫趣味和优裕生活选择了词,元明清日益丰富复杂的市民生活选择了叙事的戏曲小说。随着社会生活的日益复杂,人们的心灵感受越来越丰富、细腻,越来越客观、冷静,艺术精神也日益由浪漫变得现实,艺术倾向则由抒情表现趋向于叙事再现,总而言之,是由诗愈益趋向于散文。由于这种趋势与社会发展相应,而时代对文体样式的选择又是出于艺术表现的内在要求,文学素材和文学样式之间就天然形成最佳的匹配。古代作家对此的体会我还没有发现,但我们不妨参考一下现代作家的切身感受,艺术毕竟是相通的。散文家斯妤曾发表这样的议论:"形式是和内容同构的。不同的内容要求不同的形式,不同的形式也承载着不同的内容。只有当你找到与所要表达的内容真正同构的那一种形式时,你的作品才是成功

---

① 康定斯基《论艺术的精神》,中国社会科学出版社 1987 年版,第 44 页。

的,富于价值和魅力的。"①她所谓形式和内容的同构实际上就是
指文学素材和文学体式的天然匹配或并生关系,一家经验之谈,
合乎普遍理论。

　　总结以上的论述,所谓"一代有一代之文学",从根本上说是
时代的艺术意志与艺术家的创造性合力作用的结果:时代的艺术
意志选择了最佳(最有效)的新文体样式,而新文体样式作为一种
挑战和规范又激发、诱导了作家的艺术才能和创造力。这就是造
成文学繁荣的内在机制,其外部形态则表现为激励创作竞争、促
使作品流通的制度和时尚。需要补充说明的是,文学繁荣往往与
天才作家的出现有关,而天才作家的产生本身就是个需要解释和
说明的问题。但那应由人才学和作家传记论研究去承担,不是本
书的任务。要之,如何看待和解释文学繁荣的原因是个极其复杂
的课题,甚至已复杂到很难用事例来说明,因此我也就不在具体
事例上展开讨论,而只想从学理上提出一个思路,希望由此引发
对这个问题的进一步思考。

①斯妤《生命不再虚幻》,《作家报》1993 年 7 月 10 日。

十四　以诗为性命

——中国古代对诗歌之人生意义的几种理解

　　正如瑞恰兹所说,人们对诗歌曾有过许多非分的要求。比如阿诺德宣称,诗歌的未来是伟大的,因为当时间不停地前进,在那不辜负自己崇高使命的诗歌里,我们这个民族会找到一种更确定的寄托。时至今日,尽管诗人们再没有这样高远的期许,对诗歌的悲观态度洋溢在每个从事诗歌写作的人笔下,但诗歌曾经拥有的那种荣耀还是令人心仪神往的。而回顾一下历史上人们曾有过的对诗歌的崇高期许,也许有助于理解诗歌对于我们的意义。这无疑是一个非常接近诗歌本质的问题。近代以来的学者,如苏雪林先生在《文学作用与人生》一文中那样,往往注意的是文学对现世社会生活的作用,而文学作为生命形式对个体的人生意义却有意无意地被忽略了。本文想通过对这一问题的讨论,从另一个角度重新审视中国古代诗歌的意义和价值。很显然,在不同的文学环境中,人们对诗歌的社会意义和人生意义的理解是不相同的。虽然瑞恰兹对阿诺德赋予诗歌以思想载体的意义报以宽容的微笑,但阿诺德的信念已部分地为象征主义诗歌和存在主义哲

学所证实。而在中国我还没见有人对诗歌提出同样的要求,中国
文学经验孕育了另一种对诗歌的期待,即在孔子的兴、观、群、怨
和汉儒"经夫妇,成孝敬,厚人伦,美教化,移风俗"(《诗大序》)这
些社会意义之外,对诗歌之于个人生命意义的独特理解,这是值
得总体文学史加以注意的。本文所以将论题限定于"中国古代",
不是出于对文学史自足性的认定,而只是希望将讨论控制在自己
知识所及的范围内,这是需要特别说明的。

一、"不朽之盛事"

在诗歌最初萌发的远古,那发自生命本身的带有生命律动的
语言,一定是最纯洁、最自然的情感表现。即使到《诗经》时代,那
些天真的歌谣似乎还未与情感表达以外的目的联系起来。但在
《诗经》被编定的东周王朝,人们已开始将立言即写作的原始形态
与一种人生价值联系起来——立德、立功、立言被视为不朽的三
种依凭(《左传·襄公二十四年》)。这显然涉及到古人作生命价
值判断的一个根深蒂固的观念,那就是孔子说的"君子疾没世而
名不称焉"(《论语·卫灵公》),在屈原则是"老冉冉其将至兮,恐
修名之不立"(《离骚》)。

也许是因为中国人没有来世和彼岸的观念,死亡即意味着人

生的终结,中国人在上古时代就已对身后之名抱有如此的执
著①。影响所及,常恐"坟土未干,而身名并灭",后来一直是令中
国人焦虑和烦恼的情结,就像曹植《求自试表》所说的:"如微才不
试,没世无闻,徒荣其躯而丰其体……此徒圈牢之养物,非臣之所
志也。"②尽管偶尔也有张翰那样的名士,那样旷达的态度——
"使我有身后名,不如即时一杯酒"(《世说新语·任诞》),但总体
上,身后的名声对中国古代的士大夫来说,要比生前的荣华享乐
更为重要。为此他们颠沛以之,造次以之,甚至不惜忍辱苟活而
加以追求。历史学家司马迁发现历史上的圣贤从周文王到韩非
子都"思垂空文以自见",而他自己,"所以隐忍苟活,幽于粪土之
中而不辞者",也正是怕"鄙陋没世,而文彩不表于后世也"③。这
种发愤著书的自白成为将文章与人生意义联系起来的最初表达。
这一表达不是指向现实的人生,而是指向人生的终结,预示了中
国古人在这一问题上的终极立场。

　　将自己生命的全部意义寄托于文章,也许只是司马迁个人的
选择,更是身残处秽的他无可奈何的选择。如果他有曹植那样的

---

① 本章基本内容 1999 年 10 月曾在日本大谷大学文学部报告,若槻俊秀教
　授见教此点,谨致谢忱。明代王阳明《语录》一云:"疾没世而名不称,称
　字去声读,亦'声闻过情,君子耻之'之意。"清代顾炎武《日知录》卷七
　云:"疾名之不称,则必求其实矣。"刘玉书《常谈》卷四读称为去声,均作
　相称之义解,言徒具虚名,不称其实。按:此说未的,果如是解,则何必而
　待没世乎?
② 曹植《求自试表》,《文选》卷三七,中华书局 1977 年影印本。
③ 司马迁《报任少卿书》,《文选》卷四一。

地位,有立功扬名的可能,或许也会将著述放在第二位,在前者不能实现时才考虑修史,成一家之言,至于辞赋就更不用说了①。不过即使曹植的志愿也还不能说是自由掌握人生的人的态度。真正可以自由选择人生道路的人,比如曹丕,在实现人生一切现实的理想之后,反而发现文章仍有立德、立功所不能替代的价值,遂有"盖文章经国之大业,不朽之盛事"(《典论·论文》)的宣言。后人解释道:"曹丕有言,文章者不朽之盛事,其故何哉?夫山之巍然,有时而崩也;川之泓然,有时而竭也;金与石至固且坚,亦有时而销泐也。文辞所寄,不越乎竹素之间,而谓其能不朽者,盖天地之间有形则弊。文者道之所寓也。道无形也,其能致不朽也宜哉。"②曹丕不仅将"立言"提升到"立功"的地位,更高地肯定了文章的社会意义,同时又强调了文章的人生意义。经国济世是为社会的,只有不朽才是对个体生命的意义。在建安那战乱频仍、疠疫流行的年代,亲友的相继凋零让曹丕直接感受到死亡的逼近和人生的无常,不禁感慨:"生有七尺之形,死唯一棺之土,唯立德扬名,可以不朽;其次莫如著篇籍。"③现实地说,立德扬名并非人人所能,即使能够,仍须"假良史之辞"才能流芳百世。何况史籍也有失传的,决不能保证金石永固。在这种情况下,文章起码可以作为史传的补充材料。如潘江《姚端恪公文集序》所说:"古称太

---

① 参看曹植《与杨德祖书》,《文选》卷四二。高启《高青丘集》卷四《答张山人宪》:"百年自有为,安用文章名。"亦其意也。

② 宋濂《徐教授文集序》,《宋濂全集》,浙江古籍出版社 1999 年版,第 3 册第1351 页。

③ 《三国志·魏书·文帝纪》裴注引曹丕与王朗书。

上立德,其次立功,若公者其德足以表人伦,其功足以翊国祚,岂屑屑于雕章缋句之徒斗工拙于文字间哉？然其学殖之所酝酿,才识之所剸割,往往于文字见之。千载而下,低徊忾慕,求公之所以立德与功者而不可得,犹可诵其诗,读其书,而想见其为人也。兹集之传,安可少哉!"①想通这一点,那就不如直接"寄身于翰墨,见意于篇籍"了。陆机临终之际有言:"穷通时也,遭遇命也。古人贵立言,以为不朽。吾所作子书未成,以此为恨耳。"②是啊,立德、立功须凭际遇,不可自致,只有文章可以自我实现。陆机明白这一点,后人更明白,所以清人张纯修说:"夫立德非旦夕间事,立功又非可预必,无已,试立言乎?"③这别无选择的选择,成为后人在这一问题上的典型态度。

　　所谓典型态度,不过是就一般看法而言,现实的生存境遇常会让人产生不同的想法。刘勰就曾指出,文学之士受到的待遇很不公正,文学活动不易获得应有的名声和地位,因此文学之士每被功名所诱惑,"穷则独善以垂文,达则奉时以骋绩"(《文心雕龙·程器》)。换言之,终老于文学实在是个无可奈何的结局。这种看法后世不乏赞同者,比如明代宋濂说:"古之立言者,岂得已哉! 设使道行于当时,功被于生民,虽无言可也。其负经济之才,

①潘江《木厓文集》卷一,民国元年梦华仙馆上海排印本。
②《太平御览》卷六〇二引《抱朴子》,中华书局 1960 年影印本。《全唐文》卷一七二张鷟《陈情表》:"近来撰集诗赋表记等若干卷,编集拟进,缮写未周,负谴明时,方从极典。……伏愿陛下遂臣万请之心,宽臣百日之命,集录缮写,奉进阙庭。微愿获申,就死无恨。"事亦类似。
③张纯修《饮水诗词集序》,《粤雅堂丛书》本。

而弗克有所施,不得已而形于言。庶几后之人或行之,亦不翅亲展其学,所以汲汲遑遑弗忍释者,其志盖如是而已。"①清代赵吉士说:"古人三不朽,德与言犹有假而托之者,赫赫天壤,措诸事业,亘千秋而莫之泯灭,厥惟功名哉!"魏禧坚信文以人传,是基于同样的认识②。高兰曾也说:"古之人有言语工矣,文学博矣,或不移时而风流云散,百不一二存焉。究不若政事之足以行远而垂世。"③最极端的说法如沈珂:"文章皆属空言,古来圣贤立德立功及奇节不磨之士何有于是!"④但大多数人终究不这么看。田雯《王少司农寿序》重新阐释尹吉甫诗篇,强调"文章所关独重,立言固不在德功下矣"⑤。高珩《渠亭山人半部稿序》则对"三不朽"的传统解释进行质疑,说"世人皆谓立言居其末,余以为不然。盖功非权藉无由被于生民,而德非逊敏亦无由底于光大。而立言则异于是,故古之人有闻其一语而可卜为大猷之左券、大道之宗盟者,亦有一编垂世而百世之下恢恢大业若取诸囊中,陶淑群才,裵弼彝教,天壤俱无尽者。则三不朽之业,立言尤其众著者

---

①宋濂《守斋类稿序》,《宋濂全集》,第 2 册第 917 页。

②赵吉士《寄园寄所寄·囊底寄》,康熙刊本;魏禧《魏叔子文集》卷八《首山偶集序》,《宁都三魏文集》,道光二十五年谢若庭绥园书塾重刊本。

③高兰曾《复张笠溪孝廉书》,《自娱集文稿》卷六,道光二十八年刊本。

④彭祖琦《养闲野老传》,沈烈文等纂《湘西沈氏房谱》,光绪七年四支堂活字本。

⑤田雯《古欢堂集》序三,康熙刊本。

矣"①。朱彝尊更申论立功之不足恃,惟立言之可凭:"当其生时获乎上者,不尽信于朋友;其没也,己以为功者人且罪之,其所立者安在? 迨百年之久,公论出焉,初不以爵禄之崇卑厚薄定人之贤不肖。故夫士之不朽,立功者倚乎人,立言者在己,可以审所务也已。"②袁枚《随园诗话》载鄂尔泰事正好可为此言作个注脚:"公《春风亭会文赠华豫原》一律,中四句云:'谬以通家尊世讲,敢当老友列门生。文章报国科名重,洙泗寻源管乐轻。'其好贤礼士,情见乎词。公亡后,门下生杨潮观梓其诗五百余首。《苦热》云:'未能作霖雨,何敢怨骄阳?'《偶成》云:'杨柳情多因带水,芭蕉心定不闻雷。'《题某寺》云:'飞云倚岫心常住,明月沉潭影不流。'《别贵州》云:'身名到底都尘土,留与闲人袖手看。'呜呼!公出将入相,垂二十年,经略七省,诸郎君两督、两抚,故吏门生,亦多显贵,而平生诗集,终传于一落托书生。檀默斋诗云:'不有三千门下客,至今谁识信陵君?'"③正因为如此,后来胡天游和阮元都大力发挥人之寿世离不开文章之意,将功业不如文章寿世的道理说穿说尽,胡天游说:"古今人皆死,惟能文章者不死。虽有

---

① 张贞《渠亭山人半部稿》,康熙刊本。崔迈《尚友堂文集》卷下《与李振文书》云:"孔子曰,君子疾没世而名不称焉。大丈夫生于世,必不肯以利禄自安也,必别有所树立以为百世之计。夫太上立德,其次立功,其次立言。立德诚不易,至于功也言也,皆吾党分内之事,非若利禄仅为身外物而已。得其位则立功,不得其位则立言,柳子所谓贤者不得志于今,必取贵于后者也。今仕宦既不得意,非言之求立而何求焉?"(《崔东壁遗书》,上海古籍出版社 1983 年版,第 858 页)亦申论此意,可参看。
② 朱彝尊《徐电发南州集序》,徐釚《南州草堂诗文集》卷首,康熙刊本。
③ 袁枚《随园诗话》卷五,上册第 134 页。

圣贤豪杰、瑰意奇行，离文章则其人皆死。"①阮元说："往古来今，不过几张白纸黑字而已。若无白纸黑字，则尧舜孔孟亦不能口传至今。今之欲友古人，当于纸中寻之；欲友后世之人，使后世之人能寻到我者，亦惟仗纸而已。经史四部无不然也。"②这可视为中国古代对立言不朽的根本理解。

　　当然，"立言"是个笼统的说法，在不同语境中其所指是很不一样的。就创作文字而言，前人按功用分为三类："文章有经世者，有名世者，有应世者。"③经世如明清《经世文编》所收，大体为济世载道之文；应世包括应酬与谋生，不外是日常应用文字和举业程文；而名世主要是无功利性的美文。诗歌主于自我表达，相对来说与经世、应世稍远（试帖诗除外），而尤与名世相关。以诗取誉当时，扬名后世，成为人们对诗歌的一般期望。大诗人杜甫晚年绝望于世事，一腔心血萃于诗歌，因有"文章千古事，得失寸心知"（《偶题》）之慨。而司空图则宣言："侬家自有麒麟阁，第一功名只赏诗。"④最终绝意于仕进的郭麐因取而名其居为"第一功名阁"。当时或惜其久试不第，惟以文学得名，阮元独不以为然，说："新旧唐书列传夥矣，全唐人诗亦夥矣。予未见翻读唐书之人

----

①袁枚《胡天游哀词》，《石笥山房集》卷首，咸丰二年重刊本。金武祥《粟香二笔》卷三引，光绪刊巾箱本。
②张宗泰《鲁岩所学集》卷首，道光刊本。
③郑日奎《汇征会业序》，《郑静庵先生集》卷六，康熙刊本。李渔《四六初征》将骈文分为垂世之文与应世之文两类，垂世即郑氏所谓名世。
④司空图《力疾山下吴村看杏花十九首》之六，《全唐诗》卷六三四，中华书局排印本。

多于翻读全唐人诗之人也。"①晚清李佐贤撰《武定诗续钞序》,有云:"孔子曰,君子疾没世而名不称焉。微论宿儒硕学,不得志于时者,其人易湮;即达官显宦,焜耀一时,当时则荣,没则已焉,数百年后且有莫举其姓氏者。惟赖有著作流传,令后世如见其人。则诗之存亡,其所关岂浅鲜哉?"②从中我们可以聆听到从孔子尚名到曹丕文章不朽论的回声,由是理解中国古代对诗歌不朽价值的认识植根于古老的信念,植根于传统的人生观,这种认识激励着一代又一代的诗人为身后的不朽名声而致力于诗歌写作。

应该承认,诗人们一方面也自哂那不朽名声的虚幻性。杜甫就说过"千秋万岁名,寂寞身后事"(《梦李白》)。看得最穿的人说:"人生百年,时过则已,纵使名垂千载,究竟与其人何益?"③的确,人们对文学的观念是复杂的,各种看法都有。尤侗跋亡友汤卿谋《湘中草》云:"诗文亦何用传为? 弇州每读杜诗至'千秋万岁名,寂寞身后事',未尝不掩抑久之。今《湘中草》出之箧笥,光气如生,而其人与骨已朽矣。翰墨宛然,而声音笑貌邈不可追,即欲金铸子期,丝绣平原,岂可得耶? 然则藏书名山,传之都邑,皆为无益,不如奄鄙无闻之子,饱食高卧,且以喜乐,且以永日也。"④抱有这种虚无观念的人一定相当多,所以像高珩那样作诗随手弃去,不加护惜的也大有人在。然而看得穿的人毕竟不多,

---

①阮元《灵芬馆诗二集序》,郭麐《灵芬馆全集》,嘉庆十六年刊本。
②李佐贤《石泉书屋类稿》卷二,同治十年刊本。
③郑梁《闲闲阁诗稿序》,《寒村全集·寒村息尚编》,康熙刊本。
④汤传楹《湘中草》卷首,《西堂全集》本。

看得穿而弃如敝屣刍狗的人就更少。即使放弃了不朽的希冀,人们对自己的人生还有一个固执的念头——希望这一辈子没白活。如何确证这一点呢? 可以用诗歌,向别人,也向自己。

二、"其文在即其人在"

认真说起来,以诗歌博取不朽实在是个很高的期待,也许对绝大多数诗人来说都是个奢望。特别是那些不幸与曹植、李白、杜甫、苏东坡并世的诗人,不难明白他们的机会和可能性是多么的渺茫。这多少会让他们的野心受到不同程度的抑制,进而持一种较实际的态度——不是将诗歌视为灿烂的金币,而是视为保价的债券;不是作为人生财富的炫耀,而是作为人生经历的记录,藉以在未来的岁月,证明这笔财富曾经存在和被谁拥有。这虽同样是对遗忘的抗拒,但期望值毕竟已大为降低。文学的价值观在不知不觉中已对传统看法作了修正,"经国之大业"黯然失色,"不朽之盛事"也降低了调门,写作的目的具体化为使自己的人生,而不光是名字留存下去。这一点后来曾被作为诗歌的特异功能来强调,如清代裘琏《冯孟勉诗叙》云:"夫诗之功用,前圣人言之最详。而予谓更有奇者,天地不能留倏逝之景光,山川不能留屡变之境物,生人不能留已朽之謦咳须眉,而诗人能一一留之。逝者存,迁者复,朽者生,虽千百年如一日。其功用岂不更奇矣!"①

---

① 裘琏《横山文集》卷三,民国三年宁波旅遁轩排印本。

在这样的意识下,"不朽"的概念在记录的意义上被重新加以解释。杨万里序友人段昌世《龙湖遗稿》云:"读其集,见其人了了在目中也。而其人亡久矣。其人亡,其文存,其人岂真亡也?"①范恒泰《濑园全集序》写道:"文章小技也,以为德充之符,又大业也。惟卓然自立者能为不朽,而不朽又或兼在文章。百年而后,诵其诗读其文,以考其世,益慨然想见其为人。其文在即其人在,文顾不足重乎哉?"②在这里,文章被看作是表征人生的一种符号,人虽消亡,但人生的记录留在了文章里。这与名声不朽的意义是很不相同的。不朽虽然是有限生命的无穷延续,但终究还是超越生命意义的,或者说是生命的抽象形态。而以文学为媒介记录的人生,则是活生生的,它使人生的延续变得十分具体。所以钱振锽论传世的含义说:"所谓传者,不特传我之姓名而已,要将使我之性灵情致传于天地间,方是传我之真。不则纵然缀文字,记姓名,非我之真,不得云传。"③

以诗歌记录、表现人生的自觉,最迟我们从陶渊明的作品中已能看到。陶渊明是个对身后名很关切的人,有句云"身没名亦尽,念之五情热"(《影答形》)。尽管作为诗人他在当时默默无闻,但这并不妨碍他用诗歌记录自己的心迹、出处。尽管他以"不赖固穷节,百世当谁传"(《饮酒》)来自励,但最终成就他"千古隐逸诗人之宗"地位的,不是隐德,而是诗文。对此,乔亿的一段议

---

① 杨万里《龙湖遗稿序》,《诚斋集》卷八三,文渊阁《四库全书》本。
② 范恒泰《濑园全集序》,《燕川集》卷二,嘉庆十四年重刊本。
③ 钱振锽《谪星笔谈》卷二,《名山三集》,民国间刊本。

论点得最透:"渊明人品不以诗文重,实以诗文显。试观两汉逸民若二龚、薛方、逢萌、台佟、矫慎、法真诸人,志洁行芳,类不出渊明下,而后世名在隐见间。渊明则妇孺亦解道其姓字,由爱其文词,用为故实,散见于诗歌曲调之中者众也。"①袁嘉谷更推而广之,说:"古今隐逸多矣,渊明尤著;忠烈多矣,信国尤著;武将多矣,武穆尤著:皆文彩之故也。"②这不是什么深奥的道理,我想多数人都会懂得。陆游《读书》诗"古人已死书独存,吾曹赖书见古人"(《剑南诗稿》卷四十一)不就有见于此吗? 正因为如此,时代越往后,人们就越发自觉地将自己的人生加以诗化。白居易自述"凡平生所慕所感,所得所丧,所经所遇所通,一事一物已上,布在文集中,开卷而尽可知也"(《醉吟先生墓志铭》)。由他自己一再编订的诗文集几乎带有回忆录的性质,"歌咏人生一幕的一首首诗,一作某种汇集,就成为原原本本地再现作者全部品性的'因缘'"③。所以清代有人说:"今人之于文辞,其所业也。有志者又往往因文以见道,故自宋以来,凡以集垂世者,其人之志行存其中。"④即使某些自称"予生平本无可存"的人,也要"存此以自笑,亦足以自警"⑤。像晚清成都诗人王增琪,晚年说自己以诗度日,

①乔亿《剑溪说诗》卷下,郭绍虞辑《清诗话续编》,第 2 册第 1100 页。

②袁嘉谷《卧雪诗话》卷六,《袁嘉谷文集》第 2 册,云南人民出版社 2001 年版,第 721 页。

③日本学者丸山茂《作为回忆录的〈白氏文集〉》指出这一点,很有见地。蒋寅译,载《周口师范高等专科学校学报》1999 年第 1 期。

④陈用光《白鹤山房诗钞序》,《太乙舟文集》卷六,道光二十三年刊本。

⑤王宝仁《心斋诗存序》,《旧香居文稿》卷三,道光二十一年六安学舍刊本。

或一日数首，或数日一首，"客有见者，以是为吾之行看子也可，即以是为吾之编年谱也亦无不可"①。这种努力有时当然是为了现世，比如范恒泰说："人贵自树立，文章其虚车耳。夫树立不在文章，而文章者树立之影，则树立又即文章而见。"他通过举例来说明，处盛世自可以功业表见，若"生晚近，处末造，于庙堂经济生民理乱之故了了于胸中而无所施，即不得不发抒于文章以自表见"。他说严濑园（名首升）"自处于山林遗逸，且惟恐人之不与山林遗逸同类而共视者，此先生之苦心也，此先生之诗与文之所自出也，此其初即不欲以文见而不得不以文自见也"，正属于这种情形。但在更多的时候，诗歌对人生的表现是着眼于后世。吴梅村临殁遗言："吾死后，敛以僧装，葬吾于邓尉灵岩相近，墓前立一圆石，题曰'诗人吴梅村之墓'。"这是吴梅村对自己人生价值的最终确认——自顾平生无足称，只有诗歌是安身立命之所，所以希望将自己的人生定位为诗人。他曾说"吾一生遭遇，万事忧危，无一刻不历艰难，无一境不尝辛苦，实为天下大苦人"，他渴望自己的苦衷、自己的忏悔能为后世所体谅。这也许正是激发他创作热情的力量所在："吾诗虽不足以传远，而是中寄托良苦，后世读者读吾诗而知吾心，则吾不死矣。"②同为贰臣，后人对吴梅村的同情和

---

① 王增琪《聊园诗存三续》自序，成都聊园惜花居刊本。
② 参看孙康宜《隐情与"面具"——吴梅村诗试说》，乐黛云、陈珏编《北美中国古典文学研究名家十年文选》，江苏人民出版社 1996 年版。

宽容远过于钱谦益①，原因也正在这里。

　　诗歌作为符号形式的意味，不只限于记录德行和思想，它首先是才华的结晶，技能的表现。这一点毋庸赘言，需要追问的倒是：在那文学创作非职业化的时代，是什么力量在驱动人们将毕生心血倾注于诗歌？这是因为，他们从心底里认定，文学是较政治和事功更艰难和伟大的事业，也是更值得追求的不朽事业。曾国藩曾对俞樾说："国家三载一开科，得举人进士如干人，其外任封疆，内跻卿贰者，每科必有之，但有多寡耳。至于文章行世，著作传后者，或一科无一人焉，或数科无一人焉，殆所难者在此，不在彼乎？"②清初田兰芳《纪文学(元)传》云："元死时年二十九，濒死惟改窜其诗一卷，付其友田兰芳，为诵'前不见古人，后不见来者，念天地之悠悠，独怆然而涕下'，遂死，无所言。"③青浦诗人徐艿坡病笃，王昶前往探视，艿坡口占云："得诗随改又随删，踏壁冥搜日夜间。最是生平有余恨，未留著述在名山。"故王昶《湖海诗传》采其诗独多，以释其恨④。自古才人湮没无闻者何限？人们所以孜孜不倦，皓首穷年，将自己有限的人生托付给白纸黑字，就因为他们坚信，未来的岁月会回报他们的苦心。何雍南《与宗

①如郑方坤《本朝名家诗钞小传》卷一梅村诗钞小传云："及入本朝，逼于征召，复有北山之移，论者惜之。然读其诗词乐府，故国旧君之思，流连言外……悲愤自讼，不作一欺人语，读者略其迹，谅其心可也。"

②吴仰贤《小匏庵诗存》俞樾序，光绪四年刊本。

③田兰芳《逸德轩文集》卷下，《百城山房丛书》，康熙刊本。

④王昶《湖海诗传》卷十八，转引自周维德编《蒲褐山房诗话新编》，齐鲁书社1988年版，第73页。"著述"原作"著书"，据诸联《明斋小识》卷二"临终诗"条改，嘉庆十九年刊本。

子发书》写道:"二三十年间,布衣之士惟王于一作文一首或可得数十金,后此于文固无取焉已。即间有取焉者,亦皆若长吏之取市物,直命胥役走而攫之耳,究亦无所取焉也。文既为斯世所无取,将读书学古者复何所恃以俟表见乎？韩退之曰:不有得于今,必有得于古;不有得于身,必有得于后。子发兄既有得于古,必且有得于后。"①嗟乎,正是这种"不有得于身,必有得于后"的信念,支撑起他们惨淡的人生,激励他们忍受屈辱和苦难,不争眼前一口气而要争身后万古名吧？有人说:"吾辈风雨孤灯研钻数十年,稍得绾一绶,思可展夙负,顾俛首低眉,挽马挝,随老革,而贪者浚之,忌者排之,暴者甚至欲杀之。吁,亦危矣！然而贪者不能攫吾胸中之书,忌者不能夺吾手中之管,暴者不能飘散吾天地山川所赋之气魄。若曹如飞蓬轻壒,渺无踪影,而吾辈积诸箧衍者,犹长悬天地间,可以终古,可以传世,可以娱老。"②如此解慰不免有点阿Q精神,但若没有这种信念,许多人也许就丧失了生的勇气。生存毕竟需要一点理由,一点冀盼,一点意义的肯定。下文所举事例,可以让我们理解,诗歌在古代对于中国人具有多么沉重的意义。

三、"以诗为性命"

一般地说,艺术于人生有三重意义:逃避现实、娱乐身心及自

①李福祚《昭阳述旧编》卷三,咸丰刊本。
②张九钺《裴慎斋琴余草序》,《陶园文集》,道光七年刊本。

我实现。德国哲学家谢林曾说过,脱离世俗的现实,只有两条出路:诗提升我们到理想世界,哲学使这个现实世界完全消失。荷兰画家梵高则坦言:"我相信,希望自己成功的欲望已经消失了;我画画只是由于我必须画,使自己精神上不致太痛苦而已。""我在绘画中所追求的是一条逃避生活的道路。"又说:"恰巧就在艺术生活中的这些时候,我几乎感到了我在真实的生活中所能够感到的快乐。"①事实正是如此,艺术逃避现实痛苦和娱乐身心的作用经常是交织在一起的,其归结点在于确立生存的价值和意义。在这个意义上,中国古代诗人对诗歌之于人生的价值有更绝对的表达。

在唐代以前,还很少看到将诗歌与个人生活联系起来。在大诗人李白、杜甫的笔下,写诗、改诗还都是宣泄激情、陶冶性灵的愉快事情。但曾几何时,作诗就变成不是那么轻松快乐的事了,它成了一种辛苦的精神劳作——苦吟②。苦吟应该说是诗歌典范确立和作者才华衰退两方面原因导致的结果。正是在光焰万丈的李杜身后,唐诗进入了苦吟的时代。苦吟意味着对诗歌的期望值的提升——愿意付出艰苦努力的事,一定寄托着人们很高的追求。果然,从中唐开始,我们在诗中读到了对诗歌的一种新的理解。名列大历十才子之首的钱起有一联旷达得近乎夸张的诗句:"有寿亦将归象外,无诗兼不恋人间。"(《暇日览旧诗因以题咏》)诗歌竟至成为他留恋此世的唯一理由,还有什么能比这样的期许更高呢?难怪郭麐对此诗深有共鸣,说"人世悲忧愁苦之境,

①梵高《亲爱的提奥》,四川人民出版社 1983 年版,第 491、518、492 页。
②可参看马承五《中唐苦吟诗人综论》一文,载《文学遗产》1988 年第 2 期。

惟读书著书可以消之。鄙性专愚，几不知马之几足，惟少好吟咏，辄欣然终日。'病嗜土炭如珍羞'语良不妄，意谓天地特设此一事以娱苦恼众生耳。"①孟郊献给诗人卢殷的悼诗，更极言"有文死更香，无文生亦腥"（《吊卢殷十首》其十）。在他们的笔下，诗竟成了衡量人生价值的唯一尺度。这与以立德立功为尚、"行有余力则以学文"（《论语·学而》）的传统观念差别是多大呀！文学不再是经国大业，不再是不朽盛事，而仅仅是一种美丽的装饰，靠了它的装点，人生才不至于显得太苍白太虚空。如果撇开具体的语境不论，我们也可以说这已触及了存在主义的基本话题——在虚幻的世界建立一些意义。我不想用"诗乃存在之语词性创建"②这样拗口的警句，而宁愿用更有诗意的说法印证它："人诗意地栖居在这片大地上。"海德格尔解释说，"作诗才首先让一种栖居成为栖居"③。钱起、孟郊诗也可以解释为，作诗才让人生成为人生，作诗使人生有了意义，作诗赋予人生一种存在的价值。对诗歌的如此把握，可以说是褪解了传统文学观中过于沉重的政治负荷，将诗歌的价值还原到了人生本身。只有这样，诗人的价值自居才能获得心理上的优越感，从而支持他们在困厄的境遇中矻矻从事于文学创作。尤侗半是悲凉、半是庆幸地说："佳人薄命，才子亦薄命。虽然，不薄命何以为才子佳人哉？（中略）至今铜台金屋红颜黄土矣，而怨女之名犹传；麟阁马门青衫白骨矣，而

①郭麐《灵芬馆诗话》卷一，《灵芬馆全集》本。
②海德格尔《荷尔德林和诗的本质》，《海德格尔选集》，上海三联书店1996年版，上册第317页。
③海德格尔《"……人诗意地栖居……"》，《海德格尔选集》，上册第465页。

贫士之文独著。天之报之甚矣厚矣,谁谓才子佳人为薄命哉?"①
这一对比揭示了寒士命运的薄中之厚,不幸中之大幸,对存在之
自我掌握的鼓励,是不言而喻的。后来余云焕论赵翼说:"瓯北
'既要作好官,又要作好诗。势必难两遂,去官攻文辞'。又曰:
'诗有一卷传,足抵公卿贵。'余谓官职、诗名两俱入手,能有几人?
显晦听命于天,著作操之自我。"②好一个"操之自我",这自我掌
握的态度岂不是与存在主义的理念相沟通吗?

　　清代潘焕龙《卧园诗话》也曾引据钱起《暇日览旧诗》那一
联,对当代诗歌表达了一种悲观见解,说"古人多以诗为性命",
"后人不能如古人之用心,而欲争千古之名,难矣"③。依我看,古
人以诗为性命当然是有的,但肯定不如后世多。清初席居中辑
《昭代诗存》,说"前此之人心,于诗为兼及;今日之人心,于诗有专
攻"④,正是意识到了古今人对诗歌态度的不同。这牵涉到刚才
说的存在的自我掌握问题。只有当文学不是被视为人生的表现,
而是被视为人生本身,被视为一种生命活动时,才会有清人毕沅
所谓"余自维少即以诗文为性命"⑤,王锡纶所谓"以文章为性
命"⑥,金翀所谓"某一生苦吟,以诗为性命"的说法⑦。王汝玉寄

①尤侗《西堂杂俎》一集卷八,《西堂全集》本。
②余云焕《味蔬斋诗话》卷三,宣统二年鸿雪石印本。
③潘焕龙《卧园诗话》卷三,道光刊本。
④席居中《昭代诗存》自序,康熙十八年帆影楼刊本。
⑤王又曾《丁辛老屋集》毕沅序,清乾隆五十二年刊本。
⑥王锡纶《明德张君诗序》,《怡青堂文集》卷四,清刊本。
⑦金翀《吟红阁诗选序》,王豫《吟红阁诗选》卷首,嘉庆刊本。

其师沈元龙诗,套杜句云"志岂伤迟暮,诗堪托死生"①,说穿了也是百无聊赖的唯一寄托。然则文学生命本体观的萌生,也可由存在主义的基本言说下一转语——在飘忽的生命中留下一点恒久而有意义的东西。施山《望云诗话》卷三载:"山阴王孟调星诚溺苦于诗。余尝语之曰:'文章不在多,一颂了伯伦。'答云:'人寿几何。'余为悚然。"②不数年王星诚竟病殁,享年二十九岁。面对生命的脆弱和无常,什么是人生的目的和意义,确实是个令人困惑的问题。在施、王两人的对话中,施引苏东坡句"一颂了伯伦"是传统的文章不朽的话题,而"人寿几何"则是如何度过人生的问题。王星诚诚然是"以诗为性命"的,诗歌对于他不是企求不朽的道具,而是他人生的全部,诗歌的价值和意义就在它参与生命过程本身。用马斯洛人本主义心理学来解释,诗歌对于这样的诗人就是最高级的需要——作为生命活动的自我实现。当诗人发出"吾辈一生精神,成此一部集,已与日月争光,更何所求"③的自豪宣言时,他们对自己的人生分明已获得一种最高需要的满足。不是么?"诗之所存,即精神所存也"④。

　　惟其为毕生精神所注,视为生命的结晶,所以竭力想要它流传下去。在诗歌的人生价值被自觉强调的中唐时代,诗人们对自

①王汝玉《梵麓山房笔记》卷一,《己卯丛编》本。
②施山《望云诗话》,北京图书馆藏光绪间钞本。按:"文章不在多,一颂了伯伦"为东坡句,见朱弁《风月堂诗话》引。
③林之蕃《与周减斋》,周亮工辑《赖古堂名贤尺牍新钞》卷九,宣统三年国学扶轮社石印本。
④王宝仁《心斋诗存序》,《旧香居文稿》卷三,道光二十一年六安学舍刊本。

己诗集的编订也普遍重视起来。在初盛唐时代,诗人的作品还多为身后亲友代为收拾整编,中唐已降自编诗集醒目地多起来。齐己现存诗中涉及同人诗集题咏之作竟有三十首之多①。白居易将诗集缮写三本,分付洛阳圣善寺、庐山东林寺和苏州南禅院收藏,为后人所仿效。只不过已不劳手写之艰,而是灾梨祸枣了,我们熟知的例子有清代王渔洋、陈文述。潘焕龙又云:"古人无自刻文集者,或当时或后世见而爱之,为之镂板。五代和凝有集百余卷,自付梓行世,识者非之。今则人抱一集,亦好名之心所累耳。"②其实也未必都出于好名之心,正如前文所说,对许多人来说,自知以他的诗根本不足以扬名不朽,他们所以要刊刻诗集,只是不甘心自己一生心血无人赏会,泯灭不传。清初余塞临终将诗集托付给后人,吟诗曰:"七十三年一梦中,痴愚不悟总成空。牙签数卷烦收拾,莫负生前一片功。"(《诗观》初集卷十)袁枚《随园诗话》的最后一则记载:严小秋妹婿张士淮,弱冠以瘵疾亡。弥留时,执小秋手曰:"子能代理吾诗稿,择数句刻入随园先生《诗话》中,吾虽死犹生也。"袁枚怜其志而哀其命,选其《春雨》《病中》二首载于诗话③。梁九图《十二石山斋诗话》载,南海布衣徐启勋自编诗作付梓,未竟而病笃,家人问后事,他说:"我死,子虽幼,家粗足给,无可言。顾自念一生心血,尽耗于五七字,若泯泯无传,目不瞑矣。倘得以余诗抱呈梁福草先生,庶几有以传我。"④梁九图

---

① 这一点为徐俊所指出,详《敦煌诗集残卷辑考》前言,中华书局 2000 年版。
② 潘焕龙《卧园诗话》卷二,道光刊本。
③ 袁枚《随园诗话》补遗卷十,下册第 839 页。
④ 梁九图《十二石山斋诗话》卷七,道光二十六年家刊本。

果然没有辜负他,在诗话中以六页的篇幅选录他的佳作,几乎是全书篇幅最长的一则。严廷中《药栏诗话》记吴维彰临终手书遗札,以诗稿付弟子梁章冉,辞极哀楚①。孙雄《眉韵楼诗话》续编卷四载:"徐春园文学祖欣,湖州归安人,落拓名场,遭逢不偶,所作歌行时露抑塞磊落之奇气,有不可一世之概。病革时以所著《青珊瑚馆诗钞》原稿付托其友张君蓉镜,且云:'某一生心血在是,但得传数首,死无憾矣。'其语良可悲痛。"②钟骏声《养自然斋诗话》也记载:"同年鲍寅初为余述山阴祝阜村孝廉铨,气节士也,辛癸间流离困顿,志不少衰。难中与寅初遇,即以小册畀之,曰:'此一生心血,他日能为梓以传,死无憾矣。'"③这话虽说得有点凄惨,但还不算是最辛酸的。据简朝亮《诗人周祝龄先生墓志铭》述,周遐桃临终以诗稿相遗,说:"诗稿遗失颇多,虽不足存,亦是墓气矣,奉属正之。"④这才真正是说得辛酸无比。古人占墓者望气,周祝龄以诗来卜身后的遭际,所以说诗稿是墓气。嘉庆间女诗人孙荪意《贻砚斋诗稿》卷二《意幼从学时曼亭先生殁七载矣今秋卧病忽来梦中如生时谓意曰余一生潦倒无所传闻惟秋海棠一诗尚在汝处可为我传之因检箧得之诗以志感》⑤一题最绝,死后犹为一首遗作托梦于女弟子使为传之。女弟子所以病中有此梦幻,无非是平常对老师"悲凉杜老身前恨,寂寞方干死后名"的一

①严廷中《药栏诗话》甲集,《云南丛书》本。
②孙雄《眉韵楼诗话》,《晨风阁丛书》本。
③钟骏声《养自然斋诗话》卷五,同治十三年北京刊巾箱本。
④简朝亮《读书堂集》文集卷七,清末刊本。
⑤孙荪意《贻砚斋诗稿》卷二,嘉庆刊本。

生感触太深的缘故,梦不觉释放了老师的潜意识。这真是很不可思议的逸话,但联系以上种种渴望诗作流传的故事来看,却又在情理之中。

古人常说,诗之传不传有幸与不幸,亦若有命①。等身诗集或被塞向覆瓿,"枫落吴江冷"一句却流传千古。诗的流传从根本上说取决于是否得到承认,而得到承认的标志是被收入诗选。操诗歌月旦者在很大程度上掌握了诗人身后的命运。古代凡一朝一代的诗选,例"所选者皆身后论定,而存者不与也"②。王渔洋辑《感旧集》,当时有恨不速死以入者③。诗人周准与沈德潜同选《国朝诗别裁集》,临殁,含笑语亲友:"我幸甚,我诗可入《别裁集》中矣!"④彭启丰《芝庭先生集》卷三《挽周迂邨》说"新诗入选家",这是对诗魂的最好告慰。吴裕年工为小诗,每为人自歌其诗,闻者击节则益喜。他见吴东发辑诗话,说:"生者例不入斯集,余行死矣,子其幸视余诗何如。"⑤凡此种种,不知是该为之庆幸,抑或为之悲悯?中国传统知识领域的狭隘,出仕途径的单一,将最大数量的读书人驱赶到词章之学的道路上来,当生前的荣耀没有实现时,死后的留传就成了他们对生命最低同时也是最高的期望。到封建社会晚期,准确地说是科举制度以八股取士的明清时

①吴雷发《说诗菅蒯》:"愚谓诗之传与不传,亦若有命焉。"
②沈德潜《停云集序》,顾宗泰《停云集》卷首,乾隆三十四年刊本。
③李富孙《答王述庵少司寇书》,《校经顾文稿》卷十,清刊本。
④沈德潜《国朝诗别裁集》卷三十。又见廖景文《罨画楼诗话》卷五,乾隆三十六年刊《清绮堂全集》本。
⑤吴东发《续澉浦诗话》卷四,嘉庆八年家刊本。

代,发挥才华的空间变得愈益狭窄而士人对自己的命运也愈益清醒的时候,他们对诗歌价值的体认就愈益趋于个人化,同时他们对待诗歌的态度也愈益世俗化。

四、"文字留传胜子孙"

无论是希求不朽也好,作为人生的记录、生命的自我实现也好,其终极都指向生命活动的存续和延长。人们希望,在有限的生命终结之后,诗歌作为生命的结晶,像佛祖的舍利一样永存于世。在这个意义上,诗歌已不是生命的一种装饰,而应该说是生命的一种形式,一种凝固而恒久的形式,它无形中延长了我们的人生。用加斯东·巴什拉的话来说:"一本书,是表达出来的生命,因此是生命的一次增长。"[1]从这一角度看,欧阳修"唯为善者能有后,而托于文字者可以无穷"[2]的说法,就很容易引发一种着眼于文学之生命意义的解释。尤其是当人们意识到无穷不是自己可以企及的时候,"有后"就自然成为退一步的选择。以至于到明清时代,这竟成为文学最基本的"生命之喻"。

中国古代文论一向就有将文学作品喻为生命有机体的传统,

---

① 加斯东·巴什拉《梦想的诗学》,刘自强译,生活·读书·新知三联书店1996年版,第118页。
② 欧阳修《河南府司录张君墓表》,洪本健《欧阳修诗文集校笺》,上海古籍出版社2009年版,第684页。

并由此产生一个象喻式的概念体系①。而当文学的人生意义返回生命本身的时候,"生命之喻"愈益演变为文学活动整体对生命形态的借喻。明末董斯张(1587—1628)《朝玄阁杂语》有个不无幽默感的说法:"我怒时出我文而喜,是文者,我妻妾也;我殁时得我文而生,是文者,我云耳也。"②云耳即子孙后裔,"我殁时得我文而生"说就像我的血统在子孙后代身上延续一样。这个比喻很新鲜,但还有更直截了当的说法,出于同时的金俊明之口:"人生无百年,流光如驽,其没也忽焉。富贵子孙总无足恃,独此诗文翰墨长留天壤,其名在即其人在,是为真子孙耳。"③类似的话头经常见于清代文献的记载,随手可以举出的,如魏禧成婚后即与妻异寝,卒无后。尝自言:"吾有三男,《左传经世》为长男,《日录》为中男,集为三男。"彭士望说:"由三者进而广之,其子孙千亿,无有穷极。则是叔子未尝死也。"④毛先舒女媞刻苦吟诗,年逾三十无子,尝自持其诗卷,道:"是我神明所钟,即我子也。"⑤大兴布衣尚学孔,豪于诗,不蹈袭前人。破屋三间,采藿自给,无妻子。殁之日,以诗集付其友刘洙、孙扶苍,曰:"死葬北邙,此即吾嗣也。"

---

① 吴承学《生命之喻》(《文学评论》1994年第2期)对这一问题有专门论述,可参看。
② 董斯张《吹景集》卷一,《适园丛书》本。
③ 金俊明《怀古堂诗选序》,苏州大学明清诗文研究室编《明清诗文研究资料集》第一辑,上海古籍出版社1986年版。
④ 法式善《陶庐杂录》卷三,中华书局1959年版,第76页。
⑤ 吴德旋《初月楼续闻见录》卷九,道光刊本;沈善宝《名媛诗话》卷一,光绪间上海寓言报馆排印本。原误作毛奇龄女。

张九钺悼以诗,有"窀穸归天地,诗篇作子孙"之句①。梁九图《十二石山斋诗话》载:"余邑郑白渠天佐年五十无子,遇有劝其纳姬者,辄曰:'吾有爱子十二人寄育番禺凌药洲处,是固足以垂吾后矣。'盖白渠实以诗十二章托药洲代传。此与如皋江片石干《刘南庐墓》诗'寒食年年谁上冢,一编诗草当儿孙',一以慰人,一以自慰,皆放达之言也。"②赵衍蕃生平作诗千二百余首,自编为《柳湖诗草》。无子,有句云"诗人无后诗为后"③。周文禾《驾云螭室诗录》宋道南序载,文禾将卒,谓甥宋道南曰:"余无子,异日传余名者,赖有此耳。编校付梓,汝之责也。"④潘飞声《在山泉诗话》载前辈诗人赖学海事迹,也说"山人卒年六十九,无子,所著能传,即其精神不朽矣"⑤。在前引田兰芳《纪文学传》的最后,还有一段意味深长的记载:"元无子,有女三人,诗一卷。"⑥诗在这里与子嗣一起叙述,仿佛它也是诗人留在世上的骨血。袁枚中年无子,赵翼《读随园诗题辞》诗称:"不须伯道愁无子,此集人间已不祧。"便以有诗如子来安慰他。襄陵诗人杨维栋年七十余卒,无子嗣,吴镇题其集也说:"水木为庐舍,诗文作子孙。"⑦正因为有此

①张九钺《陶园诗集》卷二十《吊诗人尚无尚墓》小序,林昌彝《海天琴思录》卷六。
②梁九图《十二石山斋诗话》卷一,道光二十六家家刊本。
③赵世晟《柳湖先生墓表》,赵甫宜等纂《赵氏宗谱》卷一,民国五年琴鹤堂活字印本。
④周文禾《驾云螭室诗录》卷首,光绪刊本。
⑤潘飞声《在山泉诗话》卷一,《古今文艺丛书》第三集。
⑥田兰芳《逸德轩文集》卷下,《百城山房丛书》,康熙刊本。
⑦詹杭伦、沈时蓉《雨村诗话校正》,巴蜀书社2006年版,第185页。

类张本,诗人黄子云才有"文字留传胜子孙"①的说法,并又派生出以诗派传人为子嗣的借喻。草衣山人朱卉老而无子,遗书王应奎:"仆年逾六十,老矣,家贫,又无嗣,有诗数十卷,将不知落何人手,子为我选而存之,俾沧溟一蠡不致泪没于洪涛巨浪,则惟子之赐。"王应奎答道:"自古诗文之派,各有所宗,故得其传者辄曰嫡子,曰耳孙。今山人之诗已传诵当世矣,后世以为楷,亦必有祖之祢之者,是即瓜瓞之递衍,云来之一气也。"②

纵观中国古代对诗歌之生命意义的体认,由不朽盛事到云耳子孙,经历了一个从抽象到具体同时也是从崇高到平凡的过程。随着时代递降,人们对诗歌的期望似乎越来越消极,越来越世俗。在司马迁看来,发愤著书是圣贤的事业;在韩愈看来,不平则鸣是志士仁人对命运的抗争。写作曾被赋予这样一种崇高感。而当写作被视同传宗接代的生命繁衍活动时,它的崇高感、神秘感和贵族色彩就完全被消解了——娶妻生子岂非很普通的事?这种世俗化的写作态度从某种意义上说倒是人性论的高扬。正是在这样的理论背景下,才会产生性灵派那种非常平民化的诗歌观,赞赏"世之荛童牧竖,矢口而成章;田翁野妪,发声而中节"③的自然表现。这是传统文学观念的一大解放,随着诗歌的生命意义被高扬,人们对待诗歌的态度不觉也由生命绵延的借喻而产生了微妙的变化。

---

①黄子云《长吟阁诗集》卷首江巨川评语引,乾隆刊本。
②王应奎《草衣山人诗集序》,《柳南文钞》卷二,乾隆刊本。
③明代吴子孝语,朱彝尊《静志居诗话》卷十二,上册第336页。

首先,诗歌评价的尺度变得宽容起来。作者自己不再从严地删汰作品,像明代王世贞,据许学夷说,"元美稿凡片纸只字不弃,盖欲以多为胜。或以为言,公云:'秀美者固吾子,秃发癣疥者亦吾子也。'终不复删。"①这很容易唤起认同和共鸣的通俗比喻,正如江南俗语说的"瘌痢头儿子自家好",实际上已放逐了诗歌美和艺术性的标准,用更人性化的理由为诗歌写作的日常化和世俗化作了辩护。清初诗人严首升也很坦率地说:"人之有诗文,犹其有儿女子也。才不才亦各言其子,它人子何可爱哉?"②后来杨芳灿也说:"作诗如生子,有贤者固可喜,其愚者似亦不忍逐而弃之也。"③由是人们可以更坦然地写诗,而不必为自己的水准忐忑不安。即使对自己的作品不满意,也可用上述理由自解自慰。比如李立轩以生平所为诗托边连宝删定,说:"君不云乎:'吾文,吾子也,吾精神骨血所结聚而成者也。子虽不肖,不忍弃;文虽不佳,不忍焚。'余以姑息者,烦君以慧剑为我割此。古者易子而教之义也。"④熊士鹏编《殳余集》也发挥此意,道是:"父母之于子也,贤则喜之,无能则怜之。才不才皆吾子也,父母岂忍有所取舍哉?诗与文何以异是。其快意赏心者,一时情往兴来,毫无留难之作,吾喜焉;其不快意赏心者,悉皆据案搁笔,苦吟劳思而后成,吾尤怜焉。"所以他"复于初年殳除中,随手掇拾,得如干首。此外所草

①许学夷《诗源辩体》后集纂要卷二,第 418 页。
②严首升《与陈子贞》,周亮工辑《赖古堂名贤尺牍新钞》卷九。
③钱泳《梅花溪续草》自序引,道光二十二年刊本。
④边连宝《李立轩诗序》,刘崇德主编《边连宝集》,中华书局 2007 年版,第 3 册第 835 页。

薙而根断者,犹什之五"。最后他强调,自己收拾这些作品是"怜
之也,非喜之也"①。这不是敝帚自珍的一个很好的托词么?明
清时代因此产生了汗牛充栋的诗集,还有同样多而滥的诗话。人
们一向鄙薄明清诗及诗话的多而滥,这实际上是和作者"评人诗
不可恕,录人诗不可不恕"②的批评宗旨有关的。如果从生命形
式的意义上来看那些诗话,就会产生另一种感觉。至少我个人在
这一问题上已有了较以往不同的理解。

其次,生命之喻激发了人们对诗歌作品的珍惜。不只珍惜自
己的篇什,也格外护惜他人的章句。就像袁景辂编《国朝松陵诗
征》,解释"以诗存人"的理由说的:"诗虽未尽必传,一生精神所
寄,忍听其泯灭哉?"③李绂曾说:"凡拾人遗编断句,而代为存之
者,比葬暴露之白骨,哺路弃之婴儿,功德更大。"袁枚《随园诗话》
引之,传为名言④。郭麐《樗园消夏录》卷下载:"退庵书来,寄诗
一纸,云其人顾姓名苏,字瞻麓,本与君同里,后移家魏唐。生平
以诗为性命,物故既久,无能举其名者,属为钞入《碎金集》中。"⑤
《碎金集》正是郭麐收拾同时诗人零章断句,传其名氏的专集。似
这般苦心,诚如钱宝琛所说:"士有学识宏达,志行坚卓,终其身穷
愁羁旅以死,至以诗自见于世,亦可谓不幸矣。然并此蚕丝鸿爪

①熊士鹏《殳余集自序》,《鹄山小隐文集》卷五,稽古阁藏板本。
②金武祥《粟香二笔》卷三引,光绪间刊巾箱本。
③袁景辂《国朝松陵诗征·例言》,乾隆三十二年爱吟斋刊本。
④袁枚《随园诗话》卷一三引,上册第429页。张学仁、王豫辑《京江耆旧集》
　自序、邹弢《三借庐笔谈》卷一亦载之,邹书文字全同袁书。
⑤郭麐《樗园消夏录》,《灵芬馆全集》本。

零落澌灭,则穷愁羁旅者之性情蕴蓄,又何托而传焉? 此鲍明远单词只韵虞散骑必为之收集也。"①正由于这份心情,才产生那么多的总集、选集、丛书、诗话,流传下无数著名或不著名的诗人。许多诗人仅凭那零章断句、片言只语而留下姓名,这就是他们希冀的永生。

从生命延续的意义上理解诗歌,既然可以说"我殁时得我文而生",那么反过来也可以说"我生时失我文而死"。这种想法孕育了另一种对人生的悲剧感。裘琏在《陶琴堂诗集叙》和《代斸集叙》二文中对文士为幕客的不幸表达了深切的悲悯,说士不获以功名显当世,则冀以文章垂于后,幕客"顾一生尽心殚力于占毕间,已足悲矣。而且终患贫窭,糊口书记,并其文章亦不能有,尚忍言哉"②。王增琪《樵说》记载,大竹诗人王怀孟诗稿被窃,赋诗自悼云:"费尽寒郊瘦岛神,几年行箧走风尘。人间何处寻知己,别后浑如忆故人。天不忌才于我酷,囊今无物为诗贫。他时选入无名氏,已是空王入化身。"③短短八句写尽诗集创作的艰辛、相伴的感情、失窃的苦忆,以至精神的幻灭和命运的残酷,最后想象那些诗作以后或许有幸被收入诗选,但恐怕只能题作无名氏了。这种辛酸,只有在诗歌的生命意义上才能体会。汤贻汾《琴隐园诗集》卷三十三有《盗诗图为子梅作》云:"一生心血付东流,瘦马奚童且共休。多少儒林文苑客,拾人牙慧亦千秋。"虽不如王氏说

---

① 钱宝琛《陆子愉诗集序》,《存素堂文稿》卷二,同治七年重刊本。
② 裘琏《横山文集》卷三、卷二,民国三年宁波旅遁轩排印本。
③ 王增琪《樵说》卷一,光绪十八年成都聊园刊本。

得酸楚,也同样有莫大的憾恨。类似的悲情在宋元以前的诗歌是很少见的。

最后,从生命意义的高度审视诗歌,重新唤起人们对理解古人的重视。归根结底,搜集、整理、保存古人作品只是手段,目的是理解前贤,尚友古人。从生命意义上看待这个问题,会对"知音"的意义产生新的理解。李攀龙曾说:"夫诗,言志也。士有不得其志而言之者,俟知己于后也。"①这样后人无形中就被托付了一种责任,如陈斌《古人遗书说》所云:"生民以来,迭生而迭死,其不与俱死者,必积其痛心苦志而后有之。而其生时之爱护矜惜,至有蒙讥詢、陨生命而不顾者,为有待于后之人也。故天下有一人一言之中古人者,则古人即以一人之一言而生;若发书而不知其人,则古人不死于死之时,而死于今日也。其死古人者,其亦死之徒也。吾用是悲古人且悲今人,而益自悲矣。"②尽管刘勰已曾浩叹知音之难,并提出知音的方法论原则,但知音对于生命价值的举足轻重的意义,只有在文学的生命意义上才被烛照。陈斌这番异常悲怆的议论,不禁让人悚然自肃,再思文学研究者的责任和目标。

诗歌对于人生的意义是个很大的题目,真正涉及文学本质的问题。上面引述的有限资料显然不足以囊括中国古代诗人对于诗歌之人生意义的看法,但仅此粗略的勾勒,已可见随着时代的

---

① 李攀龙《比玉集序》,《沧溟先生集》卷一五,上海古籍出版社1992年版,第378页。
② 陈斌《白云文集》卷二,嘉庆刊本。

推移,由追求不朽的世俗愿望的道具,到人生的成果、生命活动的创造物,人们对诗歌的理解越来越回归生命活动本身。时过境迁,也许今人已很难认同古人的观念,但诗歌对于人生的意义仍然是每个诗歌写作者需要思索的问题。古代诗人的看法,对今天的作者应有启发。

后　记

　　我一直在思考,中国文学理论自近代以来所以较少建树,最根本的原因就在于没有确立一套稳定可靠、能说明问题的基本范畴和概念系统。一些内涵不明确、经不起推敲的名词泛滥于我们的文学理论教科书和学术论著中,学者们运用时歧义纷出,遇到严肃的学术问题无法指望有建设性的讨论,而许多不必要的纷争却不断产生。更致命的是,由于许多概念紧密附着于政治话语,政治路线和意识形态方面的任何变化都会造成文学理论的地震和概念系统的雪崩。每经历一次思想、政治的变革,文学理论体系就要重新"格式化"……

　　我不是学文学理论的出身,也不以文学理论为我的专攻,但在近二十年的古典文学研究生涯中,我始终对文学理论建设抱以关注,而且希望从基础工作开始,为理论大厦的建设增添一砖片瓦。先师程千帆先生论古代文论研究,主张两条腿走路:"一是研究'古代的文学理论',二是研究'古代文学的理论'。前者已有不少人从事,后者则似乎被忽略了。实则直接从古代文学作品中抽象出理论的方法,是传统的做法,注意这样的研究,可以从古代理论、方法中获得更多的借鉴和营养,并根据今天的条件和要求,加以发展。"(《古典诗歌描写与结构中的一与多》)先生的这段话对我影响很大,多年来我在研究古代诗歌的同时,一直致力于古代诗学研究,用研究诗歌创作的经验去体会、理解古典诗学的奥秘。虽然还不能企及"直接从古代文学作品中抽象出理论"的境界,但有计划地梳理古典诗学的基本概念、基本命题已成为我的一个学术目标。

经过多年的积累,我陆陆续续完成十二个课题的研究。有些题目是迄今还很少有人涉及的,有些虽已被谈论得很多,但我提问题的角度和结论自信仍足以成一家之言。更重要的是,这些问题都是从我多年的诗歌研究中自然产生,逐渐形成的,所用的材料也多属自家阅读中所发掘,其中大量材料是学界不曾使用过的。顾亭林曾说:"今人纂辑之书,正如今人之铸钱。古人采铜于山,今人则买旧钱,名之曰废铜,以充铸而已。所铸之钱既已粗恶,而又将古人传世之宝春剉碎散,不存于后,岂不两失之乎?"(《亭林文集》卷四《与人书十》)本书所论,粗率浅薄诚或难免,但从材料到结论都是自己的发现,庶可无愧于"采铜于山"。我希望以这些材料和结论为冰山一角,约略展现中国诗学无比丰富的蕴藏,并由此提请学术界在充分了解和掌握古典诗学的丰富内容之前,幸勿急切作大而无当的概括,下盲人摸象式的结论。

本书的各个题目在研究、写作过程中,曾先后在日本东京大学、专修大学、大阪大学、大谷大学和捷克查尔斯大学的学术会议上报告或发表,又曾在《中国社会科学》《文学评论》《文学遗产》《文艺研究》《古代文学理论研究》《中国学术》《学术月刊》《求是》《山西大学学报》和日本《中唐文学会报》发表,本书是在论文基础上增订改写而成。口头发表时曾得到多位同行专家指点和帮助,书中已随文表达了谢意,谨在此对垂青发表拙文的以上各家学刊表示感谢。需要说明的是,第五章"起承转合"和第八章"角色诗"曾收入《中国诗学的思路与实践》中,本书有较大程度的修订充实,从中可见我知识的积累和思考的深化。

　　几年前,我开始撰写本书的一些篇章时,常给千帆先生写信,禀告自己的想法,屡蒙嘉许。1999 年底,我将本书的全部题目寄上,新年后拜先生手教,谕:"你所拟题均鲜人涉笔,严格地说,乃是空白,可次第从容为之,开辟一新天地,殊有功于学术也。"而今拙稿杀青,做学生的多希望老师能看到这些习作啊!这一字一句无不得益于老师的教诲,无不凝聚着老师的心血。我要将本书献给老师在天之灵,聊表对老师的无尽感谢和永远的怀念。

　　本书部分篇章的构思与爱女的胎音相伴,在她散发着乳香的呼吸声中写成,因此这本小册子也是爱和一个生命诞生的纪念。

蒋　寅

2001 年 11 月 18 日

于中国社会科学院文学研究所

再版后记

　　学术著作能以市场需求而再版,是近年国内出版业明显可见的进步之一,也是较之图书出版速度和装帧质量更值得称道的进步。适时的再版不仅满足了读者的需求,也给作者一个修订的机会,得以订正书中的疏误,补充新发现的材料。

　　这个论集出版后,学界多有引用。以论"清"一篇最多,据不完全统计,不下三十种论著引据这篇论文的论述,而且从人大复印报刊资料的索引可以看到,在拙文发表的 2000 年之前,很少看到涉及"清"的论文,而之后就不断出现围绕"清"来谈古典美学或进行作家批评的论文。对我所论述的问题,学界也有提出商榷的,集中在《物象·语象·意象·意境》和《诗中有画》两篇,虽然商榷意见未必能说服我,但我仍觉得很有收获,启发我更深入地思考问题,并重新修订论文,使自己的看法表达得更周密和清晰。目前的学界,确实太缺乏友善而认真的批评了,当然更缺乏有价值的争论和对话。本书所收的两篇意境研究论文,陶文鹏、韩经太两先生都曾撰文商榷,我读后有不同程度的收获,而且争论归争论,不影响我们之间的友谊。我希望得到更多这样的批评。

这次重版,增加了曾在《北京大学学报》和《中国社会科学》发表的《境·境界·意境》《以高行卑》两篇论文。本来我曾计划几年内再写若干篇同类的论文,出一部续集,争奈时间和精力越来越不从心,这些论文不知何时才能措手。于是这两篇就先搭再版的车出了。这是我近年下功夫最大的两篇论文,准备材料和思考问题都始于二十世纪末,一晃已磨了十年。以我的经验,这样的研究是不可能立个项目,花几年功夫就能完成的。问题的发现依赖于广泛阅读,发现问题后慢慢积累资料,不时产生一些想法,日积月累形成较完整的认识,最后再因某种机缘,比如参加学术会议或涉及什么课题,勉力写出来,全部过程就像蚌育珠一般,需要长久的研磨功夫。人生百年,忽焉将半,而照古稀的标准计则已过了三分之二,很难估计今后还能写出几篇这样的"诠释"。毕竟钱锺书先生也只"七缀"而已啊,我辈还敢奢望多少呢?

一如许多朋友都有的经验,自从有了电脑,过去的旧著就成了永远画不完的画,时时都在添笔加彩。初版所收的十二篇论文也有或多或少的修订,我的一贯原则是只增加新的资料,改正明显的错误,而论述和结论一般都不修订,以保留原有的学术面貌。因此《起承转合》一文,虽发现追溯由来明显失之疏略,也未作修订充实,对这个问题有兴趣的读者可参看黄强先生《八股文与明清文学论稿》一书,其中对起承转合在唐代试律至宋元经义中的演化之迹有细致的梳理。

从1995年的《大历诗人研究》到十年后的《清诗话考》,我自认为最重要的著作都是由中华书局出版的,这很大程度上不用说是托了傅璇琮先生和老友徐俊兄的福。从我走上学术道路以来,傅璇琮先生是给予我最多关怀、鼓励和提携的前辈学者。从读博士生时让我参加《唐才子传校笺》(当时作者中唯一的学生)到近年让我协助主编《中国古代文学通论》,傅先生的若谷襟怀和谆谆提命给了我莫大的教益。我从来没有机会向傅先生表达年久日深的感激之情,谨借本书再版之际,聊申难以尽言的谢意。徐俊兄对本书的再版,给予了极大的支持,责任编辑宋凤娣女史更付出了具体的努力,在此并致谢忱!

蒋　寅

2008 年 6 月 15 日